DAS SCHWEIGEN DES TINTENMEISTERS

GLASS AND STEELE 6

C.J. ARCHER

Übersetzt von
SIMONE HELLER

WWW.CJARCHER.COM

KAPITEL 1

LONDON, FRÜHJAHR 1890

Wenn Ereignisse einige Zeit lang nicht im eigenen Sinne verlaufen, kann eine gewisse Zeit der Anpassung nötig sein, ehe einem klar wird, dass alles gut ist. Schließlich gestattete ich mir – eine Woche, nachdem Matts magische Taschenuhr repariert worden war –, zu glauben, dass er weiterleben würde. In seiner kompletten Abendgarderobe wirkte er stattlich und gesund, als er mir in der Kutsche gegenüber saß. Die Falten der Erschöpfung hatten sich geglättet, seine Haut hatte wieder Farbe und seine Augen funkelten.

Das Wissen, dass ich geholfen hatte, ihn gemeinsam mit dem Arztmagier Gabriel Seaford zu retten, war sowohl aufregend als auch ernüchternd. Nicht nur das, sondern Sheriff Payne war auch noch im Gefängnis. Zum ersten Mal, seit er in England angekommen war, war Matt frei.

So gut wie.

Seinem Glück stand nur noch die Hochzeit mit seiner Cousine Patience im Weg. Manchmal, wenn er mich voller Liebe und Zuneigung betrachtete, war es mir gleich, dass wir noch nicht zusammen sein konnten. Ich hatte immerhin seine Ergebenheit, und er war gesund. Auf so viele andere Arten hatten wir Glück; sicherlich konnte ich mich damit abfinden, in seinem Leben in einer kleineren Rolle aufzutreten als die seiner Ehefrau.

Aber wenn ich genauer darüber nachdachte, über die lange

Zukunft, die sich vor uns erstreckte, und die Aussicht, sie lediglich als Freunde miteinander zu verbringen, zerbrach ich daran.

„India? Hörst du mir überhaupt zu?", fragte er. „Du bist
meilenweit weg."

„Ich bin genau hier und bewundere, wie gut du heute Abend
aussiehst."

Er schob sich einen Finger in den steifen Kragen und dehnte
ihn, um seinem Hals Platz zu verschaffen. „Ich verabscheue
formelle Kleidung. Dieses Hemd ist hart wie ein Holzbrett."

„Wünschst du dir, du wärst zurück im wilden Kalifornien,
wo du Fransenhose und Cowboyhut trägst?"

„Du hast zu viele Groschenromane gelesen. Ich wusste, es
war eine schlechte Idee, dass Willie dir ihre Bücher leiht."

„Keine Fransenhose?"

„Nur zu besonderen Gelegenheiten." Er beugte sich vor und
legte die Hände auf meine Knie. Dieser Tage spielte das schelmi-
sche Lächeln, das niemals weit von seinen Lippen entfernt war,
auf vor uns Liegendes an … irgendwann einmal. „Wie diejenige,
die ich gerade erwähnt habe."

„Gehst du auf einen Kostümball?"

Er lehnte sich mit einem zufriedenen Grinsen zurück. „Ich
wusste, dass du nicht zuhörst."

„Also … verkleidest du dich nicht als Cowboy?"

„Das mache ich, wenn du es dir wünschst." Seine Augen
funkelten geradezu.

Diese Seite von Matt gefiel mir sehr. Sie machte das Ziehen in
meiner Brust erträglich.

„Eines Tages, und wenn wir unter uns sind, nur für dich",
fügte er an. Er beugte sich wieder vor und fing meine Hand in
der seinen. Er drückte sie an seine Lippen, küsste mich durch
meinen Handschuh leicht auf die Handknöchel. „Ich sollte dich
vorwarnen, dass ich in der Zwischenzeit plane, dich zu
verführen."

„Ist das so?", flüsterte ich atemlos. „Und wie hast du vor,
mich zu verführen?"

„Das kann ich dir nicht verraten, sonst würde es den Spaß
verderben."

Ich hätte meine Hand zurückziehen und ihm sagen sollen, dass er nicht über Verführungen sprechen sollte. Wir waren weder verheiratet noch verlobt, und soweit es seine Familie und Patience anging, waren *sie* verlobt und würden bald heiraten. Aber ich wollte nicht, dass das Leuchten in seinen Augen nachließ oder sich eine Maske höflicher Zuvorkommenheit darüberlegte. Genauso wenig wollte ich zugeben, dass möglicherweise am Ende etwas anderes stehen könnte, außer, dass wir beide zusammen sein würden. Ich wollte das nicht einmal vor mir selbst zugeben. Was uns anging, *gab* es einen Ausweg aus der Verpflichtung gegenüber seiner Cousine. Wir mussten ihn nur noch finden.

Wenn Matt mir nur erzählt hätte, wie sein Onkel ihn vor den Altar zwingen konnte. Er leugnete weiterhin, dass es einen Grund gab, der über sein Gefühl vetterlichen Pflichtbewusstseins hinausging, ganz gleich, wie sehr ich ihn umschmeichelte, bettelte oder mit ihm stritt. Laut Matt schirmte er Patience dadurch, dass er der Vereinigung öffentlich zugestimmt hatte, vor dem Geschwätz ab, das aufkommen mochte, weil Lord Cox ihre Verlobung wegen ihrer Fehltritte in der Vergangenheit beendet hatte. Matt behauptete, sie vor einem Leben als alte Jungfer zu bewahren, genau wie ihre Schwestern, da sie von Patiences skandalöser Liebschaft in Sippenhaft genommen werden würden.

Ich wusste jedoch, dass das nicht alles war. Matt bemühte sich außerordentlich, einer Antwort auszuweichen, wenn ich ihn direkt fragte, ob sein Onkel ihn bedroht hatte. Diese Unterhaltungen führten unvermeidlich dazu, dass er mich küsste, bis mich mein gesunder Menschenverstand verließ und ich meine Entschlossenheit vergaß.

„Jetzt, da ich deine Aufmerksamkeit habe, wollte ich dir sagen, wohin ich heute gegangen bin." Das Licht der vorübergleitenden Straßenlaternen traf auf die linke Seite seines Gesichts und tauchte die rechte in Schatten. Dunkel und hell, ein Gentleman und ein Herumtreiber, glücklich und gesund, doch niemals weit vom Tode entfernt. Das war Matt.

„Ich hatte gehofft, dass du das tun würdest, wenn dir danach ist", sagte ich. Matt war den Großteil des Nachmittags über aus gewesen und hatte sich bisher geweigert, mir zu sagen, wo er gewesen war.

„Ich wollte es nicht vor den anderen sagen. Sie würden mich unablässig mit Fragen überhäufen. Ich habe Lord Cox besucht. Er ist geschäftlich in London."

Hoffnung kam auf. „Und?"

Er hob die Hände, und mein Herz stürzte erneut ab. „Er weigert sich immer noch, Patience zurückzunehmen. Die Moral dieses Mannes ist größer als die der meisten Priester, und er ist stur. Er scheint sie sogar zu mögen und zu wissen, wie die ganze Lage auf sie wirkt, aber nicht genug, dass er es sich anders überlegt."

„Mögen ist nicht genug", murmelte ich. „Nur Liebe würde ausreichen."

„Ich habe sogar ihre Zukunft für ihn dargelegt, und trotzdem hat er sich geweigert, nachzugeben. Der Mann ist ein Feigling."

Ich wollte gerade eine oder mehrere Entschuldigungen für Lord Cox anbringen, doch ich schluckte meine Worte. Matt hatte recht. Lord Cox war ein Feigling, weil er nicht bereit war, Patience vor den Gerüchten zu bewahren, indem er sie heiratete.

„Er glaubt, dass ich diese Leerstelle besetze, und nimmt an, er wäre vom Haken", fuhr Matt fort. „Ich habe ihm erzählt, dass er getäuscht wurde, genau, wie es mein Onkel vorgehabt hat. Ich habe Cox darüber in Kenntnis gesetzt, dass ich Patience nicht heiraten werde, es aber um ihretwillen noch nicht offiziell geleugnet habe. Er schien an diesen Neuigkeiten durchaus interessiert zu sein."

„Aber nicht genug, um die Verlobung zu erneuern."

„Nein."

„Also war der Besuch vergebens", sagte ich schwermütig.

„Nicht ganz. Ich habe ihn versprechen lassen, niemandem zu erzählen, was Payne ihm über Patiences Vergangenheit zugesteckt hat. Er war einverstanden. Er schien sogar beleidigt zu sein, dass ich das Gefühl hatte, ihm dieses Versprechen abnehmen zu müssen."

Ich schnaubte. „Wenn man die Spekulationen betrachtet, die wegen ihrer aufgelösten Verlobung und seiner Feigheit umgehen, sind Zweifel an ihm nur zu verständlich."

Ich wusste von solchen Spekulationen nur, weil Miss Glass, Matts Tante, mich jeden Tag auf dem Laufenden gehalten hatte. Sie schien sicherstellen zu wollen, dass mir klar war, weshalb ich meine eigene Zukunft opferte. Ich konnte nicht leugnen, dass es wehtat, dass sie Patiences Glück für wichtiger als meines hielt, doch war es verständlich, dass sie ihre Unterstützung lieber ihrer Nichte als ihrer Gesellschafterin zukommen ließ.

„Das ist zumindest eine Sache, um die ich mir keine Sorgen mehr machen muss", sagte Matt. „Und ein weiterer Sargnagel für die Intrigen meines Onkels. Ihr Geheimnis wird sicher bleiben, ganz gleich, was geschieht. Payne kann aus dem Gefängnis nichts tun, und Cox wird sich bedeckt halten."

Ich schaute ihm geradewegs in die Augen, sah dort aber keine Hoffnung. „Aber die Spekulationen, weshalb sie ihre Verlobung aufgelöst haben, werden bleiben, außer, sie ist mit dir verlobt", sagte ich, Ärger machte meine Stimme hart. „Das ist die Ausrede, die du mir erzählen wirst, weil du diese Scharade nicht jetzt beendest, oder?"

Er schaute auf dem Fenster.

„Verrat es mir, Matt. Verrate mir, wie Lord Rycroft dich dazu zwingt."

Die Kutsche wurde langsamer, als sie um eine Ecke fuhr. „Ich glaube, wir sind da." Er nahm seinen Hut vom Sitz neben ihm und setzte ihn sich auf. „Bist du bereit, zu sehen, was Lord Coyle will?"

Ich seufzte. „Du bist furchtbar."

Er beugte sich vor und drückte die Handflächen an die Wand zu beiden Seiten hinter meinem Kopf. „Und wie verrückt in dich verliebt, India." Sein warmer Atem streifte mein Ohr, dann kitzelten mich seine Lippen, sodass eine prickelnde Woge durch mich hindurch ging. „Vergiss das nie. Vergiss niemals, dass ich aus dieser Verpflichtung freikomme. Ich brauche nur Zeit, um Cox' Schwachstelle zu finden."

„Du willst ihn erpressen, damit er sie heiratet?"

Er zog sich zurück, um mich anzuschauen. „Du wirkst schockiert."

„Ich schätze, ich hatte gedacht, du stündest über solchen unehrlichen Methoden."

„Ich werde alles in meiner Macht Stehende zu tun, um von dieser Verpflichtung befreit zu werden, das verspreche ich dir." Er küsste mich leicht auf die Nase, das Kinn, die Kehle über dem Perlenhalsband, das mir Miss Glass geliehen hatte.

Ich hatte Mühe, meine Gedanken weiterzuverfolgen. „Alles, außer mir zu sagen, womit dein Onkel dich im Griff hat."

„Alles, was in meiner Macht steht." So nahe war er noch nie daran gewesen, zuzugeben, dass Lord Rycroft ihn tatsächlich erpresste.

Lord Coyles Diener öffnete die Kutschtür und bot mir eine Hand. Matt richtete meinen Schal, strich mir mit dem Daumen über den Arm, und bedeutete mir, dass ich aussteigen sollte.

Es war nicht leicht, sich zu konzentrieren, während der Diener uns ins Haus geleitete. Ich war mir Matts beeindruckender Präsenz an meiner Seite äußerst bewusst, und des schwelenden Verlangens zwischen uns. Das alles verflog jedoch, als ich meinen Schal einem anderen Diener im Eingangsbereich reichte.

Ich stand an genau der Stelle, an der ich von Mr. Pitt angegriffen worden war, dem Drogisten, Magier und Mörder von Dr. Hale. Meine Taschenuhr hatte mich damals gerettet. Diese Taschenuhr hatte Sheriff Payne zerstört, und es musste sich erst erweisen, ob die neue, die Matt mir gekauft hatte, dasselbe tun würde. Ich hoffte, dass ich es niemals herausfinden musste.

„Ist alles in Ordnung?", murmelte Matt, eine Hand in meinem Rücken.

Ich nickte und folgte dem Diener die Stufen hinauf in den Salon, wo Lord Coyle mit drei anderen Gentlemen und einer Frau wartete.

„Willkommen, Miss Steele", sagte Coyle, der sich über meine Hand beugte. „Und Mr. Glass." Die Begrüßung war ausreichend freundlich, aber kurz, beinahe wegwerfend. Das bestätigte, dass die Einladung nur auf Matt ausgedehnt worden war, weil ich die vorherigen abgelehnt hatte, und Lord Coyle davon ausgegangen war, dass ich nur annehmen würde, wenn ich in Matts Begleitung kam.

Er hatte natürlich recht. Der Earl war mir nicht geheuer. Ich war mir noch nicht sicher, ob er ein Freund oder ein Feind war.

Ich wusste, dass er ein ausgeprägtes Interesse an allen magischen Dingen hatte. Wir hatten seine Sammlung von Gegenständen, die mit Magie angereichert waren, in dem Geheimraum neben der Bibliothek gesehen. Ich nahm an, dass dieser Abend stattfand, um mich zu überzeugen, eine Taschenuhr oder Uhr mit meiner Magie anzureichern, damit er sie seiner Sammlung hinzufügen konnte. Ich hielt das für recht harmlos, aber Matt war sich nicht so sicher. Er wollte nicht, dass ich meine magischen Fähigkeiten zur Schau stellte, auf keine Weise, vor niemandem.

Ich stimmte ihm bis zu einem gewissen Punkt zu, ganz einfach, weil ich nicht wollte, dass jeder Handwerker in London mich darum bat, meinen Erweiterungszauber auf seine eigene Magie zu wirken. Doch wollte ich offen leben, ohne vor der ganzen Welt zu verbergen, wer ich war, und voller Angst vor Vergeltung durch die Talentfreien.

Lord Coyle stellte uns die anderen Gäste vor. Mr. und Mrs. Delancey waren wie Coyle schon über das mittlere Alter hinaus, und sie begrüßten mich begeistert. Sir Charles Whitaker war jünger, um die vierzig, mit grauen Strähnen im Haar. Er war zurückhaltender als die Delanceys, doch mir gefiel, dass er mir fest die Hand schüttelte. Normalerweise schüttelten mir Männer nicht die Hand, und wenn, dann war es schlaff. Es war nur eine Kleinigkeit, aber für mich eine bedeutende.

Der dritte Gentleman, Professor Nash, war in einem ähnlichen Alter wie Sir Charles, mit schütter werdendem Haar und einer Brille. Er konnte nicht aufhören, mich anzustarren, selbst nachdem wir einander vorgestellt worden waren, und ich fühlte mich ziemlich unbehaglich, als wir uns setzten.

Im Salon gab es nur wenige feminine Details. Verständlich, wenn man bedachte, dass Lord Coyle ein lebenslanger Junggeselle war. Selbst das Sofa hatte stämmige Beine und war mit weinrotem Samt gepolstert. Es gab keine Blumenvasen, keine Porträts von Familienmitgliedern, und der Schmuck bestand fast ausschließlich aus weißen Marmorbüsten von Männern, die ich nicht erkannte.

Wir verbrachten ein paar kurze Minuten mit höflicher Konversation, die sich anfühlte, als wäre sie sorgsam von Lord

Coyle orchestriert. Ich erfuhr, dass der Professor ein Experte für Geschichte war, doch Coyle schnitt ihm das Wort ab, ehe er mir erzählen konnte, in welchem Bereich er genau forschte. Mr. Delancey war Bankier, und wenn man nach den Diamanten an der Kehle seiner Frau ging, ein äußerst erfolgreicher. Sir Charles schien keinen Beruf zu haben. Vielleicht hatte er wie Lord Coyle ein Einkommen aus Landbesitz.

Es war gewissermaßen eine Erleichterung, als der Butler uns darüber in Kenntnis setzte, dass das Abendessen serviert war. Der lange Tisch war für größere Gruppen als sieben geschaffen, darum saßen wir an einem Ende. Miss Glass hätte es nicht gefallen, zu sehen, dass die Frauen gegenüber den Männern in der Unterzahl waren, aber die Sitzordnung funktionierte ganz gut. Wir waren beim zweiten Gang, als mir auffiel, dass der Diener mein Glas bei jeder Gelegenheit auffüllte. Es war so gut wie unmöglich, zu sagen, wie viel ich getrunken hatte. Ich bemühte mich bewusst darum, zumindest ein wenig davon abzulassen.

Ich beäugte Matt, der mir gegenüber saß, und fragte mich, ob er genauso vorsichtig war. Wenn man seine Kämpfe mit dem Alkohol in der Vergangenheit bedachte, ging ich davon aus. Er schien ziemlich gereizt, sein Blick huschte zwischen den anderen Gästen und unserem Gastgeber hin und her. Er zeigte nur selten Ungeduld, und das wiederum verstörte *mich*. Ich wünschte mir, Coyle würde es einfach hinter sich bringen und uns sagen, weshalb er mich eingeladen hatte.

Wir mussten auf den letzten Gang mit Götterspeise, Eis, französischem Gebäck und Zitronensorbet warten, um den Grund zu erfahren. Lord Coyle schickte seine Diener weg und wartete, bis die Türen geschlossen waren. Es war jedoch nicht er, der als erster das Wort ergriff, sondern Mrs. Delancey.

„Also sind Sie eine Magierin, Miss Steele", sagte sie, als wäre das eine ganz gewöhnliche Frage.

Neben mir spannte Matt sich an. Er sagte nichts, wies mich auf keine Art an, dass ich nicht zustimmend antworten sollte, doch ich kannte ihn gut genug, um zu wissen, dass er das nicht gewollt hätte.

„Was für eine merkwürdige Frage, Mrs. Delancey", sagte ich, mit, wie ich hoffte, elegantem Desinteresse. Ich war auf diese

Unterhaltung vorbereitet und hatte nicht vor, etwas preiszugeben, ohne zuvor zu erfahren, weshalb ich hier war.

„Oh, das war keine Frage", sagte Professor Nash. „Lord Coyle hat uns bereits erzählt, dass Sie eine Magierin sind. Sie hat Sie nur ermutigt, uns mehr über Ihre Magie zu erzählen."

Mrs. Delancey berührte den großen Diamantanhänger an ihre Kehle, während sie lachte. „Nash hat die Angewohnheit, die Dinge im Übermaß zu erklären, Miss Steele. Er ist so unfassbar klug, dass er, meine ich, glaubt, dass wir alle zu dumm sind, um etwas Subtiles zu verstehen."

Der Professor errötete und konzentrierte sich auf sein Essen.

„Worum geht es bei alledem, Coyle?", wollte Matt wissen. „Was für Gerüchte haben Sie verbreitet?"

„Wahrheiten, Mr. Glass", erwiderte Lord Coyle. „Keine Gerüchte. Ich habe genug beobachtet, um zu wissen, dass Miss Steele eine Magierin ist. Ich will Ihnen beiden versichern, dass, was immer Sie hier sagen, dieses Zimmer nicht verlassen wird. Meine Gäste sind nicht nur diskret, sie haben auch ein Interesse daran, Magie geheim zu halten."

„Weshalb?", fragte ich.

„Ich bin ein Sammler magische Gegenstände, wie Sie bereits wissen. Die Delanceys und Sir Charles sind auch Sammler. Unsere Sammlungen sind einzigartig, und das macht sie unter unseren Bekannten wertvoll. Wenn die Magie öffentlich bekannt wird, werden unsere Artefakte plötzlich ganz gewöhnlich. Jeder wird einen magischen Gegenstand wollen."

„Und dadurch wächst der Wert Ihrer Sammlung", sagte Matt. „Wollen Sie das denn nicht?"

„Die Werte werden nicht wachsen. Im Augenblick können sich nur ein paar auserwählte Wenige leisten, die Gegenstände bei einer kleinen Anzahl von Quellen zu erstehen – bekannten Magiern. Wenn die ganze Welt über Magie Bescheid weiß und Magier an die Öffentlichkeit kommen und ihre mit Magie angereicherten Waren verkaufen, dann werden die Preise abstürzen. Es ist einfach nur die Lehre von Angebot und Nachfrage."

„Unsere Sammlungen werden wertlos werden", fügte Mr. Delancey hinzu. „Ich habe nicht die letzten zwanzig Jahre damit verbracht, die seltensten Stücke aufzuspüren, nur um dann das zu erleben." Er hob sein Glas. „Sie verstehen, was ich meine, Miss Steele?"

„Vollkommen", sagte ich angespannt. „Solange die Magier Angst vor der Entdeckung und den Repressalien durch die Gilden haben, werden sie sich versteckt halten, und die Preise für ihre Waren werden hoch bleiben. Ihre Sammlungen werden ihren Wert behalten. Im Grunde handeln Sie mit Angst."

Mr. Delancey nippte an seinem Wein, seine Augen glitzerten, während er mich anstarrte. Wir verstanden einander vollkommen. Seine Frau jedoch drückte sich eine Hand an die Brust, als würde sie ein rasendes Herz beruhigen wollen. „Sie lassen uns ziemlich gierig klingen. Lassen Sie mich Ihnen versichern, das ist nicht der Fall. Es geht nicht um den Wert der Gegenstände, sondern um ihre Einzigartigkeit. Was ist denn der Sinn einer Sammlung, wenn man die Gegenstände mühelos finden und erstehen kann? Alle unsere Freunde gehören zum Klub ..."

„Klub?", drängte Matt.

„Sammler-Kollegen. Es ist kein offizieller Klub, nur eine inoffizielle Zusammenkunft von Einzelpersonen, die einander gerne Informationen über magische Gegenstände zukommen lassen, wo man sie kaufen kann, so etwas. Wir sind Mitglieder." Sie deutete auf alle außer den Professor. „Wenn unsere Sammlungen sinnlos werden, dann wird unsere Gruppe sinnlos, und unsere Freundschaften werden sich auflösen. Und das ist es, was ich am meisten schätze, Miss Steele."

Sie vielleicht, aber ich glaubte nicht, dass es den Männern im Raum so ging, besonders nicht ihrem Mann. „Und was ist mit Ihnen, Professor?", fragte ich. „Sie sind kein Mitglied dieses Klubs?"

Er schob sich die Brille auf der Nase hoch. „Nein, aber ich kenne ihn gut. Lord Coyle ist vor einem Jahr an mich herangetreten und hat mir alles darüber erzählt. Ich habe bei einigen ihrer Treffen Vorträge gehalten."

„Zu welchem Thema?", fragte Matt.

„Die Geschichte der Magie. Es ist mein Spezialgebiet."

„Welche Universität unterrichtet denn die Geschichte der Magie?"

Der Professor kicherte. „Ich bin ein Professor der Geschichte bei einem Universitätskolleg hier in London. Soweit es die Universität betrifft, bin ich auf Mittelalterforschung spezialisiert, aber meine wahre Leidenschaft ist die Magie."

Ich hatte ihn wohl ziemlich dümmlich angestarrt, denn er lächelte mich mitfühlend an.

„Sie haben wohl Fragen, Miss Steele", sagte er.

Ich hatte so einige, aber ich biss mir auf die Zunge. Matt hatte recht damit, vorsichtig zu sein. Wir wussten nichts über diese Leute.

„Sehr wenige außerhalb des Sammler-Klubs wissen von meiner Spezialisierung", fuhr der Professor fort. „Ich will genauswenig, dass man sich über mich lächerlich macht, wie Sie."

„Das Lächerlichmachen ist nicht das, was uns Sorgen bereitet", sagte Matt düster. „Sind Sie ein Magier, Professor?"

„Nein, mein Großvater war einer. Er konnte Eisen bearbeiten, aber nicht in großem Ausmaß. Er konnte es ein wenig biegen, ein kleines Stückchen verformen, doch seine Magie war ziemlich schwach. Die Magie in meiner Familie fand mit ihm ein Ende, aber mein Interesse daran ist stark. Ich habe mein Leben damit verbracht, über sie zu forschen, und bin außerordentlich viel gereist auf der Suche nach Originaltexten, in denen Magie erwähnt wird."

„Und was haben Ihre Nachforschungen Ihnen eröffnet?", fragte ich.

„Vielerlei Dinge, aber vor allem bin ich zu dem Schluss gekommen, dass magische Kräfte in einem solchen Maß nachgelassen haben, dass sie nahezu nutzlos sind. Heutzutage können Magier ein paar einfache Tricks bewerkstelligen, aber in der Vergangenheit konnte die Magie die Wirklichkeit verändern. Gegenstände konnten zu etwas völlig anderem umgestaltet werden. Vielleicht hat die Magie sogar den Lauf der Geschichte beeinflusst."

Ein Kartenzeichner-Lehrling hatte mir einst Geschichten von gezeichneten Flüssen erzählt, die von magischen Karten in die Wirklichkeit hineinflossen. Mein eigener Großvater glaubte, dass alte Unglücke, Wunder und Mythen, die unmöglich schienen, durch den Einsatz von Magie erklärt werden konnten. Doch davon erzählte ich dem Professor nichts.

„Eine solche Magie scheint auf immer verloren zu sein, aufgrund der Verdünnung des Blutes", sagte der Professor.

„Außer vielleicht bei ein paar wenigen", fügte Lord Coyle an. „Sie zum Beispiel, Miss Steele, können sich von einer Uhr das Leben retten lassen."

„Nein, Sir. Da irren Sie sich", sagte ich. „Eine Taschenuhr ist ein lebloser Gegenstand. Ich kann sie gar nichts tun lassen."

Er beugte sich vor und legte die groben Fäuste auf den Tisch, zu jeder Seite seines Tellers. „Ihre Taschenuhr hat Sie unten in meiner Eingangshalle gerettet, Miss Steele. Das habe ich mit eigenen Augen gesehen."

Ich konnte mich nicht verteidigen. Er hatte es gesehen, und mir wollten keine Ausreden einfallen. Lord Coyle wusste das auch. Er strich sich mit Daumen und Zeigefinger über den herabhängenden weißen Schnurrbart, konnte sein Grinsen nicht ganz verbergen.

„Wollen Sie uns etwa sagen, dass diese alten Geschichten wahr sind?", fragte Matt Nash.

„Wahr waren, Mr. Glass", sagte der Professor. „Soweit ich mir bewusst bin, haben nur wenige Magier eine solche Macht besessen. Selbst damals war nicht bekannt, ob sie sie innehatten, weil sie aus ununterbrochen magischer Abstammung waren, oder ob ihre Magie sich von jener unterschied, die bescheidene Handwerker ausübten."

Ich kam laut Chronos, meinem Großvater, aus einer ununterbrochen magischen Abstammung. Aber das konnten diese Leute doch unmöglich wissen. Oder?

„Erzählen Sie mir von den mächtigen Magiern", sagte ich zu Professor Nash.

„Soweit ich es mir zusammenreimen kann", begann er, „konnten sie neue Zauber aus den bestehenden schaffen, weil sie die Sprache der Magie beherrschten. Aus diesen neuen Zaubern konnten alle Arten von Gegenständen geschaffen oder beeinflusst werden."

„Wunder", verkündete Mr. Delancey mit der Autorität eines Predigers. „Oder zumindest sah es so aus."

Ich bekam das Gefühl, dass sie mich alle ganz genau beobachteten, um meine Reaktion abzuschätzen. Lord Coyle hatte ihnen erzählt, wozu ich fähig war, aber ihnen war nicht klar, dass ich nur begrenzt über das Ausmaß meiner Kräfte Bescheid wusste. Ich wusste genauso viel wie sie – dass ich eine Uhr genau gehen lassen konnte, fast jede Uhr reparieren und die Dauer der Magie eines anderen verlängern konnte. Ich wusste nicht, wie ich Uhren von Regalen fliegen ließ, um mich zu retten.

„Eine solche Macht hat India nicht", sagte Matt. „Haben Sie das gedacht? Ist sie darum hier?"

Mrs. Delancey wedelte mit einer Hand, in der zufällig auch ihr Weinglas war. Etwas von der Flüssigkeit schwappte über den Rand. „Überhaupt nicht. Wir freuen uns, sie kennenzulernen. Wir hatten gehofft, sie könne einen Zauber in Mr. Delanceys Taschenuhr sprechen, damit wir sie seiner Sammlung hinzufügen können, das ist alles. Wie Professor Nash sagt, ist die mächtige Magie vermutlich ausgestorben. Niemand erwartet, dass jemand so Gewöhnliches wie Miss Steele eine Zauberschöpferin ist."

„Sie ist *nicht* gewöhnlich", sagte Matt.

„Oh, natürlich nicht. Sie ist recht hübsch, einfach nur nicht … besonders." Sie lachte.

Die Männer lachten nicht. „Zauberschöpfer ist der Name, den ich diesen seltenen Magiern gegeben hatte", sagte Professor Nash. „Sie schienen die einzigen zu sein, die volles Wissen über die Sprache der Magie hatten."

„Die Sprache ist verschwunden?", fragte ich.

„Ich konnte keine Quellen auftun, die sie ausführlich erklären, nur Beschreibungen aus zweiter und dritter Hand. Die Einzelheiten scheinen mündlich weitergereicht worden zu sein, bis zu der Zeit, in der Magier verfolgt wurden. Dann fand sie entweder zu tief im Untergrund statt, sodass nur einige wenige das Wissen über die Sprache aufrechterhielten, oder sie wurde ganz vergessen. Natürlich kennen die meisten einzelnen Magier einen einfachen Zauber, aber das ist alles. Die Regeln der Sprache, genau wie ihre Konstruktion, sind weg."

Im Zimmer wurde es still. Da alle Gänge verspeist waren, würden sich die Herren bestimmt in das Raucherzimmer zurückziehen, und Mrs. Delancey und ich würden in den Salon zurückkehren, um auf sie zu warten, aber unser Gastgeber stand nicht auf. Er saß am Kopfende des Tisches, beobachtete mich, genau wie unsere anderen Gäste. Nur Matts Blick war auf etwas anderes konzentriert.

„Ich verstehe, weshalb die Delanceys, Sir Charles und Lord Coyle die Magie geheim halten wollen", sagte ich zu Nash, „aber warum Sie, Professor?"

„Ich neige eigentlich weder zur einen noch zur anderen Richtung", erwiderte er. „Einerseits wird vielleicht die öffentliche Akzeptanz von Magiern sie ermutigen, sich offen zu zeigen, vielleicht sogar einen Zauberschöpfer. Das finde ich aufregend. Aber meine Forschungen in der mittelalterlichen Geschichte haben mir bewiesen, dass, wenn sich eine Mehrheit von einer Minderheit bedroht fühlt, die Minderheit immer verliert. Ich habe Angst, dass die Magier einfach offen verfolgt würden, nicht nur in den paar wenigen Fällen, die wir bisher erlebt haben. Das macht mir Angst. Ich will genauso wenig erleben, dass das passiert wie Sie, Mr. Glass. Mein Großvater ist zwar vor einigen Jahren gestorben, aber ich kenne andere Magier. Ich würde mir wünschen, dass sie in Sicherheit leben."

Matt nickte, zufrieden mit der Antwort. „Dann werden Sie zustimmen, dass Oscar Barratts Begeisterung, dafür, über Magie in der *Weekly Gazette* zu schreiben, eingehegt werden sollte."

Sie murmelten alle zustimmend oder nickten. Ich hielt den Mund geschlossen. Ich war nicht ganz sicher, was ich wollte. Oder, genauer gesagt, ich wollte eine friedliche Integration, aber das war genauso unwahrscheinlich wie die Existenz von Einhörnern. Wie Professor Nash gesagt hatte, würden Magier sehr wahrscheinlich verfolgt werden, wenn man sie öffentlich anerkannte.

„Was schlagen Sie vor, das wir tun sollten, Mr. Glass?", fragte Lord Coyle. „Ich kenne die Besitzer der *Weekly Gazette* nicht."

„Und sie haben ihr Konto nicht bei mir", ergänzte Mr. Delancey.

Sir Charles schüttelte den Kopf, und der Professor zuckte mit den Schultern.

„Mr. Forces Artikel in der *City Review* schlagen sich ganz

brauchbar darin, Barratts Behauptungen zurückzuweisen", sagte Sir Charles. „Wir könnten ihn ermuntern, mehr zu schreiben."

„Das reicht nicht", erwiderte Lord Coyle. „Barratt ist schlau und furchtlos. Jedes Mal, wenn Force eine Sache behauptet, behauptet Barratt das Gegenteil. Außerdem glaubt die Öffentlichkeit Barratt, und Glauben ist etwas Mächtiges."

Mrs. Delancey erhob sich und füllte sich ihr Glas an der Flasche nach, die der Diener auf dem Buffet hatte stehen lassen. „Wir müssen ihn diskreditieren", sagte sie. „Wir müssen ihn als Betrüger bloßstellen, und seine Behauptungen als Falschmeldungen, die er heraufbeschworen hat, um mehr Ausgaben von diesem Blatt zu verkaufen."

„Wie machen wir das, meine Liebe?", fragte ihr Mann.

Sie hatte keine Antwort. Niemand hatte eine.

„Könnte nicht jemand Mr. Barratt bedrohen?", fragte sie schließlich. „Ihm in einer dunklen Gasse auflauern und ihm befehlen, alles zurückzunehmen."

Ich starrte sie an.

„Ihm würde nichts geschehen", fuhr sie fort. „Nur eine Drohung. Wie sagt man das in den Armenvierteln? Eine Abreibung verpassen?"

„Ich bin nicht aus den Armenvierteln", stieß ich hervor.

„Es ist nicht Barratt, den wir aufhalten müssen", sagte Sir Charles. „Es ist sein Herausgeber. Er hat die wahre Macht bei dieser Zeitung."

„Baggley", ergänzte Matt. „Ein alter Kerl. Ich glaube nicht, dass man es aussprechen muss, aber ich sage es trotzdem, ich unterstütze keine Gewalt oder Androhung von Gewalt."

Mrs. Delancey verzog das Gesicht.

„Natürlich, natürlich", sagte Mr. Delancey. „Das tut hier niemand. Aber ich stimme Ihnen nicht zu, Sir Charles. Baggley mag es ja gelingen, Barratt daran zu hindern, seine giftigen Artikel für die *Gazette* zu schreiben, aber Barratt könnte mühelos anderswo hingehen. Eine Reihe von Zeitungen würde ihn willkommen heißen. Seine Artikel sind extrem beliebt. Ich glaube, es ist er, den wir aufhalten müssen."

„Wenn nicht jemandem ein gewaltfreier Weg einfällt, um ihn aufzuhalten, ist diese Unterhaltung sinnlos", sagte ich hitzig. Ich war nicht mehr mit Oscar Barratt befreundet, nachdem er mehr Informationen in seinen Artikeln veröffentlicht hatte, als mir recht gewesen war, aber diese Art Unterhaltung konnte gefährlich werden. Ich glaubte nicht, dass diese Männer genauso moralisch waren wie Matt. Ich würde es ihnen durchaus zutrauen, Oscar zu bedrohen – oder Schlimmeres.

„Ist von Ihnen jemand ein Magier?", fragte Matt.

„Mein Vater war ein Wollmagier", sagte Mr. Delancey. „Aber ich bin es nicht."

„So ist seine Familie zu Geld gekommen", sagte Mrs. Delancey. „Sie haben Wollkleidung hergestellt. Mein Ehemann hat das Geschäft nach dem Tod seines Vaters verkauft und eine darniederliegende Handelsbank gekauft. Sie ist inzwischen eine der erfolgreichsten Banken der Stadt."

„Und Sie, Lord Coyle, Sir Charles?", fragte Matt.

„Ich nicht", sagte Coyle.

„Genauso wenig ich", fügte Sir Charles an. „Magie ist einzigartig für die Handwerkerklasse. Aus diesem Grund findet man in unseren Kreisen nicht viele Magier."

Mrs. Delancey trug ihrem Mann auf, mir seine Uhr zu reichen. Er löste die Kette und gab sie mir. „Würden Sie, Miss Steele?", fragte er.

„Wird sie nicht", knurrte Matt. „Das ist lächerlich. Sie ist keine Magierin."

„Behandeln Sie uns nicht wie Narren, Glass", sagte Lord Coyle. „Es ist doch wohl kaum ein Geheimnis, dass ihre Magie mächtig genug ist, dass ihre Uhr sie retten kann. Wir wissen auch, dass sie ihre Magie mit der eines Arztes verbunden hat, um Ihr Leben zu verlängern."

Ich schnappte nach Luft. Das konnte er nur wissen, wenn er mit Sheriff Payne gesprochen hatte. Niemand sonst, der an diesem Tag dort gewesen war, hätte es ihm erzählt. Wenn Coyle sich mit Payne gemeinmachte, dann vertraute ich ihm überhaupt nicht.

Matt funkelte Coyle an, seine Finger strichen über den Stiel seines Weinglases. Ich dachte, er würde es heben und auf unseren Gastgeber schleudern, aber er blieb äußerlich ruhig. Zu ruhig vielleicht.

„Sie sollten wissen, dass der Sheriff verrückt ist", sagte ich rasch. „Glauben Sie ihm nicht. Zeugen bei seiner Verhandlung werden jede empörende Behauptung zurückweisen." Die Verhandlung hatte noch nicht angefangen. Je eher sie das tat, umso besser. Falls Payne im Gefängnis etwas preisgab, musste man ihn aufhalten, bevor die Gerüchte sich verbreiteten.

Lord Coyle wedelte meine Ansage mit einer träge erhobenen Hand beiseite. Er machte sich nicht einmal die Mühe, darauf einzugehen. Es war ziemlich beleidigend.

Der ganze Abend war recht verstörend geworden; dazu kam, dass ich noch immer nicht ganz sicher war, weshalb man mich überhaupt eingeladen hatte. Ich glaubte nicht einen Augenblick lang, dass es daran lag, dass Mrs. Delancey wollte, dass ich die Taschenuhr ihres Mannes mit Magie anreicherte. Die Uhr lag auf dem Tisch zwischen uns, die Kette auf der weißen Tischdecke zusammengerollt wie eine Schlange.

Ich zog Matts Blick auf mich und machte eine ganz leichte Kopfbewegung.

„Wenn Sie uns entschuldigen möchten, wir gehen", sagte er und erhob sich.

Alle Gentlemen standen auf, als ich mich erhob.

„Aber Sie haben noch nicht Ihre Magie auf der Uhr meines Mannes gewirkt", jammerte Mrs. Delancey.

Ich dankte unserem Gastgeber und schaffte es, mich höflich von den anderen Gästen zu verabschieden. Matt bot mir seinen Arm, und er wollte gerade die Tür öffnen, nur dass sie von der anderen Seite aufgerissen wurde. Der Butler trat ein und flüsterte Lord Coyle etwas ins Ohr. Matt und ich gingen hinaus, doch Lord Coyle rief uns zurück.

„Es ist etwas passiert, das Sie interessieren wird." Coyle schaute zu Sir Charles. „Es scheint, als hätte jemand anderes genauso gedacht wie Sie, Whittaker. Mr. Baggley, der Herausgeber der *Weekly Gazette*, wurde ermordet."

KAPITEL 2

„Was habt ihr gegessen?", fragte Duke in dem Augenblick, in dem Matt und ich einen Fuß in den Salon setzten. Er, Willie und Cyclops hatten auf uns gewartet, obwohl Cyclops müde wirkte.

Willie legte ihre Karten ab. „Das ist deine erste Frage?"

Duke zuckte mit den Schultern. „Ich bin hungrig."

„Das Essen war köstlich und in großer Menge vorhanden", sagte ich. „Der Wein war hervorragend, auch wenn es für mich viel zu viel davon gab."

Willie nickte wissend. „Du verträgst keinen Alkohol, India, das stimmt. Ist nicht deine Schuld. Du brauchst einfach mehr Erfahrung."

„Was wollte Coyle?", fragte Cyclops.

„Ich bin mir nicht ganz sicher", sagte ich. „Vielleicht wollte er uns nur seinen Freunden vorstellen."

Matt bot an, mir etwas zu trinken einzuschenken, aber ich lehnte ab. Er setzte sich hin, ebenfalls, ohne sich ein Glas zu füllen. „Ich glaube, er wollte unsere Reaktionen auf Professor Nashs Behauptungen prüfen", sagte er.

Wir hatten ihnen von den anderen Gästen, dem Sammler-Klub und dem Interesse des Professors an der Geschichte der Magie erzählt. Zweimal hatte ich die verlorene Sprache der

Magie erklären müssen, und wie Zauberschöpfer sie nutzten, um neue Zauber zu erschaffen.

„Aber *du* kennst diese Sprache, India", sagte Willie. „Genauso wie andere Magier."

„Wir kennen nur ein paar Wörter. Es gibt vermutlich Tausende mehr. Laut Nash wussten diese Magier, wie man die Wörter zusammenstellt, um neue Zauber zu erzeugen, genauso wie Schriftsteller und Geschichtenerzähler das jahrhundertelang mit der englischen Sprache getan haben."

„Nash glaubt auch, dass sie mächtige Magier mit ununterbrochen magischer Abstammung waren", sagte Matt.

Sie schauten alle mich an.

„Ich bin kein Zauberschöpfer", sagte ich. „Ich zweifle sogar daran, dass es sie je gegeben hat. Immerhin spekuliert Nash nur. Er hat keinen Beweis, nur seine eigene Interpretation einiger alter Texte. Das hat er selbst gesagt." Ich nahm Willies Karten und schob ihren ganzen Stapel Streichhölzer in die Mitte.

„Nicht so viele!" Sie zog sie wieder zurück.

„Es sind nur Streichhölzer, Willie", sagte Duke, der die Augen verdrehte. „Wir spielen nicht um Diamanten."

„Ich verliere nicht gern gegen dich."

Ich setzte mich wieder hin und schaute Matt an. Ich war es so gewohnt, ihn zu dieser Zeit des Abends erschöpft zu sehen, dass ich ihm beinahe befahl, zu Bett zu gehen. Stattdessen lächelte ich, obwohl meine Laune nicht so beflügelt war, wie es vor dem Dinner der Fall gewesen war. Die Neuigkeiten über den armen Mr. Baggley hatten an meinen Nerven gezerrt. Ich erzählte den anderen, was Coyles Butler berichtet hatte, kurz bevor wir gegangen waren.

„Ermordet!" Cyclops kniff sein eines Auge zusammen. „Wie?"

„Von hinten erschossen", sagte Matt.

„Erschossen!", rief Willie. „Aus welcher Entfernung?"

„Das wusste der Butler nicht", sagte Matt trocken.

„Woher wusste er dann, dass Baggley erschossen wurde?"

Das war eine gute Frage. Laut dem Butler war Baggley nur wenige Stunden zuvor einer Schusswunde am Kopf erlegen. Er hatte spät im Bureau der *Gazette* in der Lower Mire Lane gearbeitet, doch der Butler konnte nicht sagen, ob sonst noch jemand dort gewesen war oder ob man jemanden festgenommen hatte. Aber wie hatte er überhaupt erst von dem Mord erfahren?

„Coyle hat wohl Spione", sagte Matt.

„Bei der *Gazette*?", fragte ich.

„In der ganzen Stadt, aber derzeit besonders im Bureau der *Gazette*. Du hast ihn heute Abend gehört, India. Er und seine Freunde mögen Barratts Artikel nicht. Ich würde es ihm zutrauen, einen Angestellten dafür bezahlt zu haben, zu berichten, wer sich mit Barratt trifft, was er und Baggley besprechen, Dinge dieser Art. Coyle wird nach jeder Möglichkeit suchen, um Barratt und die Zeitung zu sabotieren."

„Wie etwa Mord am Herausgeber?", sagte Duke.

„Hältst du ihn für fähig dazu?", fragte Cyclops.

Matt schaute mich an. „India?"

Er gestattete mir, meine Meinung vor ihm auszudrücken, ein Versuch, meine Selbstsicherheit zu stärken. Ich war in der Vergangenheit ziemlich hoffnungslos damit gewesen, den Charakter von Menschen einzuschätzen, hatte bei meinen Freundschaften einige furchtbare Entscheidungen getroffen, aber ich bildete mir gern ein, dass ich besser wurde. Zum Beispiel vertraute ich den Leuten in diesem Raum unerschütterlich.

„Ja", sagte ich. „Ich halte ihn für fähig dazu."

„Ich auch. Er hat die Mittel, um jemanden dafür zu bezahlen, darum kann er unschuldig wirken, und er ist skrupellos genug, um den Wert seiner Sammlung erhalten zu wollen."

Ich zitterte. Lord Coyle hätte einen Mord in die Wege leiten können, während er mit uns zu Abend gegessen hatte. Gewiss ging seine Skrupellosigkeit nicht so weit. Doch ich konnte den Gedanken nicht abschütteln.

„Um der Gerechtigkeit Genüge zu tun", fuhr Matt fort, „bestimmt wollen eine Menge Leute, dass die Artikel ein Ende haben. Die anderen Gäste von heute Abend zum Beispiel, Abercrombie und die Gildemeister und selbst ein paar Magier, die anonym bleiben wollen."

„Das ist aber doch der Punkt", sagte ich. „Sie wollten, dass die Artikel ein Ende haben, also warum nicht *Barratt* töten? Wenn man Baggley tötet, ändert sich vermutlich gar nichts. Die

Zeitung wird trotzdem noch wöchentlich erscheinen, und Barratts Artikel werden immer noch darin auftauchen. Sie sind beliebt genug, dass der neue Herausgeber sie nicht einstellen wird."

Es war der Schluss, zu dem wir alle im Lauf des Abendessens gekommen waren, und ich sah keinen Grund, meine Meinung zu ändern. Um die Artikel zu beenden, musste man Oscar Barratt aufhalten, nicht Baggley.

„Vielleicht hat es nichts mit der Zeitung zu tun", sagte Duke. „Vielleicht war es etwas Persönliches."

„Ich werde sehen, was ich morgen herausfinden kann", sagte Matt. „Cyclops, du siehst erschöpft aus. Du hast nicht einmal aufgehört, zu gähnen, seit wir nach Hause gekommen sind."

„Ich habe das Dach des Konvents repariert", sagte er und warf Duke und Willie ein düsteres Funkeln zu. „Ohne Hilfe."

„Wir haben geholfen", protestierte Willie. „Um die Leiter zu halten, braucht es uns beide, weil du so schwer bist."

„Wir dachten, es wäre gut für dich, wenn du da oben allein arbeitest", fügte Duke an. „Körperliche Arbeit macht dich müde, darum hast du dann keine Zeit, über Catherine Mason nachzudenken."

„Was hat sie denn damit zu tun?", knurrte Cyclops.

„Du hast in letzter Zeit ziemlich viel an sie gedacht", erklärte ihm Willie. „Es macht dich traurig, dass ihr nicht zusammen sein könnt."

„Wir tun dir einen Gefallen", fügte Duke an.

Cyclops schob sich hoch. „Du musst gerade reden, Willie. Du hast in letzter Zeit auch ziemlich viel über deine Geliebte nachgedacht. Mit einem Gesicht so lang wie bei einem alten Klappergaul."

„Sie ist nicht mehr meine Geliebte." Willie schob all ihre Streichhölzer in die Mitte des Tisches. „Bringen wir dieses Spiel hinter uns. Ich will ins Bett!"

Sie und Cyclops funkelten einander an, während Duke sein Blatt zeigte und dann fröhlich die ganzen Hölzer einstrich.

„Ihr drei müsst etwas Dampf ablassen", sagte Matt, der die Hand auf Cyclops' Schulter legte. „Das Dach des Konvents ist fertig, oder nicht? Warum geht ihr nicht morgen aus? Seht euch die Sehenswürdigkeiten von London an. Geht in ein Museum. Macht ein Picknick im Hyde Park."

Die drei schauten ihn an, als wäre er verrückt.

„Oder gönnt euch etwas zu trinken in einem Pub", sagte ich.

Darauf konnten sie sich einigen und gingen etwas fröhlicher ins Bett.

* * *

ICH WAR DER MEINUNG, wir sollten Oscar Barratt besuchen, um mehr über den Tod von Mr. Baggley herauszufinden, doch Matt war anderer Meinung. Er behauptete, das läge daran, dass Kriminalinspektor Brockwell mehr wissen würde, aber ich schätzte, der Grund war einfach, dass er Oscar nicht mochte. Ich bezweifelte, dass Brockwell uns irgendetwas sagen würde. Er war sehr darauf bedacht, dem Protokoll zu folgen.

Ich lag sowohl richtig als auch falsch. Er rückte mehr heraus, als ich erwartet hatte, als er uns schließlich in sein Bureau bat, nachdem er uns dreiundzwanzig Minuten lang hatte warten lassen. Seine Bereitwilligkeit hatte vermutlich viel damit zu tun, dass wir uns an dem Tag, an dem Sheriff Payne festgenommen worden war, zusammen der Gefahr gestellt hatten. Es war überraschend, wie Situationen, in denen es um Leben und Tod ging, Leute zusammenschweißten.

„Ich glaube nicht, dass der Mord etwas mit den Artikeln über Magie zu tun hat, die in der *Weekly Gazette* erschienen sind", sagte er mit seiner präzisen, abgehackten Sprechweise. „Tee, Miss Steele?"

„Oh, äh, nein, danke", sagte ich.

„Für mich auch nicht", fügte Matt an. Er lächelte sein charmantes Lächeln.

Das sorgte nur dafür, dass Brockwell sich unbehaglich auf seinem Sessel wand und sich auf die Papiere konzentrierte, die vor ihm ausgebreitet lagen. Ich verdrehte die Augen in Matts Richtung. Er blickte finster und verschränkte die Arme. Ich wusste, dass er dachte, Brockwell wäre auf *diese* Art an mir interessiert, aber ich hatte diesen Gedanken zerstreut. Oder das hatte ich zumindest gedacht. Es sah so aus, als wäre er immer noch eifersüchtig. Ich stellte fest, dass ich darüber nicht enttäuscht sein konnte.

„Weshalb glauben Sie, dass der Mord nichts mit Magie zu tun hat?", fragte ich.

Brockwell blätterte durch einige Papiere. Als er das fand, was er gesucht hatte, zog er es heraus und legte es oben auf den Stapel. Er formte den Stapel, bis er wieder perfekt ausgerichtet war. „Wenn ich wollen würde, dass die Artikel ein Ende haben, würde ich Barratt töten, nicht Baggley."

„Das scheint die vorherrschende Meinung zu sein", sagte Matt. „Ich bin mir nicht ganz sicher, ob es ein ausreichender Grund ist, um die Theorie fallen zu lassen, basierend darauf, wie wenig wir wissen."

„War er zu dem Zeitpunkt allein in seinem Bureau?", fragte ich.

„Barratt war bei ihm", sagte Brockwell. „Sie haben Ideen für Artikel besprochen. Barratt war aufgestanden, um sich Notizen von seinem Schreibtisch zu holen, und hatte Baggley zurückgelassen. Er hörte einen Schuss und rannte heraus, nur um festzustellen, dass Baggley über seinem Schreibtisch zusammengesunken und der Mörder nirgendwo zu sehen war. Die Eingangstür war nicht abgesperrt. Jeder hätte von der Straße hereinkommen können."

„Steht Barratt unter Verdacht?", fragte Matt.

„Matt!", rief ich.

Er zuckte mit den Schultern. „Er war mit Baggley allein, und es gibt keine anderen Zeugen. Er wäre mein vorrangiger Verdächtiger."

„Er ist ein Verdächtiger", sagte Brockwell.

Matt wirkte zufrieden, doch ich bekam das Gefühl, dass Brockwell uns etwas vorenthielt.

„Wer noch?", fragte ich.

„Ich bin nicht befugt, das zu sagen, Miss Steele. Es tut mir leid." Er lächelte nett. Ich erwiderte das Lächeln, weil ich hoffte, es würde seine Haltung ein wenig mildern. Aber ich war nicht charmant, und Brockwell war nicht die Art Mann, die man bezirzen konnte.

„Haben Sie die Mordwaffe gefunden?", fragte Matt, der die Stille durchbrach.

„Nein", sagte Brockwell.

„Irgendwelche Zeugen?"

„Ich bin nicht befugt, das zu sagen."

„Hat der Mörder irgendwelche Hinweise hinterlassen?"

„Abermals bin ich nicht befugt, das zu sagen."

„Bringen Sie mich nicht dazu, mich über Sie hinwegzusetzen, Inspektor."

Brockwell verschränkte die Hände auf dem Papierstapel ineinander. „Da dieser Fall Sie nicht betrifft, ist es unwahrscheinlich, dass Commissioner Munro Ihnen die Antworten gibt, die Sie suchen."

Matt erhob sich und knöpfte seine Jacke zu. „Sind Sie ganz sicher, dass es uns nicht betrifft?" Er bot mir seinen Arm und wollte mich nach draußen geleiten.

„Bevor Sie gehen", sagte Brockwell, der abermals durch seine Papiere wühlte. „Ich habe Neuigkeiten zur Verhandlung von Sheriff Payne. Der Staatsanwalt will, dass es bald weitergeht."

„Je eher, desto besser", sagte ich.

„Auf jeden Fall. Payne hat den anderen Insassen erzählt, dass er Sie und Mr. Seaford gesehen hat, wie Sie Mr. Glass ins Leben zurückholen, indem Sie Magie nutzen. Im Lichte des öffentlichen Interesses an Magie wird es nicht lange dauern, bis die Zeitungsschreiber davon Wind bekommen. Je eher die Verhandlung stattfindet, desto weniger Gelegenheit hat er, seine Bösartigkeit von sich geben zu können."

Wieder wollte Matt mich nach draußen eskortieren. Wir bedankten uns bei Brockwell, während er uns an die Tür brachte.

Er berührte mich am Ellbogen. „Einen schönen Tag, Miss Steele. Meine Tür wird Ihnen während der schwierigen Zeit der Verhandlung gegen Payne offenstehen."

„Und mir?", fragte Matt.

Brockwell schnaubte nur.

„Du solltest ihn nicht hänseln", sagte ich, während wir durch das Gebäude von Scotland Yard hinausgingen. „Er hätte uns das Leben sehr viel schwerer machen können. Außerdem dachte ich, du magst ihn. Dir gefällt, wie methodisch und gründlich er vorgeht."

„Stimmt", sagte Matt. „Aber mir gefällt nicht, wie er mit dir flirtet."

„Das war doch wohl nicht geflirtet. Er ist einfach nur ein guter Polizist, der mir Unterstützung angeboten hat. Er nahm vermutlich an, dass du sie nicht benötigst, da du groß und stark und ziemlich fähig bist, auf dich aufzupassen, nun, da du gesund bist."

„Vertraue mir, India, das war geflirtet."

„Ich schätze, ich sollte dir vertrauen, da du ja ein Experte bist."

Er kniff die Augen zusammen, und ich grinste.

„Und du kannst ihm nicht vorwerfen, dass er mit mir flirtet, wenn er *unsere* Beziehung für eine reine Arbeitsbeziehung hält", fügte ich an.

„Sobald ich frei bin, wird er der Erste, dem ich es erzähle. Bis dahin werde ich von meinem Recht Gebrauch machen, finster dreinzuschauen, ihn anzufunkeln und die Stirn krauszuziehen, wenn er mit dir flirtet."

Matt setzte mich zu Hause ab, stieg aber wieder in die Kutsche, nachdem er mir hinausgeholfen hatte. Er weigerte sich, mir zu sagen, wohin er ging, versprach aber, mich später darüber in Kenntnis zu setzen. Es war äußerst empörend.

Miss Glass war die Einzige, die zu Hause war, und sie war froh, mich zu sehen. „Es war hier den ganzen Vormittag so langweilig", sagte sie mit verzogenem Gesicht. „Komm und lies mir etwas vor, India."

Ich las ein paar Seiten ihres Buches laut, hörte aber auf, als mir klar wurde, dass sie nicht zuhörte. Sie starrte aus dem Fenster, den Hals gereckt, um die Straße zu beobachten.

„Erwarten Sie jemanden?", fragte ich.

„Nur Beatrice."

„Allein oder mit ihren Töchtern?" Mit einer der Glass-Frauen wurde ich fertig, aber alle vier wären eine Herausforderung gewesen. Ich schätzte, sie würden meine Ausreden ohnehin freudig entgegennehmen und es wäre ihnen lieber, wenn ich nicht da war. Patience insbesondere würde sich merkwürdig vorkommen. Sie wusste, wie Matt und ich zueinander standen.

Miss Glass wandte mir den Rücken zu. „Wir werden die Organisation der Hochzeit besprechen."

Ich schloss das Buch und legte es ab. „Ich verstehe."

„Sie will eine Anzeige in den Zeitungen schalten, aber ich habe sie gebeten, zu warten. Es ist noch gar nicht so lange her, seit sie die Verlobung von Patience mit Lord Cox angekündigt hat, und eine weitere so früh wäre vulgär."

„Ich verstehe", sagte ich wieder.

„Matthew hat auch darum gebeten, dass wir warten."

Ich hob den Blick. „Hat er einen Grund genannt?"

„Das muss er nicht erklären. Ich kenne den Grund. Er hat vor, Lord Cox zu überzeugen, sie zurückzunehmen."

„Lord Cox wird nicht nachgeben", erklärte ich ihr.

„Nein. Wird er nicht. Er ist viel zu stolz." Sie legte eine Hand auf meine. „Das wird eine schwierige Zeit für dich, meine Liebe, aber ich werde dir da durchhelfen. Eines Tages wirst du mir danken. Das werdet ihr beide. Du und Matthew seid füreinander nicht richtig …"

Ich sprang auf. „Woher wissen Sie das?"

Ihre Finger zogen sich zurück. „Ich habe Erfahrung in Herzensangelegenheiten."

Ich wollte ihr sagen, dass sie offensichtlich nicht dieselbe Art Erfahrung haben konnte, da sie allein war, völlig ohne Liebe. Aber das tat ich nicht. So tief konnte ich nicht sinken, nicht einmal in der Hitze des Augenblicks.

„Du magst mich ja nur als alte Jungfer sehen und betrachten", sagte sie, weil sie meine Gedanken erriet. „Aber ich war einmal verliebt, und er war schrecklich unpassend. Das wusste ich zu diesem Zeitpunkt nicht, aber später erfuhr ich, dass er versucht hatte, sich in eine Ehe mit mir zu schwindeln. Penelope hat mich gerettet, indem sie ihn mir gestohlen hat."

Ich brauchte einen Augenblick, um die einzelnen Teile ihrer Geschichte zusammenzusetzen. Penelope war früher ihre Freundin gewesen, aber vor vielen Jahren waren sie erbitterte Feindinnen geworden. Das war dann wohl der Grund dafür.

„Sollten Sie Penelope dann nicht dankbar sein, ihn gestohlen zu haben, wenn er einen solchen Charakter hatte?"

„Sie hat ihn dennoch gestohlen, India. Freundinnen tun das einander nicht an. Außerdem wusste sie zu diesem Zeitpunkt nicht, dass er ein Tunichtgut war. Sie wurde in los, fast gleich nachdem sie ihn für sich gewonnen hatte. Sie war niemals in ihn verliebt. Sie wollte einfach nur sehen, ob sie ihn mir wegnehmen konnte."

„Das ist wohl kaum das gleiche wie unsere Lage. Ich versuche nicht, mir etwas bei Matt zu erschwindeln. Ich liebe ihn. Ich würde ihn heiraten, und wenn er bettelarm wäre. Ich möchte doch hoffen, dass Sie mich gut genug kennen, um das zu glauben."

Sie seufzte und drehte sich erneut zum Fenster, doch ihr Blick wurde verträumt. „Ich vermisse ihn. Ich vermisse ihn so sehr."

Einen Augenblick lang dachte ich, sie würde von dem Mann reden, der versucht hatte, sie hereinzulegen, aber mir wurde klar, dass sie vermutlich von Matts Vater redete, ihrem Bruder Harry. Ihr Verstand glitt oft ab in die Vergangenheit, wenn sie in der Gegenwart vor einem Konflikt stand, und ihr geliebter Bruder trat dort häufig auf.

Ich setzte mich wieder hin und nahm das Buch. Ob sie mir zuhörte oder nicht, es spielte keine Rolle. Das Lesen vertrieb einem die Zeit, bis die Post kam. Für mich kam ein Brief, ausgerechnet von Patience.

Ich legte ihn beiseite und las die Nachricht von Lady Rycroft an Miss Glass zuerst. „Sie sagt, sie würde heute doch nicht kommen."

„Gut", erklärte Miss Glass. „Das heißt, sie hat zugestimmt, die Ankündigung zu verschieben."

Das war immerhin etwas. Eine Verschiebung bedeutete, dass mehr Zeit blieb, um Lord Cox zu überzeugen. Allerdings hatte ich keine Ahnung, wie wir das anstellen würden.

„Was steht in deinem Brief?", fragte Miss Glass, die danach griff. „Er ist von Patience. Du kannst sie nicht ewig ignorieren."

Ich glaubte schon, dass ich das konnte, aber ich nahm ihn trotzdem. „Sie entschuldigt sich", sagte ich und musterte das

Blatt. „Sie hofft, dass ich ihr eines Tages werde verzeihen können."

„Wenn sie Verzeihung will, sollte sie jemand anderen heiraten."

Ich schüttelte den Kopf. „Sie sind so widersprüchlich, Miss Glass. Sie wollen, dass sie Matt heiratet. Ich dachte, Sie würden mir sagen, *ich* solle *ihr* vergeben, oder dass es nichts zu vergeben gibt."

„Natürlich gibt es etwas zu vergeben. Sie nimmt meinen Neffen weg. Der Haushalt wird niemals wieder derselbe sein."

Ich blinzelte sie an, nicht ganz sicher, ob ich sie richtig verstand. Sie hielt *sich* für die verletzte Partei bei diesem Arrangement, nicht mich. Ich hatte schon immer angenommen, dass die oberen Klassen ein selbstsüchtiger Haufen waren, und jetzt hatte ich die Bestätigung. Ich war nicht sicher, ob ich lachen, weinen oder sie darauf hinweisen sollte. Letztlich sagte ich nichts. Sie war eine ältere Frau, daran gewöhnt, an niemanden außer sich selbst zu denken. Ihr ihre Selbstsüchtigkeit darzulegen, würde nichts bringen, außer zwischen uns Unfrieden zu stiften, und trotz allem mochte ich sie gern.

Sie tätschelte mir das Knie. „Ich finde nicht, dass er dich heiraten sollte, India, das heißt jedoch nicht, dass ich will, dass er Patience heiratet. Sie wird schon gehen, nehme ich an. Sie ist nicht so gemein oder geistlos wie ihre Schwestern. Auf jeden Fall werden du und ich noch einander haben, also wird daraus etwas Gutes erwachsen. Wir werden uns schon weiter durchlavieren. Sobald wir in das große Haus auf dem Anwesen ziehen, können wir den ganzen Westflügel für uns haben. Wir werden Patience nicht einmal begegnen müssen, wenn wir das nicht wollen."

Es war unmöglich, zu sagen, ob sie Witze machte, es ernst meinte, oder den Verstand verloren hatte. „Ich glaube, Sie müssen sich ausruhen."

Sie berührte die weißen Locken an ihrer Schläfe. „Rede ich wieder vor mich hin?"

Ich geleitete sie die Stufen hinauf und brachte sie zu einem Nickerchen ins Bett. Ich bat Bristow, mir etwas Leichtes zum Mittagessen im Wohnzimmer zu servieren, da ich allein war, aber Duke, Cyclops und Willie kehrten rechtzeitig zurück. Er brachte ausreichend Sandwiches für uns alle herauf.

Duke verschlang zwei, ehe ich meinen zweiten Bissen nahm.

„Mach langsamer", tadelte Willie ihn. „Du bekommst noch Bauchschmerzen."

„Ich muss meine Kraft aufbauen", sagte er mit vollem Mund.

„Verrichtest du noch mehr Arbeit im Konvent?", fragte ich ihn.

„Wir waren nicht im Konvent", erklärte Cyclops, der mit jeder Hand ein Sandwich nahm. Er musterte sie beide, ehe er sich für das rechte entschied. Er schob sich das ganze Ding in den Mund.

„Für seine Kraft", erklärte mir Duke mit einem Zwinkern.

Ich legte mein Sandwich auf dem Teller ab. „Erzählt mir vielleicht jemand, was los ist?"

Willie und Cyclops wechselten einen Blick. Duke ignorierte mich zugunsten seines nächsten Sandwichs.

„Erzählt es mir jetzt, oder ich werfe diese Uhr auf euch."

„In Ordnung", sagte Willie mit einem Blick auf die Tür. „Aber du musst uns versprechen, dass du es Matt nicht verrätst."

„Das kann ich nicht tun."

„Dann verraten wir es dir nicht."

Sie hatten eindeutig etwas vor, das Matt nicht gutheißen würde, und vermutlich würde ich das auch nicht tun. Das reizte meine Neugier umso mehr. „Also gut", sagte ich. „Ich werde es ihm nicht erzählen, aber erwartet nicht, dass ich für euch lüge."

Sie nickten alle. „Wir gehen heute Abend zu einem Kampf", sagte Willie. „Mit bloßen Fäusten. Der letzte, der noch steht, gewinnt."

„Weiter", drängte ich.

„Duke und Cyclops treten an."

„Seid ihr wahnsinnig?", rief ich. „Ihr werdet noch verletzt."

Keiner von ihnen schien das für ein Problem zu halten. „Ein paar blaue Flecken", sagte Cyclops.

„Ein Schmiss auf der Lippe vielleicht", fügte Duke mit einem Schulterzucken an.

Willie grinste. „Das wäre eine Verbesserung."

Beide Männer erwiderten das Grinsen.

Sie waren auf jeden Fall verrückt. Das schien für sie Unterhaltung zu sein. „Ich weiß, dass ihr aus dem Wilden Westen seid, wo die Dinge, nun ja, wild sind, aber das ist barbarisch. Kein Wunder, dass ihr nicht wollt, dass Matt das erfährt. Er wird darauf bestehen, dass ihr zu Hause bleibt."

„Er ist nicht unser Wärter", schoss Willie zurück. „Wir können es ihm sagen, wenn wir wollen, aber er kann nichts dagegen tun."

Wir wussten beide, dass sie es ihm nicht erzählen würde. Keiner von ihnen würde das. Matt mochte sie ja nicht aufhalten können, aber er konnte ihnen auf jeden Fall den Abend ruinieren, indem er mit ihnen kam und sie im Auge behielt wie eine Glucke.

„Wir sehnen uns nach einem Kampf", sagte Duke. „Du hast uns gestern Abend gehört. Wir gehen einander ständig an die Gurgel. Eine ganze Woche lang ist nichts Aufregendes mehr passiert. Uns ist langweilig. Wir müssen unseren Frust rauslassen."

„Indem ihr euch kurz und klein hauen lasst?"

„Wir haben nicht vor, uns kurz und klein hauen zu lassen, nicht so sehr wie wir unsere Gegner", sagte Cyclops, sein Auge leuchtete.

„Von dir hätte ich besseres erwartet, Cyclops. Du hast ein sanftes Wesen. Die beiden sind im Herzen Grobiane."

Cyclops' Gesichts verzog sich.

„Er ist ein Mann, India", sagte Duke, durch meine Anmerkung nicht beleidigt. „Ein Mann, der die Frau nicht haben kann, die er will. Das ist für ihn jetzt im Augenblick das Beste."

Cyclops schaute weg. Ich konnte nicht mit ihm streiten; diese Art des Trostes kannte ich nur zu gut.

„Und was es mit deinem Frust, Willie?", fragte ich. „Oder sagst du mir gleich, dass du auch deinen Hut in den Ring geworfen hast?"

„Mach dir keine Sorgen um mich", sagte sie. „Ich werde draußen bleiben. Einen Kampf zu sehen, ist fast genauso gut, wie den Frust abzubauen, indem man die Fäuste fliegen lässt.

Außerdem werden sie mich brauchen, um sicherzustellen, dass der Kampf fair läuft. Du solltest auch mitkommen, India."

„Nein", sagten Duke und Cyclops beide. „Matt wird das nicht gefallen", fügte Duke an.

„Das ist nicht Matts Entscheidung. Das liegt bei India. Sie ist eine freie Frau."

„Eine respektable Frau", sagte Cyclops. „Sie wird auch nicht sehen wollen, wie Blut vergossen wird, oder, India?"

„Nicht im Namen des Sports", sagte ich. „Vielen Dank für die Einladung, Willie, aber ich lehne ab."

„Gut, aber du versäumst dann auch eine Menge bloßer, männlicher Muskeln." Sie zwinkerte.

Matt kam zu einem späten Mittagessen nach Hause, und schließlich setzte er uns darüber in Kenntnis, wo er gewesen war. „Ich habe Payne im Gefängnis aufgesucht. Das ist der Grund, weshalb ich nicht wollte, dass du mitkommst, India."

„Du hättest es mir vorher erzählen können", sagte ich.

„Du hättest darauf beharrt, mitzukommen."

Da war etwas dran. „Weshalb wolltest du ihn treffen?"

„Ja, warum?", fragte Cyclops. „Ich dachte, du wolltest sein Gesicht niemals wieder sehen."

„Lord Coyle wusste über India und Gabe Seaford Bescheid, und dass sie mir das Leben gerettet haben", sagte Matt. „Seine anderen Dinner-Gäste wussten es auch. Ich wollte herausfinden, ob jemand Payne besuchen gekommen ist, oder ob Payne zu viel geredet hat. Wenn es Ersteres war, dann ist die Information ziemlich eingeschränkt. In letzterem Fall haben wir vielleicht ein Problem, wenn die Zeitungen davon vor der Verhandlung Wind bekommen."

„Und?", drängte Duke. „Was war es?"

„Laut des Wachmanns am Empfang hatte Payne letzte Woche einen Besucher. Derselbe Wachmann hatte damals Dienst, konnte sich aber nicht an das Aussehen des Besuchers erinnern. Er sagte jedoch, dass der hochtrabende Akzent des Mannes ihm aufgefallen sei. Das Besucherregister hat den Namen des Mannes als Smith geführt. Die Unterschrift war unleserlich."

„Smith?" Willie schnaubte.

„Und was war mit Payne?", fragte ich. „Was hat er dir erzählt?"

„Ich durfte ihn nicht sehen, da ich ein Kronzeuge und Betroffener bin. Es war sowieso nicht meine vorrangige Absicht, mit ihm zu reden. Ich habe die Information, die ich brauche, vom Register und dem Wachmann erhalten."

„Glaubst du, Lord Coyle war sein Besucher?"

„Sehr wahrscheinlich."

„Wirst du ihn zur Rede stellen?", fragte Cyclops.

„Willst du, dass ich meinen Colt mitbringe?", sagte Willie.

„Es muss niemand zur Rede gestellt werden", bremste Matt sie. „Coyle ist es gestattet, Payne einen Besuch abzustatten. Zumindest hat er ein Interesse daran, die Information auf seinen eigenen Zirkel aus Freunden zu beschränken."

„Aber weshalb wollte er wissen, was an jenem Tag passiert ist?", fragte ich. „Weshalb muss er über meine Magie und die von Gabe Bescheid wissen?"

Niemand hatte gute Antworten auf diese Fragen.

* * *

MIR FIEL AUF, dass Cyclops, Duke und Willie sich nach dem Mittagessen vom Haus wegschlichen, und ich folgte ihnen zu den Stallungen. Cyclops rollte sich bereits die Ärmel hoch, als ich sie stellte.

„Was macht ihr da?", fragte ich.

Willie fuhr herum. „Was machst du hier? Geh zurück ins Haus, oder Matt kommt dich noch suchen."

„Wir üben nur", erklärte mir Duke, der seine Weste an einen Haken hängte.

„Halt Matt hier raus." Willie scheuchte mich weg, und ich verfolgte meine Schritte zurück zum Haus.

In meiner kurzen Abwesenheit war ein Besucher eingetroffen, einer, von dem ich mir nicht sicher war, ob es mich freute, ihn zu sehen. Oscar Barratt schien immer schlechte Nachrichten dabei zu haben. Er hatte mich in der Vergangenheit hereingelegt, mir gesagt, dass er aufpassen würde, nicht zu viel über die Magie in seinen Artikeln preiszugeben, und doch hatte er diese

Grenze überschritten. Das Problem war, dass er fand, die Grenze wäre an einer Stelle, und ich sah sie an einer anderen. Da wir jedoch beide Magier waren, bedeutete das, dass wir einander gewissermaßen verstanden und denselben Wunsch teilten – dass es den Magiern offen möglich sein sollte, ihre Magie auszuüben.

Diese zwei Seiten machten unsere Beziehung kompliziert.

Er saß auf dem Sofa, Matt ihm gegenüber. Beide wirkten, als wären sie nicht gern im selben Raum wie der andere. Mein Auftritt wurde mit erleichterten Mienen begrüßt.

„India", sagte Oscar. „Ich bin froh, dass du hier bist. Ich wollte mit euch beiden reden." Er setzte sich wieder und wischte sich die Handfläche am Hosenbein ab. Das unsichere Lächeln, das er mir bei meinem Eintritt geschenkt hatte, verflog unter Matts funkelndem Blick.

„Das spart uns eine Fahrt", sagte Matt zu Oscar. „Wir wollten Sie zum Mord an Mr. Baggley befragen."

„Es ist eine schreckliche Sache." Oscar beugte sich vor und stützte die Ellbogen auf die Knie. Er fuhr sich mit einer bebenden Hand durch die Haare.

Das schrie nach Tee. Ich zog an der Klingelschnur und bat Bristow um Erfrischungen.

„Geht es dir gut, Oscar?", fragte ich, während ich mich wieder hinsetzte.

Oscar nickte und lehnte sich mit einem tiefen Seufzen zurück. „Ich arrangiere mich immer noch mit dem, was geschehen ist. Baggley war ein guter Mann und ein exzellenter Herausgeber. Er hinterlässt eine Frau und zwei erwachsene Kinder. Man wird ihn vermissen."

„Wir haben gehört, dass Sie da waren, als er erschossen wurde", sagte Matt.

„Haben Sie mit der Polizei geredet? Das überrascht mich nicht. Ja, ich war da."

„Haben Sie noch jemanden gesehen?"

„Nein, aber ich glaubte, die Eingangstür zufallen zu hören, als jemand ging. Ich lief hinaus, sah aber niemanden auf der Straße."

Die schmale Gasse und das Bureau waren nahe an der Fleet Street, von der viele Gassen ausgingen. Es wäre für den Mörder einfach gewesen, vom Tatort zu verschwinden, wenn er flink zu Fuß war.

„Wissen Sie, wer sich womöglich Baggleys Tod gewünscht hat?", fragte Matt. „Hatte er Feinde oder wurde er in letzter Zeit bedroht?"

„Das ist es ja." Oscar rieb sich mit der Hand über seinen Kinnbart. „Er wurde nicht bedroht, nur ich. Von einem Magier."

KAPITEL 3

Oscar reichte Matt mehrere Blätter Papier, und ich stand auf, um sie über seine Schulter zu lesen. Die Worte bestanden aus ausgeschnittenen Zeitungsbuchstaben, die auf das Papier geklebt worden waren. Die kurzen, tödlichen Nachrichten waren an Oscar gerichtet und drängten ihn, aufzuhören, Artikel über Magie zu schreiben, andernfalls würde man ihn energisch aufhalten.

„Simpel", sagte Matt.

„Wenig originell", meinte Oscar. „Berühre das Papier, India."

Ich betastete das Blatt. „Es ist warm."

Matt hielt eines der Blätter in das Licht, das durch das Fenster fiel. „Die Qualität ist hervorragend. Es wiegt wenig, fühlt sich aber dick an. Es lässt nicht viel Licht durch."

„Papiermagie", sagte Oscar.

„Kennen Sie irgendwelche Papiermagier?", fragte Matt.

„Nein."

„Kamen sie in Umschlägen?"

Oscar schüttelte den Kopf. „Sie wurden unter der Bureautür durchgeschoben. Fünf Nächte lang wurde jeden Abend eine geliefert."

Bristow brachte ein Tablett herein und ging wieder. Ich schenkte den Tee ein und reichte Oscar eine Tasse. „Es tut uns sehr leid, von Mr. Baggley zu hören", sagte ich sanft. „Er wirkte wie ein guter Mensch."

Er nahm die Untertasse in beide Hände und starrte in den Tee. „Er war mein Mentor, mein Freund, mein Kollege ... Ich stand ihm näher als meiner eigenen Familie."

Matt inspizierte die Nachrichten genau, drehte sie um, hielt sie wieder ins Licht, dann breitete er sie auf dem Boden aus. „Sie haben ein Muster", sagte er und stellte sich hin, um den besten Blickwinkel zu erhalten. „Die Worte sind anders, aber die Satzstruktur ist gleich. Sie wurden sehr wahrscheinlich von derselben Person verfasst."

„Jedes Wort ist richtig geschrieben", sagte ich und stellte mich neben ihn, die Teetasse in der Hand.

„Es gibt Grammatikfehler." Oscar deutete auf ein fehlendes Komma in zwei Briefen und den falschen Gebrauch eines Superlativs. „Es sollte heißen ‚Ihre verantwortungslosen Artikel schaden einzig guten Leuten', nicht einzigst."

„Also können wir einen Schriftsteller oder Herausgeber ausschließen", sagte Matt.

„Außer, die Fehler wurden absichtlich gemacht, um seine oder ihre Identität zu verschleiern", sagte ich.

Oscar seufzte und sank in den Sessel. „Zu viele Verdächtige."

Er hatte recht. Wie konnte man sie aussieben?

„Hat irgendjemand dich direkt bedroht?", fragte ich. „Oder einen Namen unter einen Brief gesetzt, der dich anwies, aufzuhören?"

„Zum einen mein Bruder." Oscars Bruder war ein Tintenmagier wie Oscar und betrieb das Familiengeschäft einer Tintenmanufaktur. Es war äußerst erfolgreich, und die Familie war ziemlich reich geworden, obwohl Oscar es vorzog, sich selbst einen Weg in London zu bahnen, ohne die Hilfe seines Bruders. „Isaac hat seinen Standpunkt sehr deutlich gemacht."

„Gewiss hat er dich nicht bedroht", sagte ich.

„Nur, mir mein Taschengeld zu streichen, das ich sowieso nicht anrühre. Es geht alles an unsere Schwester, die es mehr braucht als ich. Isaac hat sie vor fünf Jahren hinausgeworfen, als sie einen Mann wählte, den er nicht für geeignet hielt."

„Abercrombie ist ein Verdächtiger", fügte Matt an. „Wir wissen, dass er gegen Ihre Artikel ist."

„Es ist nicht der einzige Gildemeister, der deutlich gemacht hat, dass ich unverantwortlich handle", sagte Oscar. „Ein Mann namens Tucker von der Gilde der Schreiner hat erst vor zwei Tagen eine Szene gemacht. Man musste ihn gewaltsam aus dem Bureau bringen, nachdem er alle möglichen unziemlichen Dinge gerufen hat."

„Was ist mit dem Herausgeber und dem Reporter von der *City Review*?", fragte ich. „Mr. Force hat eine Menge Artikel geschrieben, die mit der Unterstützung von Abercrombie deine widerlegt haben."

„Stimmt."

„Da wäre ich mir nicht so sicher", sagte Matt. „Die Auflage der *City Review* ist vermutlich als Ergebnis dieses Schlagabtauschs in die Höhe geschossen. Es ist anzunehmen, dass Mr. Force und sein Herausgeber insgeheim zufrieden sind."

„Aber die *Review* ist eine Zeitung für Geschäftsleute", sagte ich. „Und Geschäftsleute wollen ihre Geschäfte schützen."

„Ihre talentfreien Geschäfte", fügte Oscar an. Er rutschte auf dem Sofa vor und wackelte mit dem Finger. „Was ist mit den Besitzern der *Review*? Einerseits sind sie ja vielleicht zufrieden mit der erhöhten Auflage, falls sie tatsächlich gestiegen ist. Aber andererseits wollen sie so verzweifelt, dass ich aufhöre, dass sie etliche Quadratzentimeter auf ihrer Titelseite dafür hergeben, meine Behauptungen zurückzuweisen. Ich denke, sie sollten auf jeden Fall verdächtig sein."

„Es ist ein ziemlich weiter Sprung vom Betreiben einer Konkurrenzzeitung dazu, jemanden umzubringen", sagte Matt. „Und weshalb nicht Sie umbringen, wenn sie doch Ihre Enthüllungen durch ihre eigenen Artikel bekämpfen?"

„Frust, weil es nicht funktioniert? Die Durchschnittsleute glauben *mir*, Mr. Glass, nicht der konservativen *Review*." Oscar trommelte mit den Fingern auf den Knien und nickte immer wieder. Ihm schien es ziemlich schwerzufallen, still zu sitzen. „Lassen Sie mich herumfragen. Ich werde herausfinden, wem diese Zeitung gehört."

Dann hatten wir eine ganze Reihe von Verdächtigen, wenn

Lord Coyle und seine Dinnergäste eingeschlossen wurden. Mit so wenigen Beweisen wäre es schwierig, sie auszusieben. „Das Problem dabei, wenn jemand von den Gilden oder der *City Review* verdächtig ist, liegt darin, dass dieses Papier von einem Magier angefertigt wurde", sagte ich. „Es ist sehr unwahrscheinlich, dass ein Gildemeister ein Magier ist."

„Es könnte Zufall sein", sagte Oscar. „Der Mörder könnte unwissend das Papier bei einem Papiermagier gekauft haben."

„Es lohnt sich, mit der Gilde der Buch- und Schreibwarenhändler zu sprechen", sagte Matt. „Vielleicht gehört ein Magier dazu. Das haben wir schon früher erlebt."

„Die Gilde der Buchhändler ist für Druckereien und Herausgeber", sagte Oscar. „Nicht für Papierhersteller. Ich glaube nicht, dass die ihre eigene Vereinigung haben. Es gibt allerdings eine enge Beziehung zwischen den Gilden der Buchwarenhändler und den Papierherstellern. Es lohnt sich, dem nachzugehen."

„Gibt es sonst noch etwas, was du uns sagen kannst?", fragte ich. „Irgendwas?"

„Ich glaube nicht." Er hob eine Schulter und zuckte aufgrund seiner Schussverletzung von vor ein paar Wochen zusammen. Es sah so aus, als hätte jemand vorgehabt, noch einmal auf ihn zu schießen, und Baggley wäre aufgrund eines Irrtums erschossen worden.

„Arbeiten Sie oft lange?", fragte Matt.

„Ja."

„Ist das weithin bekannt?"

„Die anderen Mitarbeiter wissen Bescheid. Mein Bruder weiß es. Ich bin oft abends der Einzige dort."

„Was ist mit Baggley?"

„Er arbeitet nur selten so spät wie ich. Er hat eine Frau, während ich niemanden habe, zu dem ich nach Hause komme." Er lächelte mich ausdruckslos an. „Noch ein Grund, weshalb ich glaube, dass ich das beabsichtigte Opfer war."

„Aber du siehst überhaupt nicht wie Baggley aus", sagte ich. „Er ist älter und kleiner. Niemand würde euch beide verwechseln."

„Außer, der Mörder hat Barratt noch niemals gesehen", erwiderte Matt.

„Selbst wenn er mich schon gesehen hat, hätte er einen Fehler machen können", sagte Oscar. „Mr. Baggley saß, den Rücken zum Eingang, den Kopf vermutlich über die Arbeit gebeugt. Ich hatte ihn nur wenige Augenblicke zuvor verlassen. Als dort nur ein Mann zu sehen war, hat der Mörder angenommen, ich wäre es."

Matt stand wieder auf und ging um die Nachrichten herum, die auf dem Boden ausgebreitet lagen. „Es wäre nicht schwer, herauszufinden, wer das Papier mit der besten Qualität in der Stadt herstellt. Wir werden bei der Gilde der Buchhändler anfangen."

„Das kommt vielleicht nicht aus einer großen Fabrik", sagte ich. „Derjenige, der diese Nachrichten geschrieben hat, will verhindern, dass die Magie der Welt enthüllt wird. Jeder Magier, der das will, wird ein hochwertiges magisches Produkt nicht in einer bekannten Fabrik herstellen. Er wird sich verstecken." Ich verabscheute den Gedanken, dass ein Magier hinter den Drohungen an Oscar steckte, und hinter dem Mord, aber wir konnten keine Möglichkeit ausschließen.

„Eine ganze Reihe von Magiern ist derzeit verängstigt", sagte Matt, der Oscar genau beobachtete. „Sie haben sich sicher versteckt und immer noch gute Waren hergestellt, und nun ist ihr Geheimnis offenbart, und womöglich auch ihre Identität, was sie in Gefahr bringt. Niemand kann ihnen übel nehmen, dass sie sich vor Verfolgung fürchten."

„Sie sollten sich zusammentun und gegen ihre Unterdrücker kämpfen", erklärte Oscar. „Mit dem Verstecken ist nichts gewonnen. Und außerdem würden sie nicht mich umbringen wollen, sondern lieber die Leute, die sie verfolgen. Die Talentfreien."

Matt knurrte. „Sind Sie sich da ganz sicher?"

Oscar schluckte.

„Nun", sagte ich rasch, „zumindest haben wir jetzt eine Richtung. Wir werden versuchen, die Quelle dieses Papiers aufzutun."

„Und ich werde sehen, wem die *City Review* gehört", fügte Oscar an. „Ich glaube immer noch, dass das ein Ansatz ist, dem zu folgen es sich lohnt, Glass, selbst wenn Sie das anders sehen."

Er erhob sich und bedankte sich bei uns. „Ich werde heute anfangen."

„Augenblick", sagte Matt, während Oscar sich schon aus dem Salon entfernen wollte. „Ehe wir entscheiden, ob wir diesen Fall annehmen, möchte ich Sie etwas fragen."

„Wir haben nicht entschieden, ihn anzunehmen?", fragte ich.

Oscar runzelte die Stirn. „Ich dachte, wir haben unsere Differenzen beiseitegelegt, Glass. Den Mörder zu finden, ist für uns beide wichtig, ganz gleich, ob Sie glauben, dass ich das Richtige tue oder nicht."

„Das mag ja stimmen, aber ich will wissen, weshalb Sie unsere Hilfe wollen. Die Polizei arbeitet daran, den Mörder zu finden. Sie sollten diese Nachrichten Kriminalinspektor Brockwell bringen und ihn nach dem Verfasser suchen lassen."

„Er ist talentfrei."

„Er glaubt inzwischen an Magie", sagte ich.

„Mir wäre es dennoch lieber, einen Magier in die Ermittlungen involviert zu haben. Deine einzigartige Sichtweise wird helfen, den Mörder zu finden." Er beugte sich plötzlich vor und nahm meine Hand. „Ich will, dass du das nur tust, wenn du versprichst, dass du aufpasst, India. Falls dir etwas zustoßen würde …" Er wollte meine Hand heben, vielleicht, um sie zu küssen, aber er überlegte es sich noch einmal und ließ los. Er warf einen Blick in Matts Richtung.

Matt verzog das Gesicht.

„Werden Sie ermitteln?", drängte Oscar.

„Natürlich", sagte ich.

„Bis und wenn es nicht gefährlich wird", fügte Matt an.

Oscar streckte eine Hand aus. „Das weiß ich zu schätzen, Glass."

Matt schüttelte ihm die Hand, und ein Augenblick gegenseitigen Verständnisses schien zwischen ihnen zu entstehen, aber ich wurde nicht schlau daraus. „Passen Sie auf", sagte Matt. „Wenn Sie das beabsichtigte Opfer waren, probiert es der Mörder vielleicht noch einmal, sobald er herausfindet, dass er den Falschen erwischt hat."

„Vielen Dank für die Warnung. Zum Glück wimmelt es im Bureau gerade vor Polizei."

Nachdem Oscar gegangen war, schlug Matt vor, dass ich mich ihm in seinem Schreibzimmer anschließen sollte, um unsere Ermittlung zu besprechen. „Was meinst du?", fragte ich, als er die Tür schloss. „Könnte die Kugel für ihn bestimmt gewesen sein, und nicht für Baggley? Oh!"

Er nahm mich an der Hand, und mit der anderen an meiner Taille tanzte er mit mir durch das Zimmer zum Schreibtisch, wo er sich damit beschäftigte, mich auf den Hals zu küssen.

Ich kicherte. „Matt, hör auf. Das ist höchst unangemessen."

„Darum habe ich die Tür geschlossen", murmelte er an der empfindlichen Stelle unter meinem Ohr.

Ich legte die Hände an sein Gesicht und staunte, wie verhangen sein Blick war, wie träge sein Mund sich krümmte. „Wenn wir schon unangemessen sind, können wir uns doch auch gleich richtig küssen."

Er grinste. Und dann zog er mich noch dichter heran.

Ich wühlte mit den Fingern durch seine Haare und drückte mich an seinen Körper, schwelgte in der Härte und Männlichkeit, fragte mich, wann es mir gestattet sein würde, sie auch zu sehen.

Dieser Gedankengang öffnete einen Spalt, durch den die Zweifel hereinschleichen konnten. Soweit es manche Leute betraf, war Matt mit einer anderen verlobt. Auch wenn weder er noch ich ihn als Patiences Zukünftigen betrachteten, war seine Familie da anderer Ansicht. Wurde es deshalb falsch? Ich war mir nicht sicher, aber es war schwer, den Zweifel wegzuschieben.

Ich brach den Kuss ab und konnte ihm nicht in die Augen schauen.

„India", schnurrte er, „ich weiß, was du denkst." Als ich ihn nicht anschaute, berührte er mich am Kinn. „Mach dir keine Sorgen mehr darum. Ich werde sie nicht heiraten. Ich heirate dich."

„Ja, aber …" Ich schüttelte den Kopf. Wir hatten diese Unterhaltung schon zu oft geführt. „Fertigen wir eine Liste mit Verdächtigen an."

Er seufzte, dann setzte er sich an seinen Schreibtisch. Er schrieb Lord Coyles Namen oben auf die Liste, gefolgt von den

Namen seiner Dinnergäste. Als nächstes kam Abercrombie, und wir notierten, dass alle Gildenmitglieder und –meister verdächtig waren. Matt fügte unten Mr. Gibbons an.

„Aber er ist ein alter Mann", sagte ich.

„Er hat Barratt im Bureau der *Gazette* in seine Schranken gewiesen. Vielleicht ist er wütend genug zum Mord."

Wütend und traurig. Mr. Gibbons hatte seinen Enkel verloren, einen Kartographenmagier, weil Mitglieder der Kartenzeichnergilde neidisch gewesen waren. Er wollte die Magie geheim halten, damit andere Familien nicht auf ähnliche Weise Vergeltung erfuhren. Mitglieder aus sowohl dem magischen als auch dem talentfreien Lager wollten Oscar zum Schweigen bringen. Es war ein sehr großes und sehr verworrenes Rätsel, das wir lösen mussten.

„Schreib Isaac Barratt auf", sagte ich.

„Aber gewiss würde Oscars eigener Bruder nicht versuchen, ihn zu töten", erwiderte Matt, der die Feder in die Tinte tauchte.

„Schreib ihn trotzdem auf." Ich beugte mich über seine Schulter, um hinzuschauen, aber er schrieb nicht.

Er nahm mich am Arm und zog mich zu einem weiteren Kuss hinab. Er war rascher, aber genauso wirksam wie der tiefere Kuss. Diesmal zog er sich als erster zurück. Er knurrte und schaute auf den Tintenfleck auf dem Blatt hinab.

„Das ist die Hölle", murmelte er.

Ich schlang ihm von hinten die Arme um den Hals und küsste ihn auf den Kopf. „Ich weiß", sagte ich mit einem Seufzen. „Ich weiß."

* * *

WIR SUCHTEN den Saal der Buchhändler in Ludgate Hill auf, nur um festzustellen, dass der Gildemeister nicht da war. Der Türsteher bat uns, am nächsten Tag wiederzukommen, und trug einen Termin in die Liste ein. Er war recht liebenswert. Offenbar hatte Mr. Abercrombie von der Uhrmachergilde noch nicht jedes einzelne Mitglied eines jeden Gildensaals vor uns gewarnt.

Matt speiste an diesem Abend in Lord Cox' Gentlemans-Club, darum beschloss Miss Glass, mit mir ein leichtes Abendmahl in ihrem privaten Wohnzimmer einzunehmen. Wir unterhielten uns ganz angenehm, jedoch war ein angespannter Unterton niemals mehr allzu weit entfernt. Ich war mir nicht ganz sicher, ob sie es auch so wahrnahm oder ob ich die Einzige war, der es bewusst war. Sie führte den Großteil der Konversation, und glücklicherweise erwähnte sie weder Patience noch Hochzeiten auch nur einmal. Sie sprach jedoch über Matts Verpflichtungen als der zukünftige Baron von Rycroft.

„Deshalb bin ich so zufrieden damit, dass er heute Abend auswärts in einem Klub speist", sagte sie und rührte mit dem Löffel in ihrer Suppe. „Er muss mehr Kontakte in London knüpfen. So kommt man nämlich als Gentleman weiter, indem man Freunde von der richtigen Art findet."

Ich versuchte sie auszublenden, wie ich es üblicherweise tat, aber dieses Mal konnte ich nicht. Vielleicht war es der Frust meiner abgewehrten Leidenschaft, oder vielleicht war ich einfach nur am Ende einer Fahnenstange angekommen. Ihr Snobismus strapazierte meine Nerven so sehr, dass sie Gefahr liefen, entzweizuspringen.

„Natürlich erwarte ich nicht, dass du das verstehst, India", fuhr sie fort. „Du bist ein wunderbares Mädchen, aber deine Familie stammt aus einer anderen Welt als seine. Dein Vater musste sich nur auf seine eigenen Talente verlassen, aber Matt *muss* die richtigen Verbindungen schaffen."

Ich ließ meinen Suppenlöffel in die beinahe gelehrte Schale fallen. „Miss Glass", sagte ich hitzig, „ich weiß nicht, ob Sie da nahelegen, dass mein Vater keine Freunde hatte, oder dass Matt keine Talente hat, aber keines davon ist wahr. Was ich weiß, ist, dass Sie mir schon wieder erzählen, dass Matt und ich nicht zueinander passen, dass ich unter ihm stehe. Abermals stimmt nichts davon. Wir passen gut zusammen, und ich stehe nicht unter irgendwem." Ich erhob mich, schob meinen Stuhl so fest zurück, dass er beinahe umkippte. „Ich bin vielleicht nicht die Sorte Ehefrau, von der Sie gerne hätten, dass Matt sie hat, aber zufällig glaube ich, dass ich eine würdige Wahl wäre. Er empfindet das wohl auch so, denn er hat mich gebeten, ihn zu heiraten, sobald er das Debakel mit Patience gelöst hat."

Sie kniff die Lippen so fest zusammen, dass sie weiß wurden.

„Das ist wohl kaum meine Schuld. Mein Bruder zwingt sie zum Heiraten, nicht ich. Ich glaube, auch sie passen nicht sonderlich gut zusammen."

„Ihnen wäre es trotzdem lieber, wenn er jemanden heiraten würde, der nicht ich ist. Solange Sie das wollen, steht das zwischen uns." Ich schob den Stuhl nach vorne. „Ich glaube, es ist an der Zeit, dass Sie sich eine andere Gesellschafterin suchen."

Sie tätschelte den Spitzenkragen an ihrem Hals. „India, meine Liebe, es war nicht meine Absicht, dich zu verstören."

„Nun, das haben Sie."

„Dann muss ich mich entschuldigen und dich um Vergebung bitten."

„Ich kann Ihnen Ihre Vorurteile nicht vergeben. Nicht dieses Mal."

Ich stürmte weg, entschlossen, keinen Blick zurückzuwerfen. Ich fürchtete, wenn ich das tat, würde ich eine zerbrechliche, einsame Frau sehen, die versuchte, die Veränderungen zu verstehen, die um sie herum stattfanden, während sie sich an ihre traditionellen Werte klammerte. Sie wollte einen Neffen, der der Tradition folgte, aber so war Matt nicht.

Ich hoffte nur, sie würde es verstehen und akzeptieren, ehe sie seine Liebe und seinen Respekt verlor. Sie war bereits auf dem besten Weg, meinen zu verlieren.

Meine Laune kühlte sich weit genug ab, um ihr Zimmermädchen Polly Picket hinauf zu ihrem Zimmer zu schicken, um ihr Gesellschaft zu leisten. Ich hatte mich jedoch nicht ausreichend abgekühlt, um mich leise allein in mein Zimmer zu setzen. Ich fand Willie in ihrem Schlafzimmer, wo sie sich für ihren Abend auswärts bereit machte. Sie musterte ihr Abbild im Spiegel, dann öffnete sie mit einer Schnute ihr Halstuch.

„Ich brauche deine Hilfe", erklärte ich ihr.

„Womit?", fragte sie, während sie das Halstuch neu band.

„Bei der Wahl meiner Kleider für heute Abend."

Ihr Blick begegnete meinem im Spiegel. „Wohin gehst du?"

„Mir den Kampf von Cyclops und Duke ansehen. Ich brauche etwas Unterhaltung, um meine Gedanken von ... allem abzulenken."

Sie grinste. „Ich weiß genau, was du tragen solltest."

* * *

WILLIE HATTE DARAUF BEHARRT, dass ich mein dunkel-graugrünes Tageskleid mit der passenden Jacke im Militärstil und dem adretten Hut trug. Es passte besser zu einem Nachmittagsbesuch bei Freunden, anstatt zu einem Abend in einer fragwürdigen Kneipe, und ich wunderte mich über ihre Gründe.

„Genau deswegen", sagte Willie, als wir hinten im Schankraum ankamen.

Ich war so damit beschäftigt gewesen, dafür zu sorgen, dass mein Saum nicht den klebrigen Boden berührte, dass mir die anderen Gäste gar nicht aufgefallen waren. Der Schankraum war voll mit Trinkenden, die sich am polierten Tresen reihten, und alle Hocker waren besetzt. Kellnerinnen trugen hoch erhobene Tabletts, und sie beäugten uns genauso neugierig wie die Männer. Ich spürte, wie mein Gesicht bei dieser Aufmerksamkeit rot wurde, und hielt mich dicht an Willie, Cyclops und Duke.

„Ich verstehe nicht", flüsterte ich. „Weshalb schauen Sie uns an?"

„Dich, nicht uns", sagte sie. „Sie glauben, du wärst eine Etepetete-Dame, die gekommen ist, um die Kämpfe zu sehen."

„Wäre ich eine hochstehende Dame, würde ich Edelsteine und ein feines Abendkleid tragen, nicht dieses einfache Tageskleid, so schön es auch ist."

„Du bist eine *vernünftige* hochstehende Dame. Du bist nicht so dumm, dass du deine hübschen Steine zeigst und Langfinger einlädst. Vertraue mir, India. Wenn du dazu passen willst, musst du aussehen wie eine Kellnerin, eine Hure oder eine Dame, die gern männliche Haut begafft."

Worauf hatte ich mich da nur eingelassen?

„Was ist mit dir?", fragte ich. „Weshalb bist du nicht gekleidet wie ich? Du bist doch auch eine Frau."

Duke schnaubte, während er vor uns eine Tür öffnete. Willie stieß ihn im Vorübergehen in den Bauch, doch er zwinkerte ihr nur zu. „Da musst du schon sehr viel härter treffen", sagte er fröhlich. „Ich bestehe aus Eisen."

„Ja, und hier oben auch." Sie tippte sich auf die Schläfe und sprang zur Seite, als er so tat, als würde er sich auf sie stürzen. Sie stolperte an ein Fass, das mit etlichen anderen entlang des Gangs aufgestellt war. Duke stieß ein johlendes Lachen aus, was ihm einen finsteren Blick von Willie einbrachte.

Ein Mann so groß wie Cyclops stand oben auf einem schmalen steinernen Treppenabsatz, wo er eine Tür bewachte. Eine flackernde Kerze in einer Wandnische neben seinem Kopf tauchte seine linke Seite in Schatten und ließ die Narben auf der rechten hervortreten. Er betrachtete jeden von uns von oben bis unten und hob eine einzelne Augenbraue, als er mich sah. Es war jedoch Cyclops, an den er sich richtete.

„Du kämpfst?", fragte er.

„Ich und mein Freund", erwiderte Cyclops träge.

„Das kannst du nicht tragen." Der Wächter wies auf Cyclops' Augenklappe. Cyclops nickte nur.

Der Wächter ließ uns durch, dann schloss er die Tür. Die Luft wurde kühler, während wir den Treppen hinab in den Keller folgten. Trotz der Fässer und Kisten, die auf eine Seite des großen Raumes geräumt waren, fühlte er sich an wie ein Grab, mit niedrigen Gewölbedecken und Mauern und Böden aus Stein. Ich zitterte und wünschte, ich hätte einen Schal mitgebracht.

Mindestens zwei Dutzend Männer waren bereits da, gingen herum oder winkten die Kellnerin heran, während sie zwischen ihnen durchging. Sie stopfte sich Münzen in die Tasche und wehrte mühelos die wandernden Hände der Männer mit einem Lächeln oder einem Witz ab. Keiner versuchte es noch einmal, vielleicht, weil genauso viele grob aussehende Wächter an den Seiten des Raums aufgestellt waren wie Gäste.

Cyclops und Duke sprachen mit einem Mann, der zur gegen-überliegenden Seite des Raumes zeigte. Er begaffte mich, als ich vorüberkam, und leckte sich die Lippen. Ich wünschte, ich hätte eine Uhr, die schwer genug war, um mich zu schützen, falls es nötig wurde, da ich mir nicht sicher war, ob meine neue Taschenuhr das konnte.

Duke und Cyclops sprachen eine Weile mit einem weiteren Mann. Er trat zurück, musterte sie und nickte, ehe er etwas in sein Notizbuch schrieb. Er bedeutete ihnen, dass sie sich zwei anderen anschließen sollten, die an der Wand standen.

„Komm schon", sagte Willie zu mir. „Sie sind bereit. Suchen wir uns einen Platz vorne. Irgendwo, wo wir am Ende des Abends mit Schweiß und Blut besudelt sind."

„Vielleicht reicht auch irgendwo in der zweiten Reihe", erwiderte ich matt.

Sie warf mir über die Schulter ein Grinsen zu. „Bekommst du kalte Füße, India?"

„Ich mag dieses Kleid nur gern fleckenlos." Und ich konnte mir Matts Reaktion vorstellen, wenn er mich blutbesudelt sah. Ich hoffte, wir würden vor ihm heimkommen.

Willie hielt an einer Linie inne, die mit Kreide auf den Boden gezeichnet war. Mir fiel auf, dass sie sich mit anderen Linien verband, um ein Rechteck zu bilden. „Der Ring", erklärte Willie, als ich fragte.

„Sollten darum nicht Seile sein?"

„Bei offiziellen Kämpfen für ordentliche Boxer. Der hier ist nur für die Jungs vor Ort, um sich ein wenig auszuprobieren und ein paar Shilling zu verdienen."

„Dann kämpfen sie also nicht nach den Queensbury-Regeln."

„Nö." Sie rieb sich die Hände. „Das ist spaßiger."

Und gefährlicher.

In den nächsten fünfzehn Minuten verdreifachte sich die Größe der Menge. Ich musste die Zeit schätzen, die verging, denn ich wollte meine neue Taschenuhr nicht aus meinem Pompadour holen und es riskieren, die Aufmerksamkeit eines Taschendiebs darauf zu ziehen. Ich hatte bereits einen dürren Jungen erspäht, der wie ein Langfinger aussah, als er zwischen den Gästen hindurchglitt. Ich hatte ihn nichts stehlen sehen, aber sobald die Kämpfe begannen und das Bier floss, wäre er im Vorteil.

Weitere Zuschauer drängten sich in den Raum, und ich konnte Cyclops und Duke oder die Tür nicht mehr sehen. Beinahe alle Gäste waren Männer, aber ich war überrascht, zwei weitere Frauen zu sehen, die beide eindeutig Damen waren, die sich zu dieser Gelegenheit einfach gekleidet hatten. Sie zeigten den unverkennbar steifen Rücken und die herablassende Art der oberen Klassen. Keine einfachen Kleider konnten das verbergen. Eine drückte sich sogar ein Taschentuch an die Nase. Sie nahm es weg, um mit ihrem Begleiter zu sprechen, einem Gentleman mit geöltem Schnurrbart und Doppelkinn.

Wie wir Übrigen musste diese Vierer-Gesellschaft stehen. Sie hatten sich vorne aufgestellt, um den besten Blick zu bekommen, was ihnen Gemurmel und verdrehte Augen von denjenigen einbrachte, die sie verdrängt hatten. Ich fragte mich, ob die Anwesenheit der Damen die Gemüter jedoch dämpfte, da niemand wirkte, als wäre er bereit, deswegen einen Kampf anzufangen.

Der Ansager betrat den Ring und wollte unsere Aufmerksamkeit für die Parade der Wettbewerber. Zwei junge Männer kamen als erstes durch die Menge, beide viel zu hager, um eine echte Bedrohung für Duke oder Cyclops darzustellen. Sie wurden ein wenig verhöhnt, doch zum Großteil wurde gepfiffen und applaudiert. Manche wetteten sogar bei den umhergehenden Buchmachern auf sie. Weitere vier Kämpfer wurden vorgestellt, bis Duke herauskam, die Brust entblößt, die Haut eingeölt. Willie verschränkte die Arme und machte viel Aufhebens darum, ihn zu bewundern. Er drehte sich zu ihr und ließ die Muskeln spielen. Ich bekam das Gefühl, dass er Spaß hatte.

„Das hier ist jemand Besonderes", rief der Ansager über das Murmeln der Menge hinweg, während sie Dukes Potenzial einschätzte. „Vermutlich habt ihr von ihm gehört – Wild Bill Hickock ist den ganzen Weg aus dem amerikanischen Westen hergekommen!"

„Himmel", murmelte Willie mit einem Kopfschütteln. „Wissen sie nicht, dass der tot ist?"

Offensichtlich nicht, wenn man nach den Jubelrufen ging.

„Als letztes, doch bestimmt nicht auf dem letzten Platz, Ladys und Gentlemen", rief der Ansager, „haben wir Cyclops, den einäugigen Giganten!"

Cyclops kam ohne seine Augenklappe heraus. Die Menge keuchte auf und gab Ooohs und Aaahs von sich. Manche drängten nach vorn, um besser zu sehen. Er ertrug das Gaffen mit seiner üblichen Anmut, aber ich wollte ihnen befehlen, zurückzutreten und aufzuhören, auf die klobige, gezackte Narbe zu starren, die sein Augenlid zuzog.

„Haben Sie noch nie eine Narbe gesehen", fuhr ich den Mann neben mir an.

Er achtete entweder nicht auf mich oder hörte mich einfach nicht. Der Ansager sagte den ersten Kampf an, und die Menge drängte sich um die Buchmacher. Willie verschränkte ihren Arm mit meinem, weil sie sich vielleicht Sorgen machte, dass wir getrennt werden würden.

„Schau nicht hin", sagte sie, „aber jemand beobachtet dich."

„Wer?"

„Gentleman auf neun Uhr."

Ich warf einem Blick in diese Richtung, als sich der Gentleman gerade abwandte. Aber nicht, bevor ich ihn erkannte. „Er heißt Sir Charles Whittaker. Wir haben ihn bei Lord Coyles Dinner kennengelernt. Hat er mich gesehen?"

„Er hat dich direkt angeschaut." Sie reckte den Hals, doch Sir Charles war verschwunden. „Der Mann ist unhöflich, wenn er nicht mit dir reden will."

„Vielleicht ist es ihm peinlich, bei einem Kampf mit bloßen Fäusten gesehen zu werden. Oder er meint, es wäre mir peinlich, hier gesehen zu werden."

„Seid Ihr Engländer nicht beleidigt, wenn ein Bekannter euch nicht zur Kenntnis nimmt?"

Ich achtete nicht auf sie und musterte abermals die Gesichter, aber es waren jetzt so viele Leute, dass er immer noch im Keller sein konnte, und ich hätte ihn nicht gesehen.

Die Menge rückte näher, als die beiden dürren Jungen in den Ring traten. Sie umkreisten einander, schätzten einander ab, doch den Zuschauern dauerte das zu lang. Rufe nach „Kämpfen!" oder „Macht schon!" hagelten von den Wänden.

Schließlich schlug der größere Junge zu. Es ging vorbei, sodass eine Lücke blieb, in die sein Gegner schlagen konnte. Der Schlag traf den Kerl in den Magen, und der nachfolgende erwischte ihn an der Wange. Er stolperte zurück in die Menge hinter ihm und wurde sofort wieder in den Ring geschubst, um sich einer weiteren Reihe von Schlägen gegenüber zu sehen. Zwei seiner Hiebe schafften es auch, ihr Ziel zu treffen, aber sie zeigten nur wenig Wirkung, um seinen Gegner zu verlangsamen. Obwohl er kleiner und schmächtiger gebaut war, war er stark, schnell und offenbar erfahren. Der größere Boxer fiel schließlich unter dem Ansturm der Hiebe und landete schwer auf dem Boden. Blut lief ihm aus der Nase, und seine Lippe war aufgeplatzt. Auf seinem Oberkörper und dem Kinn machten sich bereits blaue Flecken breit. Zum Glück stand er auf und ging weg, nachdem der Ansager den Kampf für beendet erklärt hatte.

Ich atmete erleichtert aus, doch mein Herz hämmerte immer noch in meiner Brust. Es war das merkwürdigste Gefühl, zwei Fremde für Geld kämpfen zu sehen. Ich wollte nicht zusehen, doch fühlte ich mich gezwungen, es zu tun, und ich stellte fest, dass ich betete, dass niemand ernsthaft verletzt werden würde.

Ich war auf das Geschehen vor mir konzentriert und merkte nicht, dass jemand hinter mich herantrat, bis seine seidige Stimme mir ins Ohr murmelte.

„Hast du Spaß?"

KAPITEL 4

Ich zuckte zusammen, mit den Nerven am Ende, und fuhr zu Matt herum. „Was machst du denn hier?"

Neben mir hob Willie ergeben die Hände. „India wollte mit. Da konnte ich nicht Nein sagen, oder?"

Matt ignorierte sie. Sein Blick bohrte sich in meinen. „Ich bin da, weil du hier bist, India."

„Ich darf mir doch einen Kampf anschauen, wenn ich das möchte", sagte ich.

„Ich weiß."

„Es sind sogar andere Frauen da."

„Das sehe ich."

„Manch einer würde diese Art Sport als vulgär bezeichnen, und mich, weil ich zusehe, aber das ist mir gleich."

„Stimmt."

„Ich bin nicht der Meinung der anderen unterworfen", fuhr ich fort.

„Gut."

„Wenn es eines gibt, was mir meine Magie beigebracht hat, dann, dass ich nur diejenige sein kann, die ich bin. Das passt vielleicht nicht allen, aber so soll es sein."

Sein Gesicht hatte sich von finster zu verwirrt gewandelt, mit jeder Erklärung, die ich abgab. „India, stimmt etwas nicht?"

„Ich bin gekommen, um den Kampf zu genießen, und das

habe ich auch vor. Wenn es dir nicht gefällt, kannst du zurück in deinen Gentlemans-Club gehen und dich mit weniger vulgären Leuten abgeben. Ich bleibe hier."

Er schaute zu Willie. Sie zuckte mit der Schulter, darum schaute er zu mir zurück. „Ich wollte nur bei euch sein. Allein zu Hause zu sitzen ist nicht sonderlich reizvoll."

„Oh", murmelte ich. „Es ist auch schön, dich zu sehen."

„Woher wusstest du, dass wir hier sind?", fragte Willie.

„Bristow hat es mir erzählt", sagte er. „Er hat wohl gehört, wie ihr darüber gesprochen habt."

Willie schaute zum Ring, als ein Schrei aufkam. „Oder Wild Bill Hickock oder Cyclops der Gigant haben es ihm erzählt."

„Hickock?" Matt folgte ihrem Blick, um Duke mit einem weiteren Gegner in den Ring treten zu sehen. Einer von Matts Mundwinkeln hob sich. „Das könnte interessant werden."

Zu meiner Überraschung hatte er keinerlei Bedenken, seinem Freund beim Kämpfen zuzusehen. Dukes Gegner war größer und hatte eine größere Reichweite, doch Duke wirkte, als wäre er aus Ziegelsteinen, und er war überraschend schnell. Er wurde mühelos mit dem anderen Mann fertig, was die Menge zu Hohnrufen verleitete. Sie wollten einen knapperen Kampf.

In Cyclops' Runde bekamen sie ihn auch nicht. Er erledigte seinen Gegner, ohne im Gegenzug einen einzigen Hieb abzubekommen. Die letzte Runde sollte den Blutdurst der Zuschauer wohl besser befriedigen, sonst könnte es Ärger geben. Während einer Pause zwischen den Kämpfen wischten zwei Jungen das Blut und den Schweiß vom Boden. Die Kellnerinnen waren auch beschäftigt, verkauften den Zuschauern Krüge mit Bier.

„Hast du mit Lord Cox gesprochen?", fragte ich Matt während der Wartezeit.

„Habe ich. Er weigert sich, nachzugeben."

„Hast du seine Schwachstelle gefunden?", fragte Willie.

Sein Blick wanderte zu ihr. „Noch nicht …"

„Dann musst du woanders suchen. Wenn du Schmutz finden willst, musst du im Dreck spielen."

„Ich bin mir nicht sicher, wie dreckig ich mich dazu machen muss."

„Dreckiger als alles andere." Ich dachte, sie würde es dabei belassen, doch nach einem Augenblick fügte sie an: „Wenn du diese Leute schlagen willst, musst du denken wie sie. Ich war niemals reich, aber ich habe gesehen, wie sie vorgehen, und es ist nicht alles ehrlich. Sie nutzen einander, um weiterzukommen, und handeln mit schmutzigen Geheimnissen, um zu bekommen, was sie wollen.“

Sie bauten Verbindungen auf, genau wie Miss Glass es vorgeschlagen hatte.

„So sind sie nicht alle“, knurrte Matt sie an. „Das Problem mit Lord Cox ist, dass er von Grund auf ehrlich ist. Er scheint so sauber zu sein, dass an ihm nichts kleben bleibt.“

„Also hast du nachgesehen, was?“ Sie stieß ihn mit dem Ellbogen an. „Gut gemacht, Matt.“

Er seufzte und rückte näher zu mir. „Ich werde einen Weg finden, India.“

„Aber es wird dauern“, erwiderte ich schwermütig.

Er sagte nichts, schob nur meine Hand in seine und verschränkte unsere Finger ineinander. So standen wir da, unsere verbundenen Hände teilweise von meinen Röcken verborgen, und schauten uns die übrigen Kämpfe an. Es war das unromantischste Ambiente für einen sehr romantischen Augenblick.

Da alle Gegner abserviert wurden, war bald klar, dass Cyclops und Duke in der letzten Runde einander bekämpfen würden. Willie war begeistert und ging, um eine Wette beim Buchmacher abzuschließen, doch Matt erwischte sie am Arm.

„Bist du sicher, dass du das tun willst?“, fragte er.

Sie riss ihren Arm los. „Sei nicht wie eine Amme zu mir, Matt. Ich bin eine Erwachsene, und ich kann meine Münzen ausgeben, wie ich möchte.“

„Ich passe nur auf dich auf, so wie du im Lauf der Jahre auf mich aufgepasst hast. Ich will nur nicht, dass du bedauerst, zu viel gesetzt zu haben.“

Ihre Schultern sanken herab, und ich wusste, dass er sie überzeugt hatte. Sie stellte sich breitbeinig hin, verschränkte die Arme und wartete darauf, dass der Kampf begann.

„Ich glaube nicht, dass ich mir das ansehen kann“, sagte ich über das Brüllen der Menge hinweg, als Duke und Cyclops den Ring betraten.

„Wir können gehen, wenn du möchtest", schlug Matt vor.

Ich schüttelte den Kopf. „Was, wenn man uns braucht, um zu helfen, sie hinauszutragen?"

„So schlimm wird es nicht."

Ich war entschlossen, nicht hinzuschauen, aber ich konnte nicht anders. Ich folgte dem Kampf genauso begierig wie jeder andere Zuschauer, wenn auch nicht ganz so begierig wie die beiden Damen. Sie schienen unterschiedliche Favoriten ausgesucht zu haben. Eine jubelte jedes Mal, wenn Duke einen Schlag landete, und die andere klatschte in die Hände und leckte sich über die Lippen, wann immer einer von Cyclops' Hieben sein Ziel fand.

Der Kampf war ausgeglichen – vielleicht zu ausgeglichen, wenn man nach den Hohnrufen der Menge ging, die mehr Blut und härtere Schläge sehen wollte. Selbst ich erkannte, dass weder Duke noch Cyclops vorhatten, dem anderen wehzutun. Die Menge wurde ruheloser, als der Kampf weiterging, brüllte die Boxer an und nannte sie Feiglinge und alle möglichen anderen Schimpfwörter.

„Ich bin froh, dass ich nicht gewettet habe, wenn sie kämpfen wie Prinzessinnen", sagte Willie mit einem Kopfschütteln.

„Willie!", tadelte ich sie. „Willst du, dass sie einander wehtun?"

„Ich will einen fairen Kampf sehen."

„Warum hören sie nicht einfach auf und gehen?", fragte ich.

„Bist du wahnsinnig? Die Menge würde sie umbringen. Die wollen sehen, wie Blut vergossen wird, und wenn sie es selbst tun müssen."

Ich verzog das Gesicht und rückte näher an Matt.

„Willst du gehen?", fragte er mich wieder.

„Nicht ohne Duke und Cyclops."

„Sie können sich um sich selbst kümmern."

Noch während er das sagte, fiel Duke unter einem von Cyclops' Hieben auf den Boden. Er stand nicht wieder auf.

Ich keuchte. „Duke!"

Sowohl Matt als auch Willie hielten mich davon ab, in den

Ring zu laufen. „Ihm geht's gut", sagte Willie.

„Wir müssen los", sagte Matt, der mich an der Hand nahm. „Jetzt."

Er führte mich durch die Menge, die Duke anbrüllte, ihm befahl, aufzustehen und den Kampf zu beenden. Einige warfen ihnen vor, zu mogeln, indem sie die Runde getürkt hatten. Die Wächter lösten sich von ihren Standorten an den Wänden und machten mit knackenden Fingerknöcheln auf sich aufmerksam.

Der Ansager mit der dröhnenden Stimme bat um Ruhe, aber die Menge wollte nichts davon hören. Einige verlangten, dass ihre Wetten wieder erstattet wurden, andere schlugen vor, die vorherigen Kämpfer zurück in den Ring zu holen, um vier gegen zwei, Duke und Cyclops, antreten zu lassen.

„Sollten wir nicht auf sie warten?", sagte ich zu Matt, als wir am Treppenhaus angelangten. Zu meiner Überraschung war Willie uns gefolgt. Ich hätte gedacht, sie würde bleiben wollen, um zu sehen, ob es Duke und Cyclops gut ging.

„Sie kommen zurecht", sagte Matt. „Es gibt einen Hintereingang."

„Woher weißt du das?"

„Wir waren hier schon mal, gleich als wir in London ankamen."

„Damals haben sie auch gekämpft?"

„Sie haben es in Erwägung gezogen und nach alternativen Ausgängen gesucht, falls sie es tun wollten und es zu so etwas gekommen wäre."

Willie drängte uns die Stufen hinauf. „Bald zieht jemand ein Messer, und es wird da drin übel. Ich habe meinen Colt, aber ich will ihn nicht benutzen."

„Wie wohlüberlegt von dir", sagte ich trocken.

„Es gibt zu viele Zeugen."

Der Schankraum war beinahe leer, da die meisten unten waren und sich die Kämpfe anschauten. Wir eilten nach draußen, wo die Luft dick und reglos war, und es war nur ein wenig kühler als im Keller. Es hatte wohl geregnet, während wir drinnen gewesen waren, denn das Kopfsteinpflaster war rutschig. Ich war froh um Matts stützende Hand, während wir rasch die Straße entlanggingen.

Laufende Schritte erklangen hinter uns auf dem Bürgersteig, aber es waren nur Duke und Cyclops, die immer noch kein Hemd trugen und bis über beide Ohren grinsten. Sie holten auf uns auf und nahmen ein beglückwünschendes Klopfen auf den Rücken von Willie entgegen.

„Habt ihr Cyclops' Aufwärtshaken bei diesem Großen gesehen?", fragte sie lächelnd. „Das ging runter wie ein süßer Bourbon."

Duke legte ihr einen Arm um die Schultern und küsste sie auf die Schläfe. „Was ist mit mir? Hast du meinen rechten Haken gesehen?"

„Ja, habe ich gesehen. Ich habe auch gesehen, dass du aufgegeben hast, als du gegen den einäugigen Giganten antreten musstest." Sie stieß Cyclops in den Arm, während er die Klappe über seinem Auge anbrachte.

„Autsch", sagte er.

„Riesenbaby."

Duke kicherte. „Wenn ich nicht aufgegeben hätte, hätten wir einander umgebracht. Bevor wir loszogen, haben wir beschlossen, dass ich es tun würde, weil es glaubwürdiger ist, dass ein kleinerer Mann gegen den Größeren verliert. Mir macht es nichts aus. Ich bin nicht stolz, besonders, da wir alle wissen, dass ich ihn in einem Kampf schlagen kann, wenn ich bereit bin, ihm wehzutun."

Nun war es an Cyclops, in tiefen, stetigen Wogen zu kichern. Er schlug Duke auf die Schulter. „Und ich bin die Königin von England."

Duke schüttelte ihn ab und zog sein Hemd und die Weste an. „Ich schätze, das werden wir nie erfahren, oder?"

„Falls ich euch beide finde, wie ihr in den Stallungen kämpft, friere ich euer Gehalt ein und informiere sowohl meine Tante als auch Miss Mason", sagte Matt. „Die eine wird euch einen Vortrag halten, und die andere wird dich betüddeln, Cyclops, bis du zugeben musst, dass du Gefühle für sie hegst."

Cyclops knurrte. Duke und Willie lachten. „Verrat es nicht dem Mason-Mädchen", sagte Duke zu Matt. „Erzähl es deiner Cousine Charity. Sie würde ihn nicht betüddeln, sie wird ihn ans Bett fesseln und es ‚pflegen' nennen."

Willie johlte und legte einen Arm um Duke. Sie lachten beide, bis ihnen die Augen tränten.

„Ihr beiden habt den Verstand von Fünfjährigen", sagte Cyclops mit einem Kopfschütteln und einem Lächeln.

Trotz der brutalen Szenen, die wir hinter uns gelassen hatten, war es ein angenehmer Spaziergang zurück nach Mayfair. Es war etwas Neues, um diese Nachtzeit durch die Stadt zu spazieren. Obwohl der Mond sich hinter Wolken verbarg, leuchteten die Lampen und spendeten ausreichend Licht, um uns den Weg zu weisen und mir hin und wieder einen Blick auf Matts starkes, gesundes Profil zu gestatten. Wir hielten uns an den Händen, und auch das war etwas Neues. Es war aufregend, unsere Zuneigung zueinander in der Öffentlichkeit zeigen zu können, selbst wenn diese Öffentlichkeit nur aus unseren Freunden bestand. Sie hielten darum nicht weniger von uns, und beinahe eine halbe Stunde lang unterhielten wir uns und lachten gemeinsam. Es fühlte sich so richtig an, so wunderbar.

Ich ließ seine Hand los, als wir am Haus ankamen. Die Ankunft zu Hause löschte die Magie des Abends aus. Matt versuchte ein wenig der Magie wieder anzufachen, indem er mich im Gang vor meinem Zimmer küsste. Er presste sich an mich, die Handflächen auf der geschlossenen Tür neben meinem Kopf und schmolz mich mit einem glühend heißen Kuss dahin.

Einem Kuss, der plötzlich mit einem Stöhnen abbrach. „Verdammt", murmelte er, den Kopf gesenkt. „Verdammt nochmal."

* * *

AM FOLGENDEN VORMITTAG kehrten wir in den Saal der Buchhändler zurück, um unseren Termin bei Mr. Sweeney wahrzunehmen, dem Gildemeister. Anders als sein Türsteher war Mr. Sweeney eindeutig vor uns gewarnt worden. Seine Weigerung, uns in sein Bureau zu lassen, war der Beweis.

„Bitte verlassen Sie freundlicherweise das Gelände ohne großes Aufheben", sagte er, seine Oberlippe bebte, als stünde er kurz vor dem Weinen.

„Wir wollen Ihnen ein paar Fragen stellen", erwiderte Matt.

„Sie haben mit Mr. Abercrombie über uns gesprochen, oder

nicht?", fragte ich.

Mr. Sweeney legte die Hände übereinander und warf einen beredten Blick auf den Ausgang hinter uns. Seine Lippe zuckte noch immer. Das musste wohl ein nervöser Tick sein. „Ich will keine Gewalt einsetzen, aber ich lasse den Türsteher ein paar Grobiane aus der Gegend zusammentrommeln, wenn Sie nicht sofort gehen."

„Es gibt keinen Grund, uns zu bedrohen", sagte Matt sanft. Er war doppelt so groß wie Mr. Sweeney und hätte mühelos Einschüchterungstaktiken anwenden können, wenn er das gewollt hätte, aber er blieb auf Abstand. „Da Sie bereits den ersten Stein geworfen haben, erzähle ich Ihnen, wie es weitergeht. Entweder lassen Sie uns in Ihr Bureau, damit wir eine zivilisierte Unterhaltung führen können, oder wir werden unsere Fragen hier draußen stellen, wo jeder mithören kann. Da unsere Fragen von magischer Natur sind, vermute ich, Sie wollen, dass wir unter uns bleiben."

Es schien also, als würde er ihn doch bedrohen. Es führte zum gewünschten Ergebnis. Mr. Sweeney warf einen Blick auf den näherkommenden Mann, der eine Wagenladung Bücher durch den Gang schob, und drängte uns in sein Bureau.

„Sie sollten dieses Wort nicht benutzen", zischte er, während er die Tür schloss. „Seit diese lächerlichen Artikel in der *Weekly Gazette* erschienen sind, sind die Mitglieder äußerst gereizt. Keiner weiß mehr, wem man trauen kann."

„Warum sollte man jemandem nicht vertrauen können?", fragte ich. „Wenn sich eines oder mehrere Ihrer Mitglieder als Magier erweisen, was macht das denn? Es sind immer noch dieselben Leute."

Er schaute mich durch zwei sehr blaue Augen an. Sein Alter ließ sich nicht abschätzen. Er war schmächtig und klein, mit geraden braunen Haaren und glatter Haut. Es war keine Falte und kein Härchen zu sehen. „Natürlich sagen Sie das, Miss Steele. Ich habe gehört, Sie sind eine Uhrenmagierin."

„Ohne Zweifel hat Mr. Abercrombie Ihnen erzählt, dass ich versuchen werde, sein Geschäft zu ruinieren, und das aller Uhrmacher."

Sein Blick wandte sich ab.

„Lassen Sie mich Ihnen versichern", sagte ich, „ich stelle keine Uhren her oder verkaufe sie, noch habe ich die Absicht, das zu tun. Ich habe gute Freunde in diesem Geschäft, und ich will nicht, dass deren Lebensunterhalt um meinetwillen zerstört wird."

„Wie edel von Ihnen." Er lächelte angespannt. „Können Sie dasselbe über jeden anderen Magier sagen? Was, wenn es einen Buchbindermagier gibt? Er könnte mich ruinieren. Er könnte all die guten, ehrbaren Mitglieder unserer Gesellschaft ruinieren."

Ich setzte mich auf den Stuhl ihm gegenüber, obwohl er mich nicht dazu eingeladen hatte. „Indem er Bücher herstellt, die niemals auseinanderfallen? Wie teuflisch."

Er legte eine Hand über die andere und platzierte sie in einer sehr betonten und langsamen Art auf dem Tisch. „Ich werde keine magischen Geschäfte unterstützen, auf keine Art."

„In diesem Fall möchten Sie unsere Fragen sicher beantworten", sagte Matt.

Mr. Sweeney runzelte die Stirn, und seine Lippen begannen wieder zu zucken. Er hatte nicht erwartet, dass wir den Spieß umdrehten. „Was für Fragen?"

Matt nahm ein Blatt Papier aus der Tasche. Es war ein unbeschrifteter Abschnitt, der Oscars Drohbrief entnommen war. „Wissen Sie, wer das hergestellt hat?"

„Es ist Papier, Mr. Glass", sagte Mr. Sweeney. „Sie können doch unmöglich von mir erwarten, zu bestimmen, wer es hergestellt hat, indem ich es einfach nur anschaue."

Matt legte das Papier auf den Tisch. „Dann berühren Sie es."

Mr. Sweeney hob das Papier auf, betastete es, drehte es, hielt es ins Licht, dann roch er daran. „Es ist Papier von guter Qualität."

„Wissen Sie, wer es hergestellt hat?", fragte Matt.

„Weshalb wollen Sie das wissen?"

„Es wurde von einem Magier hergestellt", sagte ich.

Er ließ das Blatt fallen. Es flatterte auf den Schreibtisch und rutschte dann ganz zu Boden. Er wischte sich die Finger am Hosenbein ab. „Woher wissen Sie das?"

„Ich weiß es einfach. Wer hat es hergestellt, Mr. Sweeney?"

Er hob einen Finger. „Weshalb wollen Sie wissen, wer der

Magier ist? Damit Sie ihn belohnen können? Ihn rekrutieren für einen magischen Plan, den Sie auf die Beine stellen?"

Ich seufzte. Es war hoffnungslos. Wir hätten falsche Namen benutzen sollen.

Matt, der stehen geblieben war, ging langsam um den Schreibtisch und stand über Mr. Sweeney. Mr. Sweeney lehnte sich zurück. Seine Oberlippe zitterte erneut. „Anders als die Gerüchte behaupten, die Mr. Abercrombie verbreitet, ist Miss Steele keine böse Schurkin, die entschlossen ist, die Welt zu erobern, eine Handelsgilde nach der anderen."

Ich presste die Lippen zusammen, um zu verhindern, dass sich ein Lächeln ausbreitete. Zum Glück schaute Mr. Sweeney nicht in meine Richtung, und Matt schaffte es, ein neutrales Gesicht aufzubehalten.

„Es gibt kein Wasserzeichen", sagte Mr. Sweeney, der auf das Papier auf dem Boden zeigte.

„Aber es ist ein sehr einzigartiges Papier. Sie wissen, wer es hergestellt hat."

„Tue ich, aber … ich verstehe immer noch nicht, weshalb sie seinen Namen brauchen."

Matt bewegte sich, und Mr. Sweeney rutschte auf seinem Stuhl zurück. Matt bückte sich und hob das Blatt Papier auf. Er steckte es sich wieder in die Tasche und kam zu mir auf der anderen Seite des Schreibtischs.

„Ein Bekannter wird erpresst", sagte Matt. „Die Drohbriefe wurden mit diesem Papier verschickt."

„Ich verstehe." Mr. Sweeney verschränkte wieder die Hände auf dem Schreibtisch. „Sie glauben, das Papier des Magiers wurde vom Erpresser benutzt? Oder dass der Magier der Erpresser ist?"

Matt sagte nichts.

„Es gibt keine Markierungen zur Identifikation auf dem Papier", sagte Mr. Sweeney.

„Den Namen", befahl Matt.

Mr. Sweeneys Lippe zuckte. Er biss darauf, aber sie hörte nicht auf. „Sein Name lautet Melville Hendry."

„Wie gut kennen Sie ihn?"

„Nicht so gut, wie sich herausstellte. Ich wusste nicht, dass er ein Magier ist, bis diese Artikel herauskamen. Dann hat er es mir gesagt." Er rieb sich mit den Daumen über die Knöchel der anderen Hand. „Seither haben wir kaum gesprochen."

„Ist er die Art Mensch, die jemanden erpressen würde, indem er Drohbriefe schickt?"

Mr. Sweeney musterte seine gefalteten Hände, während der Daumen weiterhin langsam über den Knöchel glitt. „Vor ein paar Wochen hätte meine Antwort auf jeden Fall Nein gelautet." Er zog sein Tintenfass näher heran und griff zum Füller. „Da können Sie ihn finden. Er ist immer dort, entweder im Laden, der Werkstatt oder im Zimmer oben."

Mr. Sweeney bestand darauf, uns zur Eingangstür zu geleiten, zweifelsohne um sicherzustellen, dass ich keine magischen Wundertaten an der Uhr des Gildensaals vornahm, um sie zu verlangsamen.

* * *

WIR GINGEN DIREKT zu der Adresse von Mr. Melville Hendry in Smithfield. Genau wie Mr. Sweeney es gesagt hatte, war der Papiermagier da, arbeitete in der kleinen Werkstatt, die sich hinter seinem noch kleineren Laden befand. Wir hörten das dumpfe Dröhnen von Maschinen, noch ehe wir den Mann selbst sahen. Obwohl wir wiederholt die Glocke am Tresen betätigt hatten, erschien er nicht, darum schoben wir die Tür an der Rückseite des Ladens auf.

Der Lärm kam von dem großen hammerartigen Gerät, das immer wieder auf die Pulpe in einem Trog mit Flüssigkeit einschlug. Ein mittelalter Mann mit dichtem grauem Haar, das aus der hohen Stirn zurückgestrichen war, stand an einer langen Werkbank über einem rechteckigen Holzrahmen, sprach mit leiser Stimme vor sich hin, ohne dass ich das Gesagte über den Lärm der Maschine hinweg hätte verstehen können. Hinter ihm hingen Dutzende Rechtecke aus Papier in verschiedenen Stadien der Trocknung von Wäscheleinen. Sie waren alle reinweiß und wirkten glatt. Im Raum war nichts zu riechen, und das gab mir die Antwort, die wir brauchten. Melville Hendry musste ein Papiermagier sein. Um die Pulpe weiß zu machen, würde man dem Prozess Bleiche zugeben müssen, und ein merklicher Geruch hinge in der Luft. Ein Papiermagier brauchte keine Chemikalien anzuwenden.

„Mr. Hendry?", fragte Matt.

Der Mann zuckte überrascht zusammen. Er drückte sich eine Hand auf die Brust und schenkte uns ein zittriges Lächeln. „Es tut mir leid. Ich habe Sie nicht gehört."

Er bewegte sich vom Tresen weg, und die Maschine wurde langsamer und blieb stehen. Er hatte sie wohl mit einem Fußpedal betrieben. „Wie kann ich Ihnen helfen?"

„Mein Name ist Mr. Matthew Glass, und das ist Miss Steele. Sie haben sehr hochwertiges Papier in Ihrem Laden, Mr. Hendry. Äußerst hochwertig."

Mr. Hendry bedeutete uns, dass wir vor ihm zur Ladenfront zurückkehren sollten. „Ich bin sehr stolz auf meine Arbeit, Mr. Glass. Ich stelle alles selbst auf diesem Gelände her. Mein kleiner Laden gestattet mir, jeder einzelnen Auftragsarbeit besondere Aufmerksamkeit zukommen zu lassen." Er deutete auf Arbeitsproben in Form von Einladungen und Visitenkarten, die in einem Glaskabinett ausgestellt waren. Sie wirkten dick und glatt, mit einer Beschriftung in Gold, Silber oder Schwarz. Es gab noch weitere Proben seiner Arbeit, darunter Bücher, die auf speziellen Seiten geöffnet waren, um die Qualität des Papiers zu zeigen. Er ermutigte uns, die leeren Blätter, die auf dem Tresen gestapelt waren, genauso zu berühren wie die Plakate, die an die Wand geklebt waren.

„Auf jeden Fall äußerst hochwertig", sagte Matt, der mir ein Stück Papier reichte.

Es fühlte sich warm an. Ich nahm ein weiteres Blatt auf, und es enthielt ebenfalls magische Wärme. Ich lächelte Matt an.

„Darf ich fragen, ob Sie Ihren Freunden ein glückliches Ereignis ankündigen möchten?", fragte Mr. Hendry. „Ich schreibe den Text nicht, aber ich kenne einen guten Kalligrafen, der nur die beste Qualitätstinte von einer erstklassigen englischen Tintenmanufaktur benutzt."

„Ist das etwa Barratt's?", fragte Matt.

„Sie haben von ihnen gehört?"

„Flüchtig. Die Familienmitglieder sind Tintenmagier."

Mr. Hendrys Augen wurden groß. Sein Mund bewegte sich, aber kein Ton kam heraus.

„Ist schon gut", sagte ich ihm. „Ich bin eine Uhrenmagierin, und wir wissen, dass Sie ein Papiermagier sind."

Mr. Hendry fuhr sich über die Haare an seinem Ohr, als würde er sie zurückstreichen, obwohl nicht eine gut geölte Strähne deplatziert war. „Steele. Ich glaube, ich kenne Ihren Namen."

„Oscar Barratts Artikel in der *Weekly Gazette* haben meinen Großvater erwähnt. Mr. Barratt gehört zu der Barratt-Familie, von der Sie gerade gesprochen haben."

„Aber das wussten Sie bereits", sagte Matt. „Oder nicht, Mr. Hendry?"

Mr. Hendry schloss die Vordertür ab und drehte das Schild auf GESCHLOSSEN um. Er warf einen Blick durch das Fenster auf die Straße, ehe er antwortete. „Was wollen Sie?"

Matt nahm das Stück Papier aus der Innenseite seiner Jackentasche und reichte es Mr. Hendry. „Haben Sie das hergestellt? Und versuchen Sie nicht, uns zu erzählen, dass sämtliches Papier gleich aussieht und sich gleich anfühlt. Wir wissen, dass es das nicht tut. Dieses Papier wurde mit Magie angereichert."

Mr. Hendry nahm das Blatt zwischen Daumen und Zeigefinger, schaute es sich aber kaum an, ehe er es Matt zurückreichte. „Es kommt von mir, aber ich schätze, das haben Sie bereits erwartet. Woher wussten Sie, dass Sie hierherkommen mussten?"

„Ihr Name wurde uns von Ihrem Freund Mr. Sweeney genannt."

Mr. Hendrys Schultern sanken zusammen, und sein Rückgrat war nicht mehr ganz so versteift. „Er betrachtet sich nicht mehr als mein Freund. Ich bin mir sicher, das hat er Ihnen auch gesagt, denn er scheint das weit bekannt machen zu wollen."

„Weil er sich nicht mit einem Magier gemeinmachen mag?", fragte ich sanft.

Er nickte leicht. „Ich hätte mich ihm niemals anvertrauen sollen, aber er hat mich direkt gefragt, nachdem er einen Artikel gelesen hat, der von diesem verdammten Narren Barratt verfasst wurde. Ich konnte Patrick nicht ins Gesicht lügen."

„Sie waren sehr gut befreundet."

Noch ein Nicken, und er ging zur Seite, um einen Stapel Papier auf dem Tresen neu auszurichten, wobei er sein Gesicht vor uns verbarg.

„Vielleicht werden Sie eines Tages wieder befreundet sein", sagte ich. „Sobald das vorüberzieht und ihm klar wird, dass Sie keine Bedrohung für sein Geschäft oder das der anderen Mitglieder der Gilde der Buchhändler sind."

„Das ist es, was ich nicht verstehe. Ich bin ein Papiermagier, Miss Steele, kein Buchbinder. Ich bin mir nicht einmal sicher, was für eine Art Magier eine Bedrohung für sein Verlagsgeschäft darstellen würde."

„Leder oder Stoff?", riet ich. „Für die Buchdeckel? Klebermagie?"

„Hat er jemals Ihr Papier für die Bücher benutzt, die von seinem Unternehmen hergestellt wurden?", fragte Matt.

„Mein Geschäft ist zu klein. Seine Materialien werden von einer Papiermühle in Norfolk hergestellt."

„Hat er jemals Ihr Papier für persönlichere Gegenstände benutzt?"

„Ich habe all seine persönlichen Visitenkarten, Notizblöcke und sein Briefpapier hergestellt." Er legte den Papierstapel wieder ab und neigte den Kopf. „Aber nachdem ich zugegeben habe, ein Magier zu sein, sagte er, er würde sie alle wegwerfen und all seinen Freunden raten, es genauso zu machen. Er war so *wütend* auf mich. Ich verstehe immer noch nicht, weshalb. Es ist nicht meine Schuld, dass ich ein Magier bin, genauso wenig wie es seine Schuld ist, dass er blaue Augen hat."

„Vielleicht begreift er das mit der Zeit", sagte ich. „Das Wissen, dass es Magier gibt, ist für die meisten Leute noch ziemlich neu, und es ist sehr befremdlich. Alle passen sich noch an und sind gereizt, aber ich glaube, es wird sich beruhigen, und die Dinge werden wieder werden wie gewohnt."

„Solange sich niemand die Mühe macht, Magier zu verfolgen", fügte Matt steif an.

„Und keine Magier versuchen, ihre Magie zu nutzen, um die Kunden ihrer talentfreien Konkurrenz zu stehlen." Das hielt ich für das wahrscheinlichere Szenario als Verfolgung, doch Matt würde mir nicht zustimmen. „Wem haben Sie denn dieses spezielle Papier verkauft?", fragte ich Mr. Hendry.

„Warum?", erwiderte er vorsichtig.

„Es wurde benutzt, um Drohbriefe an Oscar Barratt zu schicken, den Zeitungsschreiber. Der Verfasser befahl ihm, aufzuhören, seine Artikel zu veröffentlichen."

Mr. Hendry strich sich wieder über die Haare, dann senkte er plötzlich die Hand und schaute mich an. „Ich weiß nicht, wer dieses konkrete Blatt gekauft hat. Meine Kunden kommen für gewöhnlich aus den oberen Klassen der Gesellschaft und würden sich nicht zu einer solchen Taktik herablassen. Wenn es Ihnen jetzt nichts ausmacht, ich habe zu arbeiten."

„Kommen Sie schon, Mr. Hendry. Ich glaube, Sie wissen es", sagte Matt in seiner üblichen Art, in der er nur wie ein Freund klang und doch eine Antwort forderte.

„Ich weiß es nicht! Ich schwöre es! Ich verkaufe so viel Schreibpapier, dass es unmöglich ist, das nachzuverfolgen."

„Führen Sie Aufzeichnungen?"

„Keine, die spezifisch genug wären, um herauszufinden, wer ein konkretes Blatt oder Blätter gekauft hat. Das ist lächerlich, Mr. Glass. Weshalb wollen Sie es überhaupt wissen? Was spielt es für eine Rolle, dass jemand diesem Barratt Drohbriefe geschickt hat? Gut gemacht, sage ich. Ich hoffe, es funktioniert, und Barratt wird sein Fehler klar. Er ist immerhin auch Magier. Sein Bruder ist bestimmt wütend. Seine Kunden werden ihm weglaufen, wenn sie glauben, dass Magie eine Art Betrügerei ist, wie es bei so vielen Talentfreien der Fall zu sein scheint. Magier, die in einem kleineren Kreis Geschäfte machen, wie ich, werden zum Glück vermutlich nicht auffallen. Ich verliere vielleicht ein paar Kunden, die es vermuten, aber nicht genug, um mich in Schwierigkeiten zu stürzen."

„Außer, Ihre Freunde lassen Sie im Stich", sagte Matt.

Mr. Hendry schaute weg. „Ich frage Sie noch einmal, weshalb wollen Sie wissen, wer Mr. Barratt Drohbriefe schickt? Was spielt es denn für eine Rolle?"

„Mr. Baggley ist tot."

„Wer?"

„Der Herausgeber der *Gazette*."

Mr. Hendrys Augenbrauen schossen nach oben. „Der Herausgeber? Nicht Barratt?"

„Überrascht Sie das?"

„Barratt scheint sich rasch einige Feinde gemacht zu haben."

„Die Drohbriefe legen das nahe", stimmte Matt zu, der sich das Blatt wieder in die Tasche schob. „Es ist möglich, dass der Mörder Baggley mit Barratt verwechselt hat."

„Oder hatte vielleicht dieser Mr. Baggley auch Feinde. War er ein Magier?"

„Nein", sagte ich.

Er strich sich wieder die Haare hinters Ohr. „Gibt es sonst noch etwas? Ich muss zurück an meine Arbeit." Er huschte im Laden herum, wischte Staub vom Tresen und richtete einen Stapel Karten, während er uns die ganze Zeit unter gesenkten Lidern hervor beobachtete, bis wir endlich gingen.

„Glaubst du, *er* hat die Briefe geschickt?", fragte ich Matt, während wir in die Kutsche stiegen.

„Vielleicht. Zu diesem Zeitpunkt ist alles möglich, aber falls er es getan hat, würde ich erwarten, dass er den Verdacht auf jemand anderen lenkt, indem er uns den Namen eines seiner Kunden gibt."

„Vielleicht ist er zu ehrbar."

„Er hat uns einen Hinweis gegeben." Seine Lippen krümmten sich zu einem merkwürdigen Lächeln. „Er hat erwähnt, dass seine Kunden aus den oberen Klassen kommen, und wir kennen einige Reiche und Adlige, die gerne magische Dinge sammeln."

Ich lächelte ebenfalls. „Genau die Leute, denen Barratts Artikel nicht gefallen und die wollten, dass er aufhört, sie zu schreiben. Sollen wir als Erstes Lord Coyle aufsuchen?"

„Gleich nach dem Mittagessen."

* * *

Meine Freundin Catherine Mason war am Haus, als wir ankamen. Ich lud sie ein, zum Mittagessen zu bleiben, und sie nahm nur zu gerne an, selbst wenn ich nicht garantieren konnte, dass Cyclops vom Konvent zurück sein würde, wo er und die anderen beschlossen hatten, doch noch einige letzte Reparaturen vorzunehmen.

„Das ist doch vollkommen in Ordnung, India", sagte sie fröhlich. „Es macht mir nichts aus, wenn ich dich und Matt treffen kann. Ich meine, ich freue mich, euch zu treffen. Darum bin ich gekommen." Ich hätte ihr nicht geglaubt, selbst wenn sie nicht rot geworden wäre.

Ich hakte mich bei ihr unter und führte sie vor Matt und Miss Glass ins Speisezimmer. Wir setzten uns gerade hin, als Cyclops, Duke und Willie ankamen. Cyclops blieb in der Tür des Esszimmers stehen, als er Catherine sah. Sein eines Auge nahm ihre Gestalt vom blonden Haar bis zu den schlanken Fingern zur Kenntnis. Ich hätte schwören können, dass ich die Hitze darin sah.

„Verzeihen Sie, Miss Mason", sagte er. „Wenn wir gewusst hätten, dass Sie hier sind, hätten wir uns umgezogen."

„Pah", sagte Willie, die einen Stuhl hervorzog. „Du hättest das vielleicht getan, aber ich nicht."

Miss Glass schnalzte mit der Zunge.

Willie wackelte mit den Fingern. „Wir haben uns gewaschen …"

„India hätte sich umgezogen, oder nicht, meine Liebe?", fragte Miss Glass. „Du bist doch in diesen Dingen so ein gutes Mädchen."

„Ich habe mich nicht umgezogen", erklärte ich ihr.

„Aber das hättest du, wenn du den ganzen Tag gearbeitet hättest."

„India? Draußen gearbeitet?" Willie schnaubte. „Die hat doch zu zarte Hände, um echte Arbeit zu tun." Willie zwinkerte mir zu, und ich verdrehte die Augen.

Miss Glass kam zu meiner Verteidigung. „Sie arbeitet sehr schwer, wie du ganz genau weißt, Willemina. Entschuldige dich sofort."

Willie holte sich mit den Fingern eine Hühnerkeule vom Teller. „Weshalb sollte ich?"

„Ist schon gut", sagte ich.

„Willie", zischte Cyclops von der anderen Seite des Tisches. „Wir haben einen Gast."

„Und?"

„Und dann nimmst du dein Besteck."

„Bitte nicht nur meinetwillen", sagte Catherine, die erheitert klang. „Ich habe Brüder. Ich bin es gewohnt, dass man ans Besteck erst später denkt."

„Brüder", sagte Duke betont. „Nicht Schwestern. Ich weiß, es ist nicht leicht, zu sehen, aber Willie hier ist eine Frau."

Willie nahm ihre Gabel, um eine gekochte Kartoffel aufzuspießen, und legte sie auf ihren Teller. „Und Duke hier ist ein Drückeberger."

„Hört nicht auf sie. Ich habe mich doch nur gedrückt …" Er klappte den Mund zu.

„Wovor gedrückt?", fragte Miss Glass.

Willie lehnte sich mit einem Grinsen zurück. „Er und Cyclops drücken sich vor dem Reiten, weil sie runtergefallen sind. Darum sind sie beide so blau und zerschrammt."

„Du bist von einem Pferd gefallen?", fragte Catherine Cyclops.

„Ihr alle beide?", sagte Miss Glass.

Catherine schaute zwischen den dreien hin und her, sagte aber nichts mehr. Miss Glass jedoch hielt den beiden einen Vortrag, wie man in der Stadt vernünftig zu reiten hatte. Wir bedauerten Willies Notlüge am Ende alle.

Der Diener Peter brachte Zitronensorbet in Glasschalen, um unser Mittagessen abzuschließen, und wir zogen uns danach in den Salon zurück. Miss Glass hielt mich jedoch auf, ehe wir eintraten. Ich stellte fest, dass ich ihr nicht richtig in die Augen schauen konnte. Mir waren meine letzten Worte an sie vom vorigen Abend nur zu bewusst. Ich war barsch gewesen, aber ich würde nicht von meinem Standpunkt abweichen. Ich würde ihr nicht gestatten, dass sie mich dazu überredete, als ihre Gesellschafterin zu bleiben.

„Kommst du mit in mein Zimmer, India?", fragte sie. „Ich habe eine kleine Überraschung für dich."

„Vielleicht später", sagte ich. „Ich würde gern Zeit mit Catherine verbringen, während sie da ist."

„Sie braucht dich nicht so sehr, wie ich dich brauche. Komm in mein Zimmer, damit ich dir dein Geschenk geben kann."

Ich löste meinen Arm aus ihrem Griff. „Vielen Dank, Miss Glass, aber ich will keine Geschenke. Ich werde es mir nicht anders überlegen. Sie und ich sind nicht einer Meinung in einer sehr wichtigen Sache, und wenn sich das nicht ändert, glaube ich nicht, dass ich als Ihre Gesellschafterin dienen kann."

Sie berührte die Haare in ihrem Nacken, während sie in die Ferne starrte. „Veronica, hast du Harry gesehen?", fragte sie schwach.

Ich seufzte. Ihre Anfälle waren vielleicht das Ergebnis ihrer Unfähigkeit, sich mit der vor ihr liegenden Unterhaltung zu befassen, aber diesmal kam es etwas zu gelegen.

„India? Tante? Kommt ihr?", fragte Matt, der sich uns anschloss.

„Sie leidet an einer ihrer Episoden", sagte ich und beäugte sie vorsichtig. „Ich wollte gerade Polly holen."

„Ich bringe sie nach oben."

Ich sah ihnen nach, mein Herz schwerer, als ich erwartet hatte, und betrat den Salon, wo sich gereiztes Schweigen breitmachte. Nur Willie schien zufrieden. Duke wirkte neugierig, während Cyclops Catherines hartem Blick auswich.

„Ich habe Nate gerade erzählt, dass ich auch einmal von einem Pferd gefallen bin", sagte Catherine zu mir. „Meine Verletzungen sahen überhaupt nicht aus wie seine. Ich habe auch Brüder, die in alle möglichen Probleme verwickelt waren. Ein Schlag ins Gesicht lässt eine Lippe so aufplatzen."

„Ah", war alles, was ich sagte.

„Weshalb lügen mich alle an?"

„Ich habe nicht gelogen", sagte Cyclops. „Ich würde Sie niemals anlügen. Niemals."

„Weshalb wollt ihr dann nicht zugeben, dass ihr beiden gekämpft habt? Ich verstehe nicht, weshalb ihr das Gefühl habt, diese Tatsache vor mir verbergen zu müssen."

Cyclops zuckte mit den großen Schultern und wandte sich an mich. Ich hatte noch niemals gesehen, dass er so verloren wirkte. Er wollte nicht, dass Catherine schlecht von ihm dachte, doch er wollte auch nicht ihre Gefühle ermutigen. Es war ein zerbrechliches Gleichgewicht, eines, bei dem nicht einmal ich sicher war, dass ich es erfolgreich umschiffen konnte.

„Er wollte nicht, dass du dich um ihn sorgst", erklärte ich ihr. „Das ist alles."

Catherines Gesicht rötete sich. Sie schaute auf ihren Schoß hinab. „Oh. Na, danke schön. Gibt es etwas, um das ich mir Sorgen machen sollte?"

„Nein", sagte Willie. „Cyclops hat alle seine Gegner geschlagen."

„Bis auf mich", fügte Duke an. „Ich habe ihm diesen Schmiss auf der Lippe verpasst, und mehr als ein paar blaue Flecken, die man nicht sehen kann, wenn er nicht das Hemd hebt."

Cyclops' Blick bohrte sich in Duke. Duke erwiderte ich mit einem Grinsen.

„Aber warum habt ihr gekämpft?", fragte Catherine. „Hattet ihr Streit?"

„Es war nur zum Spaß", sagte Duke. „Manchmal kämpfen wir, um die Spinnweben wegzupusten."

„Ist das eine gewöhnliche Form der Unterhaltung in Amerika?"

„Ja", stimmte Willie zu. „Cyclops ist verdammt gut darin. Duke auch."

Duke reckte die Brust. „Es ist nichts, worum man sich Sorgen machen muss, Miss Mason. Sein Gesicht ist hübsch wie eh und je."

Catherine lachte. „Das sehe ich."

Cyclops lachte auch, doch ich erkannte, dass er zu nervös war, dieses Thema mit ihr zu besprechen. Er nutzte die Gelegenheit, als gerade nichts gesagt wurde, um es zu wechseln, und erzählte ihr von unseren neuesten Ermittlungen. Matt kehrte zurück, sagte aber kaum ein Wort, bis Catherine ging und wir allein in der Kutsche saßen, auf dem Weg zu Lord Coyles Haus.

„Tante Letitia sagt, du drohst, zu gehen", setzte er an, nahm plötzlich meine beiden Hände in seine. „Ich weiß, dass die Lage für uns beide schwierig ist, aber ich dachte, du hättest zugestimmt, im Haus zu bleiben."

„Matt ..."

„Ich *werde* Lord Cox davon überzeugen, Patience zurückzunehmen. Ich *werde* eine Möglichkeit finden, India."

„Matt ..."

„Bitte, gehe noch nicht", murmelte er an meinen Knöcheln.

„Sie hat es nicht ordentlich erklärt", sagte ich und berührte ihn an der Wange, dann zog ich mich zurück. „Ich habe nicht gedroht, das Haus zu verlassen, nur damit, nicht mehr ihre Gesellschafterin zu sein. Es war auch nicht nur eine Drohung. Ich kann nicht mehr ihre Gesellschafterin sein. Nicht, solange sie so dagegen ist, dass du und ich zusammen sind."

Er lehnte sich zurück und seufzte. „Was hat sie gesagt?"

„Du weißt doch, wie sie sein kann."

„Herablassend?"

„Sie ist eine Frau ihres Standes, Matt. Ich nehme es ihr nicht übel, nicht wirklich, aber ich kann mir nicht anhören, wie sie mir sagt, dass sie mich mag, und mir im nächsten Satz dann erzählt, dass ich nicht gut genug für dich bin. Sie ist eine Heuchlerin. Und mehr als das, sie weiß es auch, glaube ich."

„Dann hast du das Richtige getan."

„Meinst du? Ich habe mir Sorgen gemacht, dass du das nicht so sehen würdest." Sie war immerhin das einzige Mitglied seiner englischen Familie, das er mochte, und sie war alt und brauchte Gesellschaft. Ich hätte gedacht, er könnte es als meine Pflicht als seine zukünftige Frau betrachten, mich mit ihr zu befassen.

„Natürlich stimme ich zu. India, ich werde niemandem gestatten, dir zu sagen, dass du nicht würdig bist. Nicht einmal ihr. Wenn überhaupt, ist es andersherum. Wenn sie meine Vergangenheit kennen würde, wäre sie überrascht, dass irgendeine vernünftige Frau mich wollen würde."

Ich lächelte. „Danke, Matt. Und mach dir keine Sorgen. Ich werde immer freundlich zu ihr sein, ganz gleich, was sie sagt. Ich werde nur nicht mit ihr spazieren gehen oder zum Einkaufen. Polly wird ihr Gesellschaft leisten müssen."

„Dann wird meine Tante es sich bald anders überlegen. Polly ist ein nettes Mädchen, aber meine Tante hat lieber jemanden, mit dem sie sich etwas besser unterhalten kann. Ich rede heute Abend mit ihr."

„Mach das nicht. Das lässt mich aussehen, als wäre ich mit meinem Problem zu dir gelaufen. Wie du sagtest, sie braucht Zeit."

Die Frage war, wie viel Zeit?

KAPITEL 5

*L*ord Coyle brauchte sehr lange, um die Stufen herabzukommen, nachdem sein Diener losging, um ihn aus seinem Studierzimmer zu holen. Dem Anblick seiner verschlafenen Augen nach zu urteilen, fragte ich mich, ob er ihn aus einem Mittagsschlaf aufgeweckt hatte, anstatt ihn bei der Arbeit zu stören.

Er begrüßte mich begeistert – Matt weniger – und lud uns in die Bibliothek ein. Es war dasselbe Zimmer, in dem die Geheimtür zu dem Lager mit magischen Gegenständen war.

„Sind Sie gekommen, um meiner Sammlung etwas zu spenden, Miss Steele?", fragte er, während er seinen breiten Körper in einen tiefen Ledersessel hinabließ. Er bot Matt eine Zigarre an, doch Matt lehnte ab.

„Nein", sagte ich. „Ist das der Grund, weshalb Sie mich gebeten haben, mit Ihnen zu dinieren?"

„Überhaupt nicht. Ich wollte Sie einfach kennenlernen. Meine Freunde waren auch begierig darauf, Sie zu treffen." Er zog eine Zigarre aus der Schachtel und steckte sie sich in den Mund. „In dieser Stadt findet man Magier nicht leicht", sagte er, während er die Lippen um die Zigarre schloss.

Und doch fühlte es sich an, als würden in letzter Zeit immer mehr Magier aus der Versenkung kommen. Ich stieß überall auf sie. Andererseits war es für mich leicht, sie über ihre Arbeit zu identifizieren, jetzt, da ich wusste, wie sich magische Wärme anfühlte.

„Wer versorgt Sie denn mit Ihren persönlichen Schreibwaren?", fragte Matt.

„Seltsame Frage." Lord Coyle schüttelte das Streichholz, um es zu löschen, und zog an der Zigarre. „Weshalb fragen Sie?"

„Haben Sie von einem Händler mit dem Namen Hendry gehört?"

„Nein. Weshalb sollte …? Ah." Er deutete mit der Zigarre auf Matt. „Er ist ein Magier, nicht wahr? Nun gut. Ich füge ihn auf meiner Liste an."

„Sie führen eine Liste mit Magiern?", fragte ich.

„Natürlich. Namen, Adressen und magische Fähigkeit. Wir teilen die Kontakte mit anderen Sammlern. Dieser Hendry muss sich wohl bedeckt gehalten haben, um unentdeckt zu bleiben."

Mein Name stand bestimmt auf dieser Liste. Das gab mir ein ziemlich übles Gefühl, obwohl ich den Grund dafür nicht nennen konnte. Es fühlte sich sogar noch übler für mich an, dass wir Lord Coyle gerade einen weiteren Namen offenbart hatten, den er hinzufügen konnte.

„Ich lasse meinen Butler fragen, wer mich mit Papier versorgt." Lord Coyle läutete mit einer kleinen Glocke auf dem Tisch neben der Zigarrenkiste, und einen Augenblick später trat der Butler ein. „Wo bestellen Sie meine Schreibwaren?", fragte ihn Coyle.

„Von Hendry's in Smithfield, mein Lord."

Lord Coyle wartete, bis der Butler auf dem Weg nach draußen die Tür schloss und wandte sich an Matt. „Sieh an, sieh an. Es scheint, als könnte ich das Briefpapier meiner Sammlung hinzufügen. Wie erstaunlich. Ein weiterer magischer Gegenstand war direkt vor meiner Nase, und ich wusste es nicht." Er schaute auf die Uhr auf dem Kaminsims, bat mich aber nicht, meine Magie daran einzusetzen, und ich bot es nicht an.

„Können Sie uns sagen, wo wir die anderen Gäste finden, die an diesem Abend mit uns hier gespeist haben?", fragte ich. „Mr. Glass denkt darüber nach, eine Dinnerparty zu geben, und würde sie gerne einladen."

Lord Coyles buschige Augenbrauen gingen hoch. „Natürlich.

Ich bin überrascht. Ich hätte nicht gedacht, dass Sie sich vergnügt haben."

„Vielleicht müssen wir sie nur besser kennenlernen."

Er knurrte. „Man soll seine Freunde nahe bei sich halten, und seine Feinde noch näher, was?"

Feinde?

Er holte seinen Butler mit dem Läuten der Glocke zurück und bat ihn, die Adressen aus dem Buch auf dem Schreibtisch zu kopieren.

Wir verbrachten die nächsten paar Minuten damit, über Matts Familie zu reden. Lord Coyle kannte Lord Rycroft, aber sie standen einander nicht nahe, und er war niemals irgendwelchen anderen Glasses begegnet. Tatsächlich schien er an der Unterhaltung ziemlich desinteressiert zu sein. Er schaute oft auf die Uhr, bat mich aber nicht, meine Magie einzusetzen. Falls er das tat, war ich nicht sicher, wie ich antworten würde.

Der Butler kehrte zum Glück bald zurück, und wir erhoben uns, um zu gehen.

„Nur einen Augenblick." Lord Coyle stemmte sich aus dem Sessel. Diese Anstrengung führte zu einem Hustanfall, der sein Gesicht violett anlaufen ließ. „Weshalb wollten Sie den Namen meines Schreibwarenhändlers wissen?", schaffte er es, hervorzustoßen.

„Jemand hat Drohbriefe an Oscar Barratt bei der *Weekly Gazette* geschickt", erklärte Matt. „Jemand, der wollte, dass er aufhört, seine Artikel zu schreiben. *Sie* haben zugegeben, dass Sie genau das wollen."

„Sie denken, ich würde Drohungen mit der Post schicken?" Lord Coyle kicherte ein kehliges, schleimiges Kichern. „Denken Sie doch mal nach, Mr. Glass."

„Mein Fehler", sagte Matt einfach.

„Hat das etwas mit dem Tod des Herausgebers zu tun?"

„Barratt hat die Briefe erhalten, nicht Baggley."

Lord Coyle sagte nichts, und ich fragte mich, ob er auch zu dem Schluss gekommen war, dass der falsche Mann erschossen worden war.

Der Butler brachte uns hinaus, und Matt gab unserem

Kutscher Anweisungen, uns zum Haus von Mr. und Mrs. Delancey zu fahren, nur ein paar Straßen weiter.

„Ich glaube nicht, dass Coyle die Briefe an Barratt geschickt hat", sagte Matt, sobald wir in der Kutsche saßen.

Ich stimmte zu. „Ich kann mir nicht vorstellen, dass er sich hinter anonymen Drohungen versteckt."

„Wir werden ihn von unserer Liste der Verdächtigen streichen."

„Hervorragend. Sie ist von hunderten auf hunderte minus eins geschrumpft. Wenn wir weiterhin so schnell Verdächtige streichen, haben wir unseren Mörder bis zur Jahrhundertwende."

„Wir kommen schon weiter, India. Zumindest sind wir diesmal nicht direkt von dem Mord betroffen."

Das war etwas, um das man dankbar sein konnte.

Die Delanceys waren nicht zu Hause, darum fuhren wir weiter zum Universitätskolleg an der Gower Street, wo Professor Nash ein Zimmer hatte, das in einem Flügel weit entfernt vom Hauptgebäude versteckt war. Wir mussten drei Studenten nach dem Weg fragen, ehe wir einen fanden, der Professor Nash kannte und wusste, wo er zu finden war.

„Verzeihen Sie die Bescheidenheit meiner Bleibe", sagte Nash mit einem verlegenen Blick auf das Bett.

Es war gemacht, aber auf der Decke waren Falten, wo er wohl vor ein paar Augenblicken noch gelegen hatte. Ein Buch lag offen auf dem Nachttisch neben einer Kerze, die schon bis zu einem Stummel abgebrannt war. Der Schreibtisch, der am nördlichen Fenster stand, war mit Büchern bedeckt, und im Zimmer roch es abgestanden.

„Wir sind froh, Sie hier zu finden", sagte ich. „Wir dachten, Sie würden vielleicht eine Vorlesung halten."

„Erst heute Nachmittag." Er schob sich die Brille auf der Nase nach oben und musterte mich ausführlich. Ihm gefiel wohl, was er sah, denn er machte viel Aufhebens um mich, schlug vor, dass ich mich auf den einzigen Sessel setzte, und räumte einen Platz auf dem Schreibtisch frei. „Ich kann Ihnen keinen Tee anbieten, fürchte ich, aber ich habe Wasser und Wein."

„Ich brauche nichts, vielen Dank."

„Genauso wenig ich", sagte Matt betont.

Professor Nash schaute nicht einmal in Matts Richtung. „Ich bin entzückt, dass Sie hier sind, Miss Steele. Ich hatte gehofft, dass Sie mit mir abseits der anderen sprechen möchten. Ich stelle mir vor, dass es wohl einschüchternd ist, Gegenstand ihrer Obsession zu sein."

„Obsession?", wiederholte ich.

Matt versteifte sich. „Sie haben nichts von ihr gefordert."

Nash schaute Matt zum ersten Mal richtig an. „Das werden sie. Diese Leute sind es gewohnt, zu bekommen, was sie wollen. Sie lassen sich vermutlich einfach Zeit. Liege ich richtig, wenn ich denke, dass Sie sich weigern würde, für sie Magie zu wirken?"

„Sie ist doch kein Äffchen, das einen Trick vorführt", knurrte Matt.

Nash trat zurück, die Hände auf der Brust. „Nein, nein, das habe ich nicht gemeint, Sir. Ich meine einfach, dass sie eine mächtige Magierin ist, und Coyle hat es ihnen verraten, und mir, dass ihre Uhr sie gerettet hat. Ich nehme an, sie würden es mit eigenen Augen bezeugen wollen. Sie werden vermutlich auch darum bitten, dass Sie ein Stück für ihre Sammlungen spenden, Miss Steele. Ich würde sogar behaupten, dass sie es unter sich versteigern würden, der Höchstbietende darf es behalten. So geschieht es mit den seltensten Stücken, hat Coyle mir erzählt."

„Die Uhr würde für niemanden sonst funktionieren", sagte ich. „Nur für mich."

„Das mögen sie ja *wissen*, aber ich denke, sie *glauben* etwas anderes. Außerdem wird ein Gegenstand von der berühmten Miss India Steele trotzdem ein Glanzstück für ihre Sammlungen sein."

Ich lachte. „Berühmt?"

Er spähte über seinen Brillenrand zu mir. „Ja, Miss Steele. Bei jenen, die sich der Magie bewusst sind und die mit diesem Sheriff im Gefängnis gesprochen haben, sind Sie als die Mächtigste bekannt."

Ich starrte ihn an.

„Sie glauben doch diesen Unfug nicht, den Payne von sich

gibt, oder?" Matt schnaubte. „Der Mann ist verrückt. Das wird vor Gericht bewiesen werden."

Nash starrte zu mir zurück, und ich bekam das deutliche Gefühl, dass er mich musterte, wie ein Wissenschaftler ein Insekt unter einem Mikroskop mustern würde, während er auf eine Reaktion von mir wartete. Ich versuchte, mein Gesicht ausdruckslos zu halten.

„Laut meiner Studien", sagte Nash, der durch die Bücher auf dem Tisch vor mir wühlte, „sind Sie nicht der erste Uhrenmagier, der die Magie anderer Magier verlängert." Er fand das Buch und blätterte durch die Seiten. Auf einer Seite hielt er inne, bei der Skizze eines Mannes, der im Stil des siebzehnten Jahrhunderts gekleidet war und neben einer einfachen Uhr stand. Die Szene schien in einer Schmiede stattzufinden, in der ein anderer Mann saß, ein Schwert in der Hand. „Von dieser Zeichnung nimmt man an, dass sie zwei Magier zeigt, die ihre Magie vereinen. Der Uhrenmagier verlängert vermutlich die Lebensdauer der Magie des Schwertschmiedes."

„Oder es könnte eine Zeichnung von zwei Männern sein, die keine Magier sind", sagte Matt. „Das ist unklar."

„Geräte, um die Zeit anzuzeigen, waren, als das gezeichnet wurde, ganz neu", fuhr Professor Nash fort. „Während Zauber, um Holz oder Metall zu beeinflussen, im siebzehnten Jahrhundert bereits sehr alt waren, steckte die Uhrenmagie noch in den Kinderschuhen. Diese Magier haben zu diesem Zeitpunkt vermutlich immer noch experimentiert, wie sie die magischen Worte wirksam zusammenstellen konnten." Er deutete auf die Zeichnung. „Es war auch zu einer Zeit, als der Einsatz der Magie schon nachließ. Dieses Nachlassen hält bis zum heutigen Tag an. Damals wie jetzt haben Magier um ihr Leben gefürchtet und versteckten sich. Leider bedeutete das, dass die komplizierteren Zauber verschollen sind, denn sie wurden nicht an die jüngeren Generationen weitergereicht. Es bedeutete auch, dass die Magier aus verschiedenen Handwerksdisziplinen keine Zauber austauschten. Neue Zauber wurden nur selten geschaffen, und noch seltener kombiniert. Das ist eine der letzten Darstellungen, in denen Zauber über die Disziplinen hinweg kombiniert werden. Noch seltener ist der Gedanke, dass man Zeitmagie mit medizinischer Magie verbinden könnte. Ich habe so etwas noch niemals gehört, bis ich mit Lord Coyle gesprochen habe. Er hat mir von dem Experiment erzählt, das Ihr Großvater und Dr. Millroy vor siebenundzwanzig Jahren durchgeführt haben. Damals war das für mich ein so verrückter Gedanke, dass ich zugeben muss, ihn ausgelacht zu haben." Er fing an, auf und ab zu gehen, die Hände auf dem Rücken, die Augen hinter den Brillengläsern riesig. „Die Vorstellung erschien mir aber immer wahrscheinlicher, und dann hat er mir die Geschichte von Sheriff Payne erzählt, nun, da musste ich ihn besuchen und es selbst herausfinden."

„*Sie* waren das", sagte ich. „*Sie* haben ihn im Gefängnis aufgesucht."

„Lord Coyle hat mir erzählt, dass Sie nicht darüber reden würden, selbst wenn ich freundlich fragte und selbst wenn er Ihnen Geld anbot."

„Er wollte ihr die Information *abkaufen*!" Matt verschränkte die Arme und murmelte: „Verdammt soll er sein."

„Ich glaube nicht, dass ich der Einzige bin, der Payne besucht hat", sagte Nash. „Ich weiß, dass Coyle es getan hat. Es gibt womöglich noch weitere aus dem Klub."

Ich stöhnte. Ganz gleich, wie viele von uns Paynes Behauptungen nun bei der Verhandlung zurückwiesen, Coyle und seine Spießgesellen würden uns nicht glauben. Ich hoffte nur, dass die Öffentlichkeit es niemals herausfand.

Matt legte mir eine Hand auf die Schulter und drückte sanft zu. „Solange uns die Allgemeinheit glaubt, sollte aus Paynes Behauptungen nichts erwachsen. Diesen Herdentrieb muss man eindämmen, ehe er Schwung aufnimmt. Coyle und seine Freunde scheinen darauf erpicht zu sein, die Magie verborgen und exklusiv zu halten."

„Ganz richtig, Mr. Glass." Professor Nash reichte mir das Buch. „Das dürfen Sie sich ausborgen. Es wird Ihnen helfen, die Geschichte Ihrer Macht zu verstehen."

„Vielen Dank", sagte ich und nahm es.

„Haben Sie irgendwelche besonderen Fragen, die Sie mir stellen möchten?"

„Wir wollen wissen, wo Sie Ihr Papier kaufen", sagte Matt.

„Mein Papier?" Nash schob sich die Brille die Nase hinauf. „Was hat das denn mit Miss Steeles Magie zu tun?"

„Nichts."

„Oh." Nash klang enttäuscht. „Die Universität versorgt mich mit Schreibpapier."

„Was ist mit persönlichem Briefpapier und dergleichen?"

„Briefpapier mit meinem Namen und Visitenkarten sind nicht gerade Gegenstände, die sich ein bescheidener Professor leisten kann. Weshalb? Worum geht es hier?"

Matt und ich schauten einander an. Verständnis ging zwischen uns hin und her, und Matt sagte: „Jemand schickt Drohbriefe auf mit Magie angereichertem Papier an Oscar Barratt ins Bureau der *Weekly Gazette*. Wir würden gern herausfinden, wer."

„Barratt, nicht Baggley? Wie seltsam, dass dann Baggley derjenige war, der gestorben ist. Ich schätze, diese beiden Dinge hängen zusammen?"

„Es wäre ein ziemlicher Zufall, wenn nicht", sagte ich.

Nash nickte langsam, während er nachdachte. „Warum ermitteln Sie und nicht die Polizei?"

„Die Polizei glaubt nicht, dass die Bedrohungen und das Verbrechen zusammenhängen." Noch während ich es sagte, fragte ich mich, ob wir uns dabei auf Oscars Aussage hätten verlassen sollen. „Mr. Barratt hat uns um Hilfe gebeten, da wir Erfahrung damit haben, in Verbrechen zu ermitteln, die mit Magie in Verbindung stehen."

„Kennen Sie irgendwelche Papiermagier?", fragte Matt.

Nash schüttelte den Kopf.

„Danke für Ihre Zeit." Matt hielt mir eine Hand hin, um mir aufzuhelfen.

Ich nahm sie und klemmte mir das Buch unter den Arm. „Vielen Dank für das Lesematerial, Professor. Ich werde es Ihnen sobald wie möglich zurückgeben."

„Behalten Sie es, solange Sie möchten." Er ließ die Absätze aneinander klicken und verbeugte sich. „Meine Tür steht Ihnen immer offen, Miss Steele. Ich werde mich bemühen, jede Frage zu beantworten, die Sie haben könnten."

„Er hat dir viel zu viel Aufmerksamkeit gewidmet", sagte

Matt, während wir uns zurück durch die geheiligten Hallen der Universität begaben. „Es gab Zeitpunkte, zu denen ich das Gefühl hatte, er hätte vergessen, dass ich überhaupt da war."

„Es ist verständlich, da er mich für eine mächtige Magierin hält", sagte ich und senkte die Stimme. „Er hatte noch nie die Gelegenheit, vorher welche zu studieren. Nicht, dass ich mich für mächtig halten würde, verstehst du, nur er tut es."

„Er wird dich nicht studieren, India. Du bist nicht das Projekt eines mittelmäßigen Geschichtsprofessors."

„Mittelmäßig? Das ist ein wenig harsch, oder?"

„Wenn er wichtiger wäre, hätte er bessere Räumlichkeiten in einem besseren Teil der Universität. Er wohnt am hinteren Ende des Campus in einem kleinen Zimmer. Vielleicht ist er nicht mittelmäßig, aber die Universität hält ihn dafür."

Ich verstand, was er meinte. Nicht nur waren wir durch etliche lange Gänge gegangen, und ein paar Treppen hinauf und hinab, sondern wir hatten auch ein viereckiges Rasenstück überquert, auf dem etliche Studenten im Sonnenschein herumgelungert hatten, und wir hatten noch nicht einmal das Hauptgebäude an der Gower Street erreicht. Ich begann allmählich Mitleid für Professor Nash zu empfinden. Sein Interesse an mir wirkte recht harmlos.

Als nächstes fuhren wir zur Residenz in Hammersmith von Sir Charles Whittaker. Der Junggeselle wohnte in einem hübschen Reihenhaus mit weißen Erkerfensterrahmen und einem kleinen Garten vorne. Er war also kein begüterter Gentleman, der vom Landbesitz seiner Familie lebte, wie ich angenommen hatte. Anders als das große Anwesen von Lord Coyle und das beeindruckende fünfstöckige Stadthaus der Delanceys hatte er keinen Butler oder Diener. Die Haushälterin kam zur Tür und setzte uns davon in Kenntnis, dass er nicht zu Hause war.

Wir wollten gerade gehen, als Sir Charles höchstselbst zu Fuß den Bürgersteig entlang kam. Er blieb am Tor stehen, überrascht, uns zu sehen, ehe er uns einlud, zum Tee zu bleiben. Die Wohnzimmermöbel waren elegant, doch einfach, weder zu maskulin noch zu feminin, und der Schmuck war auf ein Minimum reduziert, was ich von einem Junggesellen seines Alters auch erwartet hätte. Sein Nadelstreifenanzug mit dem gebügelten Taschentuch, das aus der Jackentasche ragte, war ebenfalls elegant und einfach.

„Was machen Sie eigentlich, Sir Charles?", fragte Matt.

„Ich bin Berater."

„Wen beraten Sie denn?"

Sir Charles schlug die Beine übereinander und schnippte sich imaginären Staub von der Hose. „Die königliche Familie."

„Wie interessant", sagte ich. „Wozu beraten Sie sie denn?"

„Es tut mir leid, Miss Steele, aber ich bin nicht befugt, das zu sagen. Ihre Majestät bevorzugt es, solche Dinge geheim zu halten. Ich hoffe, das verstehen Sie."

„Oh. Natürlich." Was immer er tat, es reichte aus, um ihm den Ritterschlag zu bescheren.

Die Haushälterin brachte Tee und Butterplätzchen, die genauso köstlich schmeckten, wie sie aussahen.

Matt kam direkt zum Thema, sobald sie weg war. „Jemand hat Oscar Barratt von der *Weekly Gazette* Drohbriefe geschickt. Er hat uns gebeten, herauszufinden, wer."

Sir Charles' Augenbrauen gingen bei jedem Satz weiter nach oben. „Vermutlich ist das klug, wenn man bedenkt, was Baggley passiert ist. Was hat das allerdings mit mir zu tun?"

„Das Papier, das dabei benutzt wurde, stammt von einem Magier namens Hendry. Er arbeitet in einer Werkstatt in Smithfield. Klingelt bei dem Namen was?"

„Nein. Sollte es?"

„Wer stellt denn Ihre persönlichen Schreibwaren her?"

„Ein Mann aus der Gegend, der Woodley heißt." Sir Charles runzelte die Stirn. „Beschuldigen Sie mich, der Verfasser der Briefe zu sein?"

„Sie wollten, dass man Barratt aufhält."

Sir Charles stellte die Teetasse mit einem Klappern ab. „Ich habe niemandem Drohbriefe geschickt. Ich mag ja nicht wollen, dass Barratt diese Artikel schreibt, aber ich würde mir nicht die Mühe mit einer geschriebenen Drohung machen. Meiner Erfahrung nach sind solche Dinge nicht wirksam."

„Welche Methode würden Sie denn einsetzen?", fragte Matt.

Sir Charles nahm seine Tasse wieder auf und nippte.

„Darf ich Ihre Visitenkarten sehen?", fragte ich.

Sir Charles zog eine kleine Silberschachtel aus der Innentasche seiner Jacke. Er klappte sie auf und holte eine Karte heraus, die er mir reichte. Sein Name war in schwarzer Tinte auf das dicke, cremeweiße Papier gedruckt. Weder die Karte noch die Tinte fühlten sich warm an. Ich reichte sie zurück und schüttelte an Matt gewandt den Kopf.

„Ich schätze, Sie bitten alle Mitglieder des Sammler-Klubs darum, ihr Briefpapier sehen zu dürfen", sagte Sir Charles.

„Derzeit nur jene, die wir beim Dinner von Lord Coyle kennengelernt haben", sagte ich. „Wir haben auch etliche andere Spuren, denen wir folgen."

Sir Charles lächelte. „Sie klingen wie eine erfahrene Ermittlerin, Miss Steele. Lord Coyle hat mir erzählt, Sie beide hätten zusammen weitere Verbrechen aufgeklärt. Sie machen sich einen ziemlichen Ruf."

„Das ist der Grund, weshalb Oscar Barratt mit seinem Problem zu uns kam."

„Könnte es auch daran liegen, dass Sie eine mächtige Magierin sind?"

„Ist sie das?" Matt erhob sich und knöpfte seine Jacke zu. „Lord Coyle scheint seine Theorie auf Gerüchte zu gründen, die ein Gefangener verbreitet, der mich verabscheut. Ist Ihnen schon einmal in den Sinn gekommen, dass Payne versucht, Rache an mir zu üben, indem er Miss Steele das Leben schwer macht?"

„Sie haben recht", sagte Sir Charles. „Ich entschuldige mich. Ich weiß Gerüchte und Anzüglichkeiten ebenfalls nicht zu schätzen. Bis ich nicht persönlich sehe, wie Miss Steele jemandem das Leben verlängert, werde ich annehmen, dass ihre Talente so gewöhnlich sind wie die eines jeden anderen Magiers. Nehmen Sie meine Entschuldigung an, Miss Steele?"

„Natürlich", sagte ich.

Er hielt mir eine Hand hin, um mir beim Aufstehen zu helfen. „Ich hoffe, Sie wiederzutreffen. Ich verstehe, dass Sie nur zögerlich über Ihre Magie mit Fremden reden wollen, aber ich hoffe, dass Ihnen mit der Zeit klar wird, dass niemand im Klub Ihnen schaden will. Wir sind nur neugierig auf die Magie, da niemand von uns selbst die Fähigkeit besitzt. Wir sind alle ziemlich langweilig." Er kicherte.

„Ich halte die Talentfreien nicht für langweilig", sagte ich. „Aber vielen Dank."

Er ging mit uns zur Eingangstür, und wir wollten gerade gehen, als mir etwas wieder einfiel. „Haben Ihnen die Kämpfe gestern Abend gefallen?"

Er blinzelte. „Wie bitte?"

„Die Kämpfe in der Schenke. Ich war mit meinen Freunden dort und habe Sie gesehen."

Er schüttelte den Kopf. „Ich fürchte, Sie sprechen mit dem Falschen. Ich schaue mir keine Kämpfe zur Erheiterung an. Ich finde das ziemlich unangenehm." Er hielt die Tür weiter auf. „Einen schönen Tag, Miss Steele, Mr. Glass."

„Das ist merkwürdig", sagte ich zu Matt, als wir losfuhren. „Ich habe ihn auf jeden Fall gesehen."

„Vielleicht ist es ihm peinlich, zuzugeben, dass er sich gerne verbotene Kämpfe mit bloßen Fäusten ansieht. Es ist nicht gerade ein Sport für Gentlemen."

„Stimmt. Und er kommt mir vor wie ein ziemlich eleganter Herr, der nicht gerade Blut auf seinen schönen Anzug bekommen will."

Matt lächelte. „Nicht wie meine Freunde. Ich scheine Schwierigkeiten damit zu haben, sie von den blutigen Sportarten fernzuhalten. Insbesondere Willie hat eine Neigung dazu."

„Sie ist eine ziemliche Rädelsführerin, wenn es darum geht, die anderen beiden auf Abwege zu lotsen. Ich weiß, warum Duke macht, was immer sie will, aber ich dachte, Cyclops würde sich zurückziehen, bevor die Kämpfe anfingen."

„Er hat die Ablenkung gebraucht. Er ist an Catherine interessierter, als er zugeben will, selbst vor sich." Matt beobachtete mich durch halb gesenkte Lider, und ich hatte das Gefühl, dass er mehr zu sagen hatte.

„Sprich weiter", drängte ich.

„Wenn ich ihnen nicht bald etwas zu tun gebe, werden sie noch ruheloser. Wenn ihnen zu langweilig wird, werden sie mich entweder beharken, nach Amerika zurückzukehren, oder sie werden in weiteren Faustkämpfen antreten wollen. Da Duke und Cyclops nicht daran interessiert sind, einander zum Spaß kurz und klein zu hauen, werden ihnen allzu bald die Schenken ausgehen."

„Sagst du damit, *du* willst nach Amerika zurückkehren?" Ich war mir nicht sicher, wie ich mich damit fühlte. Ich wollte mit Matt zusammen sein, und ich würde ans Ende der Welt reisen, wenn es sein musste. Aber mein Großvater war in London, und alles andere, was ich wusste und kannte, war auch hier.

„Nein", sagte er. „Nur, dass ich ihnen etwas zu tun geben muss."

„Dann delegieren wir doch Aufgaben, ehe sie einander an die Kehle gehen."

* * *

MATT BRACHTE mir am Vormittag das Frühstück, noch ehe ich ganz wach war. Er versprach, dass keiner der Diener gesehen hatte, wie er in mein Zimmer trat, aber da sie das Tablett vorbereitet hatten, hielt ich diese Tatsache für irrelevant. Ich war mir nicht sicher, ob es mir etwas ausmachte oder nicht. Das hätte es aber tun sollen. Es war schrecklich skandalös, um diese Uhrzeit einen Mann in meinen Räumen zu haben, aber es war eine kleine Geste, um der Welt zu zeigen, dass wir vorhatten, zusammen zu sein.

Ich setzte mich im Bett auf, und er reichte mir das Tablett. „Was ist los?", fragte ich, als ich sein grimmiges Gesicht sah.

Er öffnete die Vorhänge, dann nahm er die Zeitung, die er sich unter den Arm geklemmt hatte. Sie war auf der Seite mit den Ankündigungen aufgeschlagen. Ich stöhnte, als ich die kurzen Zeilen las, auf die er zeigte.

LORD UND LADY RYCROFT verkünden erfreut die Verlobung ihrer ältesten Tochter Patience Glass mit dem Erben des Rycroft-Titels, Matthew Glass aus Mayfair.

KAPITEL 6

„Also ist es offiziell." Ich senkte das Papier mit zitternder Hand. Wie war es so weit gekommen? Bis jetzt hatte die Verwicklung mit Patience etwas surreal gewirkt. Ich hatte niemals an Matt gezweifelt, nicht wirklich. Ich hatte immer gedacht, er würde einen Ausweg finden. Nun war es in fett gedruckter Schrift in der prestigeträchtigsten Zeitung der Stadt angekündigt, und es war tatsächlich sehr real.

Matt setzte sich in der Nähe meines Knies auf das Bett und legte seine Hand über meine. „Mein Onkel hat mir versichert, er würde mir mehr Zeit lassen, um Lord Cox zu überzeugen." Seine Finger spannten sich an. „Ich werde es heute Vormittag bei ihm auf den Tisch bringen."

„Was willst du machen?"

Er sagte nichts. Ich hätte es ihm durchaus zugetraut, seinem Onkel eine Ohrfeige zu geben. Er hatte ihn schon einmal bedroht, und wenn man ihn sich jetzt anschaute, wie seine Brust sich mit bebenden Atemzügen hob und senkte, war er in der richtigen Verfassung, um etwas Überhastetes zu tun.

„Tu das nicht", sagte ich, in meinen Augen brannten Tränen. „Je mehr du ihn verärgerst, umso unwahrscheinlicher ist es, dass er dich aus der Verlobung herauslässt."

„Er hat niemals wirklich Hoffnung darauf gesetzt, dass Cox

es sich anders überlegt", stieß er hervor. „Das weiß ich jetzt. Ich war ein Narr, dass ich ihm vertraut habe. Verdammt."

Ich rückte näher und legte die Arme um ihn. Ich schmiegte den Kopf an seine Schulter und spürte, wie er sich ein wenig entspannte. „Was machen wir jetzt? Versuchen wir weiterhin, Lord Cox zu überzeugen?"

Er küsste mich auf den Kopf, und ich schmiegte mich unter sein Kinn. „Er wird nicht nachgeben."

„Was dann? Von der Verlobung zurückzutreten, würde Patience in Verlegenheit bringen, nun, da es öffentlich gemacht wurde. Sie hat bereits gelitten, nachdem Lord Cox seine Absichten zurückgezogen hat."

„Ich weiß", sagte er schwermütig. „Ich kann sie sowieso nicht beenden."

Ich rückte ab, um ihn anzuschauen. Er wich meinem Blick aus. „Erzähl es mir, Matt. Erzähl mir, womit er dich im Griff hat. Zusammen fällt uns vielleicht eine Möglichkeit ein, wie wir da herauskommen."

Lange Zeit sagte er nichts, und ich dachte, er würde sich eine Lüge einfallen lassen, um mich zu besänftigen. Doch als er etwas sagte, wusste ich, dass es keine Lüge war. „Er hat mir gesagt, wenn ich der Vereinigung nicht zustimmen würde, würde er den Innenminister über deine Magie in Kenntnis setzen. Sie sind befreundet."

„Den Innenminister?", murmelte ich. Wenn es um die Sicherheit des Landes ging, stand nur der Premierminister noch höher. „Aber … was würde er denn tun, wenn er von meiner Magie erfahren würde?"

Matt schob mir die Haare aus der Stirn. „Ich weiß es nicht. Das ist ja das Problem, India, ich weiß es einfach nicht. Er könnte es als Witz behandeln, oder er könnte dich einsperren."

„Oder er könnte mich erforschen lassen."

Er nickte. „Wenn du dir eine Möglichkeit ausdenken kannst, wie ich aus diesem Arrangement entkomme, ohne meinen Onkel zu verärgern, bin ich ganz Ohr."

Ich sank an ihn und zupfte am Stoff seines Hemdes. „Wir könnten zusammen weglaufen. Gehen wir doch noch nach Amerika."

„Das wäre ein Schuldeingeständnis, und der Innenminister wird meinem Onkel glauben. Du könntest niemals hierher zurückkehren."

„Also bist du einverstanden, es zu tun? Selbst wenn das bedeutet, Patience zu verletzen und ihre Aussichten auf eine gute Ehe zu vernichten?" Und die ihrer Schwestern, hätte ich sagen können, aber ich wollte seinem Gewissen keine noch größere Last aufbürden. Er wusste es ohnehin schon.

Mit leichten, sanften Fingern strich er mein Kinn entlang. „Ich werde sie nicht heiraten, India. Nur dich."

Ich drückte ihm einen leichten, fiebrigen Kuss auf die Lippen, dann schmiegte ich mich mit einem Seufzen an die Wärme seines Körpers. „So sehr ich auch weiß, dass ich mit dir zusammen sein will, Matt, und so wütend ich auch bin, dass sie bei dieser Intrige mitmacht, ich will das Leben von Patience nicht ruinieren." Sie wollte unbedingt weg von ihren Eltern und Schwestern, und sie sah eine Ehe als den einzigen Ausweg. Ohne Talente oder ein Handwerk, auf das sie sich verlassen konnte, war es das vermutlich auch. Aber wenn Matt sie so bald im Stich ließ, nachdem es auch Lord Cox getan hatte, würde sie kein Mann wollen. Sie war für die meisten Gentlemen bereits zu alt, um in Betracht zu kommen, und sie war zu schüchtern, um mühelos einen Verehrer anzuziehen. Zwei aufgelöste Verlobungen wären ihr Tod.

„Ich werde allein mit ihr sprechen", sagte Matt. „Wenn Lord Cox es sich nicht anders überlegt, wird sie es sich vielleicht überlegen und mich zurückweisen."

Ich bezweifelte es, sagte aber nichts. Er musste sich an irgendeine Hoffnung klammern, genauso sehr wie ich. Das Problem war nur, dass ich keinen Ausweg sah, bei dem wir nicht wegliefen und sie ihr restliches Leben lang unglücklich war.

* * *

MATT TIGERTE von einer Seite des Salons zur anderen, während wir übrigen dasaßen und hilflos zusahen. „Er hat gesagt, er würde es noch nicht ankündigen", knurrte Matt vor sich hin. „Er hat das Versprechen an mich gebrochen."

„Hat *sie* denn ein Versprechen gegeben?", fragte Miss Glass. „Hat meine Schwägerin gesagt, dass sie es nicht so bald ankündigen würde?" Es war schwierig, anhand ihres kühlen Blicks ihre Gefühle abzuschätzen, anhand ihrer äußeren Ruhe, aber der stählerne Unterton ihrer Frage legte nahe, dass es ihr nicht ganz gleich war.

Matt blieb abrupt stehen. „Tante Beatrice hat kein solches Versprechen gegeben."

„Dann ist das *ihre* Schuld." Miss Glass nahm die Zeitung, nur um sie wieder auf den Tisch fallen zu lassen. Sie rutschte herunter und fiel auf den Boden. „Du musst mit ihr reden, Matthew. Du musst ihr sagen, dass du und Richard euch einig wart. Sie sollte nicht damit davonkommen dürfen, die Lage so sehr verschlechtert zu haben."

Matt nahm seinen Marsch durch das Zimmer wieder auf. „Das wird nichts ändern. Was getan wurde, wurde getan."

Cyclops hob die Zeitung auf und legte sie auf den Tisch. „Was willst du also tun?"

Matt blieb wieder stehen, und sein Blick begegnete meinem. „Ich kann es nicht sagen." Er musste mir nicht mehr sagen. Die Lage war zu der Krise angewachsen, über die wir gesprochen hatten. Es war an der Zeit, Pläne zu schmieden, um England zu verlassen.

Willie, Cyclops und Duke schienen alle zur selben Erkenntnis zu kommen. Alle verlagerten ihre Aufmerksamkeit auf Miss Glass. Zum Glück wirkte sie ahnungslos. Ich wollte nicht, dass sie zu demselben Schluss kam. Noch nicht. Wir hatten noch nicht besprochen, wie sie in unsere Pläne passte, und nun, da ich darüber nachdachte, wusste ich, dass es keine einfache Lösung gab. Sie würde England nicht verlassen wollen, doch wir konnten sie auch nicht bei ihren schrecklichen Verwandten lassen.

„Ich verstehe nicht, weshalb Lord Cox so halsstarrig ist", sagte sie mit einem Kopfschütteln. „Er schien Patiences Gesellschaft zu genießen, und ihre Schüchternheit machte ihm nichts aus. Tatsächlich schien ihm zu gefallen, dass sie nicht so dreist war wie ihre Schwestern."

„Er kann nicht über ihren Fehltritt hinwegsehen", sagte ich.

„Er hat das Gefühl, als wäre er von ihr und ihren Eltern hereingelegt worden", fügte Matt an. „Die Schüchternheit, die du erwähnst, Tante, sieht er eher als eine Finte, um ihn in Sicherheit zu wiegen."

„Der Mann ist ein Arsch", sagte Willie. „Das sind die meisten, außer ihr drei. Wenn man mich fragt, kann sie froh sein, ihn loszuhaben, wenn er nicht die Ei…"

„Willie", fuhr Matt sie an.

Sie schniefte und verschränkte die Arme. „Er ist ein Arsch", wiederholte sie.

Miss Glass seufzte und entschuldigte sich. Sie wirkte verstört, und ich stand instinktiv auf, um sie zu begleiten. Sie blieb an der Tür stehen, aber als sie sah, wie ich mich wieder hinsetzte, senkte sie das Kinn und ging.

„Wann brechen wir also auf?", fragte Willie Matt, sobald Miss Glass außer Hörweite war.

Matts Blick richtete sich auf meinen.

„Um Patiences willen sollten wir ihr heute sagen, dass du sie nicht heiraten kannst", schlug ich vor.

„Matt hat es ihr gesagt", jammerte Willie.

„Aber sie weiß, dass Lord Rycroft etwas gegen ihn in der Hand hat und es nutzen wird, um ihn zu zwingen. Patience glaubt, das reicht. Sie weiß nicht, dass es das nicht tut."

„Wir können es ihr nicht sagen", entgegnete Matt, der endlich neben mir auf dem Sofa Platz nahm. „Sie wird es meinem Onkel erzählen, und er wird seine Drohung wahr machen. Wir müssen gehen, bevor er es herausfindet."

„Du kannst einen Brief schicken", sagte Duke.

„Das ist eine feige Art", murmelte Matt.

„Du kannst nichts anderes riskieren. Die Regierung wird nicht wollen, dass India das Land verlässt."

„Als Allererstes wissen wir gar nicht, ob Patience es ihrem Vater sofort erzählen wird", sagte ich. „Zum Zweiten überschätzt ihr meinen Wert für jede Regierung. Zum Dritten nimmst du an, dass die Behörden Lord Rycroft glauben. Bisher haben sie sich nicht zu Oscars Artikeln geäußert. Nach allem, was wir wissen, wird der Innenminister ihn lachend aus dem Bureau verweisen."

„Oder auch nicht", ließ sich Cyclops vernehmen. „Es ist das Risiko nicht wert. Ich stimme Matt und Duke zu. Ihr könnt es Patience nicht sagen, oder sonst jemandem. Ich weiß, dass es nicht gerecht ihr gegenüber ist, aber ihr müsst jetzt an euch denken. Spiel keine Spiele mit deiner Freiheit, India. Wenn sie einmal weg ist, könnte es schwierig werden, sie wieder zurückzuerhalten."

Ich schluckte. Er hatte recht. Aber ich hatte noch ein Ass im Ärmel. „Ich habe eine Idee. Wenn sie nicht funktioniert, dann können wir planen, England insgeheim zu verlassen. Wenn sie funktioniert, dann wird hoffentlich Lord Cox es sich anders überlegen, und wir können trotzdem bleiben."

Willie schniefte noch einmal. „Du willst ihn erpressen?"

„Wir haben nichts, mit dem wir ihn erpressen können", sagte Matt.

„Wir werden sie beide hier zum Essen einladen", sagte ich. „Nur die beiden, und keiner wird wissen, dass der jeweils andere kommt."

Willie schnaubte. „Ich will mit im Zimmer sein, wenn sie merken, dass es ein Trick ist."

„Es ist kein Trick", hielt ich dagegen. „Nur ein ..."

„Ein Kuppeldienst", schloss Duke für mich. „Wie diese Heiratsvermittler. Damals vor vielen Jahren haben sie Männer aus dem Westen mit Frauen aus den östlichen Staaten zusammengebracht."

Willie verdrehte die Augen. „So ist es überhaupt nicht, Duke. Es wird nicht funktionieren."

„Du bist einfach nicht romantisch."

„Eine arrangierte Ehe ist nicht romantisch. Es ist ein Gefängnisurteil."

„Es könnte funktionieren", sagte ich. „Zu einem passenden Zeitpunkt an diesem Abend werden wir übrigen sie allein lassen. Wenn Miss Glass recht hat, und Lord Cox Patience wirklich mag, dann überlegt er es sich vielleicht anders, nachdem er mehr Zeit mit ihr verbracht hat."

Matt nickte nachdenklich. „Es ist wahrscheinlich, dass sie niemals länger alleingelassen wurden. Wenn er sie kennenlernt, könnte er sich in sie verlieben."

„Oder er könnte in die andere Richtung abhauen", sagte Willie. „Na, stimmt doch", fügte sie an, als Duke sie tadelte. „Sie ist so langweilig wie Brot."

„Ist sie nicht", sagte ich. „Ich mag sie lieber als ihre Schwestern. Zumindest mochte ich sie, bevor sie sich weigerte, sich ihren Eltern zu widersetzen und Matt freizugeben."

Matt nahm meine Hand. „Es ist eine gute Idee, und ich sehe in diesem Augenblick keine andere Möglichkeit. Ich werde es einrichten."

Ich lächelte ihn ausdruckslos an. Es war das Beste, was ich zu bieten hatte.

„Und wenn es nicht funktioniert?", fragte Willie.

„Geben wir der Sache eine Chance, bevor wir Pläne machen", sagte Matt.

Sie seufzte. „Ich schätze, ich kann warten. Was ist mit euch beiden?", fragte sie Duke und Cyclops. „Ihr wollt bald nach Hause, oder nicht?"

Ich war nicht überrascht, als Cyclops ein unverbindliches Schulterzucken zum Besten gab. Die Rückkehr nach Amerika bedeutete eine Rückkehr in die Gefahr, da sein ehemaliger Arbeitgeber ihn immer noch jagte. Er hegte außerdem Gefühle für Catherine, selbst wenn er sie leugnete. Ich war allerdings überrascht, Duke zögern zu sehen.

Willie murmelte etwas vor sich hin, das ich nicht verstand, und schob sich hoch. „Ich gehe raus an die frische Luft."

„Ich habe für euch drei etwas zu tun", erklärte Matt ihnen. „Ich will, dass Mr. Hendry, der Papiermagier, Mr. Sweeney, der Gildemeister der Buchhändler, und Abercrombie beobachtet werden. Entscheidet, wer von euch welchem Mann folgt."

„Du glaubst, Abercrombie wäre in den Mord an Baggley verwickelt?", fragte Cyclops.

„Ich würde ihm schon zutrauen, die Finger drin zu haben."

Die drei gingen, mit Flachmännern mit Whiskey und einer Pastete in der Tasche, um ein kaltes Mittagessen zu sich zu nehmen. Wenn schon sonst nichts, war es für sie etwas zu tun, nachdem das Dach des Konvents inzwischen repariert war.

„Wohin bist du unterwegs?", fragte ich Matt, als ich sah, wie er Bristow bat, seinen Mantel zu holen.

„Ich möchte mit meiner Tante und meinem Onkel sprechen", sagte er. „Wir hatten eine Übereinkunft."

„Jetzt ist es zu spät, um etwas zu ändern. Was immer du zu ihnen sagst, wird auf taube Ohren stoßen. Lass sie doch glauben, du hättest die Lage akzeptiert, wie sie ist. Dann werden sie unsere Gegenmaßnahme nicht vorausahnen. Jetzt geh und schreib die Einladungen an Patience und Lord Cox."

Er küsste mich leicht auf die Stirn. „Du bist sehr viel pragmatischer als ich."

Er schrieb die Einladungen in seinem Schreibzimmer, ehe er sie dem Diener Peter gab, um sie zu versenden. Wir hatten beschlossen, dass der nächste Abend Mrs. Potter die Zeit geben würde, die sie brauchte, um besondere Gerichte zuzubereiten. Matt setzte dann seine Tante über den Plan in Kenntnis und nahm ihr den Schwur ab, ihn geheim zu halten. Wir zogen kurz in Erwägung, es ihr überhaupt nicht zu verraten, beschlossen aber, dass wir das tun mussten. Sie würde immerhin bei dem Abendessen bei uns sein.

Ich wartete in der Eingangshalle auf Matt, die Handschuhe in der Hand, bereit, zu dem Besuch bei den Delanceys aufzubrechen. Er kam zu mir, seine Tante im Schlepptau, und sah zu, wie sie mir etwas in die Hand drückte.

„Das wollte ich dir geben, India", sagte sie. „Es wird an dieser Jacke sehr einnehmend wirken."

Ich öffnete die Hand, um eine silberne Brosche in der Form eines Honigfressers zu sehen. Ein kleiner Amethyst leuchtete im Auge des Vogels.

„Soll ich sie dir anstecken?", fragte sie.

„Ich kann das nicht annehmen", sagte ich. „Sie sollten mir keine Dinge kaufen, Miss Glass."

„Die habe ich nicht gekauft. Es ist eine von meinen, aber ich trage sie nicht mehr. Sie ist für eine jüngere Frau, und blau sieht an dir ohnehin viel schöner aus als an mir."

Ich schob sie zurück in ihre Hand. „Es ist nicht richtig, wenn ich das annehme, da ich nicht länger Ihre Gesellschafterin bin."

„Komm schon, India, schieben wir unsere Differenzen beiseite und sind wieder Freundinnen."

„Manche Dinge kann man nicht beiseiteschieben. Wir werden

nur wieder streiten, und so will ich meine Tage nicht verbringen. Wollen Sie das?"

Sie drückte sich die Brosche an die Brust. „Matthew? Redest du mit ihr?"

„Ich stimme ihrer Entscheidung zu", sagte er sanft. „Das ist für uns beide zu wichtig, um es beiseite zu wischen. Kann ich Polly holen, um dir heute Gesellschaft zu leisten? Wir müssen ausgehen."

Sie verzog das Gesicht. „Polly ist so langweilig. Ich will India. Ihre Konversation ist sehr viel lebhafter."

„Polly wird gehen müssen, bis ich jemand anderen anstelle, um deine Gesellschafterin zu sein."

„Ich will keine Fremde. Ich will India."

„Das wäre mir auch lieber", erklärte ich ihr. „Aber wir sind uns in einer wichtigen Sache einfach nicht einig, und uns wird es beiden am Ende elend gehen. Da gebe ich nicht nach, Miss Glass."

„Ich genauso wenig", sagte Matt. „Du musst akzeptieren, dass India und ich heiraten werden."

„Es ist zu spät, Matthew", sagte sie, ihre Stimme dünn. „Die Ankündigung wurde veröffentlicht. Es tut mir leid, dass es so passiert ist. Das tut es mir wirklich. Aber jetzt kann nichts mehr getan werden. Das Dinner wird nicht erreichen, was ihr wollt. Lord Cox ist viel zu stolz, und Patience ist einfach nicht so anziehend. In wenigen Wochen wirst du mit ihr verheiratet sein, und so ist das eben."

Bristow holte Polly, als gerade ein Zweispänner draußen anhielt. Unsere eigene Kutsche war noch nicht aus den Stallungen gekommen, und wir erwarteten keine Besucher. Die langbeinige Gestalt von Oscar Barratt trat heraus und trottete zur Eingangstür herauf.

Wir winkten ihn aus dem Nieselregen herein, und Matt nahm seinen Mantel. Seine Tante, die immer noch auf Polly wartete, schnalzte mit der Zunge, weil ihr Neffe die Aufgabe eines Dieners übernahm.

Wir warteten, bis Polly Miss Glass abholte und Bristow zurückkehrte. Matt bat ihn darum, Tee in der Bibliothek zu servieren, doch Oscar bestand darauf, dass er nicht bleiben könne.

„Ich musste Ihnen etwas persönlich mitteilen", sagte er, während Matt hinter ihm die Bibliothekstür schloss. „Eigentlich zwei Dinge. Zu allererst habe ich herausgefunden, wem die *City Review* gehört."

„Ich bin immer noch nicht überzeugt, dass das eine Rolle spielt", sagte Matt. „Die Besitzer wollen nicht, dass Sie aufhören, ihre Artikel für die *Gazette* zu schreiben. Sie sind gut fürs Geschäft."

„Nicht *so* gut. Aus meinen Nachforschungen habe ich geschlossen, dass die *Review* keine größere Auflage hat als zuvor. Ich bleibe bei meiner Theorie, dass die Besitzer Geschäftsleute sind, denen es lieber wäre, wenn Magier unterdrückt werden, um den Erfolg ihrer eigenen Geschäfte zu erhalten. Es sind mächtige Männer des Handels. Sie werden nicht tatenlos zusehen, wie Magier das Ruder übernehmen."

„Fahren Sie fort", sagte Matt. „Wem gehört die *City Review*?"

„Einem Konsortium aus drei Bankiers. Der Hauptinvestor des Konsortiums ist ein extrem reicher Mann. Sein Name lautet Delancey."

„Delancey!", riefen sowohl Matt als auch ich. „Wir haben kürzlich mit ihm bei Lord Coyle gespeist", fügte ich an.

„Wir waren gerade auf dem Weg, um ihn zu treffen", sagte Matt. „Wie die restlichen von Coyles Sammler-Freunden wollen er und seine Frau die Magie geheim halten. Das hat sie bereits zu Verdächtigen am Mord gemacht."

„Aber es richtet sich ziemlich gegen deine Theorie, dass alle Geschäftsleute Magier verfolgen wollen", sagte ich zu Oscar. „Delancey will uns nicht schaden. Er ist tatsächlich von Magiern fasziniert und weiß magische Gegenstände zu schätzen. Er hat keine Angst vor uns."

„Nicht, solange du dich versteckst und deine Magie insgeheim ausübst", sagte Oscar. „Aber die Dinge haben sich verändert, und Geschäftsleute wie Delancey wollen zum Status quo zurückkehren."

„Aber doch nicht, indem sie dich töten."

Er erwiderte nichts.

„Wir werden mit ihm reden", sagte Matt. „Selbst wenn er nicht der Mörder ist, weiß er vielleicht etwas."

Oscar stimmte zu. „Die andere Sache, die man wissen muss, ist, dass er nicht hochgebildet ist. Sein Vater kam aus einfachen Verhältnissen, ehe er das Familienvermögen im Wollgeschäft machte. Er war nicht der Ansicht, dass sein Sohn eine höhere Ausbildung benötigte. Wir vermuten bereits, dass der Verfasser der Briefe im traditionellen Sinne nicht gut gebildet ist, und zu diesem Profil passt Delancey."

„Seine Grammatikfehler", fiel mir auf, nicht sicher, ob ich zustimmte. Mr. Delancey klang auf jeden Fall, als wäre er aus den oberen Klassen, aber ich schätzte, sein Akzent könnte im Lauf der Jahre angewöhnt sein, um zu den mächtigen Männern rund um ihn zu passen.

„Da gibt es noch etwas", sagte Oscar, der sich über seinen kurzen Kinnbart strich. „Am Tag des Mordes hat jemand mein Bureau aufgesucht nach mir gefragt. Man hat ihm gesagt, dass ich nicht da war, aber spät abends arbeiten würde."

„Hat man ihm auch gesagt, dass du allein sein würdest?"

Oscar schüttelte den Kopf. „Es kann der Mörder gewesen sein oder nicht, aber ich dachte, es wäre lohnenswert, das zu erwähnen."

„Haben Sie eine Beschreibung von dem Mann?", fragte Matt.

„Schmal gebaut, ausgedünntes, helles Haar, Brille. Er hatte eine ruhige Sprechweise, klang gebildet, und seine Kleidung war ein wenig abgewetzt. Er ging zu Fuß."

„Es könnte Professor Nash sein", sagte ich zu Matt.

„Weiß die Polizei von dem Besucher?", fragte Matt Oscar.

„Ja, aber sie haben ihn vermutlich als unwichtig abgetan, da sie ja nicht glauben, dass ich das Ziel war." Oscar rieb sich mit der Hand über die Augen und über das Gesicht hinab. Er seufzte schwer. „Werden Sie den Professor zur Rede stellen?"

„Ich lasse ihn im Augenblick von jemandem beobachten. Wir werden darüber nachdenken, was als nächstes zu tun ist."

„Wie kommst du zurecht, Oscar?", fragte ich sanft. „Du wirkst abgezehrt."

Er schenkte mir ein Lächeln, das nicht ganz ankam. „Ich gebe zu, dass ich besorgt bin."

„Dann hätten Sie nicht herkommen sollen", sagte Matt. „Um meiner Familie und meiner Freunde willen, genauso wie um ihretwillen."

„Niemand ist mir gefolgt", sagte Oscar. „Dafür habe ich gesorgt. Außerdem bin ich am helllichten Tage nicht in Gefahr, und ich musste aus dem Haus und auch weg aus dem Bureau."

„Ich kann mir vorstellen, dass es dich wahnsinnig macht, die ganze Zeit eingepfercht zu sein", sagte ich.

„Damit komme ich zurecht. Ich habe immer etwas zu lesen oder zu schreiben. Ich musste hinaus, weil das die beiden Orte sind, von denen mein Bruder weiß, dass er mich dort findet, und er ist ziemlich beharrlich, wenn es darum geht, seinen kleinen Bruder herumzukommandieren."

„Ihr Bruder ist in London?", fragte Matt. „Warum haben Sie uns das nicht erzählt?"

„Weil er kein Verdächtiger ist, Glass. Ein Ärgernis und ein Langweiler, ja, aber er versucht nicht, mich zu töten. Wir sind Brüder, um Himmels willen."

Später, als wir allein in der Kutsche saßen, sagte Matt: „Jeder ist ein Verdächtiger. Dass man zur Familie gehört, schließt einen Mord nicht aus. Mein Großvater wollte mich töten."

Auch wenn ich es nur ungern zugab, war da etwas dran. Familienmitglieder gehörten zu den gefährlichsten Feinden.

* * *

DA ES EIN SAMSTAGVORMITTAG WAR, waren Mr. und Mrs. Delancey zu Hause. Ihr Haus in Belgravia ähnelte auf vielerlei Art dem von Lord Coyle, auch wenn es nicht am Belgrave Square stand und ganz weiß getüncht war. Die rote Tür gab ein eindrucksvolles Bild ab, und die Eingangshalle war mit ihrem rosaroten Marmorboden und Treppenhaus genauso beeindruckend. Der Diener lud uns ein, im Salon zu warten, wo Mrs. Delanceys vielfältiger Stil mit tiefroter Tapete, hellblauen Polstern, goldenen Säumen an den Kissen und Goldfransen an den Vorhängen im Vordergrund stand.

Sie rauschte herein, zeigte uns die Zähne in einem Lächeln und hieß uns warm willkommen. „Wie aufregend, Sie in meinem bescheidenen Heim zu haben, Miss Steele." Sie bedeutete uns, dass wir uns hinsetzen sollten, nur um selbst wieder aufzuspringen. Sie ging, um eine Uhr vom Kaminsims zu nehmen, die auf einer Onyx-Platte stand, doch als sie feststellte, dass sie zu schwer war, stellte sie sie wieder ab. „Was halten Sie von diesem Stück? Ist es nicht äußerst exzellent? Mein Mann hat es letzte Woche bei einer Auktion im Marlcombe House gekauft. Eine sehr unglückselige Angelegenheit, wenn man gezwungen ist, die eigenen geschätzten Besitztümer zu verkaufen. Ich bin mir sicher, Lady Marlcombe wäre froh zu wissen, dass die Uhr sich auf unserem Kaminsims gut macht. Würden Sie sie gern berühren, Miss Steele?"

Ich blinzelte sie ziemlich dümmlich an. „So funktioniert meine Magie nicht", sagte ich.

Sie lachte melodisch. „Ich weiß. Ich dachte, Sie würden sie trotzdem gerne einmal spüren. Kommen Sie schon. Hoch mit Ihnen." Dieses Lächeln, das sie aufgesetzt hatte, ließ niemals nach, und ich hatte das Gefühl, dass ich sie für ihre Mühen belohnen musste.

Ich klappte das Glasgehäuse der Uhr auf und strich mit dem Daumen über den Minutenzeiger aus Messing. Er fühlte sich warm an.

Sie klatschte in die Hände. „Großartig!"

„Was ist damit, India?", fragte Matt, der hinter mir herantrat.

„Sie ist warm", sagte ich, während ich die Uhr inspizierte. Sie war alt, vielleicht fünfzig Jahre oder älter, und wunderschön angefertigt. „Würde es dir etwas ausmachen, sie umzudrehen, Matt? Ich möchte das Zeichen des Herstellers auf der Rückseite sehen."

„Nicht nötig", sagte Mrs. Delancey, die selbstgefällig klang. „Sie trägt das Zeichen Ihres Großvaters. Lady Marlcombe sagte, sie hätte sie einem Mann abgekauft, der sie aus dem Laden Ihres Großvaters hatte, vor vielen Jahren."

Matt drehte sie um, und ich strich mit dem Finger über die eingravierten Zeichen. Vor all den Jahren hatte Chronos sie angefertigt. Oder vielleicht waren es die Hände meiner Großmutter gewesen, die dieses schöne Stück geschaffen hatten. Sie war auch eine Uhrenmagierin gewesen und hatte sich der Arbeit als

Uhrmacherin mehr gewidmet als ihr Mann. Ich hätte gern Chronos gefragt und fühlte mich verführt, ihn zu besuchen. Es könnte das letzte Mal sein.

„Deshalb haben Sie sie gekauft", sagte ich. „Sie haben die Markierung gesehen und angenommen, dass sie Magie enthält."

„Wir wollten sie für unsere Sammlung", sagte Mrs. Delancey. „Als wir von Ihrer Familiengeschichte in der Uhrenmagie erfahren haben, haben wir beschlossen, etwas zu suchen, an dem ein Steele gearbeitet hat. Ihr Laden hatte geschlossen, aber wir wollten sowieso nichts von dort kaufen. Was, wenn wir etwas von diesem talentfreien Mann gekauft hätten, der stattdessen dort gearbeitet hat?"

Eddie Hardacre, auch bekannt als Jack Sweet, hatte nicht viel gearbeitet, wenn man nach den Gerüchten ging. Der Laden und alles, was darin war, würde sehr wahrscheinlich bald wieder mir gehören. Matts Anwalt arbeitete an den rechtlichen Einzelheiten, aber da Eddie der Täuschung und anderer Verbrechen schuldig gesprochen war, und mein Großvater noch lebte, würde er sicher bald wieder in den Familienbesitz übergehen. Ich hoffte, ich würde noch in London sein, um zu sehen, wie er wieder an Chronos übertragen wurde.

„Warum haben Sie Ihre Sammlung nicht weggeschlossen wie Lord Coyle?", fragte Matt.

„Weil wir wollen, dass unsere Gäste unsere Dinge bewundern", sagte Mr. Delancey vom Eingang aus. „Was hat es denn sonst für einen Sinn, sie zu besitzen?" Er trat ein und begrüßte uns so freundlich wie seine Frau zuvor.

„In dieser Hinsicht sind Sie nicht wie Lord Coyle." Ich deutete auf die Uhr. „Erzählen Sie den Leuten, dass sie von einem Magier gemacht wurde?"

„Nein. Zumindest haben wir das noch nicht." Er schaute zu Mrs. Delancey. „Meine Frau würde gern, aber ich halte das für unklug."

„Wegen Ihrer Stellung im Handel?", fragte Matt.

Der Butler schob einen Tisch auf Rädern mit einem silbernen Tablett und einem Teekessel herein. Er ließ uns diskret allein, und Mrs. Delancey füllte die zarten Wedgewood-Tassen. Ihr

Lächeln war ihr entglitten, wurde aber wieder breiter, als sie mir eine Tasse und Untertasse reichte.

„Mr. Delancey?", drängte Matt. „Machen Sie sich Sorgen, wie Ihre magische Sammlung von Ihren Freunden aufgenommen wird? Ich nehme an, Sie werden jemandem, der genau die Sache zu schätzen weiß, von der sie glauben, dass sie sie aus dem Geschäft drängt, nicht allzu wohlgesonnen sein."

Mrs. Delancey nahm einen sehr großen Schluck Tee und vermied es, uns anzusehen. Ihr Mann jedoch schaute Matt ganz ruhig in die Augen.

„Ich halte es für klug, das einzigartige Wesen unserer Sammlung für uns zu behalten, zumindest vorerst", sagte Mr. Delancey.

„Wenn bekannt würde, dass Sie magische Gegenstände sammeln, würden Ihre Freunde Sie im Stich lassen. Einige würden sogar wütend werden und Ihnen vorwerfen, ihre Geschäftsrivalen zu unterstützen."

Mrs. Delancey wimmerte protestierend.

„Unsere Freunde werden immer unsere Freunde sein, Mr. Glass", sagte Mr. Delancey kühl. „Meine Kollegen und Geschäftspartner sehen das vielleicht anders. Deshalb halte ich es für klug, sich mit dem Thema Magie bedeckt zu halten. Meine Frau stimmt mir zu, oder nicht, meine Liebe?"

Sie nickte rasch und nippte wieder. Ich schätzte, das Thema wurde im Haushalt sehr häufig diskutiert, und ihre Wünsche wurden von denen ihres Mannes überstimmt. Ich musste ihm beipflichten. Sie waren besser dran, wenn sie die Magie im derzeitigen Klima vor niemandem erwähnten, besonders nicht vor mächtigen Geschäftsleuten, die genau mit den Gütern handelten, die in Konkurrenz zu magischen Gegenständen standen.

„Wenn man schon davon spricht, das Schweigen zu wahren, deswegen sind wir hier", sagte Matt. „Sie sind Teileigner der *City Review*."

„Was ist damit?"

„Die *City Review* ist in einen Krieg der Worte mit Oscar Barratt und der *Weekly Gazette* über die Existenz von Magie verwickelt."

„Ich mag ja der Eigner sein, aber ich habe keinen Einfluss auf das, was veröffentlicht wird."

Matt schnaubte. „Das glaubt keiner."

Ich funkelte ihn an; wir waren Gäste im Haus der Delanceys. Doch Matt achtete nicht auf mich, und das hätte ich auch nicht erwarten sollen. Er war kein Mann, der den Mund hielt, nur weil es das war, was ein Gentleman tun würde.

Mr. Delancey stellte seinen Tee unberührt ab. „Ich halte es für klug, die Sache von den beiden Zeitungen ausfechten zu lassen. Die *Gazette* und Barratt müssen von einer respektablen Quelle angezweifelt werden. Falls nicht, wird die Wahrheit breiter akzeptiert werden, und wir haben gerade besprochen, weshalb das schlecht wäre, Mr. Glass, ganz zu schweigen davon, dass wir den Wert unserer Sammlungen durch ihre Exklusivität erhalten wollen. Was ist mit Ihnen, Glass? Wo stehen Sie denn, wenn es darum geht, die Magie offen zu diskutieren, als Ergebnis von Barratts Artikeln?"

„Ich werde meine Meinung zu dieser Angelegenheit für mich behalten", sagte Matt.

„Miss Steele?"

„Ich auch", sagte ich.

Mr. Delancey lächelte angespannt. „Nehme ich da eine Unstimmigkeit zwischen Ihnen wahr? Ich verstehe, weshalb Sie auf der Seite von Mr. Barratt stehen, Miss Steele, aber ich war mir nicht sicher, wo Sie in dieser Angelegenheit Stellung beziehen, Glass. Ich gebe zu, an diesem Abend bei Coyle dachte ich, Sie beide wären … zusammen. Allerdings hat meine Frau mich heute Vormittag in Kenntnis gesetzt, dass eine Ankündigung in der *Times* erschienen wäre. Ich gratuliere zu Ihrer Verlobung mit Ihrer Cousine."

„Glückwunsch", wiederholte Mrs. Delancey. „Wie schön."

Matt bedankte sich nicht bei ihr. Er verbesserte sie auch nicht, um ihnen zu sagen, dass er Patience nicht heiraten würde. „Der Grund, weshalb wir herkamen, war, dass wir fragen wollten, wo Sie Ihre persönlichen Schreibwaren erstehen."

„Weshalb?", fragte Mr. Delancey im gleichen Augenblick, in dem seine Frau sagte: „Hendry's. Er liefert hochwertige Ware."

„Weshalb?", fragte Mr. Delancey erneut.

„Jemand hat Drohbriefe an Oscar Barratt ins Bureau der *Gazette* geschickt, in denen man ihm befahl, aufzuhören, seine Artikel zu schreiben. Die Briefe waren aus Papier, das von einem Magier namens Hendry hergestellt wurde."

Mrs. Delancey keuchte auf. „Ich wusste es! Ich wusste, dass seine Karten zu gut waren, um von einem Talentfreien hergestellt zu sein." Sie klatschte in die Hände. „Ich bin stolz auf meinen guten Geschmack."

Ihr Mann war von der Enthüllung nicht so begeistert, aber genauso interessiert. „Legen Sie nahe, dass wir diese Drohbriefe geschickt haben?", fragte er. „Und legen Sie in der Folge auch nahe, dass wir Barratt etwas antun würden, wenn er nicht aufhört, für die *Gazette* zu schreiben?"

Matt starrte ihn kühl an.

Mr. Delancey wurde ganz reglos, und ich nahm an, dass er sich die Implikationen von Matts Andeutung überlegte. Es dauerte nicht lange, bis er zum gleichen Schluss kam wie wir. „Sie glauben, dass Barratt das beabsichtigte Opfer war, nicht der Herausgeber. Oder nicht?"

Mrs. Delancey brauchte ein paar Augenblicke, um die Tatsachen in Verbindung zu setzen, aber als sie es tat, stellte sie ihre Teetasse mit einem lauten Klirren ab und drückte sich eine Hand auf die Brust. „Wir … wir waren es nicht. Wir haben diese Briefe nicht geschickt, oder, Liebling? Genauso wenig haben wir diesen armen Herausgeber umgebracht. Sag es ihnen, Ferdinand."

„Ist schon gut, meine Liebe. Natürlich haben wir niemanden umgebracht. Wie hätten wir das tun können, wo wir doch bei Lord Coyle gegessen haben, als es passiert ist? Mr. Glass und Miss Steele waren ja selbst dort."

Das war ein ziemlich guter Hinweis, aber er hätte jemanden bezahlen können, um für ihn zu töten. Ein reicher Bankier wie Delancey musste sich nicht die Hände schmutzig machen. Ich sprach meine Theorie jedoch nicht aus, und genauso wenig Matt.

„Außerdem", fuhr Mr. Delancey fort, „weshalb sollte ich Barratt umbringen, wo die Artikel in der *City Review* doch einen annehmbaren Dienst leisten, ihn zu diskreditieren?"

„Vielleicht bringt *annehmbar* für Sie nicht ausreichend schnelle Ergebnisse."

„Weder ich noch meine Frau haben diesen Herausgeber getötet, Mr. Glass. Bitte sehen Sie freundlicherweise davon ab, das nahezulegen, denn sonst können wir nicht befreundet sein. Und ich würde sehr gerne mit Miss Steele und in der Folge auch mit Ihnen befreundet bleiben."

Die beiden Männer nickten einander steif zu, und Mrs. Delancey wirkte zufrieden, dass sie zu einer Übereinkunft gekommen waren.

„Sie sind unsere Freundin, oder nicht, Miss Steele?", drängte sie. „Bitte sagen Sie, dass es so ist."

Ich nickte.

„Hervorragend. Natürlich können wir keine Verdächtigen sein, oder? Sie haben mit uns bei Lord Coyle zu Abend gegessen. Ich schätze, das bedeutet, dass auch die anderen Gäste unschuldig sind. Was für ein Glück für Lord Coyle und Sir Charles Whittaker."

„Weshalb?", fragte Matt.

Sie wedelte mit der Hand. „Sie sind in letzter Zeit ziemlich geheimniskrämerisch geworden. Bevor Sie an jenem Abend eintrafen, haben sie sich flüsternd in der Ecke unterhalten. Manchmal wurde dieses Flüstern ziemlich laut und hitzig. Ich habe Ihren Namen vernommen, Miss Steele, aber ich kann Ihnen nicht sagen, in welchem Zusammenhang sie über Sie gesprochen haben." Ihr Lächeln war begierig wie eh und je, doch das Funkeln in ihren Augen überraschte mich.

Wir entschuldigten uns und wiesen unseren Kutscher an, als nächstes weiter zu Lord Coyles Haus zu fahren. „Mrs. Delancey ist nicht so albern, wie sie uns glauben machen will", sagte ich und beobachtete, wie der Butler der Delanceys die Eingangstür schloss, während wir abfuhren.

„Es ist ihr Mann, dem ich nicht traue", sagte Matt. „Er ist zu aalglatt. Er hatte eine Antwort auf alles und schien niemals sonderlich aufgestört."

„Wenn das ein Grund wäre, jemanden einzusperren, wärst du schon längst im Gefängnis."

„Manche Dinge stören mich auf. Die Handlungen von Tante Beatrice zum einen. Der Erpressungsversuch meines Onkels zum anderen." Er beugte sich vor und legte die Hände auf meine Knie. „Nicht mit dir zusammen zu sein."

Ich schluckte den Kloß, der in meiner Kehle aufstieg, und sagte nichts, noch gab ich ihm ein ermutigendes Zeichen. Es war gefährlich, in der Enge der Kutsche allein und unter uns zu sein. Matt war kein freier Mann, und wenn man uns sah, würde es für ihn mit seiner Familie nicht gut laufen.

* * *

LORD COYLE TAT unsere Fragen über seinen geflüsterten Austausch mit Sir Charles Whittaker ab. „Es war nur eine Diskussion darüber, ob wir Sie einladen sollten, um unsere Sammler-Freunde zu treffen", sagte er. „Er wollte, dass Sie einen Vortrag über Ihre Magie halten, und ich sagte, es wäre zu früh. Nicht nur würden Sie ablehnen, es könnte auch das Vertrauen aufs Spiel setzen, das wir allmählich entwickeln." Er tippte mit seiner Pfeife an die Tischkante, dann biss er auf den Stiel. „Das konnte ich nicht riskieren."

„Da haben Sie recht, Sir", sagte ich. „Ich hätte abgelehnt."

„Was das Vertrauen angeht", sagte Matt düster, „ich glaube, Sie bewerten Ihre Beziehung zu India über. Wir vertrauen keinem mit einem so tiefgehenden Interesse an Magie."

Lord Coyle deutete mit der Pfeife auf Matt. „Sie vielleicht nicht, Mr. Glass, aber gestatten Sie Miss Steele doch, ihre eigene Meinung zu finden. Sie sind immerhin nicht Ihr Gatte. Der Ankündigung heute Vormittag entnehme ich, dass Sie das auch niemals sein werden. Es scheint, als hätte ich mich in Ihnen beiden ziemlich geirrt, und Miss Steele bedeutet für Sie nicht mehr als dieser Arztmagier, der Ihnen Ihr Leben gerettet hat. Ich entschuldige mich für meinen Fehler."

Matts Kinn spannte sich an, und ich erwartete beinahe, Dampf aus seinen Nüstern aufsteigen zu sehen. Ich hatte noch niemals gesehen, wie ihn jemand so sehr an seinen Platz verwiesen hatte. Das Schlimmste war, dass wir Lord Coyle nicht berichtigen konnten. Nicht, wo doch die Ankündigung seiner Verlobung mit Patience schwarz auf weiß gedruckt stand.

„Oder war meine erste Annahme richtig?" Lord Coyles

Schnurrbart hob sich zu einem neugierigen Lächeln. „Ich kann den Charakter von Menschen ziemlich gut einschätzen. Sie beide benehmen sich wie ein junges Paar, das verliebt ist. Miss Steeles Erröten sollte das bestätigen."

Ich senkte den Kopf.

„Wollen Sie auf irgendetwas hinaus, Coyle?", knurrte Matt.

„Ich habe Ihnen ein Angebot zu machen, eines, das Sie von Ihren Verpflichtungen Ihrer Cousine gegenüber befreien könnte."

Ich schnappte nach Luft. „Fahren Sie fort. Sagen Sie es uns, Sir, ich bitte Sie."

Matt hob einen Finger. „Was meinen Sie mit Angebot?", fragte er vorsichtig.

Lord Coyle zog an seiner Pfeife, dann nahm er sie aus dem Mund. „Patience Glass war mit Lord Cox verlobt, aber irgendetwas sorgte dafür, dass er das Angebot plötzlich zurückzog. Habe ich recht?"

Weder Matt noch ich bestätigten oder leugneten diese Aussage. Lord Coyle fuhr trotzdem fort.

„Was, wenn ich Ihnen sagen würde, dass ich eine Information habe, die Sie nutzen können, um Cox zu überzeugen, es sich noch einmal anders zu überlegen und Ihnen Ihre Cousine abzunehmen, Glass?"

KAPITEL 7

Mein Herz hämmerte. Das war es, was wir brauchten, worauf wir gehofft hatten, was wir verzweifelt gesucht hatten. Obwohl Matt herumgewühlt hatte, hatte er nichts aufgetan, mit dem er Lord Cox erpressen konnte. Offensichtlich war er nicht so verschlagen oder so gut vernetzt wie Lord Coyle.

„Sagen Sie es uns", drängte ich. „Was wissen Sie über ihn?" Mir wurde ein wenig übel, weil ich fragte. Davon würde es kein Zurück mehr geben, doch ich konnte nicht anders. Ich wollte es wissen. Ich wollte es unbedingt wissen.

Lord Coyle stieß eine Rauchwolke aus. Sie breitete sich wie ein Pilz um die Pfeife aus, verhüllte die untere Hälfte seines Gesichts, sodass nur seine Augen blieben. Die kleinen Kugeln glänzten.

„Vergeben Sie mir, Miss Steele, doch diese Information, die ich habe, ist keine, die ein Gentleman bereitwillig weiterreicht, besonders, wenn der Gegenstand dieser Information ein weiterer Gentleman ist, und dann auch noch einer, der hohen Respekt genießt."

„Sagen Sie es uns!"

Matt legte mir eine Hand auf die Schulter. „Sie wollen etwas im Austausch", sagte er ausdruckslos.

Coyle deutete mit der Pfeife auf Matt. „Ich wusste, dass Sie es verstehen würden, Glass. Ja, ich will etwas im Austausch. Etwas von Miss Steele."

Ich hätte damit rechnen sollen. Matt hatte es getan, aber ich hatte dummerweise geglaubt, dass Lord Coyle uns helfen wollte. „Was wollen Sie von mir?"

„Lassen wir das doch erst einmal offen. Der Gefallen soll zu einem späteren Zeitpunkt meiner Wahl erwidert werden."

„Nein", sagte Matt. „Gehen wir, India."

Ich erhob mich langsam, den Blick gesenkt. Ich konnte Matt nicht in die Augen schauen. Wenn ich das tat, hätte er vielleicht meine Unsicherheit gesehen.

„Mein Angebot bleibt bestehen", sagte Lord Coyle. „Ihnen beiden einen schönen Tag."

Matt und ich unterhielten uns nicht auf dem Weg zum Universitätskolleg. Bei mir lag es daran, dass ich nicht wollte, dass er sah, wie sehr ich mir wünschte, Lord Coyle hätte uns verraten, was er über Lord Cox wusste. Ich konnte nicht einschätzen, ob Matt aus demselben Grund still blieb. Sein Gesicht war düster und abwesend, während er aus dem Fenster auf die elende Aussicht starrte.

Der Campus schien wegen des Nieselregens frei von Studenten zu sein, und nur eine Handvoll Mitarbeiter ging rasch zwischen den schützenden Gebäuden hin und her. Die schiefergrauen Wolken verhüllten die ehrfurchtgebietenden Bauwerke und passten zu meiner düsteren Laune. Ich konnte Lord Coyles Angebot nicht aus den Gedanken verbannen, ganz gleich, wie sehr ich versuchte, mich auf die vor uns liegende Aufgabe zu konzentrieren.

Professor Nash war zu Hause. Wie bei unserem letzten Besuch entschuldigte er sich für den bescheidenen und leicht unordentlichen Zustand seines Zimmers, ehe er uns hineinbat.

„Haben Sie Fragen über Magie, Miss Steele?" Auf meinen ausdruckslosen Blick hin fügte er an: „Nachdem Sie das Buch gelesen haben, dass ich Ihnen gegeben habe."

„Ich habe es noch nicht gelesen. Wir sind aus einem anderen Grund hier."

Matt kam direkt zur Sache. „Sie haben das Bureau der *Weekly Gazette* an dem Tag aufgesucht, an dem der Herausgeber erschossen wurde. Sie haben gebeten, mit Oscar Barratt zu sprechen, und wurden in Kenntnis gesetzt, dass er später am Abend zurück sein würde."

„Was heißt das?"

„Falls Barratt das Ziel war, wie die Drohbriefe nahelegen", pflügte Matt weiter, „dann werden Sie dadurch zum Verdächtigen."

Nashs Kehle arbeitete, als er mehrmals schluckte. „Werfen Sie mir vor, diesen Mann getötet zu haben? Einfach, weil ich mich nach jemand anderem erkundigt habe?"

„Das ist keine allzu fernliegende Verbindung, die man herstellen kann."

„Ist es doch!" Seine Stimme war hoch. Er räusperte sich und versuchte es noch einmal. „Sie springen zu wilden Schlüssen, Mr. Glass. Ja, ich war da, und ich habe darum gebeten, Mr. Barratt zu treffen, nur um zu erfahren, dass er nicht da war, aber spät am Abend arbeiten würde. Vielleicht denken Sie, dass mich das schuldig macht, aber ich muss doch sehr bitten. Ich habe nichts gegen Mr. Barratt und seine Artikel. Obwohl ich denke, dass er vorsichtig damit sein und keine Namen nennen sollte, wollte ich ihn tatsächlich ermutigen, weiter zu schreiben. Ich wollte das vorher nicht zugeben. Ich hatte Angst, Sie würden mich für selbstsüchtig halten, denn meine Gründe sind das ganz gewiss. Ich wollte ihm meine Expertise anbieten, um die Geschichte der Magie in seinen Artikeln auszuarbeiten."

„Das könnte *Sie* in Gefahr bringen", sagte ich.

„Ich hätte ihn gebeten, mir einen falschen Namen zu geben oder mich einfach eine anonyme Quelle zu nennen. Falls es so aussehen sollte, dass die akademische Gemeinschaft ein Interesse an dem Thema entwickelt, und es sich erweisen sollte, dass keine Gefahr besteht, dann hätte ich ihn gebeten, meinen Namen zu enthüllen. Ich könnte dadurch mehr Arbeit bekommen, Miss Steele. Ich könnte vom Dekan für Geschichte in genau dieser Einrichtung umworben werden. Oxford oder Cambridge könnten mich rufen. Sie können mir doch nicht die Gelegenheit auf ein besseres Leben verweigern wollen."

„Tun wir nicht", sagte Matt. „Aber bitte verstehen Sie unsere Sichtweise. Ihre Nachfrage, die am Tag von Baggleys Tod kam, ist verdächtig. Sie sind der Einzige, der wusste, dass Barratt spät im Bureau arbeiten würde."

„Bin ich nicht! Im Empfangsraum der Gazette war ein weiterer Mann. Ich nahm an, dass er auf jemanden wartete, aber er ging, als ich ging. Er hörte den ganzen Austausch zwischen mir und dem Jungen im Bureau mit."

„Wie sah dieser Mann aus?"

„Etwa mein Alter, schmal mit grauen Haaren und einer hohen Stirn."

Das klang nach Melville Hendry, dem Papiermagier.

„Es war noch etwas anderes seltsam", sagte Nash. „Ich glaube, der Junge, mit dem ich sprach, hat sich damit geirrt, dass Barratt zu dieser Zeit nicht im Bureau war. Ich bin ihm nie begegnet, aber ich sah zwei Männer durch eines der Fenster streiten, als ich ging. Ich habe ihnen keine Beachtung geschenkt, bis einer der Männer den Namen des anderen rief. Er nannte ihn Oscar. Ich hätte kehrtmachen sollen, aber es ist möglich, dass es zwei Oscars gibt, die bei der *Gazette* arbeiten."

„Haben Sie den Mann gesehen, der Oscar genannt wurde?", fragte Matt.

„Er war gut aussehend, etwa in Ihrem Alter, mit einem Kinnbärtchen."

Das klang nach Oscar Barratt. „Und der andere Mann?", fragte ich. „Wie sah er aus?"

„Ziemlich wie der erste Mann. Sie waren wohl verwandt." Oscars Bruder Isaac. Das musste er sein.

* * *

Oscar war in einer Besprechung, als wir am Bureau der *Gazette* ankamen, darum hinterließen wir eine Nachricht, dass wir am nächsten Vormittag zurückkehren würden. Matt und ich aßen ein spätes Mittagessen zusammen und verbrachten den restlichen Tag in der Bibliothek. Es war das eine Zimmer, das Miss Glass nur selten betrat, doch wenn sie uns unbedingt finden wollte, würde sie uns dort suchen.

Zum Glück wurden wir nicht gestört und konnten unsere lange Liste der Verdächtigen in Ruhe aufsetzen. Wir machten uns neben jedem Namen Notizen, doch die rechte Seite des Blattes sah immer noch furchtbar leer aus, als wir fertig waren.

„Was willst du jetzt machen?", fragte ich, während ich die Feder in den Halter schob.

„Warten, dass Cyclops, Duke und Willie Bericht erstatten", sagte Matt.

„Und in der Zwischenzeit?"

Er holte gemessen Luft und stieß sie langsam aus. „Wir werden besprechen, wie wir das Dinner morgen Abend durchführen."

„Wir sollten das Angebot von Lord Coyle besprechen."

„Wir nehmen es nicht an, India, und das ist mein letztes Wort."

„Aber es ist genau das, wonach wir gesucht haben. Ich weiß, dass es sich irgendwie niederträchtig anfühlt, sich zu Erpressung herabzulassen, aber wenn das Dinner nicht funktioniert, haben wir keinen anderen Plan mehr, auf den wir zurückfallen können."

„Mein Widerstreben hat nichts mit dem Wesen der Erpressung zu tun. Ich bin bereit, alles in unserem Arsenal zu benutzen, damit Cox es sich noch einmal überlegt, aber Coyles Preis ist zu hoch."

Ich schob mich hoch. „Zu hoch? Du setzt einen Wert dafür an, dass wir zusammen sind?"

„Wenn es um deine Sicherheit geht, ja", sagte er und stand ebenfalls auf.

„Er will vermutlich einfach nur, dass ich eine Uhr mit meiner Magie anreichere."

„Wenn das alles ist, was er wollen würde, hätte er bereits darum gebeten. Sei dir darüber im Klaren, er will mehr."

„Woher weißt du das?"

Er legte den Kopf schief und zog die Augenbrauen hoch.

„Gott im Himmel, Matt, du unterstellst ihm Schurkereien, ohne einen Beweis zu haben."

Er nahm mich an den Armen und schüttelte mich sanft. „Und du unterstellst ihm Unschuld, ohne einen Beweis zu haben. Ich habe schon viele mächtige Männer gekannt, und viele von ihnen sind dazu aufgestiegen, weil sie nicht gerade unschuldige

Intrigen durchgeführt haben. Ich weiß, dass du glauben willst, dass jeder gut ist, und das ist ein Grund, weshalb ich dich liebe."

„Also bin ich nur ein naives Mädchen."

„Das habe ich nicht gesagt."

„Das musstest du nicht sagen." Ich wollte mich ihm entziehen, doch er weigerte sich, mich gehen zu lassen. Er zog mich dicht an sich und drückte seine Stirn an meine. „Ich will nicht mit dir streiten, India. Aber in dieser Sache gebe ich nicht nach. Ich vertraue Coyle nicht, nicht, wenn es um dein Leben oder deine Freiheit geht."

„Darum geht es doch gerade", sagte ich und schob mich weg. „Du glaubst, mein Leben und meine Freiheit stünden auf dem Spiel, basierend auf überhaupt keinem Beweis. Und ich darf keine Meinung haben?"

„Natürlich darfst du das. Und du hast sie ausgesprochen. Aber meine Instinkte irren sich selten."

„Ich verstehe", sagte ich knapp. „Und meine normalerweise schon."

„India", schnurrte er.

Ich begab mich zum Tisch und nahm Professor Nashs Buch hoch. Ich hatte es am Vortag dort liegen lassen. „Ich werde in meinem Zimmer lesen."

„Lass uns nicht so auseinandergehen", sagte er. „Ich werde mich nicht konzentrieren können."

Ich stieß ein bellendes Lachen aus.

„Ich werde auch nicht schlafen oder essen können."

Ich wirbelte herum, um ihm zu sagen, wie albern er war, nur um ihn nur wenige Zentimeter entfernt von mir zu finden, um seine Lippen spielte ein Lächeln. Ein paar Sekunden lang versuchte ich, diesen Lippen zu widerstehen, doch ich gab auf und küsste ihn stattdessen. Ich brach ab, als sich Schuldgefühle breitmachten.

„Du bist charmanter, als dir guttut", sagte ich. „Oder vielleicht bist du charmanter, als es *mir* guttut."

Er strich mit den Fingern über meine Wange. „Ich habe vor, dir sehr gutzutun, India. Ausgesprochen gut." Er streifte mit den Lippen meine Kehle, knabberte an der empfindlichen Haut, sodass ich kicherte. Trotz der Schuldgefühle, trotz meiner Überzeugung, ihn nicht zu küssen, stellte ich fest, dass ich ihn nicht wegschieben konnte.

Hinter mir öffnete sich plötzlich die Tür, und Bristow machte ein seltsam gurgelndes Geräusch. Matt und ich prallten auseinander, doch der Butler hatte uns bereits gesehen. Genau wie der Mann, der hinter ihm stand – Abercrombie.

„Weiß Ihre Zukünftige bereits, dass Sie sie schon betrügen?", fragte Abercrombie mit seinem üblichen hochmütigen Unterton. „Weiß es ihr Vater?"

Matt schickte Bristow weg, lud aber Abercrombie nicht in die Bibliothek ein. „Gibt es einen Grund für Ihren Besuch?"

Abercrombies geölter Schnurrbart zuckte vor Aufregung, weil er uns *in flagranti* erwischt hatte. „Befehlen Sie Ihren Leuten, sich von mir und meinen Freunden fernzuhalten. Versuchen Sie nicht, es zu leugnen, Glass. Ich habe Ihren einäugigen Schläger vor meinem Laden gesehen, dann wieder, als ich zu einem Treffen ging. Als ob das nicht schon genug wäre, habe ich auch einen Ihrer anderen Freunde gesehen, der den Gildensaal der Buchhändler beobachtet. Was wollen Sie denn von uns? Was glauben Sie denn, hätten wir Gildemeister dieses Mal getan?"

„Ich bin mir sicher, Ihr Freund Mr. Sweeney hat Ihnen von den Drohbriefen erzählt, die auf Papier geschrieben waren, das mit Magie angereichert war", sagte Matt.

Abercrombie rümpfte die lange, pferdeartige Nase. „Das hat er. Sie wurden an diesen unverantwortlichen Zeitungsschreiber bei der *Gazette* geschickt. Wenn er sich vielleicht die Warnungen zu Herzen genommen hätte, wäre der Herausgeber noch am Leben."

„Vielleicht sind diese beiden Dinge miteinander verbunden."

Abercrombie gab ein schnaubendes Geräusch ganz hinten in der Kehle von sich. „Wenn Sie das glauben, sind Sie ein Narr."

Matt richtete sich zu voller Größe auf. „Wissen Sie irgendetwas über die Briefe? Oder über den Schützen?"

Abercrombie schürzte die Lippen. „Natürlich nicht."

„Würde Barratts Tod Ihrer Sache denn nicht dienlich sein? Sie wollen, dass man ihn aufhält. Wie könnte man das besser bewerkstelligen, als wenn man ihn tötet?"

„Wenn ich bereit wäre, jemanden zu töten, um die Magie

verborgen zu halten, hätte ich Miss Steele schon vor langer Zeit erschossen. Tatsächlich ist die Tatsache, dass ich das nicht getan habe, ein Zeugnis meines guten Charakters."

Matt verschränkte die Arme und bewegte sich, um den Türrahmen auszufüllen, sodass ich Abercrombie nicht mehr richtig sehen konnte, genauso wenig wie er mich. Ich schätzte, dass Matt dem Gildemeister der Uhrmacher einen seiner finsteren Blicke zukommen ließ, wenn man bedachte, wie Abercrombie sich laut räusperte.

Einen Augenblick später öffnete und schloss sich die Eingangstür. Abercrombie war weg.

„Da ist schon etwas dran", sagte ich. „Er hätte mich schon früher töten können, um die Magie zu unterdrücken."

„Und sich als Hauptverdächtiger ins Licht rücken?" Matt schüttelte den Kopf. Er blieb im Eingang, sein Körper angespannt, während er in die Richtung starrte, in die Abercrombie gegangen war.

Ich berührte seine Schulter und drängte ihn, mich anzusehen. „Glaubst du, er wird deinem Onkel erzählen, dass er uns beim Küssen erwischt hat?"

„Wird er." Matt nahm mich plötzlich in die Arme. „Also können wir es gleich noch einmal tun."

* * *

„Tut mir leid, dass er mich beim Herumschnüffeln erwischt hat", sagte Cyclops, als wir nach dem Abendessen in der Bibliothek saßen.

„Es ist die Augenklappe", sagte Duke. „Sie ist zu leicht zu erkennen."

„Es ist nicht nur die Augenklappe."

Matt reichte Cyclops ein Glas Kognak. „Es ist meine Schuld. Abercrombie kennt euch alle. Ich hätte euch nicht schicken sollen, um ihn zu beobachten. Habt ihr gesehen, wohin er ging, ehe er euch erwischt hat?"

„Er war den Großteil des Tages über in seinem Geschäft, dann ging er, um Sweeney im Gildensaal der Buchhändler zu besuchen." Cyclops nickte Duke zu. „Wir blieben getrennt, um keine Aufmerksamkeit auf uns zu ziehen, aber es scheint, als hätten wir es doch getan."

„Sweeney hat den Großteil des Tages in seiner Fabrik verbracht", sagte Duke. „Er ging in ein Gasthaus zum Mittagessen, wo er sich mit drei anderen Kerlen getroffen hat. Sie alle trugen gute Anzüge. Ich glaube, sie waren Buchhändler. Bei ihrem Gespräch ging es ständig darum, neue Drucktechniken einzusetzen, Gerätschaften zu kaufen oder verkaufen, und Probleme mit Angestellten."

„Haben sie über Papiermagie gesprochen?", fragte ich.

Duke schüttelte den Kopf. „Sweeney hat ihnen aufgetragen, diesen Hendry nicht für ihre persönlichen Schreibwaren zu nutzen, doch er sagte ihnen, das läge daran, dass seine Arbeit unzureichend ist. Er hat nicht einmal über Magie gesprochen."

Willie knurrte. „Warum muss er diesem Kerl das denn antun? Es ist ja nicht so, als könnte Hendrys Magie *ihn* ruinieren. Sie sind nicht im selben Geschäft."

„Wohin ging Sweeney dann?", fragte Matt Duke.

„Zum Saal der Buchhändler. Wenig später sah ich Abercrombie und Cyclops. Abercrombie hat mich auf dem Weg nach drinnen gesehen. Der Türsteher kam heraus und befahl mir, mich zu verziehen. Ich ging um die Ecke und blieb dort, bis ich Abercrombie gehen sah. Nicht lange danach ging Sweeney zurück zu seiner Fabrik und dann etwa um fünf nach Hause. Er hat ein richtig schönes Haus draußen in Highgate mit einem großen Garten. Laut einem der Zimmermädchen wohnt er allein und verbringt dieser Tage den Großteil seiner Zeit bei der Arbeit."

„Danke, Duke." Matt wandte sich an Willie. „Und Hendry?"

Sie zuckte mit den Schultern. „Er war den ganzen Tag drin, dann kam er heraus und hat sich um etwa fünf Uhr eine Pastete von einem Verkaufswagen geholt. Er aß sie, dann marschierte er zurück. Ich konnte gerade noch den Lärm seiner Maschinen draußen hören, die bis um sieben liefen, aber der Laden selbst blieb geschlossen."

„Hatte er im Lauf des Tages viele Kunden?"

„Nur ein Dutzend oder so. Willst du, dass ich ihm morgen wieder folge?"

Matt schüttelte den Kopf. „Beobachte Sweeney. Cyclops, beobachte Hendry."

„Du willst mich bei Abercrombie?", fragte Duke. „Er kennt mich."

„Er kennt euch alle. Vergiss Abercrombie vorerst. Ich will, dass du Lord Cox beobachtest."

Duke runzelte die Stirn. „Du hast doch bereits versucht, etwas über ihn zu finden. Er war sauber wie eine frisch geprägte Münze."

„Es lohnt sich, es noch einmal zu versuchen. Jeder hat eine Vergangenheit, die er oder sie lieber verborgen halten möchte."

„Ich nicht", sagte Duke. „Mein Leben ist ein offenes Buch. Jeder kann es lesen."

„Niemand will es lesen", sagte Willie mit einem Kichern.

„Hast du einen Grund, Cox irgendwie zu verdächtigen?", fragte Cyclops Matt.

Matt wirbelte sein Glas herum, beobachtete, wie der Kognak die Seiten benetzte. Ich glaubte, dass er nicht antworten würde, aber schließlich sagte er: „Lord Coyle hat einen."

„Was für einen?", fragte Willie.

„Das wollte er nicht verraten."

„Warum nicht?"

„Er will im Gegenzug etwas von India, nur wollte er nicht sagen, was, oder wann er den Gefallen einfordern würde." Matt hob seinen getrübten Blick zu mir. „Mir gefallen diese Bedingungen nicht, und ich habe das Angebot abgelehnt."

„So war es auch richtig", sagte Willie. „Niemand würde so etwas zustimmen."

„Aber wenn es ihn aus der Verlobung mit Patience löst, könnte der Preis es Wert sein", sagte Duke.

Cyclops stimmte zu. „Was sollte er denn im Gegenzug schon von ihr wollen? Wenn es heißt, dass du und India zusammen sein könnt ..."

Matt knallte das leere Glas auf den Tisch. „Glaubt ihr nicht, ich habe darüber nachgedacht? Die Entscheidung ist gefallen, und das ist endgültig. Wir nehmen seine Hilfe nicht an. Aber es heißt, dass Cox etwas in seiner Vergangenheit hat, mit dem man ihn erpressen kann. Ich will herausfinden, was es ist."

„Setz deinen Anwalt darauf an", sagte Willie.

„Ich habe bereits an ihn geschrieben."

„Ich bezweifle, dass er helfen kann", sagte ich. „Was immer dieses Geheimnis ist, sehr wenige Leute wissen wohl davon, sonst hättest du es bereits aufgedeckt. Coyle ist gut vernetzt, Matt. Er hat vermutlich Spione in jedem Klub."

Matt lehnte sich zurück und strich mit dem Finger langsam über seine Oberlippe. „Das ist genau der Grund, weshalb ich ihm nicht vertraue." Er wackelte mit dem Finger in Richtung seiner Freunde. „Bevor ihr drei jetzt India sagt, dass ich in Amerika Spione eingesetzt habe, möchte ich darauf hinweisen, dass die Informationen, die ich gesammelt habe, von Gesetzeshütern benutzt wurden, um Verbrecher zu fassen. Die Informationen, die Coyle sammelt, werden zur Erpressung genutzt."

Willie stand auf und schenkte sich noch einmal am Buffet nach. „Ehrliche Männer bekommen nicht, was sie wollen, Matt. Du musst auch verschlagen sein, sonst wirst du Patience niemals los. Sieh dir Cyclops an."

Cyclops richtete sich auf. „Was ist mit mir?"

„Du hast versucht, deinen Boss in der Mine zu warnen, dass die Stützen unzureichend waren, dann hat er dich beschuldigt, als sie zusammenbrachen."

„Ich kann damit leben, ehrlich zu sein", sagte Cyclops. „Mein Gewissen ist rein."

„Wir reden nicht vom Gewissen. Wir reden vom Gewinnen und Verlieren."

„So was gibt es im Leben nicht."

„Sei kein verdammter Narr. Natürlich gibt es das." Willie deutete mit ihrem Glas auf Cyclops. „Du kannst in Nevada nicht frei herumlaufen, und womöglich auch nicht in anderen Staaten, in denen dein Boss das Gesetz auf seiner Seite hat. Wenn es nicht Matt gäbe, wärst du im Gefängnis oder tot."

„Nennst du mich einen Verlierer, Willie?" Cyclops schüttelte den Kopf. „Dann weißt du gar nichts. Ich habe gute Freunde genau hier unter diesem Dach. Und sieh dir dieses Haus an, in dem ich leben darf. Gibt nicht so viele Leute zu Hause, die sagen können, dass sie jemals in einem so feinen Haus waren, ganz zu schweigen davon, in einem weichen Bett in ihrem eigenen

Zimmer zu schlafen. Ich habe Glück, Willie, und ich erinnere mich jeden Tag daran, an dem ich am Leben bin. Das solltest du auch tun, anstatt dich in Selbstmitleid zu suhlen."

„Selbstmitleid?" Willie schnaubte. „Ich? Ha! Was sollte mir denn leidtun?" Sie stürzte den Inhalt ihres Glases hinunter, schluckte laut.

Duke und Cyclops wechselten einen Blick. „Du führst dich auf wie ein Kojote mit einem Dorn in der Pfote, seit …"

„Duke!", fuhr ich ihn an und schüttelte den Kopf in seine Richtung.

Duke schloss den Mund und senkte den Kopf. Er hatte natürlich recht, Willie hatte sich seltsam benommen, seit ihre Geliebte die Beziehung beendet hatte. Diese Art von mieser Laune zeigte sich jedoch nur, wenn sie zu viel trank.

Ich nahm ihr sanft das Glas aus den Fingern, als sie es nachfüllen wollte. „Wie wäre es mit einem Pokerspiel?", fragte ich.

Sie rümpfte die Nase. „Bei dem wir um Streichhölzer spielen? Nein, danke. Das macht mir keinen Spaß. Wie wäre es, wenn wir wieder zum Kämpfen gehen? Heute Abend gibt's einen geheimen Kampf im Kingsman's Arms."

„Ich nicht", sagte Cyclops.

„Hast du Angst, was Catherine Mason von dir halten könnte?"

„Nein", sagte er düster. „Sie hält mich bereits für einen Schläger."

„Tut sie nicht", sagte ich.

Er verschränkte die Arme und sank in den Sessel.

„Ich kämpfe auch nicht", sagte Duke. „Mir tun vom letzten Mal immer noch die Rippen weh."

„Du hast deine Brust nicht gedeckt." Willie hob die Fäuste, hielt die Ellbogen vor ihrer Brust aneinander. „So etwa."

„Ich gehe nicht", sagte Duke wieder.

„Was machen wir dann heute Abend? Ist erst acht."

Duke nahm Miss Glass' Roman und öffnete ihn auf der ersten Seite. „Ich lese."

Willie legte den Kopf in den Nacken und lachte. „Dann streng mal deine Augen nicht zu sehr an. Ich mache mir eine gute Zeit."

„Ich gehe mit ihr", sagte Cyclops, der aufstand. „Sie sollte in dieser Stimmung nicht allein sein."

Duke seufzte und schloss das Buch. „Ich gehe auch."

„Ihr könnt beide hierbleiben", sagte Matt. „Ihr habt genug auf sie aufgepasst, während ich krank war. Jetzt bin ich dran."

„Sie ist eine Erwachsene", sagte ich. „Sie braucht keine Amme."

Die drei sahen mich einfach nur an.

„Andererseits wird es ihr guttun, Zeit mit Matt zu bringen", fügte ich an.

Duke, Cyclops und ich beschlossen, Poker zu spielen. Wir hörten bei unserer ersten Runde, wie die Eingangstür sich öffnete und schloss, als Matt und Willie ausgingen. Die Männer hatten vermutlich recht; Willie brauchte Gesellschaft. Sie wirkte heute Abend reizbar, mehr als sonst.

„Hat Willie heute Post bekommen?", fragte ich Bristow, als er eine Kanne Schokolade für uns brachte, ehe er sich für den Abend zurückzog.

„Nein, Miss", sagte er.

„Das ist es doch gerade", meinte Duke, nachdem Bristow gegangen war. „Willie erhält keine Antworten mehr auf ihre Briefe."

„Sie schreibt noch immer welche?"

„Seit ein paar Tagen nicht mehr, aber sie hofft immer noch auf eine Antwort auf ihre älteren." Er musterte seine Karten lange, ohne welche abzulegen. „Wenn sie jemand anderen finden würde, könnte sie das aufheitern."

„Meldest du dich freiwillig für diese Aufgabe?", fragte Cyclops mit einem trockenen Lächeln.

„Nein. Wir werden niemals zusammen sein. Ich weiß das inzwischen. Wir sind besser, wenn wir nur Freunde sind."

Ich legte meine Karten ab und berührte Duke am Arm. „Das tut mir leid. Ich weiß, wie du zu ihr stehst."

„Das braucht dir nicht leidzutun. Und was ich für sie empfunden habe, ist in der Vergangenheit. Wir haben uns beide verändert, seit wir hergekommen sind." Schließlich legte er zwei Karten ab.

Cyclops gab ihm zwei als Ersatz. „Glaubst du, sie würde so bald nach dieser Krankenschwester jemand anderen wollen?"

„Vielleicht. Das Problem ist, ich weiß nicht, was für eine Art Mensch sie mag. Es war einmal einfach."

Cyclops knurrte. „Das liegt daran, dass es früher Männer waren."

„Die Auswahl ist jetzt sehr viel größer." Duke nahm drei Streichhölzer vom Stapel und legte sie ordentlich nebeneinander aus.

„Das ist alles, was du setzt?" Cyclops zählte acht Streichhölzer von seinem eigenen Stapel ab.

Ich zählte auch acht ab, und Duke ging mit. Wir zeigten alle unser Blatt. Dukes Zweier-Paar schlug uns beide. Er kicherte, während er seine Gewinne einstrich.

„Du musst lernen zu bluffen, India", erklärte er mir.

„Ich bin furchtbar im Pokern", sagte ich. „Können wir nicht mal ein schönes englisches Spiel spielen? Irgendetwas, bei dem es nicht nur um Glück geht?"

„Beim Poker geht es nicht um Glück."

„Es geht darum, wer am besten lügt", fügte Cyclops an. „Du und ich sind zu ehrlich, India. Deswegen ist Willie so gut darin."

„Matt ist auch gut, und er ist kein Lügner." Noch während ich es sagte, wusste ich, wie falsch diese Aussage war. Matt war ein hervorragender Lügner. Er konnte sich von Leuten, die er nicht mochte, aus der Hand fressen lassen, mit nur ein paar Worten und einem Lächeln. In Amerika hatte er gesetzlose Banden infiltriert, um an Informationen zu kommen. Hier in England hatte er bei zahlreichen Gelegenheiten vorgegeben, jemand zu sein, der er nicht war.

„Vielleicht sollte jemand von uns mit ihrer Krankenschwester reden", sagte Duke, der wieder das Thema von Willies Beziehungen aufnahm. Er und Cyclops schauten mich an.

„Ihr wollt, dass ich es mache?", fragte ich.

„Selbst wenn du sie nicht überzeugen kannst, sich wieder mit Willie zu treffen", fuhr Duke fort, „kannst du herausfinden, was für eine Art Mensch sie ist. Es wird uns helfen, jemand Neues zu finden."

Ich nahm die Kanne und füllte die Tassen mit der dickflüssigen heißen Schokolade auf. Ich atmete tief ein, zog den schweren Geruch in die Lunge hinab. „Ich glaube nicht, dass es eine gute Idee ist, den Kuppler zu spielen, wenn es äußerst wahrscheinlich ist, dass wir London bald verlassen."

Ein Keuchen vom Eingang ließ mich in meinem Sessel herumfahren, sodass ich Schokolade auf dem Tisch verschüttete. Miss Glass stand da, ihre Hand auf den Bauch gedrückt, ihre Augen aufgerissen.

„Verlassen?", fragte sie, ihre Stimme zitterte. „Wer ... wer verlässt uns?"

KAPITEL 8

Ich versuchte, Miss Glass zu einem Sessel in der Nähe zu lotsen, doch sie scheuchte mich weg.

„Antworte mir, India", forderte sie.

„Noch geht niemand weg", sagte ich.

„Noch", wiederholte sie. „Ich verstehe."

Ich wandte mich an Duke und Cyclops, aber die waren plötzlich sehr interessiert an ihren Karten. „Kommen Sie und setzen Sie sich. Ich schenke Ihnen einen Kognak ein."

Sie nahm meine Unterstützung und das Glas an, als ich es ihr reichte, nippte aber nicht daran. Ihr Blick ging in die Ferne, und ich machte mir Sorgen, dass sie in die Vergangenheit abgeglitten war, um wieder Zuflucht vor der Gegenwart zu finden.

„Liegt das an der Ankündigung in der *Times*?", fragte sie und bewies damit, dass ich falschlag.

„Ich glaube, Sie sollten warten, bis Matt zurückkehrt, und mit ihm sprechen."

Sie hielt meinen Blick fest. „Ich frage dich, India."

Ich setzte mich mit einem Seufzen neben sie auf das Sofa. Ich konnte sie nicht anlügen, obwohl lügen vielleicht das Beste war, was ich tun konnte, wenn ihre Gedanken mit der Wahrheit nicht fertig wurden. „Was ich Ihnen sagen werde, sage ich Ihnen unter völliger Verschwiegenheit. Sie können es nicht vor jemandem wiederholen, besonders nicht vor Ihrem Bruder oder Ihrer Schwägerin. Versprechen Sie mir, nicht zu plaudern?"

„Ich bin niemand, der sich zu Gerüchten herablässt, India."

Ich schnappte nach Luft und beschwor Geduld herauf. „Matt und ich haben beschlossen, England zu verlassen, wenn wir die Verlobung mit Patience nicht auf eine andere Art lösen können."

Sie senkte den Kopf und musterte den Inhalt des Glases, das sie in ihrem Schoß wiegte. Nach einem Augenblick trank sie.

„Es besteht immer noch die Möglichkeit, dass Lord Cox es sich anders überlegt, nachdem er morgen Abend beim Dinner Zeit mit ihr verbracht hat", sagte ich.

Sie schüttelte den Kopf. „Wird er nicht."

„Dann werden wir Vorkehrungen treffen, um zu gehen. Patience wird es in einem Brief erfahren, möglichst sanft, aber … ich fürchte, sie wird schwer verletzt werden."

Miss Glass stellte das Glas ab. „Ich hätte keinen von euch für so feige gehalten."

„Es gibt keinen anderen Weg."

„Ein Gentleman sollte sich seinen Verantwortungen stellen …"

„Patience zu heiraten ist *nicht* Matts Verantwortung. Ihr Glück ist nicht seine Verantwortung."

„Er ist ihr Cousin. Er wird das Familienoberhaupt, wenn Richard stirbt."

„Sie sind ungerecht, Miss Glass. Sie erlegen Matt viel zu viel auf, und sagen Sie mir nicht, dass man die Dinge bei Ihresgleichen eben so regelt. Vielleicht, wenn Matt hier aufgewachsen wäre, würde er anders denken, aber er ist kein Mann, der glaubt, es würde ihn glücklich machen, eine Frau zu heiraten, die er nicht liebt. Selbst wenn wir uns nie begegnet wären, wäre er das nicht. Sie passen überhaupt nicht zueinander und würden beide elend enden. Patience wird das mit der Zeit auch klar werden."

Ich wartete darauf, dass sie widersprach, doch das tat sie nicht. „Was wird aus mir?", fragte sie schwach. „Was werde ich machen?"

„Nun", sagte ich vorsichtig, „Matt könnte Sie hier mit einer neuen Gesellschafterin ausstatten, in diesem Haus, wenn Sie mögen."

„Ich will keine neue Gesellschafterin. Ich will dich, India."

„Trotz allem? Obwohl wir jetzt nicht einer Meinung sind?"

„Wir sind nicht *nicht* einer Meinung."

Ich lächelte beinahe. Ich war mir nicht ganz sicher, wo wir standen.

Sie blinzelte mit großen Augen zu mir auf. „Wohin werdet ihr gehen?"

„Wir haben das Ziel noch nicht besprochen. Vielleicht Amerika, oder Europa. Matt hat dort Besitz, und ich wollte den Kontinent schon immer sehen. Cyclops kann nicht nach Amerika zurückkehren", sagte ich, während ich ihm über die Schulter einen Blick zuwarf.

Miss Glass nahm sich das Kognakglas vom Tisch und starrte hinein. „Patience erholt sich vielleicht niemals von dieser Zurückweisung", sagte sie und wechselte wieder das Thema. „Das wird sie für den Rest ihres Lebens beflecken."

Ich vergrub das Gesicht in den Händen. „Ich weiß", murmelte ich hinein. „Aber wenn wir bleiben und Matt sie heiratet, werden wir den Rest unseres Lebens unglücklich sein." Ich rieb mir mit den Händen übers Gesicht, dann schaute ich sie wieder an. „Ihr Bruder hat das allen auferlegt. Wenn man es jemandem anlasten möchte, dann ihm. Matt und ich lassen uns nicht von ihm manipulieren. Oder von sonst jemandem."

Ich ging durch das Zimmer, nur um im Eingang stehen zu bleiben. Miss Glass wirkte klein und zerbrechlich, wie sie auf dem Sofa saß und das Kognakglas festhielt. Sie sah sogar noch kleiner aus, als Cyclops sich neben sie setzte. Ich ließ sie zurück. Vielleicht konnte er etwas sagen, um sie zu überzeugen, dass Matt und ich das Richtige taten.

Dann konnte er vielleicht auch mich überzeugen, denn plötzlich schien mir der Gedanke, England zu verlassen, wie eine sehr schlechte Idee.

* * *

BEIM FRÜHSTÜCK SETZTE ich Matt über meine Unterhaltung mit Miss Glass in Kenntnis. Cyclops und Duke kamen zu uns, doch Miss Glass und Willie waren noch nicht auf.

„Hatte sie einen ihrer Anfälle?", fragte Matt, während er sich neben mich setzte, einen Teller in einer Hand und eine Kaffeetasse in der anderen.

„Nein, überraschenderweise nicht. Ging es ihr gut, nachdem ich weg war?", fragte ich Cyclops und Duke.

„Ihr ging es gut", sagte Cyclops, der noch mehr Speck auf seinen bereits vollen Teller räumte. „Sie macht sich Sorgen um ihre Zukunft. Sie will nicht wieder bei ihrem Bruder leben."

„Wird sie nicht", sagte Matt.

„Ich habe vorgeschlagen, dass du eine Gesellschafterin für sie einstellst", sagte ich zu Matt. „Aber dieser Gedanke gefiel ihr nicht."

Duke deutete mit dem Buttermesser auf mich. „Das liegt daran, dass sie dich will, India."

„Ich würde gerne als ihre Gesellschafterin bleiben – wenn sie zustimmen würde, dass Matt und ich zusammen sind."

Matt legte eine Hand auf meinen Armen und drückte fest. „Sie wird es sich schon überlegen."

„Hoffentlich bald. Es ist nicht mehr viel Zeit bis zur Hochzeit." Bloße drei Wochen, um genau zu sein, da sie bei dem Datum blieben, dass für Patiences Hochzeit mit Lord Cox angesetzt gewesen war.

Duke warf einen Blick auf die Tür, dann lehnte er sich vor. „Wie ist es gestern Abend mit Willie gelaufen?", flüsterte er laut.

„Gut", sagte Matt. „Willie hat sich betrunken."

„Hat sie mit dir über ..." Er wedelte mit dem Buttermesser. „Über diese Krankenschwester geredet?"

„Wir haben über sie gesprochen, und über viele andere Dinge."

„Hat sie geweint?"

Matt schaute ihn an. „Ich werde nicht verraten, was wir unter vier Augen besprochen haben. Ich kann dir nur sagen, dass Willie Zeit braucht, ehe sie sich wieder verliebt. Also keine Kuppeleien. Verstanden?"

Duke hielt ergeben das Messer hoch. „Kuppelei ist Frauenarbeit."

Ich lachte. „Das hast du gestern Abend anders gesehen."

Er funkelte mich an, und ich lächelte in meine Tasse.

* * *

Nach der Kirche trennten sich unsere Wege, Matt und ich brachen zu Oscars Wohnung auf. Er mietete Räumlichkeiten im zweiten Stock eines alten Gebäudes, das fußläufig vom Bureau der *Weekly Gazette* von der Lower Mire Lane aus erreichbar war. Seine Vermieterin öffnete die Tür nur weit genug, um durchzuspähen, und wollte wissen, was wir wollten, ehe sie uns hineinließ. Ich konnte durch die Lücke nur die mittleren vier Zentimeter ihres Gesichts erkennen.

„Ist Oscar Barratt zu Hause?", fragte Matt.

„Möglich, oder auch nicht", sagte sie.

„Wir sehen gerne, dass Sie vorsichtig sind", erklärte ich ihr. „Er hat Sie wohl gewarnt, dass sein Leben in Gefahr ist."

„Wer sind Sie, und was wollen Sie?"

„Mein Name ist India Steele. Das ist Mr. Glass. Wir sind Freunde von Mr. Barratt."

Sie öffnete die Tür weiter. „Er hat mir erzählt, dass Sie rein können, wenn Sie auf Besuch kommen. Er ist oben mit seinem Bruder."

Wir wollten gerade die Treppen hinaufsteigen, als es über unseren Köpfen zu einem lauten Poltern kam. Matt lief nach oben, nahm drei Stufen auf einmal. Ich hob meine Röcke an und rannte ihm nach.

„Bleiben Sie hier", erklärte ich der Vermieterin. „Passen Sie weiter auf die Tür auf."

Bis ich in Oscars Wohnzimmer ankam, hielt Matt einen Mann von hinten, sodass dieser seine Arme nicht benutzen konnte. Oscar lag auf dem Boden, um ihn herum die Einzelteile eines zerbrochenen Tisches. Er rieb sich das Kinn.

„Steh auf, Feigling", knurrte der Mann in Matts Griff. „Steh auf und stell dich mir wie ein Mann."

Ich trat an Oscars Seite und half ihm auf. Sobald er auf den Beinen war, warf ich einen Blick auf den Angreifer und keuchte. Es war sicher Isaac Barratt, Oscars Bruder. Er war ein wenig kleiner als Oscar, und stämmiger gebaut, aber er hatte denselben dunkelbraunen Haarton und dieselben Augen. Obwohl sie beide hervortretende Wangenknochen und ein starkes Kinn hatten, unterschieden sich ihre Züge leicht, sodass Oscar der ansehnlichere der beiden war.

„Geht es dir gut?", fragte ich Oscar.

Er dehnte den Nacken und richtete seine Krawatte. „Ja, danke. Sie können ihn loslassen, Glass. Er hat mich diesmal überrumpelt, und meine Schulter ist noch nicht ganz erholt, aber ich werde für gewöhnlich mit meinem Bruder fertig."

„Du lässt es klingen, als würdet ihr so etwas häufiger tun", sagte ich.

Er funkelte Isaac an. „Früher schon, zum Spaß."

Matt ließ Isaac langsam los. Sobald er völlig frei war, stürzte sich Isaac auf Oscar. Matt packte ihn wieder und riss ihn zurück. Isaac verlor das Gleichgewicht und wäre gestürzt, hätte Matt ihn nicht festgehalten.

„Es scheint, als müsse unsere Besprechung so stattfinden", sagte Matt, der nicht losließ.

Isaac hob die Hände. „Sie können mich loslassen. Ich sehe schon, dass ich nicht weiterkomme, während Oscars Schläger bei uns ist."

„Schläger?", wiederholte Matt. „Und da dachte ich noch, dieser Tage würde mich jeder für einen Gentleman halten."

Ich funkelte Matt an. Jetzt war kein guter Zeitpunkt für Witze.

Er ließ Isaac wieder los, und dieses Mal versuchte Isaac nicht, seinen Bruder zu schlagen. Oscar jedoch stellte sich nicht entspannter hin. Das hielt ich für klug, denn Isaac sah aus, als würde die leichteste Provokation ihn zu einem weiteren gewalttätigen Anfall hinreißen.

Matt hielt Isaac eine Hand hin. „Mein Name ist Matthew Glass, und das ist Miss Steele. Ich nehme an, Sie sind Isaac Barratt."

Isaac musterte Matt von Kopf bis Fuß, dann dehnte er den Nacken in seinem Kragen genauso, wie Oscar es getan hatte. Schließlich schüttelte er Matt die Hand.

„Ich schätze, es gibt keinen Grund zu fragen, worum es hierbei ging", sagte Matt.

„Tatsächlich wären Sie wohl überrascht", höhnte Oscar.

Ich schaute von einem knurrenden Bruder zum anderen.

„Hier geht es nicht darum, dass du diese Artikel schreibst und dich als Tintenmagier bezeichnest?"

„Natürlich tut es das." Isaac schnappte sich seinen Mantel von der Rückenlehne eines Sessels am Fenster. Wir standen in einem kleinen Wohnzimmer. Eine Tür führte in eine Schlafkammer nebenan. Das Bett war nicht gemacht, Oscars halb gegessenes Frühstück stand auf dem Tisch daneben.

„Ist das so?", fragte Oscar mit eisiger Ruhe. „Warum dann die Monate des kalten Schweigens, bevor ich ging, *bevor* ich auch nur daran dachte, Magie in der Zeitung offenzulegen? Warum hast du meine Freunde gegen mich aufgebracht?"

„Kannst du das nicht vergessen? Ich habe gewonnen, Oscar."

Oscar schnaubte. „Das glaubst du nicht wirklich. Nicht tief drinnen. Sie hat *mich* gewählt, aber sie hat dich geheiratet, weil du das Geschäft geerbt hast."

Isaac plusterte sich auf. „Sie hat mich geheiratet, weil ich sie besser behandle, als du es je getan hast."

„Ist sie noch in mich verliebt? Ist das der Grund, weshalb du mich hasst?"

„Ich hasse dich nicht. Du bist mein Bruder." Es klang mechanisch, wie etwas, das Isaac so oft wiederholt hatte, dass es ihm leicht über die Lippen ging.

„Du hast versucht, mich zu schlagen! Natürlich hasst du mich."

Isaac marschierte zur Tür, doch Matt verstellte ihm den Weg. „Wir müssen mit Ihnen beiden reden", sagte Matt.

Isaac seufzte. „Worüber?"

„Wir ermitteln im Tod von Mr. Baggley, dem Herausgeber der *Weekly Gazette*."

„Oscar hat mir erzählt, dass *er* das beabsichtigte Ziel war", sagte Isaac. „Glauben Sie das?"

„Das haben wir derzeit noch nicht ausgeschlossen."

„Bin ich verdächtig?"

„Sei nicht albern", sagte Oscar. „Du bist mein Bruder. Ganz gleich, wie oft wir streiten, du wirst nicht versuchen, mich zu töten."

Isaac beobachtete Oscar unter gesenkten Lidern hervor. Oscar schluckte und machte einen Schritt zurück.

„Wir haben mit dem Mann geredet, der am Tag des Mordes im Bureau nach Ihnen suchen wollte", sagte Matt zu Oscar. „Er behauptet, er wäre später nicht zurückgekehrt und hätte Baggley erschossen."

„Natürlich sagt er das." Oscar musterte den beschädigten Tisch. Als er feststellte, dass die kaputten Beine nicht halten würden, legte er sie wieder ab. „Er wird Ihnen wohl kaum die Wahrheit erzählen."

„Er ist Geschichtsprofessor", sagte ich. „Er hat ein großes Interesse an der Geschichte der Magie und wollte dir seine Expertise für deine Artikel anbieten."

Oscar schaute auf. „Wie heißt er?"

„Das sage ich dir später."

Oscars Blick glitt zu seinem Bruder. „Isaac ist kein Mörder. Ein Narr, eine alte Krähe, und ein … ein Wort, das ich nicht vor einer Dame aussprechen werde. Aber er ist kein Mörder, India."

„Sagen Sie ihm den Namen nicht vor mir", sagte Isaac. „Ich will ihn gar nicht wissen. Falls der Professor unter verdächtigen Umständen ums Leben kommt, will ich nicht der Hauptverdächtige in beiden Mordfällen sein."

„Du bist nicht der Hauptverdächtige beim Mord an Baggley."

„Aber gewiss bin ich *ein* Verdächtiger, oder nicht?", fragte Isaac Matt.

Matt erwiderte nichts.

„Es gab einen weiteren Mann, der dich an diesem Tag sehen wollte und mithörte, wie ein Angestellter dem Professor sagte, dass du spätabends arbeitest", sagte ich.

„Weißt du, wer?", fragte Oscar.

„Wir werden ihn gleich befragen."

Isaac wollte um Matt herumgehen, doch Matt bewegte sich, um ihm den Ausgang abermals zu verstellen. „Sie wurden gesehen, wie Sie an diesem Tag mit Ihrem Bruder stritten. Ging es um die Artikel, die Oscar geschrieben hat?"

„Was meinen Sie denn?", knurrte Isaac. „Er hat keine Ahnung, welchen Schaden er mir und meiner Familie zu Hause zugefügt hat. Er gondelt durch die ganze Stadt, macht, was er will, und in der Zwischenzeit müssen wir die Konsequenzen ertragen. Ich habe Kunden verloren, weil er der ganzen verdammten Welt erzählt hat, dass er ein Tintenmagier ist, und nun glauben sie alle, dass ich das auch bin."

„Das bist du", sagte Oscar leichtfertig. „Und übertreib nicht. Die ganze Welt weiß es nicht. Die *Gazette* ist eine Zeitung aus London."

Isaac bleckte die Zähne, überlegte es sich aber noch einmal, seinen Bruder wieder anzufallen, vermutlich, weil Matt ganz dicht hinter ihm stand. „Es gibt Leute, die wollen, dass Magier sich im Hintergrund halten, Oscar. Viele von ihnen sind sehr mächtig, und sie werden tun, was immer nötig ist, um ihre Geschäfte zu schützen. Das ist kein Spiel. Es geht um Leben und Tod, wie du nach dem Mord an deinem Herausgeber nur zu gut weißt."

Oscar hatte den Anstand, ernüchtert zu wirken.

„Wenn du das getan hast, um dich an Cecilia und mir zu rächen ..."

„Sei nicht albern", bellte Oscar. „Ich habe sie nie geliebt. Sie war in mich verliebt, und wenn man sieht, wie du überreagierst, ist sie das vermutlich noch immer."

„Wie ich überreagiere?", knurrte Isaac, während er seine Jacke anzog. „Ich gehe. Ich halte es nicht aus, mir dein narzisstisches Gerede anzuhören."

„Geh. Ich will dich nicht mehr sehen. Und erwarte nächstes Mal keinen freundlichen Empfang. Ich werde meine Vermieterin anweisen, dich nicht hereinzulassen."

„Sie kann mich nicht draußen halten. Oder sonst jemanden, was das angeht."

„Ist das eine Drohung, Isaac?"

„Sieh es, wie du willst."

Oscar schüttelte den Kopf. „Unsere Eltern würden sich im Grabe umdrehen, wenn sie ..."

„Nimm dir nicht heraus, wissen zu wollen, was sie denken würden." Isaac marschierte aus dem Zimmer, schlug die Tür hinter sich zu.

Ich wusste nicht, was ich sagen sollte, darum hob ich ein Buch vom Boden auf und legte es auf einen Sessel. Es hatte wohl auf dem Tisch gelegen, der die Wucht ihres Streites letztlich abbekommen hatte. Oscar hob ein Teil eines Tischbeins auf.

„Er bringt Zerstörung, wohin er auch geht", sagte er und inspizierte das zersplitterte Ende.

„Ist das ein Buchzitat?", fragte ich.

Einer seiner Mundwinkel hob sich. „Es ist etwas, was ich ihn einmal zu Cecilia sagen hörte, nachdem sie meinetwegen gestritten hatten, weil sie … weil sie Gefühle für mich hegt. Sie hat behauptet, das wäre nicht mehr so, aber …" Er hob eine Schulter zu einem Zucken. „Ich bin am nächsten Tag gegangen. Es war besser für alle."

„Wenn es dir hilft, ich glaube, dass du das Richtige getan hast."

Jemand klopfte an der Tür, und Matt öffnete sie. Kriminalinspektor Brockwell stand da.

„Miss Steele, was für eine angenehme Überraschung", sagte er. „Aber darf ich fragen, was Sie beide hier machen?"

„Wir ermitteln wegen der Drohbriefe, die an Mr. Barratt geschickt wurden", erwiderte Matt steif.

„Da Sie es nicht tun wollten", ließ sich Oscar vernehmen.

„Das war nicht meine Antwort, Sir, und das wissen Sie auch", sagte Brockwell, der jeden Konsonanten abgehackt und mit einer brutalen Präzision sprach, um seine Aussage zu unterstreichen. „Ich werde die Briefe natürlich als eine getrennte Angelegenheit verfolgen, wenn es an der Zeit ist. Der Mord benötigt seine Zeit und viele Ressourcen von Scotland Yard. Wie ich Ihnen bereits gesagt habe, als Sie mir die Briefe zum ersten Mal gezeigt haben, glaube ich nicht, dass Sie das beabsichtigte Ziel des Schützen waren, anstelle von Mr. Baggley."

„Warum sind Sie dann hier?"

„Weil ich mir über die Bewegungen der Hauptverdächtigen am Tag und Abend des Mordes klar werden muss."

Oscar zuckte zurück. „*Ich* bin ein Verdächtiger?"

Brockwell klatschte hinter dem Rücken in die Hände und hob das Kinn. Er wirkte beinahe edel, doch seine ungepflegten Koteletten und der zerknitterte Hemdkragen ließen ihn im Stich. „Sie und Mr. Isaac Barratt wurden gehört, wie Sie sich am Tag des Mordes im Bureau der Gazette gestritten haben. Meinem

Verständnis nach ging es bei dem Streit um die Magie-Artikel, die Sie geschrieben haben."

„Mein Bruder ist dagegen, der Welt die Magie zu enthüllen. Was hat das damit zu tun?"

„Wie ging der Streit aus?"

„Wie er immer ausgeht: indem er nach draußen stürmt."

„Worauf wollen Sie hinaus, Inspektor?", fragte ich.

„Es tut mir leid, Miss Steele, aber das kann ich zu diesem Zeitpunkt nicht offenlegen. Ich hoffe, Sie verstehen das." Sein Blick hob sich zu Matt, während Matt näher zu mir rückte. Brockwell wandte sich wieder an Oscar. „Wo finde ich Ihren Bruder, Sir?"

„Sie haben ihn gerade verpasst." Oscar deutete auf den zerbrochenen Tisch. „Wie Sie sehen können, haben wir gestritten."

„Er hat eine gewalttätige Ader?"

Oscar runzelte die Stirn. „Lasten Sie meinem Bruder den Mord an Baggley an?"

Brockwell funkelte zurück. „Wo hält er sich auf, Mr. Barratt?"

„Sie beschuldigen ihn tatsächlich." Oscar drückte sich Daumen und Zeigefinger auf den Nasenrücken. „Himmel, Mann, er ist ein Narr, kein Mörder. Weshalb sollte er denn überhaupt Baggley töten, um die Artikel zu verhindern? Weshalb nicht mich? Ich bin derjenige, der sie verfasst. Ich kann die Artikel überall unterbringen."

„Können Sie das? Haben Sie es versucht?"

Oscars Stirnrunzeln vertiefte sich. „Nein, aber ... aber ich habe der Auflage der *Gazette* geholfen."

„Und sich selbst, der Zeitung und dem Herausgeber Feinde geschaffen." Brockwell ging im Zimmer auf und ab, betrachtete den zerbrochenen Tisch, das ungemachte Bett im Nebenraum, das halb aufgegessene Frühstück. Suchte er nach Hinweisen darauf, dass Isaac Barratt bei seinem Bruder wohnte? „Ich bin kein Zeitungsmensch. Ich gebe nicht vor, diese Dinge zu wissen, aber wenn ich ein Herausgeber anderer Zeitungen wäre, würde ich ihre aufrührerischen Artikel nicht anfassen. Nicht um alle Auflagenzahlen der Welt."

„Dann ist die Zeitungswelt dankbar, dass Sie kein Zeitungsmensch sind." Oscar deutete auf die Tür. „Wenn Sie Isaac oder mich beschuldigen wollen, gehen Sie bitte. Ich habe nichts mehr zu sagen. Selbst wenn ich wüsste, wo mein Bruder wohnt, würde ich es Ihnen nicht verraten. Er ist kein Mörder."

„Natürlich verteidigen Sie ihn." Brockwell hob einen Finger, als Oscar widersprechen wollte. „Wäre es nicht sinnvoll, dass ihr Bruder den Herausgeber tötet, und nicht Sie? Immerhin ist es sehr viel einfacher, einen Fremden zu ermorden als ein Familienmitglied."

Oscar marschierte zur Tür und riss sie weit auf. „Hinaus."

Brockwell lächelte ihn angespannt an. „Wie Sie wünschen. Guten Tag. Einen guten Tag auch Ihnen, Miss Steele." Zu Matt sagte er: „Der Ankündigung in der *Times* entnehme ich, dass Glückwünsche angebracht sind."

Matt zögerte, dann nickte er ihm knapp zu.

Brockwell nahm meine Hand und beugte sich darüber. „Wenn ich noch einmal mit Ihnen sprechen muss, wo werde ich Sie finden?"

„Ich wohne immer noch in der Park Street Nr. 16", sagte ich.

Brockwell zögerte. „Das ist ... unerwartet."

Matt stellte sich an die andere Seite der offenen Tür gegenüber von Oscar, wo er Brockwell bedeutete, dass er gehen sollte.

„Ich wünsche Ihnen alles Glück für Ihre Hochzeit, Sir", sagte Brockwell zu Matt.

„Hochzeit?" Oscar blinzelte mich an.

„Nicht mit Miss Steele. Mr. Glass ist mit seiner Cousine verlobt, der Tochter von Lord Rycroft."

Oscars Lippen öffneten sich, dann trat ein zögerliches Lächeln auf seine Lippen. „Ist das so? Glückwünsche, Glass." Das Lächeln wurde mit jeder Sekunde breiter, in der Matt nichts erwiderte.

Brockwell trat näher an mich heran und senkte die Stimme. „Ich gebe zu, dass mich das überrascht hat, Miss Steele. Ich bin stolz auf meine Beobachtungsgabe, und ich dachte, zwischen ihnen und Mr. Glass bestünde etwas, das über eine berufliche Beziehung hinausgeht. Es scheint, als hätte ich falschgelegen. Ich entschuldige mich für meine Annahme."

„Keine Entschuldigung nötig", murmelte ich, ohne ihm in die

Augen schauen zu können.

„Vielleicht kann ich Sie besuchen …“

„Haben Sie nicht gesagt, Sie würden gehen, Brockwell?“, drängte Matt.

Oscar öffnete die Tür weiter. „Guten Tag, Inspektor.“

Brockwell verbeugte sich wieder vor mir, dann ging er ohne ein weiteres Wort.

„Mich überrascht diese Ankündigung auch“, sagte Oscar, der wieder zu mir trat.

Ich biss mir auf die Lippen, wollte ihm die Wahrheit sagen, wusste aber, dass ich das nicht tun konnte. Zunächst mussten alle glauben, dass Matt Patience heiraten würde.

Matt jedoch hatte wohl genug. Als Oscar meine Hand nahm und den Handrücken küsste, sagte er: „Gerade Sie sollten doch wissen, dass man nicht alles glauben kann, was man in der Zeitung liest, Barratt.“

Oscar ließ meine Hand fallen, als hätte er sich verbrannt.

„Passen Sie bloß auf, Barratt“, knurrte Matt mit leiser Stimme. „Ihr Leben ist immer noch in Gefahr.“

Oscar schluckte.

Matt bot mir seinen Arm und geleitete mich nach draußen. Er befahl unserem Kutscher, uns zu dem Schreibwarenladen von Hendry in Smithfield zu bringen, und setzte sich mir gegenüber in die Kabine.

„Sie umkreisen dich wie die Geier, jetzt, da sie glauben, du wärst verfügbar“, grollte er.

Ich mühte mich ab, mein Gesicht ausdruckslos zu halten. Das war nicht zum Lachen, obwohl es mir gefiel, dass er eifersüchtig war. „Ich dachte, Geier fressen die Überreste, die die Raubtiere hinterlassen. Bezeichnest du mich gerade als das, was du übrig lässt, Matt?“

„Ärgere mich nicht, India. Ich kann im Augenblick keine positive Seite erkennen.“

Ich setzte mich neben ihn und legte beide Hände um seinen Arm. Die Muskeln spannten sich an, dann ließen sie locker. „Wir werden ihnen bald sagen können, dass ich nicht zur Verfügung stehe.“

„Nicht bald genug.“

* * *

HENDRYS PAPIERLADEN WAR AN SONNTAGEN GESCHLOSSEN, genau wie alle anderen Läden der Ladenzeile in Smithfield. Die Straße war ruhig, beinahe völlig leblos, da viele Ladenbesitzer über oder hinter ihren Läden wohnten. Zwei Pärchen marschierten vorbei, und drei Kinder spielten auf dem Bürgersteig. Ich erspähte einen Mann, der ein wenig weiter hinten an einer Wand lehnte, aber ich konnte sein Gesicht unter der tief sitzenden Hutkrempe nicht erkennen. Dank seiner Größe wusste ich aber, dass es Cyclops war.

Die Tür zu Mr. Hendrys Laden war nicht abgeschlossen, obwohl auf dem Schild GESCHLOSSEN stand. Matt rief, und Hendry kam hinten aus der Werkstatt, die Ärmel bis zu den Ellbogen aufgerollt.

„Was wollen Sie denn jetzt?", begrüßte er uns mit einem Seufzen.

„Weshalb haben Sie sich im Bureau der *Weekly Gazette* an dem Tag, an dem Baggley getötet wurde, nach Oscar Barratt erkundigt?", fragte Matt.

Mr. Hendry ereiferte sich. „Wer behauptet denn sowas?"

„Es gab Zeugen."

„Das geht Sie nichts an, und ich muss Ihnen keine Antwort geben."

„Derzeit verdächtigt die Polizei Sie noch nicht", fuhr Matt fort. „Sie sind sich nicht bewusst, dass die Drohbriefe an Barratt auf magischem Papier verfasst wurden. Wir helfen ihnen allerdings nur zu gerne aus, und Sie können stattdessen ihre Fragen beantworten."

Mr. Hendry richtete drei kleine Pakete auf dem Tresen neu aus, die wirkten, als wären sie bereit, am Morgen zu den Kunden geschickt zu werden.

„Sie werden keine sonderlich gute Figur machen, wenn Sie nicht antworten", sagte ich sanft. „Wir wissen, dass Sie mit ange- hört haben, wie ein Mitarbeiter der *Gazette* einem anderen Mann erklärte, dass Oscar Barratt spät abends arbeiten würde. Sind Sie am Abend zurückgekehrt, um mit ihm zu sprechen?"

„An diesem Abend bin ich nicht einmal in die Nähe des

Bureaus der *Gazette* gegangen." Er ging weiter zu dem Stapel Einladungen am Ende des Tresens und sorgte dafür, dass er gerade ausgerichtet war. „Ich gebe zu, dass ich tagsüber dort war. Ich wollte vernünftig mit Mr. Barratt sprechen. Er muss wissen, dass seine Artikel Leute wie mich in Gefahr bringen. Ich verliere seinetwegen Freunde." Seine Stimme wurde lauter, zusammen mit der zunehmenden Röte seiner Wangen.

Ich berührte ihn am Arm. „Vielleicht waren es diese Freunde nicht wert, wenn sie Sie nun im Stich lassen."

Mr. Hendry schnaubte. „Für Sie ist es anders. Sie arbeiten nicht in dem Handwerk, in dem Ihre Magie liegt."

„Und Mr. Sweeney arbeitet nicht in Ihrem."

Sein Blick wurde schärfer. „Und doch weigert er sich jetzt, mit mir zu reden."

„Und er wendet andere gegen Sie", fügte Matt an.

Hendry fummelte wieder an dem Stapel Einladungen herum. Die Bewegung schien ihn zu beruhigen, genauso wie es mich beruhigte, Uhren zu berühren.

„Ich verstehe das", sagte ich sanft.

Er schniefte. „Nein, Miss Steele, das tun Sie nicht."

Ich schaute zu Matt und hoffte, dass er etwas sagen könnte, um den armen Mann aufzuheitern.

„Sind Sie an jenem Abend zum Bureau der Gazette zurückgekehrt?", fragte Matt wieder. Es schien, als würde seine schlechte Laune anhalten, und sein Charme hätte ihn verlassen.

„Ich habe Ihnen doch bereits gesagt, dass ich das nicht getan habe."

„Weshalb nicht? Sie wollten mit Barratt reden, und Sie wussten, dass er dort sein würde."

„Ich bin nicht zurückgegangen!"

„Wo waren Sie?", drängte Matt.

„Hier", grummelte Mr. Hendry. „Die ganze Nacht."

„Kann das jemand bestätigen?"

„Das geht Sie nichts an!"

Er nahm die oberste Einladung vom Stapel und warf sie auf Matt, wobei er etwas vor sich hin murmelte, das ich nicht ganz verstand. Das Papier streifte Matt unter dem Ohr und flatterte auf den Boden.

„Du blutest", sagte ich und trat an Matts Seite.

Er berührte den kleinen Schnitt, verschmierte den Blutstropfen. Er schaute Mr. Hendry an. „Sie haben mehr als einen magischen Trick auf Lager."

Mr. Hendry rückte ab, die Hände ausgestreckt, als würde er uns warnen, nicht zu nahe zu kommen. „Ich ... Es tut mir leid. Ich hätte das nicht tun sollen."

Ich hob die Einladung vom Boden auf und strich mit den Händen über die leere Rückseite. Sie war heiß. „Sie haben sie in eine Waffe verwandelt", murmelte ich.

„Ich ... ich sagte doch schon, dass es mir leidtut."

„Tod durch Papierschnitt", sagte Matt trocken, während er mit seinem Taschentuch den Rest des Blutes von seinem Hals wischte.

„Wie haben Sie das gemacht?", fragte ich Mr. Hendry. „Was für Worte haben Sie gesagt?"

Er schüttelte rasch den Kopf. „Das verrate ich Ihnen nicht."

„Aber dieser Zauber ... Sie kennen zwei, oder nicht? Einen, um die Qualität Ihres Papiers zu erhöhen, den anderen, um das Papier zu werfen."

Seine Augen wurden groß, während er sich rückwärts an den Tresen drängte. „Verraten Sie es niemandem. Es ist Jahre her, dass ich diesen Zauber benutzt habe. Wenn die Leute glauben, ich könne sie mit Papier verletzen, werden sie mich holen kommen. Es wird nicht mehr sicher für mich sein."

„Niemand wird Ihnen schaden, Mr. Hendry, und ich werde niemandem sagen, was hier passiert ist. Können Sie das Papier bewegen, ohne einen Zauber anzuwenden?"

„India!" Matt schüttelte leicht den Kopf. „Wir sollten gehen."

„Können Sie dafür sorgen, dass Papier sich ohne einen Zauber bewegt?", wiederholte ich.

Mr. Hendry schüttelte den Kopf. „Sie sollten jetzt gehen."

„Wenn Ihnen irgendetwas einfällt, das Sie entlastet, lassen Sie es uns wissen", sagte Matt.

Mr. Hendry wandte sich Matt mit einem panischen Blick zu. „Ich habe diesen Mann nicht getötet! Bitte, Sie müssen mir glauben."

Wir gingen, und die Tür wurde hinter uns zugeknallt. Das Schloss drehte sich.

„Bist du wahnsinnig, India?", fragte Matt, als wir allein in der Kutsche saßen.

„Das Papier hat sich für ihn in eine Waffe verwandelt. Es ist dasselbe wie bei meiner Uhr." Ich packte meinen Pompadour fester, spürte die Umrisse meiner neuen, unerprobten Taschenuhr darin.

„Stell nicht noch einmal diese Frage", sagte Matt. „Er wird wissen wollen, weshalb du fragst, und das wird zu viel preisgeben."

Er hatte recht. Ich musste aufpassen. Doch das Wissen darum löschte nicht mein Bedürfnis aus, mehr über meine Kräfte zu erfahren. Ich bezweifelte jedoch, dass Mr. Hendry mir etwas beibringen konnte, und das machte alle weiteren Fragen, die ich ihm stellen konnte, zu einer sinnlosen Übung.

Ich nickte, und er lehnte sich schließlich mit einem Seufzen zurück.

„Glaubst du, er hat darüber gelogen, dass er an jenem Abend nicht ins Bureau der *Gazette* zurückgekehrt ist, um mit Barratt zu reden?", fragte ich.

„Das ist schwer zu sagen. Er wurde wütend, als ich ihn unter Druck gesetzt habe, was verdächtig ist."

„Wütend genug, um dir einen Papierschnitt zu verpassen."

Er grinste, während er den Schnitt unter seinem Ohr berührte. „Ich frage mich, ob er all diese Blätter auf einmal hätte auf mich werfen können."

Es war ein ernüchternder Gedanke. Ein Papierschnitt reichte nicht aus, um Matt abzulenken, aber hunderte würden das durchaus bewerkstelligen.

„Ich werde ihn von Cyclops weiter beobachten lassen", sagte er, während wir an Cyclops vorbeifuhren. Er zupfte an seiner Hutkrempe, während er zurücktrat, gab ansonsten nicht zu erkennen, dass er uns kannte.

„Er ist sehr auffällig", sagte ich. „Vielleicht solltest du es stattdessen Duke machen lassen."

„Er muss für mich Cox beobachten. Cyclops ist zu auffällig, und ich kann nicht zulassen, dass Cox etwas argwöhnt."

„Nicht, bis diese Ermittlung abgeschlossen ist.“

„Meine Priorität liegt darauf, Cox’ Schwachstelle zu finden, nicht auf dieser Ermittlung.“ Seine Stimme war so eisig, dass sie keine Widerworte zuließ, und ich gab ihm auch keine.

Bei unserer Rückkehr nach Hause musste jedoch Matt seinen Charme heraufbeschwören. Gabe Seaford wartete auf uns, und er war jemand, von dem wir beide wollten, dass wir freundschaftliche Bande zu ihm erhielten. Der magische Arzt würde vielleicht eines Tages wieder benötigt werden, um Matt das Leben zu retten. Wir hofften alle, dass dieser Tag nicht allzu bald kommen würde.

„Was für eine schöne Überraschung“, sagte ich und ließ zu, dass er mich auf die Wange küsste. „Ich muss zugeben, wir hätten nicht erwartet, Sie zu sehen.“

Gabe schüttelte Matt die Hand und warf einen Blick auf Miss Glass. Er wirkte unsicher, und sie verließ gnädigerweise das Zimmer, obwohl sie wusste, was Gabe getan hatte, um Matt zu retten. Er schien sich ein wenig zu entspannen, sobald sie weg war.

„Ich sehe, Sie hatten bereits Tee“, sagte ich, während ich mich auf das Sofa setzte.

„Miss Glass hat sich gut um mich gekümmert“, sagte er. „Ihre Tante ist sehr nett, Matt, und sie scheint bei guter Gesundheit zu sein, wenn man ihr Alter bedenkt.“

Matt lächelte. „Lassen Sie sie bloß nicht hören, wie Sie ihr Alter ansprechen, oder Sie wird Ihnen keinen Tee mehr auftischen.“

Gabe lachte.

„Wo wir gerade bei ihrer Gesundheit sind“, sagte Matt. „Manchmal hat sie Anfälle, während derer ihre Gedanken in die Vergangenheit entgleiten. Es passiert für gewöhnlich, wenn sie sich aufregt. Kann man irgendwas für sie tun?“

„Wie lange dauern diese Anfälle?“

„Ein paar Minuten.“

„Dann würde ich mir nicht zu viele Sorgen machen. Der Verlust des Kurzzeitgedächtnisses ist im Alter leider recht häufig. Und was ist mit Ihnen? Sie sehen gut aus.“

„Ich fühle mich gut, wieder völlig wie sonst. Noch einmal vielen Dank, Gabe. Sie haben ein Wunder gewirkt."

„Und wir werden auf ewig in Ihrer Schuld stehen", fügte ich an. „Es war gut von Ihnen, dass Sie sich um Matt gekümmert haben."

„Ich habe die Ankündigung Ihrer Verlobung in der *Times* gelesen."

Matts Gesicht verdüsterte sich. Er schaute weg.

Gabe schaute von Matt zu mir und dann zurück zu Matt. „Stimmt etwas nicht?"

„Nein", sagte ich rasch.

„Also war die Ankündigung kein Fehler?"

Ich suchte nach der richtigen Antwort, doch mir fiel keine ein. Matt sagte kein Wort. Die Stille dehnte sich schmerzhaft, bis ich es nicht mehr aushielt.

„Noch Tee, Gabe?"

„Nein, danke." Er runzelte die Stirn und schaute wieder zwischen uns hin und her. „Ich habe Sie beide verstört. Das tut mir leid, ich gehe wohl besser."

Wir brachten ihn nach draußen und beobachteten, wie er die Park Street bis zur Ecke entlang ging. „Es war nett von ihm, vorbeizukommen und nachzusehen, ob es dir gut geht", sagte ich, als ich ins Haus zurückkehrte.

Matt ging voraus in die Bibliothek und hielt mir die Tür auf. „Ich bezweifle, dass das der Grund war, weshalb er hier war."

„Weshalb denn dann?"

„Er sah die Ankündigung in der *Times*, nahm an, dass du verfügbar bist, und er ist gekommen, um dich heute Abend ins Theater auszuführen oder sowas in der Art."

Ich lachte. „Guter Gott, Matt. Bevor ich dir begegnet bin, war Eddie mein einziger Verehrer. Jetzt siehst du sie überall. Ich habe mich nicht verändert. Ich werde doch wohl kaum viermal mehr Gentlemen anziehen als vorher."

„Du hast dich verändert. Du siehst es nur nicht." Er schloss die Tür und legte mir von hinten die Arme um die Taille. „Du hast mehr Selbstbewusstsein", murmelte er mir ins Ohr, „und dieses Selbstbewusstsein macht dich begehrenswert."

Ich löste mich von ihm, war mir seiner zu sehr bewusst und

traute meiner Reaktion darauf, so dicht bei ihm zu sein, nicht über den Weg.

„Und außerdem bist du nicht sonderlich gut darin, zu sehen, was direkt vor deiner Nase geschieht." Er küsste mich auf die Nasenspitze. „Es würde mich nicht überraschen, wenn an dir vorher mehr Männer interessiert gewesen wären, als du glaubst."

Ich verdrehte die Augen und wollte gerade etwas sagen, als jemand an die Tür der Bibliothek klopfte. Bristow trat auf Matts Befehl hin ein.

„Lord und Lady Rycroft sind hier, Sir. Sie möchten mit Ihnen im Wohnzimmer reden. Allein."

Matt nahm mich an der Hand. „Sie können sagen, was immer sie wollen, auch vor dir, India."

Ich schüttelte den Kopf. „Es wird für alle besser sein, wenn ich mich fernhalte."

Er nickte, sah aber nicht zu erfreut aus, sich den Löwen ohne mich stellen zu müssen.

Ich war unterwegs zu den Stufen, während er die Tür zum Wohnzimmer öffnete und sie wieder schloss. Ich begegnete auf dem Weg nach unten Miss Glass und setzte sie davon in Kenntnis, dass Lord und Lady Rycroft allein mit Matt zu sprechen wünschten.

„Allein? Unfug! Dabei geht es um die Hochzeit, und das betrifft die ganze Familie. Komm schon, India. Du solltest auch dort sein."

„Ich? Weshalb?"

„Weil es dich auch betrifft, ob du es nun willst oder nicht. Du und Matthew habt einen Weg gewählt, und nun müsst ihr euch den Folgen zusammen stellen." Sie deutete auf die Tür des Wohnzimmers. „Da drin sind zwei der Folgen."

Kaltes Grauen senkte sich auf mich herab. „Erzählen Sie Ihnen nicht von unseren Plänen, wegzugehen, Miss Glass. Ich bitte Sie."

Sie schnappte sich meine Hand und zog mich zur Wohnzimmertür. Ich schloss die Augen und betete, dass ich nur zwei Löwen bekämpfen musste, keine drei.

<h1 style="text-align:center">KAPITEL 9</h1>

„**W**as macht die denn hier?" Die Falten um Lady Rycrofts Mund wurden vor Ekel noch tiefer, als hätte sie etwas Fauliges geschmeckt. „Sie ist nicht eingeladen."

Lord Rycroft beobachtete mich durch Augen, die zu Schlitzen verengt waren, inmitten von Bergen aus Fett. Er überließ das Reden seiner Frau.

„Letitia, bring deine Gesellschafterin weg", sagte Lady Rycroft mit einem abwertenden Handwedeln.

„Sie ist nicht mehr meine Gesellschafterin", sagte Miss Glass, die auf dem Sofa Platz nahm. „India wohnt hier und hat genau das gleiche Recht zu wissen, was zum Thema von Matthews Hochzeit gesagt wird, wie ich."

„Ein Recht?", stieß Lady Rycroft hervor. „Richard, hast du das gehört?"

Lord Rycroft hatte sich nicht gesetzt, und nun richtete er sich auf, reckte die Brust und den Bauch, sodass die Nähte seiner Jacke leiden mussten. „Was für ein Recht hat sie denn?"

„Das weißt du nur zu gut", sagte Matt, der sich auch erhob. „Ich stimme Tante Letitia zu. India sollte bleiben, wenn sie das möchte."

Inzwischen fühlte ich mich verpflichtet, zu bleiben, da sie alle ein solches Aufheben darum machten. Außerdem konnte ich die Rycrofts nicht gewinnen lassen. Ich vermutete, das war es,

140

worauf Miss Glass gezählt hatte, als sie mich in das Wohnzimmer geschleift hatte. Die Frage war, weshalb wollte sie mich
überhaupt hier haben?

„Du kannst durchaus bleiben", sagte Miss Glass zu mir.
„Matthew würde dir sowieso alles, was gesagt wird, später
erzählen."

Lady Rycroft schnalzte mit der Zunge und weigerte sich,
mich anzuschauen.

„Um Himmels Willen, Letitia", murmelte Lord Rycroft, der
die Hände hinter dem Rücken zusammenschlug. „Weshalb
musst du alles so schwierig machen? Weshalb kannst du nicht
einmal tun, was man dir gesagt hat?"

„Ich bin daran gewöhnt, immer zu tun, was man mir gesagt
hat", erwiderte seine Schwester, während ihre königliche
Haltung voll zum Vorschein kam. „Jetzt, da ich bei Matthew
wohne, muss ich das nicht. Ich bin frei. Anders als deine
Töchter."

„Patience kann alle Freiheit haben, die sie sich wünscht,
sobald sie unter Matthews Obhut steht", sagte Lady Rycroft. „Ich
bin mir sicher, das ist der Grund, weshalb sie den Gedanken
anziehend findet, ihn überhaupt erst zu heiraten."

Ihr Gatte runzelte die Stirn. „Er ist für sie eine gute Partie,
besser, als sich ein Mädchen wie sie es erhoffen kann. Eine
Verbindung zwischen ihnen wird sie eines Tages auch zur
Baronin machen, und das bedeutet, dass sie Rycroft Holl nicht
verlassen muss, wenn sie es nicht möchte."

„Sie wird weit weg sein wollen, so lange ihr beiden dort
wohnt", sagte Miss Glass.

„Matthew kann ihr ein sehr gutes Dach über dem Kopf
bieten, und ihren Schwestern. Patience versteht das und lässt
Entscheidungen nicht von Gefühlen übertrumpfen. Sie ist ein
gutes, *gehorsames* Mädchen."

„Glückwunsch, du hast einen Hund großgezogen, Richard",
stieß Miss Glass hervor.

Er verdrehte die Augen.

„Was die Gefühle angeht, irrt ihr euch", fuhr Miss Glass
fort. „Sie wählt Matthew sehr wohl, weil es sie danach
verlangt, von euch frei zu sein. Nicht nur bietet er Patience ihre

beste Fluchtmöglichkeit, sondern ihre einzige Fluchtmöglichkeit."

„Es reicht, Letitia! Du hast dich verständlich gemacht."

„Erheb nicht in meinem Haus die Stimme", sagte Matt, der still bedrohlich wirkte. „Sagt, was ihr zu sagen habt. Ich will den Nachmittag frei haben, um mich auf das Dinner mit meiner zukünftigen Braut zu freuen." Er sprach direkt zu seinem Onkel. Er blinzelte nicht, und er sah nicht im Mindesten aus wie ein Mann, die er sich darauf vorbereitete, sein Versprechen zu brechen. Ich wusste nicht, was es ihn kostete, aber ich wusste, dass er entschlossen war, seinen Onkel davon zu überzeugen, dass er bereit war, sich an die Vereinbarung zu halten. Es musste ihm gelingen, um meinetwillen.

Lady Rycroft schnalzte erneut mit der Zunge, während ich neben Miss Glass Platz nahm. „Bringen wir das hinter uns. Wir sind gekommen, um die Hochzeitspläne zu diskutieren."

„Ich werde sie heute Abend mit Patience besprechen", sagte Matt.

„Es ist schon in zwei Wochen."

„Zwei!", entfuhr es mir.

Lady Rycroft zeigte mir ihre Schulter. „Wir haben es vorgezogen. Die Einladungen werden gerade gedruckt."

Mein Herz machte einen Satz. Es war alles so endgültig.

„Da Sie darauf bestanden haben, zu bleiben, Miss Steele, wird es Ihnen nicht erspart bleiben, was ich als nächstes zu sagen habe", fuhr Lady Rycroft fort.

„Es gibt nichts, was Sie sagen könnten, das ich nicht schon vorausgesehen habe", erwiderte ich.

„Matthew, sie muss gehen. Sie kann hier nicht mehr wohnen."

„Das ist Indias zuhause", sagte er. „Sie geht nicht."

„Mach dich nicht lächerlich. Es ist höchst unangemessen."

„Um Himmels Willen, Mann", murmelte Lord Rycroft. „Halt deine Geliebte getrennt von …"

„India ist nicht meine Geliebte", fuhr Matt ihn an.

Lady Rycroft keuchte angeekelt. „Man hat euch gesehen, wie ihr euch vor den Dienern küsst!"

Also hatte Abercrombie doch berichtet, was er gesehen hatte.

Ich war nicht überrascht, doch ich konnte nicht verhindern, dass ich verlegen war, während mein Gesicht heiß wurde. Ich wollte im Sofa versinken und mich verstecken.

Lady Rycroft lächelte mich selbstgefällig an. „Meine Tochter hat es nicht verdient, öffentlich von ihrem Verlobten erniedrigt zu werden."

„Sie hat nichts von dieser Behandlung verdient, Tante, doch wird sie auf diesen Weg gezwungen", sagte Matt. „Das werden wir beide. Das ist euer Werk, nicht meines."

Lady Rycroft versteifte das Rückgrat. „Du hältst es für gerecht, dass sie ihr neues Heim mit der Hure ihres Mannes teilt?"

Matt marschierte zur Tür. Seine Züge waren wie versteinert, seine Augen hart. „Geht. Alle beide."

Die Rycrofts schauten einander unsicher an. Ich wagte es kaum, zu atmen. Matt öffnete den Mund, um etwas zu sagen, aber Miss Glass meldete sich als Erste zu Wort.

„Deine Vulgarität steht dir nicht gut, Beatrice. India ist ein vollkommen anständiges Mädchen. Sie ist auch meine Gesellschafterin. Es ist meine Wahl, ob sie bleibt oder geht."

Ich biss mir auf die Zunge. Jetzt war nicht der Zeitpunkt, um sie zu berichtigen.

Lady Rycroft schnaubte. „Du bist eine Närrin, Letitia. Das warst du schon immer."

„Ich habe euch beide gebeten, zu gehen", sagte Matt steif. „Zwingt mich nicht dazu, mich nicht mehr wie ein Gentleman zu verhalten."

Lord Rycroft stotterte Widerworte, während seine Frau die Stuhllehne umfasste, als würde sie sich verankern, falls Matt beschloss, sie hinauszuwerfen. Sie schaute jedoch niemandem in die Augen, und ihr lautes Schlucken war verräterisch. Sie wusste nicht, ob Matt bluffte oder nicht. Seine Erfahrung im Pokerspiel erwies sich als nützlich.

„Komm, meine Liebe", sagte Lord Rycroft. „Wir verschwenden in diesem verlotterten Haus unsere Zeit." Er sorgte sich wohl, dass Matt sie hinausbugsieren würde, wie er es schon einmal mit Lord Rycroft getan hatte.

„Wenn es so verlottert ist, beendet die Verlobung", sagte Matt.

„Um damit Patiences Glück zu ruinieren?", fragte Lady Rycroft. „Ihre eine und einzige Gelegenheit zu ruinieren, gut zu heiraten?" Sie erhob sich und schaffte es, ihn von oben herab anzusehen, obwohl er größer war. „Du kennst deine Leute nicht sonderlich gut, oder?"

„Ihr mögt meine Familie sein, aber ihr seid *nicht* meine Leute."

Sie hob das Kinn. „Meine Tochter ist ein naives, leicht zu beeindruckendes Mädchen. Ich erwarte, dass du dich heute Abend benimmst, wie ein Gentleman es tun würde."

„Beatrice!", rief Miss Glass. „Matthew ist immer ein perfekter Gentleman."

Lady Rycrofts Blick aus zusammengekniffenen Augen huschte zu mir. Sie rümpfte die Nase.

„Ich werde nichts tun, was Patiences Ruf oder Sicherheit in Gefahr bringt", versicherte Matt seiner Tante und seinem Onkel. „Ich möchte sie einfach nur besser kennenlernen, aber ihr könnt sicher sein, wir werden nicht alleingelassen. Ich werde sie nicht verführen."

„Sie werden ganz gewiss nicht zusammen alleingelassen", meldete sich Miss Glass zu Wort. „Matthew mag ja Patience nicht verführen, aber vom Gegenteil kann man das nicht behaupten."

„Letitia!", brüllte ihr Bruder. „Das reicht."

Miss Glass glättete mit den Händen ihren Rock. „Nun, sie hat einen gewissen Ruf."

Lord Rycrofts Nasenflügel blähten sich. Seine Brust pumpte bei jedem Atemzug. Er bedeutete seiner Frau, sie solle vor ihm hinausgehen.

Sie hielt inne, während sie an Matt vorbeikam. „Und deine ..." Lady Rycroft wies mit dem Kopf in meine Richtung. „Wird sie mit euch speisen?"

„Natürlich", sagte Matt.

„Nein", erwiderte ich. „Ich habe andere Pläne."

Matts Augenwinkel spannten sich an. „Ich will, dass der heutige Abend gut verläuft", war alles, was er zu seiner Tante sagte. „Wie ihr euch bestens bewusst seid, habe ich ein ausgesprochenes Interesse daran, sicherzustellen, dass die Hochzeit wie geplant vonstattengehen kann."

„Versuch nicht, Patience zum Umdenken zu bringen", sagte Lord Rycroft. „Falls du das tust, nimmt es für dich kein gutes Ende."

Matts ausdrucksloses Lächeln war hart. „Du hast mein Wort, dass ich nichts Derartiges versuchen werde."

Bristow geleitete sie nach draußen, und Matt schloss die Tür. Er ging vor mir in die Hocke und nahm meine Hand in seine beiden. Er sagte nichts. Das brauchte er nicht. Wut und Hilflosigkeit trieben durch seinen Blick.

Ich fasste ihn kurz ans Kinn, um ihm zu versichern, dass sie mich mit ihren Worten nicht verletzten konnten, dann ließ ich los. Ich war mir zu sehr bewusst, dass Miss Glass da war.

Nicht, dass sie uns beobachtet hätte. Sie stand am Buffet und schenkte sich aus der Karaffe ein Glas Sherry ein. Das war ein Anblick, den ich noch nie zuvor gesehen hatte. Sie hatte immer auf die Männer oder einen Diener gewartet, um etwas einzuschenken.

„Beatrice verdient nicht den Titel einer Lady", sagte sie in ihr Glas. „Sie ist vulgär wie ein Matrose."

Matt deutete auf ihr Glas. „Ist es nicht ein bisschen früh, um etwas zu trinken?"

„Ich mache heute eine Ausnahme. Ich hätte etwas trinken sollen, bevor sie ankamen." Sie nickte, dann nickte sie erneut. „Schenk auch eins für India ein. Ich bin mir sicher, sie braucht etwas Starkes."

Ich schüttelte in Matts Richtung den Kopf. Er schenkte sich allerdings ein Glas ein. „Danke, dass Sie ihnen nichts davon gesagt haben, dass wir gehen", sagte ich zu Miss Glass.

„Ich will nicht, dass ihr geht", erwiderte sie, ohne sich zu mir umzudrehen. „Ich will nicht, dass einer von euch England verlässt. Und ich will nicht, dass du aufhörst, meine Gesellschafterin zu sein, India. Wenn das bedeutet, den Versuch zu machen, dass Lord Cox es sich anders überlegt, dann werde ich heute Abend beim Dinner meinen Teil dazu beitragen."

„Danke, Tante", sagte Matt. „Wir werden alle Hilfe brauchen, die wir bekommen können."

„Ich habe ernst gemeint, was ich vorhin gesagt habe", erklärte ich ihnen beiden. „Ich werde nicht mit euch speisen."

„Du bist entscheidend für den Plan", sagte Matt.

„Danke, doch das bin ich nicht."

Er senkte das Glas. „Ich kann das nicht ohne dich tun, India. Du bist genauso gut geeignet, Lord Cox von Patiences Reizen zu überzeugen wie ich. Du bist womöglich besser darin."

Das bezweifelte ich, aber ich wusste seine Ermutigung zu schätzen.

„Ich stimme India zu", sagte Miss Glass. „Hör mir zu, Matthew. Patience muss ihr Bestes hervorkehren. Sie wird schon so verstört genug sein, wenn sie Lord Cox sieht, und Indias Anwesenheit wird nur dazu führen, dass sie sich noch unzureichender vorkommt. Tatsächlich, wenn India da ist, besteht die Gefahr, dass Lord Cox *sie* mehr bewundert."

„Das glaube ich kaum", wandte ich ein.

„Ich werde ehrlich mit ihm sein", erklärte Matt seiner Tante. „Ich werde ihm sagen, dass ich India heiraten möchte und dass es ihm freisteht, um Patience zu werben."

„Gütiger Gott, bist du wahnsinnig?", rief Miss Glass.

„Das kannst du nicht machen", stimmte ich zu. „Du solltest so tun, als wäre nichts im Argen. Deshalb werde ich nicht da sein. Er wird erraten, dass etwas zwischen uns ist, wenn er uns zusammen sieht."

Miss Glass stellte ihr halb gelehrtes Glas ab und begann, im Raum auf und ab zu gehen. „Du musst dich benehmen, als läge nichts im Argen, Matthew. Schenk Patience angemessen Aufmerksamkeit, doch übertreibe es nicht. Lass Lord Cox nicht glauben, dass du sie liebst. Der Mangel an Zuneigung zwischen euch wird ihm Hoffnung machen. Aber bemühe dich äußerst, ihre guten Seiten zur Kenntnis zu nehmen, nur für den Fall, dass er dafür blind ist. Wenn dir keine einfallen wollen, denk dir welche aus."

Ich überließ sie ihrer Strategiefindung. Es hatte keinen Sinn, dass ich teilnahm. Ich verbrachte den Rest des Nachmittags in der Bibliothek und las, und Willie, Duke und Cyclops gesellten sich zu mir, nachdem sie von ihren täglichen Aufgaben zurückgekehrt waren. Matt kam auch zu uns, als seine Tante ging, um sich für das Dinner anzukleiden.

„Hat Cox irgendetwas angestellt?", fragte er Duke.

„Gleich vor der Mittagsstunde war er bei seiner Bank", sagte Duke. „Er hat in einem Klub ein Mittagessen eingenommen und irgendein Geschäft mit Lord Carsmere abgeschlossen."

„Was für ein Geschäft?"

„Er hat ihm eine Kutsche abgekauft. Laut der Angestellten des Klubs hat Cox vor, öfter in London zu sein. Er stellt in seinem Stadthaus mehr Personal ein und richtet es neu ein. Früher hat er auf Besuch in der Stadt nur eine Kutsche gemietet, aber der Kauf bedeutet, dass er jetzt die ganze Zeit eine hat. Er hat einen Zweispänner gekauft."

„Da braucht er doch auch Pferde dazu", fügte Cyclops an.

„Es ist nichts, womit du ihn erpressen kannst", sagte Willie mit einem Seufzen.

„Was ist mit euch beiden?", fragte ich Willie und Cyclops.

„Ihr wart die einzigen Besucher bei Hendrys", sagte Cyclops. „Er ging nirgendwohin und empfing keinen Besuch."

„Und Sweeney hat auch nichts Verdächtiges angestellt", sagte Willie. „Er ging zur Kirche und dann nach Hause, wo er in seinem Schreibzimmer arbeitete, das sagten seine Angestellten. Er ging nur nach draußen, um eine Runde im Garten zu drehen. Es scheint, als wäre das Gärtnern sein Hobby. Er hat Blumen gepflückt, einige der Beete gejätet und überall herumgezupft."

„Ist er mit irgendjemandem zur Kirche gegangen?", fragte Matt.

Sie schüttelte den Kopf. „Er ist ein Einzelgänger."

„Hat er irgendwelche Nachrichten erhalten?", fragte ich. „Vielleicht kommunizieren er und Abercrombie schriftlich."

Willie schüttelte den Kopf.

Mr. Sweeney fristete tatsächlich ein einsames Dasein. Mr. Hendry auch. Wie traurig, dass ihre Freundschaft in die Brüche gegangen war. Sie hätten einander an einem Tag der Woche, den verheiratete Männer mit ihrer Familie verbrachten, Gesellschaft leisten können.

„Du bist noch nicht für dein Dinner fertig", erklärte Willie Matt. „Los jetzt. Geh schon."

„Was ist mit euch allen?", fragte er. „Wo werdet ihr heute Abend speisen?"

„Es gibt ein Gasthaus in Soho, das guten Braten macht", sagte Cyclops.

„Hat es sonntagabends geöffnet?"

„Wir finden etwas anderes, falls nicht."

„India?", fragte Matt. „Gehst du mit ihnen?"

„Mir ist nicht nach auswärts speisen", sagte ich.

„Ich werde die Türen angelehnt lassen, sowohl im Speisesaal als auch im Salon, wenn du lauschen möchtest."

„Matt!"

Er hob einen Mundwinkel. „Du kannst es auch gleich machen. Ich erzähle dir später sowieso alles."

„Das wäre aber ziemlich niederträchtig."

„Sei nicht so etepetete, India", tadelte mich Willie. „Lass dich einfach nicht erwischen."

„Was wirst du also machen?", fragte Matt, als ich mich zum Gehen aufrichtete.

„Ich werde heute Abend in meinem Zimmer speisen."

Ich setzte die Küche davon in Kenntnis, dass ich später gern etwas auf mein Zimmer geschickt bekommen würde, bevor ich Miss Glass besuchen ging. Polly half ihr, den Schmuck auszuwählen, der zu ihrer Garderobe passte.

„Komm herein, India", sagte Miss Glass. „Wir brauchen deinen Rat." Sie deutete auf zwei Paar Ohrringe, die auf dem Ankleidetisch ausgelegt waren. „Perlenanhänger oder Silber und Granat?"

„Perlen."

„Aber da tun wir nach einer Stunde die Ohren weh."

„Dann die aus Silber und Granat."

„Hervorragende Wahl. Du weißt immer, was am besten ist." Sie bedeutete Polly, die Perlenohrringe wegzuräumen. „Und was ist mit meinen Haaren, India?"

„Locken am Oberkopf sind gerade sehr modisch", sagte ich, dachte mir etwas aus.

Polly warf mir einen schiefen Blick zu.

„Sieh zu, was du tun kannst, Polly", sagte Miss Glass, die sich an ihren Ankleidetisch setzte. „Ich bin froh, dass du hier bist, um mir Gesellschaft zu leisten, India. Dein kluger Rat und dein fröhliches Wesen werden immer geschätzt."

Arme Polly. Manchmal war Miss Glass nicht klar, wie sehr ihre Worte wehtun konnten. „Ich bleibe nicht", sagte ich.

Miss Glass schwang herum, um mich anzuschauen, sodass Polly die Haarsträhne verlor, die sie gerade feststecken wollte. „Aber ich bestehe darauf!"

„Miss Glass", sagte ich behutsam, „ich bin nicht ihre Gesellschafterin, wissen Sie noch?"

Sie drehte sich zurück zum Spiegel. „Du bestehst immer noch darauf, mich zu verlassen? Für immer?"

Ich warf einen Blick auf Polly, aber sie gab keinen Hinweis darauf, dass sie zuhörte. Trotzdem wollte ich nicht, dass sie von unseren Plänen erfuhr, England zu verlassen. Niemand sonst durfte es wissen.

„Ich verlasse Sie doch wohl nicht, wenn ich weiterhin hier lebe", sagte ich.

Miss Glass blinzelte mich traurig an.

Ich seufzte. „Ich bin gekommen, um Ihnen zu danken, dass Sie unseren Plan nicht vor Lord und Lady Rycroft erwähnt haben. Ich weiß, dass Sie sie nicht gern anlügen."

„Eine Wahrheit zurückhalten ist keine Lüge, India." Sie begegnete meinem Blick im Spiegel. „Nun, keine richtige." Ihre Augen leuchteten, und ich bekam das Gefühl, dass sie es genoss, ihren Bruder und ihre Schwägerin an der Nase herumzuführen.

„Genießen Sie den Abend", erklärte ich ihr.

„Warte." Sie öffnete die Schublade des Ankleidetischs und nahm eine kleine rote Schachtel heraus, in der die Perlenohrringe waren, die Polly gerade weggeräumt hatte. „Nimm du sie, India. Ich kann sie nicht mehr tragen."

„Nein, danke. Es wäre nicht angemessen für mich, dass ich noch Ihre Geschenke annehme, jetzt, da ich nicht mehr Ihre Gesellschafterin bin." Ich wandte mich zum Gehen, nicht sicher, dass ich die Ohrringe wirklich hätte ablehnen sollen.

* * *

ICH WÜNSCHTE, Matt hätte mir niemals erzählt, dass er die Türen offenlassen würde, damit ich die Unterhaltungen belauschen konnte. Es war eine Qual, in meinem Zimmer zu bleiben und zu wissen, dass ich hätte mithören können – und es war auch ein Segen. Aber es war nicht gerecht, weder vor Lord Cox noch vor Patience.

Andererseits war nichts an dieser Situation gerecht.

Ich legte das Buch ab, das ich versucht hatte, zu lesen, und begab mich nach unten. Es war keine Kleinigkeit, dass sowohl Lord Cox als auch Patience überhaupt noch da waren. Wir hatten die Möglichkeit in Betracht gezogen, dass einer oder beide hinausstürmen würden, nachdem sie den anderen sahen.

Sie waren allerdings noch im Speisesaal, der dritte Gang mit Gebäck, Cremes und Götterspeise stand vor ihnen. Bristow und Peter standen an der Seite und warteten auf Befehle, und ich erhaschte einen ersten Blick auf Lord Cox. Er war klein, mit einem schmalen Gesicht und leicht vorstehenden Schneidezähnen. Wenn ich nicht gewusst hätte, dass er sehr viel älter war als Patience, wäre ich bei seinem runden Gesicht und dem vollen blonden Haar nicht darauf gekommen. Er hatte auch freundliche Augen, während er zu etwas lächelte, das Matt sagte.

Lächeln war auf jeden Fall ein gutes Zeichen. Mein Herz wurde leichter. Falls es ihm anfangs unangenehm gewesen war, Patience zu sehen, war das inzwischen verflogen. Gutes Essen und eine Menge Wein hatten so eine Art, eine angespannte Situation zu entschärfen.

Ich schaute ein paar Minuten durch die Lücke zu. Matt übernahm den Großteil des Redens, doch er band Patience und Lord Cox so gut wie möglich ein, lockte sie mit Fragen aus der Reserve und bewegte sie dazu, über sich zu sprechen. Seine Tante saß schweigend da, und es war schwer zu sagen, ob ihre Gedanken abgeschweift waren.

„Waren Sie schon bei den Rennen, Glass?", fragte Lord Cox Matt. „Pferde sind etwas, wofür ich mich interessiere."

„Ich mag Pferde", sagte Matt. „Sie bringen mich von A nach B."

Lord Cox kicherte. „Einen Jockey bringen Sie in Ascot äußerst schnell von A nach B."

„Seine Lordschaft besitzt einen Stall", sagte Patience. „Er hat einige äußerst exzellente Tiere. Oben im Norden sind sie recht erfolgreich."

„Du magst Pferde?", fragte sie Matt. „Ich hatte ja keine Ahnung."

„O ja. Die Rennen machen mir nicht so viel Spaß, aber ich reite gern und kümmere mich gern um sie."

„Du bist ein Mädchen mit hegenden Händen", ließ sich Miss Glass vernehmen, zweifelsohne, damit Lord Cox es hörte, der den Gerüchten zufolge nach einer Frau suchte, die seinen vier Kindern eine Mutter sein konnte.

„Frauen sollten sich nicht um Pferde kümmern", sagte Matt. „Besonders nicht Ladys." Er zuckte entschuldigend vor Patience die Schultern.

Sie schaute auf ihre nicht gegessene Götterspeise hinab. „Natürlich."

Lord Cox beobachtete den Austausch über den Rand seines Weinglases hinweg, gab aber keine Meinung zum Besten.

„Sie müssen meinem Neffen vergeben", sagte Miss Glass zu Lord Cox. „Er ist recht engstirnig, besonders, was Frauen angeht."

Ich biss mir auf die Lippen. Dieser letzte Teil war etwas dick aufgetragen. Sicher würde Lord Cox ihr Schauspiel durchschauen.

„Ich hätte erwartet, dass ein Amerikaner etwas aufgeklärter ist", sagte Lord Cox, der sein Glas abstellte.

„Mein Vater war aus der englischen Oberklasse", sagte Matt mit einem Lachen und einem Schulterzucken. „Machen Sie daraus, was Sie wollen."

Lord Cox grummelte nur und aß sein Gebäckstück auf.

Matt steuerte die Unterhaltung während des Essens weiter, war mühelos charmant, doch überhaupt nicht subtil. Als ich gerade dachte, Lord Cox würde merken, was vorging, lotste Matt das Gespräch zu finanziellen Dingen. Patience konnte nichts mehr beitragen. Wenig später schlug Miss Glass vor, dass es an der Zeit war, dass Gentlemen und Ladys sich trennten.

Ich rannte los und verbarg mich in den Schatten. Weder Miss Glass noch Patience sahen mich, als sie vorüberkamen, doch ich vermutete, dass Matt wusste, dass ich da war. Er starrte sekundenlang in meine Richtung, bis Lord Cox eine Unterhaltung begann.

Ich folgte ihnen zum Raucherzimmer. Matt sorgte dafür, dass die Tür offenstand, und ich nahm einen Standort ein, an dem ich sowohl sehen als auch lauschen konnte. Ich dachte bereits, dass die Männer nicht lange bleiben würden, aber sie plauderten zehn Minuten lang, ehe Lord Cox plötzlich etwas fragte, mit dem ich nicht rechnete.

„Weshalb wollen Sie sie nicht heiraten?"

Matt war sprachlos, etwas, das nur sehr selten geschah.

„Kommen Sie, Glass, ich sehe doch, was Sie da versuchen. Sie wollen, dass ich sie Ihnen abnehme."

„Mir ist am Wohlergehen und Glück meiner Cousine gelegen", sagte Matt.

„Aber Sie wollen sie nicht heiraten."

Matt seufzte. „Patience ist ein freundliches, frohgemutes Mädchen. Sie hat es verdient, glücklich zu sein und einen Mann zu heiraten, der sie liebt, oder zumindest ihre vielfältigen Qualitäten schätzen lernen kann. Dieser Mann bin ich nicht."

Lord Cox wirbelte die Flüssigkeit in seinem Glas herum, während er darüber nachdachte. „Warum nicht?"

„Ich liebe eine andere."

Seine Lordschaft hörte auf, das Glas zu wenden, und betrachtete Matt mit einigem Mitgefühl. „Ich verstehe. Und weshalb heiraten Sie nicht stattdessen sie?"

„Es ist kompliziert."

„Ich habe Zeit."

Matt rieb sich mit einer Hand übers Kinn. „Mein Onkel und meine Tante wollen, dass ihre älteste Tochter heiratet."

„Aus offensichtlichen Gründen", sagte Cox düster.

„Ich bin der einzige Kandidat, den sie in diesem kurzen zeitlichen Rahmen dazu bewegen konnten."

Lord Cox' Blick wurde schärfer. Er nickte langsam. Ich vermutete, dass er genau wusste, was Matt sagen wollte. „Das tut mir leid zu hören", sagte er. „Um Ihretwillen genauso wie um Patiences willen. Ich glaube nicht, dass sie mit Ihnen glücklich wird."

„Wie leid tut es Ihnen?"

„Nicht so leid."

Matt verlagerte sein Gewicht im Sessel. „Sie wäre mit Ihnen glücklicher als mit mir. Sie passen sehr gut zueinander."

Lord Cox knurrte in sein Glas. „Dass man zueinander passt, ist kein Grund, jemanden zu heiraten."

„Wo ich herkomme, schon."

Lord Cox breitete die Arme aus. „Willkommen in England." Ich vermutete, dass er etwas angetrunken und mehr als nur etwas wütend war. Ob auf Matt oder Patience, konnte ich nicht sagen.

Matt nahm beide Gläser und füllte sie auf. Er bot Lord Cox eine von Willies Zigarren an, die jedoch abgelehnt wurde. Matt musterte die Kiste, dachte vielleicht darüber nach, die Gewohnheit aufzugreifen. Letztlich füllte er einfach nur beide Gläser etwas höher als die üblichen zwei Finger breit.

Matt reichte ihm das Glas, ließ es aber nicht los. „Ich bitte Sie als Gentleman, es sich noch einmal zu überlegen."

„Das kann ich nicht. Ich habe es in Erwägung gezogen, doch …" Lord Cox kniff sich in den Nasenrücken. „Es ist unmöglich. Ihr Ruf liegt in Scherben."

„Das wird mit der Zeit in Vergessenheit geraten."

Er hob ruckartig den Kopf. „Und was ist mit *meinem* Ruf?", fuhr er ihn an. „Ich kann es mir nicht leisten, jemanden mit einer befleckten Vergangenheit zu heiraten."

Matt machte eine Pause. „Patience hat *einen* Fehler gemacht …"

„Es bedarf nicht mehr als eines Fehlers."

„Und sie war zu diesem Zeitpunkt nicht verheiratet."

Lord Cox stellte das Glas ab. „Ich mag sie, Glass, und ich mag Sie, darum bitten Sie mich bitte nicht noch einmal. Ich werde es mir nicht anders überlegen. Es tut mir leid, aber wenn Sie aus dieser Vereinbarung herauskommen wollen, werden Sie jemand anderen finden müssen, der sie Ihnen abnimmt."

„Wir haben keine Zeit!"

Ich hörte Schritte näherkommen und rückte rasch von der Tür ab. Patience erschien oben auf dem Treppenabsatz, ein wenig außer Atem.

„India! Da bist du ja." Sie warf einen Blick auf die Tür des Raucherzimmers. Nur ein Narr würde nicht merken, was ich da tat. Sie war jedoch gnädig genug, es nicht zu erwähnen. „Ich habe dich gesucht. Ich dachte, du wärst ausgegangen."

Inzwischen wünschte ich, das wäre ich. Ich fühlte mich dumm, wie ich so dastand. Meine Schuldgefühle standen mir wohl ins Gesicht geschrieben. Ich konnte sie nicht einmal anschauen.

„Wo ist Miss Glass?"

„Im Salon." Sie nahm mich am Arm und zog mich in die Schatten. „Ich weiß, was du und Matt heute Abend versuchen wollt." Wieder schaute sie zum Raucherzimmer. „Ich weiß auch, dass es nicht funktionieren wird. Lord Cox ist ein sehr stolzer Mann. Er würde sich nicht dazu herablassen, mit jemandem wie mir zusammen zu sein." Ihr Gesicht verzog sich, während sie darum kämpfte und es schaffte, ihre Tränen zurückzuhalten.

Das arme Mädchen. Das alles verstörte sie ebenfalls. Es war einfach für Matt und mich zu vergessen, dass im Herzen dieser Saga jemand stand, der einfach nur ein ruhiges Leben führen und einen guten Mann heiraten wollte. Ich konnte ihr nicht übel nehmen, dass sie den Intrigen ihrer Eltern zugestimmt hatte.

Ich nahm ihre Hände in meine. „An dir ist nichts falsch, Patience. Glaube das nie. Du bist ein gutes, hübsches Mädchen."

„Ich bin hässlich und einfach."

„Du bist nichts dergleichen." Obwohl sie keine Schönheit war, hielt ich sie für hübscher als ihre zwei Schwestern. Vielleicht hatte das mehr mit deren hässlichem Charakter zu tun als mit ihren Gesichtern. „Lord Cox sollte sich freuen, dich zur Frau zu haben."

„Aber er ist nicht erfreut. Oder?" Sie zog sich von mir zurück. „Ich habe gehört, dass du und Matt euch vor allen küsst."

Ich seufzte. „Nicht vor allen."

„Es spielt keine Rolle. India, diese Hochzeit wird stattfinden. Niemandem tut es mehr leid als mir, dass es so sein muss."

„Das bezweifle ich", sagte ich mit harter Stimme.

Sie versteifte sich. „Diese Situation kann man nicht in etwas anderes verkehren. Lord Cox wird es sich nicht anders überlegen, und mein Leben wird ruiniert, wenn ich nicht jemanden heirate. Die Leben meiner Schwestern ebenso."

Ich verschränkte die Arme vor der Kälte, die über meine Haut jagte.

„Ich weiß, dass Matt nicht freikommt", fügte sie leise hinzu. „Ich weiß, dass mein Vater eine Möglichkeit gefunden hat, ihn davon zu überzeugen, es durchzuziehen, trotz der Gefühle, die Matt für dich hegt." In ihre Augen traten Tränen, und ihre Lippen bebten. Selbst wenn sie Matt nicht liebte, war es sicher schwer, zu wissen, dass der Mann, den sie heiraten würde, eine andere liebte. „Du musst gehen, India. Du kannst hier nicht mehr wohnen. Du ruiniertest alles."

Meine Kehle wurde eng, während mein Herz anschwoll. Ich schaute weg, weil ich mich ihr nicht mehr stellen konnte.

„Die Situation kann so nicht mehr weitergehen", stotterte sie durch ihre Tränen. „Das kann sie einfach nicht."

Ich nickte. Sie hatte recht. Das konnte sie nicht.

KAPITEL 10

Matt besuchte mich kurz in meinem Zimmer, nachdem die Gäste gegangen waren, aber er hatte nichts zu berichten, was ich nicht bereits gehört hatte. „Wir haben zwei Wochen", sagte er. „Ich rede mit den anderen und sehe, wer mit uns gehen will. Dann buche ich unsere Überfahrt nach Frankreich." Er lächelte mich traurig an, während er mit den Fingerknöcheln über meine Wangen strich. „Wir werden unsere Abschiede bis zum letztmöglichen Moment hinauszögern."

„Was ist mit Miss Glass?"

Er stieß langsam Luft aus. „Sie wird natürlich hier wohnen. Ich werde sie fragen, ob sie eine neue Gesellschafterin im Sinn hat. Wenn nicht, gebe ich eine Anzeige auf. Ich würde das gerne einrichten, bevor wir gehen." Er küsste mich auf die Stirn und wünschte mir eine gute Nacht.

* * *

AM FOLGENDEN VORMITTAG wiederholte er für Willie, Cyclops und Duke, was sich ereignet hatte. Miss Glass schloss sich uns beim Frühstück nicht an, aber das war nicht ungewöhnlich. Die drei nahmen Matts Ankündigung schweigend entgegen.

Cyclops schubste seinen Teller weg, obwohl er nur sein halbes Frühstück gegessen hatte. Das hatte er noch niemals getan.

„So sagt doch jemand was", bat ich. „Was habt ihr drei vor? Mitkommen oder bleiben?"

„Für mich gibt es hier nichts mehr", sagte Willie. „Ich komme mit euch. Duke?"

„Ja." Doch Duke klang nicht völlig überzeugt.

Wir wandten uns alle an Cyclops. „Es ist zum besten", murmelte er.

„Nicht unbedingt", sagte ich. „Catherine …"

„Nicht, India. Bitte. Einfach … nicht." Er stand auf und ging.

Ich schloss die Augen, bis ich spürte, dass Matts Hand sich über meine legte. Ich öffnete sie, um zu sehen, wie er mich mitfühlend anlächelte.

„Willst du, dass ich eine Überfahrt für fünf buche?", fragte Duke. „Oder kommt deine Tante mit uns?"

„Natürlich kommt sie mit", sagte Willie. „Sie kann doch nicht allein hierbleiben. Ihr Bruder und ihre Schwägerin werden ihr keine Ruhe lassen."

Matt musterte seinen Teller. „Sie ist zu alt, um wegzugehen. Ihr Verstand …" Er schüttelte den Kopf. „Buch eine Überfahrt für fünf, Aufbruch am nächsten Samstag. Eine Woche vor der Hochzeit sollte ihnen genug Zeit lassen, um die Gäste zu informieren."

„Mit heute sind das nur noch fünf volle Tage, um unsere Ermittlung abzuschließen", sagte ich. „Was, wenn wir den Mord bis dahin nicht aufgeklärt haben?"

„Wir lassen ihn in Brockwells fähigen Händen."

„Wo wir schon dabei sind", sagte Willie. „Hendry und Sweeney haben sich gestern Abend getroffen."

„Woher weißt du das?"

„Das Gasthaus hat früh geschlossen, also hatten wir nichts zu tun. Wir sind herumgestreift, bis ich beschloss, dass wir Hendry und Sweeney wieder beobachten sollten. Wir trennten uns, nur um uns bei Sweeneys Haus wiederzutreffen, als Hendry ihn dort besucht hat."

Ich richtete mich gerade auf. „Was ist passiert?"

„Sie haben gestritten."

„Haben einen regelrechten Aufstand veranstaltet", ließ sich Duke vernehmen.

„Sind die Fäuste geflogen?", fragte ich.

„Schon eher ein paar schwache Klapse." Duke kicherte. „Sweeney ist auf dem Hintern gelandet. Hendry hat sich schlecht gefühlt und versucht, ihm aufzuhelfen, aber Sweeney wollte es nicht annehmen. Danach ist Hendry weggestürmt."

„Worüber haben sie denn gestritten?", fragte Matt.

„Konnte ich nicht hören", sagte Willie. „Sweeneys Personal auch nicht. Die meisten waren schon zu Bett gegangen."

Ich schaute Matt an. „Sollen wir Sweeney besuchen oder Hendry?"

„Hendry", sagte er. „Wenn er wütend genug war, um zu Sweeney nach Hause zu gehen und ihn zur Rede zu stellen, ist er vielleicht wütend genug, um zu reden."

Ich schaute bei Miss Glass vorbei, ehe Matt und ich für den Tag aufbrachen. Sie war noch im Bett und behauptete, sie hätte Kopfschmerzen. „Ich werde Polly bitten, Ihnen ein Tonikum zu bringen", sagte ich. „Brauchen Sie sonst noch etwas?"

„Deine Gesellschaft, India."

„Ich gehe mit Matt aus. Wir haben einige neue Informationen für die Mordermittlungen."

Sie legte sich ihr Taschentuch auf die Stirn und wimmerte. „Ist das wichtiger als ich?"

„Sie werden schon, Miss Glass, und Sie haben Polly zur Gesellschaft."

Sie schniefte.

Ich setzte mich aufs Bett und richtete die Kissen in ihrem Rücken, damit sie es gemütlicher hatte. „Matt wird später mit Ihnen sprechen, wegen der Suche nach einer neuen Gesellschafterin. Wenn Sie Zeit haben, können Sie vielleicht eine Liste passender Frauen anfertigen, die Sie kennen. Sie wissen doch bestimmt jemanden, der eine Anstellung sucht. Jemanden, mit dem Sie zurechtkommen."

„Das habe ich doch bereits. Dich."

Ich seufzte. „Unsere Lage ist völlig ausweglos. Lord Cox hat letzte Nacht klargemacht, dass er nicht nachgeben wird."

Sie wandte das Gesicht ab und schloss die Augen.

„Ich habe mit Patience gesprochen", fuhr ich fort. „Sie hat ebenfalls klargemacht, dass sie Matt nicht freigeben wird."

„Dann verlässt du mich", flüsterte sie in ihr Taschentuch. „Ihr alle verlasst mich."

Mein Herz zog sich zusammen. Ich wollte mir etwas einfallen lassen, das ich sagen konnte, doch nur eine Lüge würde dafür sorgen, dass sie sich besser fühlte, und ich konnte sie in einer so wichtigen Sache nicht belügen. Ich berührte sie an der Schulter. „Überlegen Sie sich eine Bekannte, die eine passende Gesellschafterin abgäbe."

Ich suchte nach Polly, dann setzte ich Matt davon in Kenntnis, dass ich bereit war. Es war gewissermaßen erleichternd, das Haus zu verlassen. Die Luft dort war bedrückend geworden. Selbst die Dienerschaft schien zu spüren, dass etwas los war, wenn es nach ihren langen Gesichtern ging. Ich hoffte, sie hatten nicht erraten, dass wir weggehen würden. Noch nicht. Wir konnten es uns nicht leisten, dass Lord Rycroft von unseren Plänen erfuhr. Zumindest würde es einen Platz für sämtliches Personal hier geben, wenn wir weg waren, indem sie Miss Glass und ihrer neuen Gesellschafterin dienten. Es wäre schrecklich gewesen, sie entlassen zu müssen.

Mr. Hendry war nicht erfreut, uns in seinen Laden kommen zu sehen, aber um uns zu vertreiben, hätte er uns schon unter Gewalt hinauswerfen müssen. Er war nicht so töricht, das zu versuchen.

„Wir wollen nur Antworten auf unsere Fragen", sagte Matt.

„Ehrliche Antworten", fügte ich an. „Man hat Sie gestern Abend gesehen, wie Sie mit Mr. Sweeney an seinem Haus stritten."

Mr. Hendrys Gesicht verzog sich. „Wie ... wie haben Sie das erfahren?"

„Worüber haben Sie gestritten?"

Mr. Hendry legte eine Hand auf den Papierstapel am Ende des Tresens.

„Lassen Sie das Papier", knurrte Matt.

Seine Finger zogen sich zurück. „Ich wollte es nicht gegen Sie einsetzen." Er verschränkte die Hände hinter dem Rücken. „Warum müssen Sie auf diesen verdammten Fragen beharren?

Ich bin unschuldig. Ich habe nichts falsch gemacht. Ich kann nichts dafür, wenn mein Papier benutzt wurde, um bösartige Briefe an diesen Reporter zu schicken."

„Erzählen Sie uns, wer das Papier gekauft hat, und wir werden Sie in Ruhe lassen", sagte Matt.

„Ich sage Ihnen doch, ich weiß es nicht."

„Wir glauben Ihnen nicht."

Mr. Hendry schluckte und schaute zur Seite.

„Wenn Sie uns das nicht verraten wollen, dann verraten Sie uns, worüber Sie mit Sweeney gestritten haben."

Mr. Hendry schüttelte den Kopf.

Matt schlug mit der Faust auf den Tresen, und sowohl Mr. Hendry als auch ich zuckten zusammen. „Es bleibt keine Zeit für diese verdammten Spiele! Erzählen Sie es uns!"

„Es war eine persönliche Angelegenheit", spie Mr. Hendry aus. „Vergeben Sie mir, aber ich sehe keinen Grund, meine Privatangelegenheiten vor Ihnen auszubreiten. Sie gehen Sie nichts an."

„Wenn Sie mit der Ermittlung zusammenhängen, gehen Sie uns sehr wohl etwas an." Matts ganzer aufgestauter Frust kam glasklar in seinem messerscharfen Tonfall zum Tragen. Mr. Hendry nahm vermutlich an, dass es sich gegen ihn richtete. Ich verspürte kein Bedürfnis, ihm zu sagen, dass es anders war.

„Hier." Mr. Hendry drehte seinen Ordner um und bohrte den Finger in eine offene Seite. „Sehen Sie sich meine Aufzeichnungen an. Wenn Sie einen dieser Verkäufe mit dem Papier in Verbindung bringen können, das benutzt wurde, um die Briefe zu schicken, dann gehen Sie und nehmen Sie diesen Kunden fest. Es wäre ein Wunder, wenn Sie das können."

„Wir brauchen kein Wunder", sagte ich, während ich die Seite betrachtete. „Wir brauchen einen Namen, den wir erkennen." Ich blätterte durch die Seiten der letzten Woche zurück. Jeder Eintrag listete den Namen eines Kunden auf, die Adresse und die Einzelheiten der Bestellung, gefolgt von der Menge und dem Preis.

„Das Papier hätte schon vor einiger Zeit gekauft werden können", sagte Mr. Hendry.

„Dieser Ordner ist von diesem Monat", meinte Matt. „Was ist mit letztem Monat?"

Mr. Hendry murmelte etwas vor sich hin und ging um den Tresen. Er zog einen Ordner aus dem untersten Regal an der hinteren Wand, nur, um darüber die Stirn zu runzeln. „Die sind in der falschen Reihenfolge." Er zog einen zweiten heraus, dann wurde er völlig reglos.

„Was ist los?", fragte ich.

Mr. Hendry wirbelte herum und drückte sich den Ordner an die Brust. „Nichts. Alles ist, wie es sein sollte. Hier." Er hielt den Ordner vor.

Matt ging um den Tresen und ignorierte das Buch. „Treten Sie zur Seite." Mr. Hendry schüttelte den Kopf.

Matt stieß ihn an, und der leichter gebaute Hendry stolperte. Matt beugte sich hinab und griff in die Lücke, die durch das Entfernen der Ordner entstanden war. Er zog eine Pistole heraus.

Ich keuchte. Mr. Hendrys Schultern sanken herab.

„Gehört die Ihnen?", fragte Matt.

Mr. Hendry kaute auf seiner Unterlippe.

Gehört die Ihnen?", wollte Matt wissen. „Wenn ja, gibt das kein gutes Bild für Sie ab, wenn sie sich als die Mordwaffe erweist."

Mr. Hendrys Augen wurden groß. „Sie gehört nicht mir. Bitte, Sir, Sie müssen mir glauben. Ich habe diese Waffe noch nie in meinem Leben gesehen. Ich besitze nichts dergleichen. Ich würde nicht mal wissen, wie man sie benutzt."

„Wenn Sie nicht Ihnen gehört, weshalb haben Sie dann versucht, Sie vor uns zu verstecken?", fragte ich.

„Weil ich wusste, dass Sie zum offensichtlichen Schluss springen würden – dass ich sie benutzt habe, um diesen Herausgeber umzubringen. Ich hatte Angst, dass sie es der Polizei erzählen." Er legte die Ordner ab und packte Matt am Arm. „Ich habe niemandem etwas zuleide getan. Ich schwöre es Ihnen. Ich weiß nicht, wie diese Waffe hierherkam."

„Jemand hat sie wohl hier platziert", sagte Matt. „Wer ist sonst noch seit dem Mord hinter diesem Tresen gewesen?"

„Nur ich."

„Sie sind oft in Ihrer Werkstatt. Sie sehen oder hören

jemanden hier draußen vielleicht gar nicht." Matt schaute in den Zylinder der Waffe. Als er feststellte, dass keine Kugeln darin waren, steckte er sie in die Innentasche seiner Jacke.

Mr. Hendry starrte Matts Jacke an, als könnte er durch sie hindurch auf die Waffe schauen. Er schüttelte langsam den Kopf, immer wieder. „Wer sollte denn so etwas tun?", murmelte er.

„Jemand, der weiß, dass Ihr Papier benutzt wurde, um diese Drohbriefe an Barratt zu schicken", sagte ich.

„Jemand, der will, dass man Sie für schuldig hält", fügte Matt an. „Könnte es Sweeney sein?"

Mr. Hendry blinzelte rasch. „Nein", sagte er ganz fest. „Er ist mein Freund. Trotz allem würde er das nicht tun."

„Sind Sie sicher?", fragte ich sanft. „Sie haben sich gestritten. Sie hatten Querelen, ziemlich gewalttätige."

Er gab ein bellendes, trockenes Lachen von sich. „Miss Steele, wenn Sie unseren Kampf gesehen hätten, hätten Sie ihn nicht gewalttätig genannt. Keiner von uns ist dazu fähig, dem anderen wirklich wehzutun. Vertrauen Sie mir. Das hat nicht Patrick Sweeney getan."

„Das haben nicht Sie zu entscheiden", sagte Matt. Er betastete seine Jacke. „Ich bringe die zu Scotland Yard. Kriminalinspektor Brockwell wird sagen können, ob das dieselbe Waffenart ist, die benutzt wurde, um Baggley zu erschießen."

„Sagen Sie ihm nicht, wo Sie sie gefunden haben. Bitte Sir, ich flehe Sie an."

„Ich muss es ihm sagen. Ich werde ihm auch alles erzählen, was wir wissen, darunter den Streit, der letzten Abend zwischen Ihnen und Sweeney belauscht wurde. Wir lassen die Polizei entscheiden, ob das eine Rolle spielt oder nicht."

Mr. Hendry klammerte sich an Matts Ärmel. „Er wird die falschen Schlüsse ziehen! Ich will nicht, dass Patrick einer solchen Befragung unterworfen ist. Er hat schon genug zu tun."

„Weshalb ist Ihnen noch wichtig, was mit ihm passiert?", fragte Matt.

„Weil wir wieder Freunde sein werden, wenn sich alles beruhigt, sobald er einsieht, dass ich meine Magie nicht gegen ihn einsetze, oder er nichts durch die Magie anderer verliert."

„Das weiß er doch bereits", sagte ich. „Er betreibt ein Verlagsunternehmen, kein Geschäft mit Papiermanufaktur oder Tinte. Ich kann nicht verstehen, wie sein Geschäft durch Magier leiden sollte."

Mr. Hendry hob einfach nur eine Schulter. Er wirkte ein wenig verloren und ziemlich beunruhigt. Der Fund dieser Waffe hatte ihn aufgerüttelt. Ich glaubte ihm, wenn er sagte, dass sie ihm nicht gehörte.

Ich kam um den Tresen und musterte das Regal. Ich nahm die Ordner zur Seite und suchte nach irgendetwas anderem dahinter. Nichts. „Sie wurde wohl in den letzten paar Tagen hier platziert, nach dem Mord. Denken Sie über die Leute nach, die Sie in Ihrem Geschäft gesehen haben, Mr. Hendry. Leute, die nichts gekauft haben. Vielleicht haben sie sich seltsam benommen oder waren nervös."

Er runzelte die Stirn zu dem Regal hin. „Warten Sie. Da war jemand." Er wedelte mit dem Finger in meine Richtung. „Sie haben recht, Miss Steele, am Freitag kam jemand herein. Mir war nicht klar, dass jemand hier war, bis ich nur durch Zufall herauskam. Er hat nicht die Klingel geläutet oder gerufen, wie es die meisten Kunden tun. Ich sah ihn, als er gerade gehen wollte. Ich fragte ihn, ob er etwas benötigte, doch er schüttelte einfach den Kopf und ging. Das ist an sich schon etwas seltsam, aber etwas anderes kam mir gerade. Er hat auf dieses Regal geschaut, genau die Stelle, an der ich die Pistole gefunden habe."

„Beschreiben Sie ihn", sagte Matt.

„Respektabel gekleidet in einen guten Anzug. Schmal gebaut, mit einer langen Nase." Er runzelte die Stirn, während er nachdachte. „Nur ein Schnurrbart, doch der war gut geölt. Oh, und ich habe gesehen, dass ein Zwicker aus seiner Tasche ragt."

„Abercrombie!", rief ich.

„Wer?", fragte Mr. Hendry.

„Mr. Abercrombie, der Meister der Gilde der Uhrmacher."

„Weshalb sollte er denn eine Waffe haben?" Mr. Hendry schaute auf das Regal. „Und weshalb sie hier verstecken?"

Ich schaute zu Matt, doch sein Gesicht war nicht zu deuten. „Vielen Dank für Ihre Zeit, Mr. Hendry", sagte ich.

„Werden Sie die Waffe trotzdem zu Scotland Yard bringen?", fragte Mr. Hendry.

„Das muss ich. Sie können einen Besuch von Kriminalinspektor Brockwell erwarten, wenn sich die Waffe als eine vom selben Typ erweist wie die, die beim Mord benutzt wurde."

„Er wird nichts weiter erfahren als das, was ich Ihnen bereits erzählt habe."

Wir gingen und wiesen den Kutscher an, zu *Abercrombies Fine Watches and Clocks* an der Oxford Street zu fahren. An einem Montagvormittag war er am wahrscheinlichsten dort, nicht im Gildensaal, und er war gewiss nicht zu Hause. Gerüchten zufolge war sein Haus mit den beiden Mrs. Abercrombies – seiner Frau und seiner Mutter – keine Zuflucht.

„Du hast einen entschlossenen Ausdruck in den Augen", sagte ich zu Matt.

„Ich mag keine unerledigten Angelegenheiten. Ich will das lösen, bevor wir gehen."

Ich war mir nicht sicher, ob fünf Tage ausreichten, um den Mörder zu finden und die Freunde zu besuchen, die ich sehen wollte, ehe ich ging, ganz zu schweigen davon, zu packen und all die anderen Aufgaben zu erledigen, die man erledigen musste, bevor man wegging. Ich war noch niemals zuvor weg gewesen, nicht einmal im Urlaub. Ladenbesitzer konnten sich keine Abwesenheit leisten.

Die Gebäude, an denen wir vorbeikamen, wandelten sich von den kleinen Läden in Smithfield mit ihren schmalen Schaufenstern zu den beeindruckenderen Residenzen von Soho, bei denen mehr Waren in die großen Erkerfenster passten. Ich kannte jeden Uhrmacher, an dem wir vorbeikamen, jede Straße und Gasse. Ich hatte schöne Erinnerungen daran, als Kind mit meiner Mutter durch den Hyde Park zu spazieren. Matt hatte mir Süßigkeiten von diesem Konditor gekauft, und wir waren zusammen diese Gasse entlang gelaufen, um einem Mob zu entkommen. Meine Mutter hatte mir von diesem Bäcker warme Brötchen gekauft, ein Band zum Geburtstag von diesem Kurzwarenhändler. Meine Eltern lagen in dieser Stadt begraben. Mein Großvater wohnte noch hier. Ich musste mich von ihm verabschieden.

Aber wie konnte ich mich von meiner Stadt verabschieden, meiner Heimat?

Ich war nicht wie Matt. Er war es gewohnt, durch ganz Europa zu reisen, alle paar Jahre umzuziehen und eine neue Sprache zu lernen, neue Sitten. Er war sogar auf den Füßen gelandet und hatte in Amerika einträglich leben können, einem Land, das dem, was er aus seiner Kindheit kannte, so fremd war. Und in England war er ganz der begüterte Gentleman. Er konnte mit Humor und Charme kulturelle Differenzen überwinden.

So war ich nicht. Ich hatte hier Wurzeln, und diese Wurzeln waren mit den Grundfesten dieser Stadt verbunden. Es würde höllisch wehtun, sie abzuschneiden.

Mr. Abercrombie sah uns in dem Augenblick, in dem wir seinen Laden betraten. Er ging gern durch das Geschäft, begrüßte Kunden persönlich und beobachtete seine Angestellten, um zu sehen, dass sie das Richtige sagten und nicht versuchten, seine Waren zu stehlen.

„Hinaus", zischte er. „Sie sind hier nicht willkommen."

„Was wollen Sie tun?", fragte Matt. „Uns hinauswerfen? Die Wache rufen? Sie wissen doch noch, wie gut das beim letzten Mal für Sie gelaufen ist, oder?"

Abercrombies Nasenflügel blähten sich. „Sagen Sie, was Sie wollen, und gehen Sie."

„Haben Sie in letzter Zeit Mr. Hendry besucht?", fragte Matt.

„Wen?"

„Tun Sie nicht so, als würden Sie nicht wissen, wen ich meine. Hendry, den Papiermagier. Haben Sie ihn aufgesucht?"

Abercrombie schaute sich um, dann forderte er uns auf, ihm in die angeschlossene Werkstatt zu folgen. Er drehte sich zu den beiden Männern in Lederschürzen um und befahl ihnen, zu gehen.

Sie traten durch eine Hintertür in die Gasse hinaus, ohne die Uhrengehäuse zu schließen, an denen sie gearbeitet hatten. Ich setzte mich auf die Bank und starrte auf das Innenleben einer Uhr ohne Gehäuse unter einer Kuppel. Einige ihrer Teile waren auf der Werkbank ausgelegt, während andere wieder eingesetzt worden waren, allerdings falsch.

„Erwähnen Sie das Wort Magie nicht in der Nähe meiner Kunden", sagte Abercrombie zu Matt.

„Haben Sie den Papierschöpfer besucht, den man Hendry nennt?", fragte Matt erneut.

„Nein. Weshalb sollte ich? Ich weiß nicht einmal, wer er ist."

„Hören Sie auf, zu lügen."

Abercrombie ging einen Schritt zurück, weg von Matt. Er schluckte. „Ich … ich weiß, wer ist, aber ich war nicht in seinem Laden."

Matt trat einen Schritt vor. „Noch eine Lüge."

Abercrombie rückte ab. „In Ordnung, ich war dort, aber nicht in letzter Zeit. Das ist die Wahrheit, Mr. Glass. Jetzt, wenn es Ihnen nichts ausmacht, habe ich zu arbeiten." Er warf einen Blick auf mich, während ich die Teile neu anordnete, die bereits in der Uhr waren. „Was machen Sie da?"

„Einen Gefallen", sagte ich und nahm eine Feder von der Werkbank auf. „Nicht, dass Sie das verdient hätten. Ich repariere diese Uhr für Sie, ohne etwas dafür zu verlangen. Lassen Sie mich raten, das ist ein problematisches Stück? Ihr Angestellter hat sie nicht reparieren können?"

Er starrte mich an, sein Mund ging auf und zu.

„Die Worte, nach denen Sie suchen, heißen vielen Dank", sagte Matt.

Ich warf Mr. Abercrombie ein Lächeln zu. „Gern geschehen. Nun, nachdem ich Ihnen einen Gefallen getan habe, tun Sie uns bitte auch einen und beantworten Sie Matts Fragen."

„Habe ich doch! Ganz bestimmt!" Abercrombie schluckte schwer. „Ich bin mindestens eine Woche lang nicht in Hendrys Laden gewesen. Ich habe keinen Grund, dort hinzugehen. Der Mann ist ein Verräter an seinem Beruf, und er hat sich als schrecklicher Freund für jene erwiesen, die ihm vertraut haben."

„Hören Sie doch auf, mit beleidigenden Vorwürfen um sich zu werfen", sagte ich. „Oder ich tue dieser Uhr etwas an, das Sie niemals wieder reparieren können."

Er schnappte sich die Uhr und drückte sie sich an die Brust. „Weshalb wollen Sie über Hendry Bescheid wissen? Hat das mit dem Mord an Mr. Baggley zu tun?" Er keuchte. „Ist Hendry der Mörder?"

„Laut Hendry waren Sie erst vor wenigen Tagen dort", sagte Matt.

„Das ist eine Lüge!"

Matt öffnete seine Jacke weit genug, dass Abercrombie die Waffe sehen konnte.

Abercrombie glitt entlang der Werkbank zur Seite, soweit er konnte, um von Matt wegzukommen. „Sch…schießen Sie nicht."

„Sie ist nicht geladen", erklärte Matt.

„Um Himmels Willen, wir sind nicht da, um Sie zu erschießen", sagte ich zu ihm. „Diese Waffe wurde in Mr. Hendrys Laden gefunden."

„Und?" Abercrombie zuckte mit den Schultern. „Was hat das mit mir zu tun?"

„Sie war nicht dort, bevor Sie ihn besucht haben, aber danach schon."

„Das ist eine Lüge!"

„Er hat Sie auf der falschen Seite des Tresens gesehen", fügte Matt an.

„Eine weitere Lüge! Sie können jemandem wie ihm nicht glauben!"

„Weil er ein Magier ist?", fragte ich träge.

Sein Adamsapfel hüpfte auf und ab, als er laut schluckte. „Gehen Sie. Hinaus mit Ihnen, und nehmen Sie diese Waffe mit."

Wir gingen, doch wir stiegen nicht in unsere wartende Kutsche. Matt lehnte sich daran und starrte durch das Schaufenster auf Abercrombie, während er einen weiteren Kunden begrüßte. Abercrombie erwischte ihn beim Beobachten und beeilte sich, außer Sicht zu kommen.

„Wir müssen herausfinden, ob er am Freitag zu Hendry gegangen ist", sagte Matt.

„Er hätte den Großteil des Tages hier sein sollen." Ich hatte eine Idee und bedeutete Matt, dass er mir folgen sollte.

Er grinste. „Wohin bringst du mich?"

„In die Gasse hinter dem Laden."

Er seufzte theatralisch. „Ich möchte nicht unbedingt in einer Gasse vor Abercrombies Laden geschändet werden."

„Ich werde sanft zu dir sein." Ich schnappte mir seine Hand und zog ihn mit.

Wir betraten die Gasse, doch er packte mich an der Taille, ehe wir allzu weit kamen. Er küsste mich leicht auf die Lippen. „Ich freue mich, zu sehen, dass du noch deinen Sinn für Humor hast, India. Du hast auf dem Weg hierher unglücklich gewirkt."

„Dasselbe könnte ich über dich sagen."

„Nicht unglücklich, nur nachdenklich. Wie könnte ich unglücklich sein, wenn ich doch nur wenige Tage davon entfernt bin, mit dir wegzulaufen?" Er küsste mich erneut. Es war leidenschaftlich und wild, verzweifelt und hungrig, und viel zu schnell vorbei. „Also, was ist dein Plan?"

„Ich lasse mich zur Erpressung hinab", sagte ich und nahm ihn wieder an der Hand. „Sieh zu und lerne, wie das eine Expertin macht."

Er lachte leise.

Ich öffnete die Tür, die von der Gasse in die Werkstatt hinter Abercrombies Laden führte. Die beiden Männer saßen an der Werkbank. Der jüngere, ein Mann in etwa meinem Alter, starrte auf die Uhr, an der er gearbeitet hatte, ein tiefes Stirnrunzeln auf seinem Gesicht. Er hielt die Uhr an sein Ohr, runzelte erneut die Stirn, dann schüttelte er sie.

„Machen Sie das nicht", sagte ich und öffnete die Tür weit.

Er ließ beinahe die Uhr fallen. „Sir! Miss! Sie sollten nicht hier sein. Hier werden Sie nicht bedient." Er deutete auf die Tür, die zum Laden führte.

„Wir sind nicht hier, um etwas zu kaufen", sagte ich. „Wir sind hier, um Informationen zu bekommen. Arbeiten Sie freitags hier?"

„Ja."

Der andere, ältere Mann, der Reparaturen durchführte, legte die Uhr ab, die er inspiziert hatte. „Was soll das?"

Ich achtete nicht auf ihn. „War Mr. Abercrombie am Freitag den ganzen Tag hier?", fragte ich.

„Warum?", wollten beide Männer wissen.

Ich wandte mich an den älteren. „Würde es Ihnen etwas ausmachen, einen Augenblick lang draußen in der Gasse zu warten?"

Als er wirkte, als würde er sich querstellen, trat Matt vor und richtete sich zu seiner vollen Größe auf. „Bitte tun Sie, was sie sagt. Sonst ..." Er tätschelte seine Jacke, in deren Innerem die Waffe steckte.

Beide Männer schluckten. Der ältere ging pflichtschuldig ohne einen Blick zurück nach draußen.

„Was wollen Sie von mir?", quietschte der jüngere Mann.

Ich hob die gehäuselose Uhr auf. „Das ist ein wunderbares Stück. Ziemlich kompliziert allerdings. Fällt es Ihnen schwer, sie zu reparieren?"

„I…ich … also …"

„Ich habe sie vor ein paar Minuten für Sie repariert."

Er starrte die Uhr an, die in einem beruhigenden Rhythmus vor sich hin tickte. „Wie?"

„Das ist unwichtig", sagte Matt, ehe ich antworten konnte. Machte er sich Sorgen, dass ich diesem Mann erzählen würde, dass ich eine Magierin war?

„Nun", sagte ich, „wenn Sie nicht wollen, dass ich Mr. Abercrombie darüber in Kenntnis setze, dass Ihre Arbeit unterdurchschnittlich ist, würde ich die Fragen meines Freundes beantworten." Ich trat zurück, um Matt zu gestatten, ins Rampenlicht zu treten.

„Hat Abercrombie am letzten Freitag den Laden verlassen?", fragte er.

„Ich weiß es nicht mehr", erwiderte der Mann. „Das ist die Wahrheit! Vielleicht ist er weg. Er kommt und geht. Ich weiß es auch nicht immer, wenn er ausgeht. Er setzt uns nicht über seine Schritte in Kenntnis."

Verdammt. Ich hatte mich für so klug gehalten, indem ich ihn erpresst hatte, mir zu antworten.

„Er hat an jenem Tag einen Besucher empfangen", fuhr er fort. „Er ist mit einem Mann nach hinten gekommen, und sie haben sich unterhalten."

„Können Sie den Mann beschreiben?"

„Ich kann sogar noch etwas Besseres tun. Ich kann Ihnen einen Namen geben. Mr. Abercrombie nannte ihn Mr. Sweeney. Er war in letzter Zeit recht häufig hier. Mr. Abercrombie schickt mich und Jack immer nach draußen, wenn sie reden wollen, darum weiß ich nicht, was sie gesagt haben."

Wir befragten ihn noch etwas weiter, doch er konnte nicht mehr sagen. Wir bedankten uns bei ihm und wollten gehen, aber er rief mich zurück.

„Sie werden es niemandem sagen, oder?" Er deutete auf die Uhr. „Ich lerne den Beruf erst und ich mache manchmal Fehler. Jack hilft mir, sie zu berichtigen, bevor Mr. Abercrombie es herausfindet." Er hob sein Hosenbein, um ein Holzbein und einen Holzfuß zu zeigen, der in einem Schuh steckte. „Früher war ich Schmid, aber nach dem Unfall musste ich damit aufhören. Ich kann mit diesem Ding nicht zu nahe an ein Feuer."

Ich stöhnte. Ich fühlte mich schrecklich, weil ich ihn dieser Befragung ausgesetzt hatte. „Keine Sorge. Ihr Geheimnis ist sicher."

Matt legte eine Hand auf meinen Rücken und lotste mich zur Tür. Wir kamen an Jack vorbei und eilten durch die Gasse zur Kutsche. Matt wies den Fahrer an, uns zu Scotland Yard zu fahren.

„Es ist an der Zeit, diese Waffe zu übergeben", sagte Matt, der sich auf dem Sitz niederließ.

„Wir haben nicht viel erfahren", sagte ich schnaubend. „Wir wissen nicht, ob Abercrombie die Waffe in Hendrys Laden hinterlegt hat. Wir wissen nicht einmal, ob er Hendry an jenem Tag aufgesucht hat. Wir haben nur Hendrys Wort darauf."

„Weshalb sollte er lügen?"

Da war schon etwas dran, aber ich konnte ihm nicht antworten. Hendry kannte Abercrombie nicht einmal, obwohl es sein Freund Sweeney auf jeden Fall tat.

„Glaubst du, Sweeney und Abercrombie hecken etwas aus?", fragte ich.

„Schwer zu sagen. Vielleicht besprechen sie die Zeitungsartikel und wie man den Einfluss der *Weekly Gazette* kontert."

„Oder sie haben etwas Finsteres vor." Ich lehnte den Kopf zurück an die Wand und starrte an die Decke. Da ich dort keine Inspiration fand, schaute ich wieder zu Matt. Der Anblick war unendlich viel inspirierender. „Ich verstehe nicht ganz, weshalb sie Oscar würden umbringen wollen. Falls Abercrombie ein Mörder ist, hätte er mich umgebracht, eine unmittelbare Bedrohung für sein Geschäft – oder zumindest hält er mich dafür. Und die Gegendarstellungen, die Mr. Force in der *City Review* schreibt, tun vorerst ihre Aufgabe ganz anständig. Und Sweeney hat kein Interesse an Geschäften, die in direkter Rivalität mit magischen Handwerken stehen. Sein einziger Einwand gegen Magie bisher scheint ein moralischer zu sein."

Matt knurrte. „Rechtschaffene Empörung war das Motiv hinter einigen der schrecklichsten Verbrechen der Geschichte."

Es war schwierig, ihm in dieser Hinsicht zu widersprechen.

* * *

Wir erwischten Brockwell, noch ehe er das neue Scotland-Yard-Gebäude betrat. Er schickte den Wachmann, der ihn begleitete, voraus und schloss sich uns zu einem Spaziergang entlang des Victoria Embankments an. Es wäre ein angenehmer Spaziergang entlang des Flussufers gewesen, wenn nicht das Thema unserer Diskussion gewesen wäre.

„Ich kann Ihnen keine weiteren Informationen über meine Ermittlungen geben", setzte Brockwell an. „Dieser Fall betrifft Sie nicht, und wenn Sie meinen Rat annehmen wollen, unterstützen Sie Mr. Barratt nicht dabei, herauszufinden, wer ihm diese Briefe geschickt hat. Ich werde zur rechten Zeit dazu kommen, und Ihre Ermittlungen könnten bis dahin die Spuren verwischen."

„Sie irren sich", sagte Matt, der Brockwells nüchternen Tonfall erwiderte. „Wir haben ein Beweismittel für Sie." Er schob seine Jacke auf, um Brockwell die Waffe zu zeigen.

„Mr. Glass!"

„Sie wurde in Hendrys Shop in Smithfield gefunden."

Brockwell hob eine Hand, um Matt am Weitergehen zu hindern. Zwei Damen spazierten vorüber, und Brockwell bedeutete uns, dass wir uns näher an die Kaimauer bewegen sollten, aus dem Weg der Fußgänger. Sie ließen die Waffe von Matts Jacke zu Brockwells wandern, und beide Männer stützten die Ellbogen auf die Mauer. Sie wirkten wie zwei Freunde, die sich die Zeit damit vertrieben, Boote auf der Themse zu betrachten.

„Erzählen Sie mir alles, was Sie wissen", sagte Brockwell.

Matt erzählte ihm von Hendry, seiner Papiermagie und den Verdächtigen, die das Papier einsetzten – oder zumindest jenen, von denen wir wussten. „Wir sind losgegangen, um ihn zu einem Streit zu befragen, bei dem er mit Sweeney belauscht wurde, als wir über diese Pistole gestolpert sind. Sie lag hinter einigen Ordnern auf einem Regal, versteckt in seinem Laden."

„Gestolpert?", drängte Brockwell.

„Er schien genauso überrascht wie wir, sie zu sehen."

„Ist das Ihre Interpretation von Hendrys Reaktion, Miss Steele?"

„So ist es", sagte ich. „Der Einzige, der ihm einfallen wollte, der seit dem Mord hinter den Tresen gelangen und die Waffe dort hätte platzieren können, ist Abercrombie."

Brockwell wandte sich wieder zum Fluss. „Ich verstehe. Und ich schätze, auch ihn haben Sie besucht."

„Natürlich", sagte Matt.

Brockwell seufzte. „Haben Sie nicht in Erwägung gezogen, Mr. Glass, dass Sie Miss Steele durch eine solche Aktion in Gefahr bringen?"

„Wenn ich das für wahrscheinlich gehalten hätte, hätte ich sie nicht mitgenommen." Matts eisiger Tonfall ließ es mir kalt das Rückgrat hinablaufen. Brockwell schien davon nicht betroffen.

„Bei helllichtem Tage war ich im Angesicht von Zeugen nicht in Gefahr", sagte ich.

Brockwell verschränkte die Hände und ließ sie über die Mauer baumeln. „Was haben Sie bei Abercrombie erfahren?"

„Nichts Brauchbares", sagte Matt. „Er hat es geleugnet, Hendry aufgesucht zu haben."

„Natürlich."

Matts Kinn spannte sich an. „Wir haben herausgefunden, dass er in regelmäßigem Kontakt mit Sweeney steht."

„Verständlich. Sie sind beide Gildemeister. Ich bin sicher, sie wollen Informationen teilen, um Mr. Barratts Artikel zu bekämpfen. Ich rate Ihnen sehr, Mr. Sweeney nicht wegen dieser Treffen zur Rede zu stellen."

Matt stützte die Ellbogen wieder auf die Mauer. „Sie können so viel *raten*, wie Sie wollen, Inspektor."

Brockwell legte die Finger zusammen und trommelte mit den Fingerspitzen aneinander. „Überlassen Sie das der Polizei, Mr. Glass. Um Miss Steeles willen."

„Wir haben nicht vor, ihn zur Rede zu stellen", sagte ich rasch und bezog an Brockwells anderer Seite Stellung.

Er wandte Matt den Rücken zu und drehte sich zu mir. „Das höre ich gerne, Miss Steele. Sie sind eine vernünftige Frau. Wirklich sehr vernünftig." Er lächelte freundlich.

Ich erwiderte das Lächeln, bis ich Matts finsteres Gesicht sah.

„Halten Sie uns über Ihre Entdeckungen auf dem Laufenden", sagte Matt. „Ich will wissen, ob diese Waffe möglicherweise benutzt wurde, um Baggley zu töten."

Brockwell stieß ein Lachen aus. „Ich fürchte, das werde ich nicht tun."

„Ich habe sie Ihnen in vollem Vertrauen überlassen", stieß Matt zwischen zusammengebissenen Zähnen hervor. „Das Mindeste, was Sie tun können, ist, uns auf dem Laufenden zu halten."

„Das Mindeste, was ich tun kann, ist, den Mörder zu finden. Wenn ich weitere Informationen von Ihnen brauche, seien Sie sich versichert, Sie werden von mir hören."

Matt schüttelte den Kopf. „Das glaube ich einfach nicht. Nachdem wir Ihnen geholfen haben, Payne zu erwischen. Nach allem, was wir für Sie getan haben."

Brockwell zuckte die Schultern zu einer Entschuldigung, was Matt nur noch mehr zu ärgern schien. Ich suchte hektisch nach etwas, was ich sagen könnte, um die Lage zu entspannen, doch mir wollte nichts einfallen. Ich zog in Betracht, Matt stattdessen wegzuzerren. Am Ende war es gewissermaßen Brockwell, der mich wegzerrte.

„Entschuldigen Sie uns, Mr. Glass, ich möchte einen Augenblick lang mit Miss Steele stilvoll plauern." Er kicherte über seinen Wortwitz.

Matt zog die Brauen hoch, aber Brockwell fiel es nicht auf. Er nahm meinen Arm und führte mich etwas weiter an der Mauer entlang, wo Matt nicht mithören konnte. Er trat in meine Sichtlinie, sodass Matt mich nicht einmal mehr sah.

„Mr. Glass ist darauf erpicht, den Mörder zu finden", sagte Brockwell.

„Ist das etwas so Schlechtes, Inspektor?"

„Überhaupt nicht, wenn er ein Polizist wäre, oder wenn dieser Mordfall ihn auf persönliche Art betreffen würde, wie es bei Payne war. Aber … sorgen Sie sich nicht, dass er zu getrieben wirkt?"

„Was meinen Sie?"

Er warf einen Blick über die Schulter. „Er setzt Sie gefährlichen Menschen aus. Wir wissen bereits, dass Mr. Abercrombie Sie wegen Ihrer Magie nicht mag, weshalb sollte also Mr. Glass Sie mitnehmen, um ihn wegen der Waffe zu befragen? Sie sind immerhin doch nur seine Assistentin. Ihre Anwesenheit war nicht erforderlich."

Ich versteifte mich. „Eigentlich bin ich schon eher eine Partnerin. Wir lösen die Verbrechen gemeinsam."

Er schien mich nicht zu hören und preschte einfach weiter, wie ein Felsbrocken den Hügel hinab. „Wenn Sie Glass' Geliebte wären, würde ich es sogar noch weniger verstehen. Ich schätze, da sie das nicht sind, sieht er keinen Schaden darin, Sie so bloßzustellen."

„Niemand hat mich in Matts Anwesenheit bedroht. Er kann sich um uns beide kümmern."

„Trotzdem beweist es mir nur, dass Sie ihm nicht so wichtig sind. Natürlich verstehe ich die Lage, nachdem ich die Ankündigung seiner Verlobung gelesen habe, aber zuvor …" Er presste die Lippen aufeinander. „Ich dachte, Sie wären mehr als nur Mr. Glass' Assistentin, aber ich bin froh, falsch zu liegen." Er nahm meine Hand in seine beiden. Ich war so schockiert, dass ich mich anfangs nicht zurückzog. „Ich weiß, dass Sie vielleicht einige anhaltende Gefühle für ihn hegen, doch, wenn ich so dreist sein darf, ich bitte Sie darum, aufzupassen. Folgen Sie ihm nicht blind. Sie sind ihm nicht wichtig. Nicht wichtig genug."

Ich riss meine Hand zurück. „Treffen Sie keine voreiligen Schlüsse, Inspektor. Sie kennen nicht die ganze Geschichte." Ich marschierte weg zur Kutsche, wartete nicht auf Matt.

Er stieg nach mir ein. „Was wollte er?"

„Mich dazu drängen, dir nicht blind in gefährliche Situationen zu folgen."

„Ist das alles?"

„Alles?", wiederholte ich. „Was hast du denn erwartet, dass er sagt?"

„Ich dachte, er würde dich ins Theater einladen." Einer seiner

Mundwinkel hob sich zu einem trockenen Lächeln. „Es scheint, als müsste ich mir doch nicht so viele Sorgen machen."

„Wegen Brockwell?" Ich lächelte unwillkürlich. „Nein, um ihn musst dir keine Sorgen machen."

„Ich gebe zu, dass ich noch besorgter war, als er dich vernünftig genannt hat. Welche Frau kann einem Mann widerstehen, der sie mit Komplimenten eines solchen Kalibers überhäuft?"

Ich ließ meine Wimpern flattern. „Du solltest dir den Inspektor zum Vorbild nehmen, Matt. Er weiß, wie man eine Dame behandelt."

„Ist das so? Muss ich ihn denn zu einem Duell herausfordern, um deine Hand zu gewinnen?"

„Es kommt für dich wohl ziemlich überraschend. Er glaubt, dass du Patience heiratest und dass ich nur deine Assistentin bin."

Sein Lächeln entglitt ihm, und er schloss die Lider. Er wandte sich um, um aus dem Fenster zu blicken. Ich schluckte schwer und schaute in die andere Richtung.

KAPITEL 11

$\mathcal{M}$att schloss sich mir nicht zum Mittagessen an, darum machte ich mich auf die Suche nach ihm. Mich plagte die Sorge, dass er auf Brockwells Warnung hören und mich von den Ermittlungen fernhalten würde. Ich fand ihn schließlich, wie er einen Verschlag im Stall ausmistete. Duke saß auf einem Heuballen nicht weit entfernt, sein gestiefelter Fuß war auf einen Wassertrog gestützt. Cyclops lehnte an der Wand, die Füße und Arme überkreuzt.

„Wo ist der Stalljunge?", fragte ich und schaute in den zweiten Verschlag. Die beiden Pferde teilten ihn sich, während Matt den anderen ausmistete.

Er richtete sich auf und stützte sich auf den Besen. Er war viel attraktiver, als gut für ihn war, gekleidet in eine Arbeitshose, das Hemd am Kragen offen, die Ärmel hochgekrempelt. Auf seiner Stirn stand Schweiß, der auch das Hemd an seiner muskulösen Gestalt kleben ließ. Ich schaffte es schließlich, den Blick zu seinem Gesicht zu heben, nur um ein schelmisches Glitzern in seinen Augen zu sehen, während er mich beobachtete.

„Du siehst aus, als wäre dir warm, India", sagte er. „Vielleicht solltest du dich hinsetzen."

„Hier drin ist es ziemlich warm."

Duke rückte zur Seite, und ich setzte mich neben ihn auf den Heuballen.

„Der Stalljunge hat Fieber bekommen", erklärte Matt, der an seine Arbeit zurückkehrte.

„Wir wollten mithelfen", sagte Duke.

„Nachdem wir gegessen haben", fügte Cyclops an.

„Und ihm Bericht erstattet haben." Duke räusperte sich. „Ich komme gerade aus Hendrys Papiergeschäft. Willie beobachtet ihn noch, für den Fall, dass er weitere Besucher bekommt."

„Weitere?", fragte Matt nach, der wieder innehielt. „Kunden?"

„Ich glaube nicht. Gewöhnliche Kunden kommen und gehen, aber diese beiden Besucher bekamen eine Sonderbehandlung. Er hat sie zur Tür begleitet, als es Zeit war, dass sie gingen. Er war wütend auf sie. Sein erster Besucher war ein Mann. Hendry nannte ihn Professor."

„Nash!", sagte ich. „Wie faszinierend. Und sein anderer Besucher?"

„Ich hielt sie lediglich für eine Kundin, als ich ihre Kutsche heranrollen sah", fuhr Duke fort. „Ich habe sie nicht beachtet, bis sie ging und Hendry ihr die Tür vor der Nase zugeknallt hat."

„Hat er sie beim Namen genannt?", fragte Matt.

„Nein, doch auf die Tür ihrer Kutsche war ein Symbol gemalt." Er zog ein Blatt Papier aus der Tasche und reichte es mir.

„Es ist das Symbol der Rotherby's Bank", sagte ich, während ich Dukes Zeichnung eines Falkenkopfes im Profil betrachtete, umgeben von einem Blätterkranz.

„Die Bank von Delancey", sagte Matt. „Hendrys Besucher war wohl Mrs. Delancey. Du sagst, er hätte mit ihr gestritten?"

„Nicht gestritten, er hat nur dafür gesorgt, dass sie seinen Laden auch wirklich verlässt, und ziemlich finster dreingeschaut. Dieser Mann ist wütend, Matt. Er ist richtig wütend."

Ich faltete das Blatt zusammen. „Das wärst du auch, wenn du Freunde wegen Oscars Artikeln verloren hättest. Ich betrachte mich als glücklich, dass ich gute Freunde habe, die über meine Magie hinwegsehen."

Cyclops schob sich von der Wand weg, während er einen Heuballen hochhob. „Wenn seine Freunde jetzt Angst vor ihm haben, waren sie eigentlich niemals seine Freunde."

„Amen." Duke stieß mich mit dem Ellbogen an. „Du bist so ein freundliches Ding, India. Außerdem, ich komme aus einem Land, in dem Frauen wie Willie bewaffnet sind. *Davor* kann man sich fürchten."

Ich lachte.

„Willst du, dass ich heute weiterhin Lord Cox beobachte?", fragte Cyclops, der das Heu am anderen Ende der Stallungen absetzte.

Matt schüttelte den Kopf. „Das ist nicht mehr sinnvoll. Falls Coyle wirklich etwas über ihn hat, ist es wohl so tief vergraben, dass wir es nicht innerhalb einer Woche aufdecken können. Außerdem, nun, da wir beschlossen haben, zu gehen, stelle ich fest, dass es mir nicht mehr so viel ausmacht." Er warf mir ein schwaches, verstohlenes Lächeln zu.

Ich erwiderte es, so gut ich konnte, trotz des Kloßes, der sich in meiner Kehle bildete.

„Geh schon, Matt", sagte Duke, der sich erhob. „Ich und Cyclops machen hier oben fertig. Du kannst dich waschen und losziehen, um Nash und Mrs. Delancey zu befragen."

Matt reichte ihm seinen Besen. „Was ist mit eurem Mittagessen?"

„Das wird nicht lange dauern." Er schaute sich in dem beinahe sauberen Stall um. „Wenn du dich nicht so leicht ablenken ließest, wärst du inzwischen fertig."

Matt klopfte ihm im Vorbeigehen auf die Schulter, dann hielt er mir seine Hand hin, nur um sie zurückzuziehen. Er machte sich zur Tür auf.

Ich sprang auf und rannte ihm nach. „Du gehst nicht ohne mich, oder?"

„Das würde mir nicht im Traume einfallen." Er wischte sich die Hand an einem Lappen ab, der von einem Haken an der Tür hing, und grinste.

* * *

„ICH HABE NOCH EINMAL über Gabes Worte nachgedacht und will meine Tante einem Arzt vorstellen, der auf den Verstand spezialisiert ist", sagte Matt, während wir zur Universität fuhren.

„So große Sorgen machst du dir um sie?", fragte ich.

„Ich will wissen, ob sie verreisen kann."

„Oh. Du willst sie mitnehmen."

„Ich habe beschlossen, dass ich sie nicht hierlassen kann. Selbst wenn sie in meinem Haus wohnt, wird mein Onkel eine Möglichkeit finden, ihr das Leben zu verleiden. Man kann ihm jetzt schon nicht vertrauen, doch wenn ich Patience im Stich lasse, wird er wütend sein. Er wird seinen Zorn an Tante Letitia auslassen. Außerdem wird sie auch mit einer Gesellschafterin einsam sein."

Mit der Rachsucht seines Onkels hatte er recht. Miss Glass würde ein leichtes Ziel abgeben, wenn Matt sie nicht mehr schützte. „Ich stimme zu. Wir müssen sie mitnehmen, wenn sie unsere Beziehung akzeptieren kann. Aber sie verlässt vielleicht nicht gern ihre Freundinnen, ihr Heim und alles, was sie kennt. Es wird ihr schwerfallen, sich zu verabschieden." Ich wandte mich zum Fenster, in meinen Augen brannten Tränen.

„Oder sie sieht es vielleicht als ein Abenteuer, das sie schon immer hätte unternehmen sollen. Sie bedauert es, vor all den Jahren nicht mit meinem Vater weggegangen zu sein. Ich will, dass sie das bekommt – India?" Er rückte herüber, um neben mir zu sitzen, und nahm meine Hand. „Weshalb weinst du?"

„Tue ich nicht." Ich weinte nicht. Meine Tränen liefen mir nicht übers Gesicht, aber er hatte trotzdem gesehen, dass sie mir in den Augen standen.

„Wenn du wirklich nicht willst, dass sie mitkommt, werde ich sie nicht fragen."

„Das ist es nicht. Ich bin dafür, dass sie mit uns kommt."

Er berührte mich am Kinn, zwang mich, ihn anzuschauen. „Was ist es dann?"

„Es ist nichts. Nur die Nerven. Das wird nachlassen, sobald wir unsere Reise antreten." Ich holte tief Luft und lächelte ihn schief an, so gut ich es hinbekam. „Ich will einfach nur bei dir sein, Matt. Es ist mir gleich, wo das ist."

Er legte eine Hand an meine Wange und küsste mich mit einer qualvollen Sanftheit, die nicht half, die Tränen zu vertreiben.

* * *

PROFESSOR NASHS VORLESUNG wurde von zehn Studenten besucht, die Hälfte davon waren Frauen. In einer Universität, an der die meisten Studenten männlich waren, war ein halb weibliches Publikum eine ziemliche Leistung, selbst wenn die Gesamtanzahl gering war. Tatsächlich war es weit hergeholt, die Versammlung eine Vorlesung zu nennen. Die großen Vorlesungssäle, an denen wir vorübergekommen waren, waren zu den beliebteren medizinischen Themen rappelvoll gewesen. Wir hatten etliche Studenten und auch Mitarbeiter nach dem Weg fragen müssen, ehe wir Nash in einem zugigen Raum weit hinten auf dem Campus aufspüren konnten.

Wir hörten ihm ein paar Augenblicke zu, ehe er uns sah. Er sprach eloquent und begeistert über das Leben eines bestimmten französischen Königs, fesselte die Aufmerksamkeit seiner Studenten. Sie hingen an jedem seiner Worte, als würde er ihnen die Antworten auf die ewigen Fragen des Lebens liefern. Er war in nahezu jeder Hinsicht ein anderer Mensch als der, dem wir in seinen düsteren Räumlichkeiten begegnet waren. Er wurde ganz lebhaft, als er im Raum umherging wie ein Schauspieler auf der Bühne, die Arme weit ausgebreitet, um eine Aussage zu demonstrieren, oder die Stimme in einem entscheidenden Moment senkte, sodass seine Studenten sich dichter heranbeugen mussten, um ihn zu hören. Sie waren fasziniert, und viele sprangen auf, als er mit der Hand auf den Schreibtisch schlug, um das Ende seiner Geschichte zu betonen.

Sie applaudierten ihm, dann suchten sie ihre Habseligkeiten zusammen, um zu gehen, beinahe zögerlich. Drei junge Frauen blieben zurück, nachdem die anderen weg waren, doch er entließ sie, als er Matt und mich sah.

„Seine Begeisterung ist erfrischend", schwärmte eine von ihnen, als sie an uns vorbei gingen.

„Er ist so leidenschaftlich", sagte ihre Freundin.

Die Dritte warf einen Blick zurück und winkte ihm. Er winkte lächelnd zurück.

„Ihre Studenten scheinen Ihre Vorlesungen zu genießen, Professor", sagte ich.

„Ich versuche, sie interessant zu gestalten. Die Geschichte ist faszinierend und bietet starke Erzählungen, von denen wir lernen können. Es ist eine Pflicht, diese Geschichten an die nächste Generation weiterzugeben. Ich bin nur froh, dass die derzeitige Studentenschar der Ansicht zu sein scheint, dass Geschichte ein lohnendes Thema ist, um darauf die Lernzeit zu verschwenden. Ich glaube, dass sie aus meinen Vorlesungen etwas mitnehmen."

„Wenn man sieht, wie sie erröten, würde ich das schon sagen", sagte Matt, während er die Tür schloss.

„Erröten?"

„Nichts", ging ich dazwischen. „Wir sind da, um wegen Ihres heutigen Besuchs bei Mr. Hendry, dem Papiermacher, zu fragen."

„Woher wissen Sie, dass ich da war?"

Ich überließ es Matt, diese Frage zu beantworten, doch er entgegnete stattdessen mit einer eigenen Frage. „Hat er sie gebeten, ihn zu besuchen?"

„Nein." Nash setzte sich auf einen der Stühle in der ersten Reihe. „Ich habe beschlossen, ihn über seine Magie zu befragen." Er hob ergeben die Hände. „Ich weiß, vielleicht hätte ich das nicht tun sollen, aber ich konnte einfach nicht anders. Ich wollte mehr über seine Magie wissen, und ich dachte, er wäre vielleicht neugierig auf die Geschichte dieser Kunst."

„Und wie ist es gelaufen?", fragte Matt.

„Wenn Sie mich ausspioniert haben, dann wissen Sie das bereits. Er hat mir befohlen, zu gehen. Er hat mir nicht eine Einzelheit über sich oder seine Zauber verraten, und er wollte nichts über die Geschichte der Magie wissen." Er schüttelte den Kopf. „Wie schade. Wenn die Magier die Verbindung zur Vergangenheit verlieren, werden all diese wunderbaren Geschichten innerhalb einer Generation weg sein. Und ihre Zauber auch."

„Einige dieser Geschichten sind nicht so wunderbar", wandte ich ein. „Überflutete Dörfer, nachdem Flüsse von der Karte fließen, zum Beispiel."

„Ganz im Gegenteil, Miss Steele. Es ist wunderbar in seinen biblischen Ausmaßen. Ganz zu schweigen davon, dass die

Geschichte selbst als Warnung vor dem Missbrauch der Magie dient. Das allein bedeutet, dass es wert ist, sich an sie zu erinnern."

Da war etwas dran.

„Was hatten Sie vor, zu tun, falls er Ihnen von seiner Magie erzählt hätte?", fragte Matt.

„Mir Notizen machen", sagte der Professor. „Wenn die Magie jemals von den Talentfreien akzeptiert wird, habe ich vor, ein Buch zu schreiben. Falls Hendry einige Anekdoten über die Magie gehabt hätte, hätte ich um seine Erlaubnis gebeten, sie einzufügen."

„Wie sollte er irgendwelche Geschichten kennen, wo doch die Magie so gut wie vergessen ist, außer von Gelehrten wie Ihnen?", fragte ich.

„Es ist doch naheliegend, zu glauben, dass einige Geschichten in den Familien weitergereicht wurden."

Wie etwa die Geschichte von den Karten, die zum Leben erwachten. Mr. Gibbons, der magische Kartograf, hatte sie mir einmal erzählt. Der Professor hatte recht, und es war sehr wahrscheinlich, dass weitere Geschichten bekannt waren. Es war nur eine Frage der Zeit, bis sie ausgegraben und veröffentlicht wurden.

„Hendry war äußerst unhöflich." Nash klang empört. „Ich hatte ihm kaum den Grund genannt, weswegen ich da war, da schrie er mich schon an und befahl mir, zu gehen."

„Er stand in letzter Zeit unter großem Druck", sagte ich.

„Das ist keine Entschuldigung. Ich hätte ihm ein Freund sein können. Wir haben immerhin beide ein Interesse an der Magie."

„Nein, Professor", sagte Matt. „*Sie* haben ein Interesse an der Magie. Er ist ein Magier. Das ist nicht dasselbe."

Wir ließen ihn zurück, um darüber nachzudenken, und begaben uns zum Haus der Delanceys. Wir wollten gerade aus der Kutsche steigen, als wir sahen, wie Isaac Barratt die Eingangsstufen herabeilte. Er zog seinen Hut tiefer über die Augen und beugte den Kopf im Wind. Er sah uns nicht.

Matt öffnete das Fenster, um unseren Kutscher zu bitten, ihm in einigem Abstand zu folgen. Als Isaac einen Einspänner heranwinkte, drängte Matt den Kutscher, ihn nicht zu verlieren.

Ich packte den Handgriff an der Tür und machte mich bereit, als wir in raschem Tempo losfuhren. Unserer größeren Kutsche fiel es schwer, geschäftige Straßen zu nehmen, während der kleinere, leichtere Einspänner sich mühelos durch den nachmittäglichen Verkehr schlängelte. Wir konnten jedoch mithalten, wenn auch zulasten meiner Nerven, und hielten vor dem Brown's Hotel in der Albermarle Street, Mayfair.

Ich lächelte, als Matt mir aus der Kutsche half.

„Dieser Ort bringt gute Erinnerungen zurück", sagte ich und schaute zur beeindruckenden Säulenfassade auf, den Goldbuchstaben über der Tür und den eleganten Balkonen. „Weißt du noch?"

„Als ob es gestern gewesen wäre."

Ich hatte niemals einen Tee gekostet, der so erfrischend gewesen war wie derjenige, der im Restaurant des Brown's aufgetischt wurde, und niemals eine so faszinierende Gesellschaft gehabt wie den Fremden, der mir gegenüber gesessen und genauso köstlich gewirkt hatte wie das Essen. Den Fremden, in den ich mich rasch verliebt hatte, und der inzwischen meine Liebe erwiderte.

Mein Griff um seinen Arm verfestigte sich. „Stell dir vor, ich hätte niemals zugestimmt, dir zu helfen, dich an jenem Tag zu den Uhrmachern von London zu führen."

„Darüber denkt man besser nicht nach."

Wir sahen Isaac, wie er das Hotel betrat. Der Portier grüßte ihn namentlich, und Isaac ging direkt am Empfangstresen vorbei. Er besuchte hier niemanden; er wohnte im Hotel.

Matt rief Isaac, ehe er am Treppenhaus ankam.

Isaac stöhnte. „Sind Sie gekommen, um mich festzunehmen?"

„Wir sind nicht die Polizei", sagte Matt.

„Dann habe ich zu Ihnen nichts zu sagen."

„Wir arbeiten allerdings eng mit der Polizei zusammen."

„Dafür habe ich keine Zeit." Er wollte schon gehen, doch Matt trat vor ihn.

„Wir versuchen, Ihrem Bruder zu helfen", sagte ich. „Jemand bedroht ihn. Man will ihn womöglich umbringen."

Isaac schnaubte. „Er ist über alle Maßen dramatisch, wie immer."

„Wir haben die Briefe gesehen", schoss ich zurück. „Sie sind durchaus echt. Die Sorge Ihres Bruders ist durchaus echt."

Er warf die Hände in die Luft. „Was hat er denn erwartet, dass passieren würde, wenn er diese Artikel schreibt? Dass ihm die Leute auf den Rücken klopfen? Dass ihm Magier und talentfreie Handwerker gleichermaßen gratulieren?"

„Naivität ist kein Grund, ihn jetzt im Stich zu lassen, wenn er Sie am allermeisten braucht."

„Sie nennen es Naivität, ich nenne es Dummheit und Ungestüm." Isaac stieß schnaubend ein bitteres Lachen aus. „Es würde mich nicht überraschen, wenn er diese Artikel geschrieben hätte, nur um mich zu ärgern. Er verabscheut mich, die ganze Zeit, seit … Nun, seit einiger Zeit. Ihm würde nichts besser gefallen, als mich zu ruinieren."

Seine Gemeinheit machte mich sprachlos. Ich hätte mich über einen Bruder oder eine Schwester gefreut, und ich konnte mir nicht vorstellen, jemals so sehr mit einem Familienmitglied aneinanderzugeraten, dass ich denjenigen am Ende hassen würde. Doch die Kluft zwischen diesen beiden schien so weit, dass man sie beinahe unmöglich überbrücken konnte.

Isaac zerrte an seinen Manschetten und beäugte die Treppen hinter Matt. „Oscar hätte klar sein müssen, dass das passieren würde. Er ist selbst schuld, dass er solche Feindseligkeiten auf sich gezogen hat."

„Was getan ist, ist getan", sagte Matt.

„Man könnte immer noch eine Gegendarstellung abdrucken."

„Sie kennen Oscar besser als jeder andere", sagte ich. „Glauben Sie, er würde eine Gegendarstellung abdrucken?"

Isaac knurrte. „Nein, Miss Steele, das glaube ich nicht. Er ist viel zu stur, um zuzugeben, dass er einen Fehler gemacht hat."

„Nicht jeder hält diese Artikel für einen Fehler."

Matts Blick bohrte sich in mich.

„Nicht Sie auch noch", sagte Isaac mit einem Stöhnen. „Sehen Sie, Miss Steele, Sie begreifen die Folgen eindeutig nicht, denn Sie wurden nicht namentlich genannt. Mein Bruder hat der Welt verraten, was er ist, darum nimmt nun jeder an, dass auch ich ein Tintenmagier bin."

„Sie sollten stolz auf das sein, was Sie sind."

Er zerrte wieder an seinen Manschetten, sodass Matts Aufmerksamkeit darauf gezogen wurde. „Meine Zulieferer lassen mich aus Mitgefühl für die talentfreien Tintenmanufakturen im Stich. Manche Kunden stornieren ihre Bestellungen, weil sie Angst haben, was magische Tinte anrichten könnte, als würden ihr Tentakel wachsen, die sie bei lebendigem Leib auffressen oder so einen Unsinn. Es werden noch weitere kommen."

„Jene, die hochwertige Tinte wollen, werden sich um Sie scharen."

„Wird das reichen, um die Verlagshäuser zu ersetzen, die sich davonmachen? Ich bezweifle es. Die Gilde der Buchhändler führt bereits eine Kampagne gegen mich. Sie haben hier in London viele Mitglieder. Ich werde ruiniert."

„Ist das alles, was Ihnen wichtig ist? Ihr Geschäft?"

Er baute sich vor mir auf. „Ohne mein Geschäft verliere ich alles. Denken Sie einen Augenblick nach, Miss Steele. Sie haben eindeutig eine andere Möglichkeit, um sich Ihren Lebensunterhalt zu verdienen, genau wie Oscar. Die meisten Magier haben das nicht. Ich habe das nicht."

Er hatte recht, und ich konnte ihm nicht übel nehmen, dass er sich Sorgen machte. Oscar und ich hatten kein Recht, seine Bedenken abzutun. „Ich habe durchaus Mitgefühl", sagte ich.

„Dann stellen Sie sich nicht auf die Seite meines Bruders, oder es ist bald weg."

„Das reicht", sagte Matt leise. „Wir sind nicht hergekommen, um mit Ihnen zu streiten."

„Warum sind Sie dann hier?"

Ein Pärchen kam die Stufen herab an uns vorbei, sodass unser Gespräch kurz stockte. Matt deutete auf eine Ansammlung von Sesseln auf einer Seite des großen Foyers, doch Isaac weigerte sich, sich zu bewegen.

„Treten Sie bitte beiseite, Glass", sagte er. „Ich habe zu tun."

„Nicht, bis Sie uns verraten, weshalb Sie in der Delancey-Residenz waren", drängte Matt.

Isaac wurde ganz starr. „Das muss ich Ihnen nicht erzählen.“

„Dann können wir annehmen, dass Sie Schuld auf sich geladen haben.“

„Wegen eines Besuchs?“ Er trat zur Seite und hielt inne, weil er damit rechnete, dass Matt ihm wieder den Weg verstellen würde. Als er das nicht hat, ging Isaac an ihm vorbei und trottete die Stufen hinauf.

„Ich mag diesen Mann nicht“, sagte ich, während ich ihm nachsah.

Matt bedeutete mir, dass ich mit ihm zurück durch das Foyer gehen sollte. „Er und sein Bruder geben ein ziemliches Paar ab.“

„Oscar ist nicht so schlimm.“

„Das sagst du nur, weil er mit dir flirtet, und Isaac nicht.“

Ich lachte, doch er nicht.

Wir fuhren das kurze Stück zurück zum Haus der Delanceys, nur um von dem Butler davon in Kenntnis gesetzt zu werden, dass Mr. Delancey nicht zu Hause war. Mrs. Delancey stand jedoch zur Verfügung, um uns im Salon zu empfangen.

Matt nutzte die Gelegenheit, um auf unsere Gastgeberin seinen Charme wirken zu lassen. Er fing damit an, dass er sich tiefer als nötig über ihre Hand beugte. „Es ist mir ein Vergnügen, Sie wiederzusehen, Mrs. Delancey“, sagte er mit einem Lächeln.

Sie zog ihre Hand zurück. „Sehr sogar.“

„Haben Sie ein paar Augenblicke, um uns bei unseren Fragen zu unterstützen?“

„Ich bin niemals zu beschäftigt, um mich mit Miss Steele zu treffen. Ich bin immer froh, Sie zu sehen, mein liebes Mädchen.“ Sie lächelte mich an und klopfte auf den Platz neben ihr auf dem Sofa.

Matt blinzelte heftig, und ich versuchte, nicht zu lachen. Ich bezweifelte, dass er jemals so offen von einer Frau übergangen worden war.

„Wie kommen Sie nun zurecht, da es öffentlich gemacht wurde?“, fragte sie mich sanft.

„Öffentlich gemacht?“, wiederholte ich. Sie beugte sich näher heran und flüsterte: „Die Verlobung.“ Sie wies mit dem Kopf auf Matt.

„Ich, äh … Mir geht es gut.“

„Es war wohl ziemlich schockierend für Sie, herauszufinden, dass er die ganze Zeit mit einer anderen verlobt war."

„Ich … Ich war schockiert, ja. Und ziemlich empört."

Matts Augenbrauen gingen so weit nach oben, dass sie beinahe in seinem Haaransatz verschwanden. Ich tat mein Bestes, nicht auf ihn zu achten. Wenn ich diesem Pfad folgen sollte, um von ihr Antworten zu erhalten, dann konnte ich es mir nicht leisten, abgelenkt zu werden.

Sie rieb mir über den Arm und ließ abwechselnd mir mitfühlende Laute und Matt finstere Blicke zukommen. Zum Glück brachte der Butler Tee, sodass sie etwas anderes hatte, auf das sie sich konzentrieren konnte. Während sie nicht hinsah, bedeutete Matt mir, dass ich ihr Mitgefühl zu meinem Vorteil nutzen sollte.

Ich nahm mir ein Beispiel an seinem Charme. „Es ist sehr freundlich von Ihnen, dass Sie uns empfangen, Mrs. Delancey."

„Überhaupt nicht, meine Liebe." Sie reichte mir eine Teetasse und eine Untertasse. „Sie sind mehr als nur willkommen, uns jederzeit zu besuchen, über alles zu sprechen, was Sie möchten, oder einfach etwas Zeit hier zu verbringen. Ziehen Sie allerdings in Betracht, allein zu kommen. Ich habe das Gefühl, wir könnten so gute Freundinnen sein, wenn wir uns frei und ohne Zensur unterhalten könnten."

Ich biss auf die Innenseite meiner Wange, um zu verhindern, dass ich lächelte.

Sie reichte Matt eine Teetasse, dann zeigte sie ihm prompt die kalte Schulter. „Da Sie nun hier sind, möchte ich Sie um etwas bitten, Miss Steele."

„Wollen Sie, dass ich eine Uhr mit Magie anreichere?"

„Nur, wenn sie das möchten. Eigentlich wollte ich Sie zu einer Soiree einladen, die ich heute Abend veranstalte. Es ist alles in allerletzter Minute, aber fünf meiner Freundinnen haben gesagt, sie werden teilnehmen. Ich bin sicher, der Rest kommt auch, wenn ich ihnen sage, dass Sie hier sein werden."

„Sind das die Freunde aus Ihrem Magie-Sammler-Klub?"

„Nur die Frauen, oder die Ehefrauen der Mitglieder. Keine Gentlemen erlaubt." Sie tätschelte mir den Arm. „Ich kann sehen, dass Sie nervös sind, aber seien Sie das doch nicht. Alle von ihnen wissen über Magie Bescheid. Sie unterstützen Sie alle. Sie werden unter Freundinnen sein."

„Ich bin mir nicht sicher", sagte ich. „Ich glaube, ich habe heute Abend andere Pläne."

Sie verzog das Gesicht. „Sagen Sie doch zu. Sie werden es spannend finden, Sie kennenzulernen, Miss Steele. Sie werden der Ehrengast des Abends sein. Es wird richtig Spaß machen, Sie werden schon sehen." Ich wollte zu Matt schauen, doch sie fasste mich am Kinn. „Nein, nein, nein. Sehen Sie nicht zu ihm, um Anleitung zu erhalten. Er ist immerhin nicht Ihr Verlobter, sondern nur Ihr Vorgesetzter. Sicherlich lassen Sie ihn doch nicht bestimmen, wie Sie Ihr Privatleben gestalten."

Ich mochte ja Matt nicht sehen, doch ich spürte trotzdem, wie er sich anspannte.

„Lassen Sie mich darüber nachdenken", sagte ich zu ihr. „Mrs. Delancey, wir haben ein paar Fragen an Sie."

Sie ließ mein Kinn los, aber erst, nachdem sie mit dem Daumen darüber gestrichen hatte. „Worüber denn, meine Liebe?"

„Erinnern Sie sich an unseren letzten Besuch, als wir Sie gefragt haben, ob Sie Mr. Hendry kennen, den Papiermagier?"

„Natürlich, und ich habe Ihnen gesagt, dass er uns mit allen benötigten Papierwaren versorgt."

„Wir wissen, dass Sie ihn heute Vormittag aufgesucht haben."

Sie stellte die Tasse auf die Untertasse. Eine Sekunde verging, ehe sie lachte. „Jetzt erinnere ich mich. Ja, ich habe ihn aufgesucht. Ich brauchte neue Visitenkarten."

„Kümmert sich nicht üblicherweise Ihr Personal um so etwas?"

„Üblicherweise, doch habe ich beschlossen, es dieses Mal selbst zu erledigen. Ich gebe zu, ich war neugierig auf seine Magie. Ich wollte ihn treffen." Sie hob die Tasse an ihre Lippen, nippte aber nicht. „Er ist ein interessanter Kerl. Sehr seltsam."

„Und streitbar", sagte ich.

„Weshalb sagen Sie denn das?"

„Oh?", fragte ich unschuldig. „Sie haben sich gestritten, oder nicht?"

Sie nahm einen großen Schluck, verschaffte sich vielleicht die Zeit, um sich eine Antwort auszudenken. „Überhaupt nicht."

„Kommen Sie schon, Mrs. Delancey", sagte Matt. „Man hat Sie gesehen, wie Sie Hendrys Laden verließen. Seine Stimme war laut."

„Daran erinnere ich mich nicht. Vielleicht musste er die Stimme heben, um über den Straßenlärm gehört zu werden. Smithfield ist ein ziemlich lärmiger Ort. Auf jeden Fall erinnere ich mich nicht an unsere Unterhaltung. Ich habe ihn gebeten, weitere Karten herzustellen, er schrieb meine Bestellung in sein Buch auf, und das war alles."

„Sie haben ihm keine Fragen über seine Magie gestellt?", fragte ich.

„Das wäre ziemlich voreilig bei einem ersten Treffen, finden Sie nicht?"

„Haben Sie ihn gefragt?", drängte ich. „Ist das der Grund, weshalb Sie gestritten haben?"

Sie lächelte. „India. Darf ich Sie India nennen? Sind Sie zu einer Entscheidung wegen heute Abend gekommen?"

„Noch nicht."

„Sie sollten das sehr sorgfältig bedenken. Vielleicht fällt mir bis dahin ein, was ich mit Mr. Hendry besprochen habe." Sie legte einen Finger im Handschuh an ihre Schläfe. „Dieser leichte Kopfschmerz macht es mir schwer, mich im Augenblick zu konzentrieren, aber ich bin mir sicher, heute Abend geht es mir besser."

Ich erwischte Matt dabei, wie er die Augen verdrehte. „Nur noch eine Frage, bevor wir gehen", sagte ich. „Weshalb war Mr. Isaac Barratt hier?"

Da stellte sie die Teetasse und die Untertasse ganz sorgsam auf dem Tisch ab und verschränkte die Hände im Schoß. „Mr. Glass, bitte hören Sie auf, uns hinterherzuspionieren. Mein Ehemann wird das als äußerst beleidigend auffassen."

Matt stellte seine eigene Tasse ab und beugte sich vor. „Vielleicht wird Ihr Ehemann auch sehr interessiert sein, zu erfahren, dass Mr. Isaac Barratt Sie aufgesucht hat."

Gott im Himmel; er konnte so etwas doch nicht zu einer Dame vom Stand einer Mrs. Delancey sagen! Es war höchst unangemessen. Sie wirkte jedoch nicht so schockiert, wie ich mich fühlte. Sie lächelte ihn nur an, obwohl darin keine Erheiterung lag.

„Er weiß es bereits", sagte sie. „Mr. Delancey war hier und hat sich höchstselbst mit Mr. Barratt getroffen. Es war eine geschäftliche Angelegenheit, Mr. Glass, und von vertraulicher Natur."

„Wissen Sie, worüber sie gesprochen haben?"

„Fragen Sie mich, ob ich das Vertrauen breche, Mr. Glass? Meinen Ehemann verrate?"

„Die Sache ist die, Mrs. Delancey, wenn es eine geschäftliche Angelegenheit gewesen wäre, hätte sich Mr. Barratt zur Bank Ihres Mannes begeben und dort mit ihm gesprochen. Aber das hat er nicht getan. Ihr Ehemann ist eigens aus der Arbeit heimgekommen, um Barratt hier zu treffen, oder nicht?"

Sie schaute ihn gleichmütig an. „Wie ich sagte, das geht Sie nichts an. Nicht nur das, ich werde nicht mit Ihnen sprechen, wenn ich mich dazu über meinen Mann hinwegsetzen muss."

Aber mit mir vielleicht schon. „Zu welcher Zeit erwarten Sie meine Anwesenheit bei Ihrer Soiree, Mrs. Delancey?"

Sie lächelte langsam, siegessicher. „Um acht Uhr."

Ich erwiderte das Lächeln. „Ich nehme nur teil, wenn es meine Zeit auch wert ist. Ist das klar?"

„Ausgesprochen klar. Es gibt für Sie vielleicht sogar ein wenig obendrauf."

„Obendrauf?", wiederholte ich.

„Eine Information, die ich Ihnen kostenlos überlasse." Sie lächelte in ihre Teetasse.

KAPITEL 12

„Mir gefällt das nicht", sagte Matt. Er sah zu, wie ich ein Kleid aussuchte, aber ich wusste, dass er sich nicht auf meine Garderobe bezog.

„Welches ist dir lieber? Das rosarote oder das graugrüne?", fragte ich und musterte beide, die auf dem Bett ausgelegt waren. „Oder sind sie zu formell für eine Soiree? Was trägt man denn zu einer Soiree?"

„Ich weiß es nicht. India, ich glaube nicht, dass du gehen solltest", sagte er zum zweiten Mal, seit wir nach Hause gekommen waren.

„Natürlich gehe ich", wiederholte ich, ebenfalls zum zweiten Mal. „Mrs. Delancey hat klargemacht, wenn wir Antworten wollten, muss ich teilnehmen."

„Es könnte eine Falle sein."

„Es ist eine Falle – eine Falle, damit ich alle ihre Freundinnen treffe. Sie will nur mit mir prahlen, Matt. Sie will mich nicht entführen und auf dem Dachboden einsperren."

„Mach keine Witze, India."

Ich kam zu ihm ans Fenster, wo er auf dem Fensterbrett saß. „Deine Nerven sind derzeit strapazierter als damals, als dein Leben noch in Gefahr war, weil deine Taschenuhr stehenbleiben könnte."

„Und deine sind nicht strapaziert genug. Ich wünschte, du würdest vorsichtiger sein, wenn es um deine Sicherheit geht."

Ich berührte ihn an der Brust über seiner Weste. Ich konnte gerade noch den Umriss seiner magischen Taschenuhr ausmachen, die in einer verborgenen Tasche steckte. Als Reaktion darauf pulsierte sie. Ich lächelte, erleichterter und glücklicher, als ich in Worte fassen konnte. *Meine* Magie ließ sie pulsieren. Sie erkannte *mich*, ihre Schöpferin. Meine Magie half, Matt am Leben zu erhalten. Wie konnte ich mich vor meiner Kunst fürchten oder sie verabscheuen, wenn sie die Macht hatte, so etwas zu tun?

Er erwiderte mein Lächeln und legte seine Hand auf meine. „Komm her", schnurrte er und schlang einen Arm um meine Taille.

Wir küssten uns, bis wir Schritte auf dem Gang vor meinem Zimmer hörten. „Du solltest nicht hier drin sein, Matt. Wenn das Personal uns erwischt, könnte dein Onkel es erfahren."

„Das Personal weiß, wenn es tratscht, entlassen wir es."

„Trotzdem würde ich mich besser fühlen, wenn wir uns nicht so treffen. Du bist noch kein freier Mann." Ich wandte mich um, um wieder die Kleider zu mustern. „Das grüne, glaube ich." Ich räumte das andere weg, dann zögerte ich. Wir hatten uns ja vielleicht mehrmals geküsst, aber ich würde mich nicht vor ihm umziehen. Ich hob die Augenbrauen in seine Richtung.

„Wenn du darauf bestehst, auf diese Soiree zu gehen, dann komme ich mit dir", sagte er, während er sich vom Fensterbrett wegschob.

„Männer sind nicht eingeladen. Ich komme schon zurecht, Matt. Mach dir keine Sorgen."

Er verschränkte die Arme. „Sie will im Gegenzug etwas von dir."

„Sie will nur meine Anwesenheit. Sie bittet mich vielleicht darum, einen Zauber in eine Uhr oder Taschenuhr zu sprechen, aber ich werde einfach sagen, dass ich keine kenne, wenn du dich damit besser fühlst. Ich werde sie stattdessen reparieren oder sowas."

Er trommelte mit den Fingern auf dem Oberschenkel.

„Gestatte mir, dich zu eskortieren, um alles im Auge zu behalten."

„Ich gehe allein." Ich ging um ihn herum und öffnete die Schublade meines Ankleidetisches. Ich wünschte, ich hätte nicht Nein zu Miss Glass' Perlenohrringen gesagt. Sie würden gut zu diesem Kleid passen.

„Liegt es an der Ankündigung der Hochzeit?", fragte er.

„Was meinst du damit?"

Er setzte sich aufs Bett und fuhr sich mit der Hand durch die Haare. Es schien ihm unmöglich zu sein, auch nur einen Augenblick still zu sitzen. „Ich bin nicht einmal mehr sicher. Dass die Ankündigung so bald kam, hat mich schockiert. Ich kann mir nur vorstellen, wie es dich trifft. Ganz zu schweigen davon, dass die Hochzeit vorverlegt wurde, zusammen mit unserem Plan, abzureisen. Ich möchte dich nicht anlügen, India. Ich verabscheue, was wir Patience antun müssen."

Ich setzte mich neben ihm auf das Bett. „Ich verabscheue es auch. Willst du unseren Aufbruch hinauszögern?"

Er schüttelte den Kopf. „Das ist das eine, was ich nicht tun werde."

„Was kann man denn sonst tun?"

„Das ist ja das Problem. Nichts, und ich hasse es, nichts zu tun."

Ich gab ihm einen raschen Kuss auf die Wange und kehrte an meinen Ankleidetisch zurück. Ich öffnete mir die Haare und ließ sie mir um die Schultern fallen. Er beobachtete mich im Spiegel, sein Blick voller Wärme. Schließlich stand er jedoch still.

„Bist du sicher, dass du nicht willst, dass ich dich begleite?", fragte er.

Ich lachte. „Ja, Matt."

„Ich weiß doch, wie gut dir dieses Kleid steht. Alle Männer werden dich ansehen, und da mit dieser verdammten Ankündigung nun laut herausposaunt wurde, dass du zur Verfügung stehst …" Er murmelte tonlos etwas, das wie amerikanischer Jargon klang, den ich schon bei Willie gehört hatte, als sie sich die Zehen angestoßen hatte. „Ich hasse das alles."

Ich strich ihm die Haare zurück und küsste ihn auf die Stirn. „Es werden nur Frauen da sein, keine Gentlemen."

„Diener mögen ja so tun, als würden sie nichts sehen und hören, aber sie sind auch Männer, weder blind noch taub. Die Delanceys haben eine Menge Diener."

Ich lachte. „Geh schon, weg mit dir, oder ich werde niemals rechtzeitig fertig."

Er verließ mich schließlich nach einem weiteren Kuss, nur um zehn Minuten später durch Miss Glass ersetzt zu werden. Sie hatte Polly dabei, und ihre Perlenohrringe.

„Ich weiß, du hast gesagt, du würdest sie nicht wollen, aber vielleicht möchtest du sie dir heute Abend ausborgen." Sie schob mir die Schachtel hin. „Polly macht dir die Haare. Sie will unbedingt die modischeren Stile ausprobieren, die die jüngeren Frauen heute tragen. Ich mag mein Haar so, wie ich es schon immer getragen habe, aber du solltest etwas Neues versuchen, India." Sie lotste mich zum Ankleidetisch und befahl mir, mich zu setzen. „Etwas, das diese Ohrringe zur Geltung bringt."

„Es werden keine Gentlemen dort sein", sagte ich, dachte an die Diener, und tat sie genauso rasch ab. Miss Glass würde sie nicht als potenzielle Verehrer betrachten, nicht einmal für mich. „Es ist nur für Frauen."

„India", tadelte sie und machte Polly Platz, damit sie sich hinter mich stellen konnte. „Ich spiele hier nicht die Kupplerin. Ich weiß doch, wie die Dinge stehen."

Bedeutete das, dass sie meine Beziehung zu Matt akzeptiert hatte? Ich beäugte sie im Spiegelbild, doch ihr Gesicht verriet ihre Gedanken nicht. Sie beschäftigte sich mit den Dingen auf meinem Ankleidetisch und tat so, als wäre sie Pollys Assistentin, reichte dem Dienstmädchen Nadeln und Kämme, als sie sie verlangte.

„Du siehst entzückend aus", erklärte sie, als Polly fertig war. „Eine wahre Schönheit. Wer hätte das gedacht, als du zunächst hier ankamst, dass sich so eine hübsche Frau hinter dieser Mausefassade verbirgt? Du warst so unterwürfig und still, und diese Kleider und deine Frisur haben dich ziemlich schlicht wirken lassen."

Ich beschloss, das als Kompliment zu nehmen, und bedankte mich bei ihr.

Sie entließ Polly und nahm die Schachtel mit den Ohrringen.

„Leg sie an. Ich habe eine Halskette, die dazu passt, wenn du magst."

„Das könnte zu viel sein", sagte ich, während ich einen der Ohrringe befestigte.

„Unsinn. In einem Raum voller Ladys kann man nicht zu viel Schmuck tragen."

„Warum nur in der Anwesenheit von Ladys?"

„Ich habe keine Ahnung." Sie zupfte an der Schulter meines Kleides, sodass die steife Seide eine spitze Falte bekam. „Du siehst wunderschön aus."

Ich sah sie aus zusammengekniffenen Augen an. „Miss Glass, stimmt irgendetwas nicht?"

„Darf ich nicht meine hübsche junge Gesellschafterin bewundern?"

Ich wollte seufzen, hielt es aber zurück. „Heißt das, wenn Sie mich Ihre Gesellschafterin nennen, dass Sie Matt und mich akzeptiert haben?"

Ihr scharfer Blick traf meinen im Spiegelbild. „Es gefällt mir nicht, India. Wie nennst du das? Erpressung?"

„Ich erpresse Sie nicht. Sie haben eine Wahl."

Sie setzte sich auf das Bett und strich mit der Hand leicht über die Decke. „Es fühlt sich an, als hätte man bereits für mich entschieden."

Ich kam zu ihr aufs Bett und legte meine Hand auf ihre. „Machen Sie sich Sorgen, was mit Ihnen passieren wird, wenn wir gehen?"

„Matthew hat bereits klargestellt, dass ich eine neue Gesellschafterin bekomme."

„Ist das alles, was sie wollen? Eine neue Gesellschafterin?"

„Ich will meine alte Gesellschafterin, India. Das weißt du." Sie erhob sich mit überraschender Lebhaftigkeit und marschierte aus dem Zimmer.

Ich seufzte und machte mich fertig, ehe ich nach Matt suchte. Ich fand ihn in seinem Schreibzimmer. Er lehnte sich im Sessel zurück, lächelte und winkte mir, damit ich mich ihm anschloss. „Du siehst schön aus. Ich bin eifersüchtig."

„Auf das Personal?"

„Auf jeden, der dich den ganzen Abend lang anstarren darf, während ich mich mit diesen Papieren beschäftige."

„Ich bin mir sicher, die anderen werden dich zu ein paar Runden Poker herausfordern. Oder warum gehst du nicht aus ins Theater? Das könnte euch allen guttun."

Er nickte. „Ich werde meine Tante mitnehmen und sie unterwegs fragen, ob sie am Samstag mit uns verreisen möchte."

„Glaubst du, man sollte es ihr schon sagen? Sie verrät es vielleicht jemandem in der Familie – oder sogar Polly. Ich will nicht, dass so kurz vor dem Aufbruch etwas schiefgeht."

Er zog mich auf seinen Schoß und nahm mich in die Arme. „Nichts wird schiefgehen, India. Was meine Tante angeht, wir können sie nicht länger im Dunkeln lassen. Sie sollte es wissen."

Ich schmiegte mich mit einem Seufzen an ihn. „Du hast recht. Aber nimm ihr erst das Versprechen ab, dass sie es nicht verrät. Hoffentlich schafft sie es, es zu halten."

* * *

Ich mochte ja noch nicht auf vielen Soirees gewesen sein – tatsächlich war ich auf keiner gewesen, die von jemandem wie Mrs. Delancey abgehalten worden war –, doch ich war mir ziemlich sicher, dass auf den langen Tischen, die im Raum mit den Erfrischungen aufgestellt waren, Sandwiches und Küchlein hätten stehen sollen, nicht Uhren und Taschenuhren.

„Champagner, India?" Mrs. Delancey drückte mir ein Glas in die Hand. „Ich darf Sie doch India nennen?"

„Aber bitte."

Während ich nickte, wurden mir die Blicke der anderen Gäste bewusst. Ich fühlte mich wie jemand, der eine Vorführung gab, doch ich hatte keine Tricks für sie, keine erstaunlichen Talente. Sie würden enttäuscht sein, wenn sie erfuhren, dass meine Magie nicht optisch ansprechend war. Sie war nicht wie die von Oscar, der Worte vom Papier aufsteigen lassen konnte, und nicht einmal wie die Vereinigung meiner Magie mit der medizinischen Magie in Matts Uhr, sodass sie glühte.

„Erlauben Sie mir, Sie meinen Freundinnen vorzustellen." Mrs. Delancey lotste mich nicht von einem Gast zum nächsten, wie ich es erwartet hatte, sondern klatschte in die Hände, um ihre Aufmerksamkeit zu erhalten.

Das Personal verließ still das Zimmer, und der Butler schloss die Tür, als er ging. Die Damen wandten ihrer Gastgeberin die volle Aufmerksamkeit zu. Wie Mrs. Delancey waren sie in elegante Abendkleider gekleidet und trugen Schmuck, der mehr wert war als der ganze Inhalt des Geschäfts meines Vaters. Zum Glück hatte ich Miss Glass' Ohrringe, sonst hätte ich mich im Vergleich wie die Bewohnerin eines Elendsviertels gefühlt.

„Bitte heißen Sie unseren Ehrengast herzlich willkommen, Miss India Steele." Mrs. Delancey wartete darauf, dass der Applaus abebbte. „Sie haben alle von ihr gehört, aber gestatten Sie mir, Sie noch einmal an ihre Fähigkeiten zu erinnern. Sie ist die Enkelin jenes Uhrenmagiers, der als erster in der jüngsten Vergangenheit damit experimentierte, seine Magie mit der anderer Magier zu vereinen. Ihre Magie ist mächtig genug, dass ihre Geräte unabhängig von einem Zauber funktionieren, um Leben zu retten."

„Ähm, das stimmt nicht", sagte ich.

„Kommen Sie schon, India, seien Sie nicht so bescheiden. Lord Coyle hat in seinem Haus gesehen, wie eine Uhr Sie beschützt hat."

Es hatte keinen Sinn mehr, das zu leugnen, doch ich konnte zumindest sicherstellen, dass ihre Informationen korrekt waren. *Meine* Uhr, Mrs. Delancey. Es war eine Taschenuhr, die mir seit Jahren gehörte, an der ich hunderte Male gearbeitet habe. Die Uhren oder Taschenuhren anderer kann ich das nicht tun lassen."

Enttäuschtes Gemurmel ging durch den Salon.

„Kann Ihre Magie die Kranken heilen, wenn man sie mit der Magie eines Arztes vereint?", fragte eine Frau.

Ich hatte mit dieser Frage gerechnet, doch trotzdem beunruhigte mich die Unverblümtheit der Frau, und dass sie so früh am Abend gestellt wurde. „Dieses Gerücht wurde von einem Mörder und Lügner in die Welt gesetzt", sagte ich. „Ich würde nicht auf das vertrauen, was er sagt. Er wird alles tun, was in seiner Macht steht, um Probleme für meine Freunde und mich zu verursachen."

„Sie haben die Frage nicht unmittelbar beantwortet, Miss Steele", drängte die Frau. „*Können* Sie Menschen heilen, indem Sie Ihre Magie mit der eines Arztes vereinen, wie es sich Ihr Großvater einst erhofft hat?"

Ich hielt ihren Blick fest. „Nein."

Weiteres Gemurmel kam auf. Die Frau hob energisch eine Augenbraue vor Mrs. Delancey.

„India ist einfach vorsichtig", sagte Mrs. Delancey rasch. „Können Sie ihr das in diesen beschwerlichen Zeiten verübeln?"

Ich schüttelte den Kopf. „Das ist nicht …"

„Sie können uns vertrauen, Miss Steele", sagte eine ältere Frau, die mit Diamanten überhäuft war. „Wir sind hier alle freundlich und unterstützen Menschen wie Sie."

„Ihre Art ist so merkwürdig", fügte eine weitere an. „Ich gebe zu, ich bin ziemlich fasziniert. Sagen Sie uns, wie fühlt sich Magie an?"

„Warm", erklärte ich, während ich mich an die Hitze erinnerte, die von Matts Taschenuhr ausgeströmt war, als sie sich mit meiner Magie und der von Gabe gefüllt hatte. Ich hatte niemals etwas Vergleichbares gespürt.

Eine weitere Runde gemurmelte Worte gingen durch den Halbkreis der Damen.

„Tut sie Ihnen weh?", fragte dieselbe Frau. „Prickelt das Gefühl?"

„Nein."

„Man sagt, Sie seien mächtig."

„Wer sagt das?"

Sie wedelte mit der Hand, um auf die ganze Zuhörerschaft zu deuten. „Wenn Sie so mächtig sind, können Sie doch sicher mehr als nur einfach Uhren richtig gehen zu lassen."

„Auch Taschenuhren", sagte ich.

„Wir wissen, dass das nicht alles ist."

Ich gab keine Antwort. Bevor die Stille sich zu lange dehnte, deutete Mrs. Delancey auf eine hübsche Frau, deren Miene ernst wirkte. „Hast du eine Frage an Miss Steele, Louisa?"

„Was halten Sie von Professor Nashs Theorien zur Geschichte der Magie?", fragte Louisa.

„Ich weiß nicht genug über die Vergangenheit der Magie, um mir eine Meinung zu bilden", sagte ich.

„Sicher sind Sie doch neugierig. Halten Sie es nicht für schade, dass diese ganze Macht verschwunden ist? Dass alles, was Magier noch haben, ein paar nutzlose Taschenspielertricks sind?"

„Louisa", tadelte Mrs. Delancey. „Das soll doch ein lockerer Abend werden, an dem man Miss Steele feiert, nicht verhöhnt. Taschenspielertricks, was denn noch?"

„Ich wollte nicht beleidigend sein, und ich verhöhne ganz gewiss nicht Miss Steele. Sie ist ein faszinierendes Sujet. Ich will einfach nur ihre Meinung zu den Theorien des Professors hören."

„Ist schon gut", erklärte ich Mrs. Delancey. „Zufällig stimme ich ihr zu. Meine Magie ist beinahe nutzlos, besonders, da ich keine Uhren mehr herstelle oder repariere. Ich finde das allerdings überhaupt nicht schade. Im Gegenteil, ich finde, es ist ein Trost. Die Art Macht, die Professor Nash beschreibt, ist jenseits aller Vorstellung. Wenn ein paar Magier eine solche Macht besäßen, wäre das besorgniserregend."

Manche nickten, und andere flüsterten ihren Freundinnen hinter vorgehaltenen Händen zu.

Louisa hob einfach nur eine Schulter. „Oder wunderbar. Stellen Sie sich die Möglichkeiten vor."

Ich blinzelte fest. „Welche Möglichkeiten?"

„Oh, Sie wissen schon." Sie wedelte mit der Hand, und goldene Ringe blitzten im Lampenlicht. „Die schönen Dinge, die Sie schaffen könnten, wie fliegende Teppiche, Türme, die bis zu den Wolken reichen, oder ein Zug, der wie ein Schiff schweben könnte. Und Sie, Miss Steele, könnten dafür sorgen, dass diese Magie mit Ihrem Erweiterungszauber bis in alle Ewigkeit besteht." Sie nippte an ihrem Champagner und starrte mich über den Rand ihres Glases hinweg an, ein neugieriges Lächeln im Gesicht.

Niemand sonst im Raum regte sich, und das einzige Geräusch kam vom lauten Ticken einer der Uhren im Nebenraum. Ich wollte sie an die schrecklichen Dinge erinnern, von denen Professor Nash gesagt hatte, sie wären durch Magie herbeigeführt worden, wie Überflutungen und Seuchen, doch eine andere Frau meldete sich zuerst zu Wort.

„Wenn Sie so mächtig sind, wie man sagt, Miss Steele, wären Sie nicht daran interessiert, zu erfahren, ob Sie eine Rolle bei der Wiederbelebung solcher wunderbaren Talente zu spielen haben?"

„Ich … also …" Mein Mund fühlte sich so trocken an, dass ich an meinem Champagner nippte. Letztlich trank ich das Glas aus. Das verschaffte mir Zeit, mir eine Antwort auszudenken, und ein wenig Mut. „Es gibt keine Beweise, dass meine Magie so mächtig ist. Selbst wenn sie das wäre, sind keine Magier mehr am Leben, die wissen, wie man das macht, was Sie beschreiben. Das Wissen ist verloren."

„Es mag ja keine Magier mehr geben, aber das heißt nicht, dass ihre Lehren verschwunden sind", sagte Louisa, dieses neugierige Lächeln immer noch im Gesicht.

„Was meinen Sie?"

„Vielleicht gibt es Zauber, oder Bruchstücke von Zaubern, die ein mächtiger Magier entschlüsseln und vervollständigen könnte."

„Die Sprache der Magie ist verloren, Madam."

„Ist sie das?", fragte sie locker.

Ich wandte mich an Mrs. Delancey. „Was soll das? Was wissen Sie, oder glauben Sie zu wissen?"

Mrs. Delancey hob beide Hände. „Nichts, das versichere ich Ihnen. Louisa spekuliert nur. Sie veranstaltet gern einen Aufruhr." Sie funkelte Louisa an. „Sie ist eine ziemliche Unruhestifterin."

„Ich spekuliere gerne", entgegnete Louisa. „Die Möglichkeiten der Magie faszinieren mich. *Sie* faszinieren mich, Miss Steele."

„Ich bin ziemlich gewöhnlich." Ich stellte mein Glas auf dem Tisch ab. „Vielleicht sollte ich gehen."

Mrs. Delancey erwischte mich am Arm. „Laufen Sie nicht weg." Sie beugte sich dichter heran und flüsterte: „Sie haben es versprochen."

„Ich habe versprochen, dass ich komme, und das habe ich getan. Sie haben Ihren Teil des Handels noch nicht erfüllt."

„Das werde ich, das werde ich. Kommen Sie mit mir." Sie hakte ihren Arm bei mir unter. „Kommen Sie und sprechen Sie einen Zauber in die Uhren und Taschenuhren, die meine Freundinnen für Sie mitgebracht haben."

„Ich werde an ihnen arbeiten, aber das ist alles", erklärte ich ihr, während wir uns in den Erfrischungsraum aufmachten. „Das sollte ausreichen, um sie von jetzt an richtig gehen zu lassen."

„Sehen Sie", sagte Louisa dicht hinter uns mit gesenkter Stimme. „Sie sind mächtig. Andere Magier brauchen Zauber, damit ihre Magie arbeitet. Sie nicht. Sie sind etwas Besonderes, Miss Steele. Vergessen Sie das niemals." Sie löste sich von uns, um sich ihren Freundinnen anzuschließen, während sie sich versammelten, um mich zu beobachten.

Die nächste Stunde war für sie alle wohl ziemlich langweilig, denn ich überprüfte einfach das Innenleben einer jeden Uhr, nahm Teile heraus und setzte sie wieder zusammen. Es war eine Aufgabe, die ich schon mein ganzes Leben lang ausgeführt hatte, aber für mich war sie niemals langweilig. Ich hatte, seitdem Matt seine Gesundheit ganz zurückerhalten hatte, nicht mehr an vielen Uhren gearbeitet, und die Übung beruhigte mich auf eine Art und Weise, wie es nur wenige andere Dinge taten. Sie gestattete mir, die Sorgen aus meinem Kopf zu verbannen, sogar die Gedanken an Matt und unsere gemeinsame Zukunft, und einfach so friedlich wie ein Boot auf einem See dahinzugleiten.

Erst als sich das Gehäuse der letzten Uhr schloss, wurde ich mir wieder der anderen Gäste bewusst, die zu klatschen anfingen. Ich neigte den Kopf, um die Röte zu verbergen, die sich auf meinen Wangen ausbreitete. Ich lächelte einfach, weil ich für etwas so Gewöhnliches gefeiert wurde.

Mrs. Delancey legte mir einen Finger unters Kinn. „Seien Sie nicht schüchtern, India. Das haben Sie verdient. Sie waren wunderbar."

„Ich fürchte, es gibt nichts zu sehen", sagte ich, während ich auf die Uhren zeigte.

„Das ist nicht wichtig. Wichtig ist, dass Sie hier sind, und mehr als nur bereit waren, Ihre Magie mit uns zu teilen. Wir fühlen uns ziemlich privilegiert."

„So ist es", sagte die Frau namens Louisa. „Trinken Sie noch etwas Champagner, Miss Steele."

„Nennen Sie mich India."

Sie lächelte. „Sie müssen mich Louisa nennen." Sie hielt mir eine Hand hin, und ich schüttelte sie. „Ich glaube, wir werden Freundinnen."

Ich lächelte ihr höflich zu, während ich weitere höfliche Unterhaltungen mit ihr und einigen der anderen Frauen erduldete. Mrs. Delancey überwachte das Verbringen der Uhren in ein weiteres Zimmer, und als die Sandwiches und Kuchen kamen, die sie ersetzten, lotste sie mich von der Gruppe weg in eine stille Ecke.

„Nun Ihr Lohn", setzte sie an. „Sie wünschen zu wissen, weshalb Isaac Barratt hier war."

„Sie sagten, er hätte mit Ihrem Mann über eine Geschäftsangelegenheit gesprochen."

„Ich kenne nicht die Einzelheiten dieser Unterhaltung, aber ich schätze, es ist der gleiche Grund, weshalb Mr. Hendry auch unter vier Augen mit meinem Mann gesprochen hat."

„Hendry!"

Sie nickte. „Über *dieses* Treffen weiß ich Bescheid. Er hat meinen Mann um einen Kredit gebeten."

„Weshalb geht er damit nicht zur Bank?"

„Keinen Bankkredit, einen privaten. Mr. Hendry hat nämlich Schulden, und seine übliche Bank wollte ihm nichts mehr leihen, das er ihnen dann schuldet. Das war bis vor Kurzem kein Problem. Seine Schulden werden eingefordert, verstehen Sie?"

„Allesamt? Alle auf einmal?"

Sie nickte. „Nach Mr. Barratts Artikeln haben die Banken beschlossen, bekannten Magiern kein Geld mehr zu leihen. Es ist ihre Art, sicherzustellen, dass deren Geschäfte zugunsten derer der Talentfreien eingeschränkt werden. Trotz der Versuche meines Mannes, diese Haltung zu unterbinden, weigert sich auch seine eigene Bank, Magiern Geld zu leihen."

„Also braucht Mr. Hendry nun eine Geldsumme, um Schulden zu bezahlen, die plötzlich eingefordert wurden, und er kann das Geld wegen der neuen Krediteinschränkungen nicht erhalten."

„Ganz genau."

„Armer Mr. Hendry, und auch Mr. Barratt, wenn er wirklich aus demselben Grund hier war. Hat Mr. Delancey Mr. Hendry das Geld geliehen?"

Sie nickte. „Er ist den Magiern ein Freund. Sowohl Mr. Hendry als auch Mr. Isaac Barratt werden von der Großzügigkeit meines Mannes profitieren."

„Haben irgendwelche anderen Magier bei Ihrem Mann zu Hause angefragt?"

Sie schüttelte den Kopf.

„Und was ist mit Ihrem Besuch bei Mr. Hendry? Weshalb haben Sie ihn aufgesucht?"

„Ich wollte, dass er seine Magie für mich ausübt."

„Sie meinen, einen Zauber in das Papier sprechen, während er es herstellt?"

Sie verschränkte die Arme und tippte sich mit dem Finger auf ihren Ärmel. Es hätte eine ganz einfache Antwort auf eine ganz einfache Frage sein sollen, aber sie dachte lange darüber nach. „Er beherrscht mehr als einen einzigen Zauber, um starkes Papier herzustellen", sagte sie schließlich. „Ich habe gehört, dass er Papier herstellen kann, dass sich zusammenfaltet und wunderbare Formen ausbildet."

Ich starrte sie an, und mir war nicht klar, dass mir der Mund offenstand, bis ich etwas sagen wollte. Das machte also drei Zauber, die Mr. Hendry kannte – einen, um Papier von hoher Qualität herzustellen, einen, um es als Waffe zu werfen, und einen dritten, um es zu schönen Formen zu gestalten. „Das Papier faltet sich, ohne dass er es berührt?"

Sie nickte und warf einen Blick zu der Gruppe aus Damen. Nur Louisa fiel es auf. „Das habe ich gehört, aber sagen Sie es niemandem. Er wird es nicht bestätigen, darum möchte ich nicht das Gerücht verbreiten, wenn es nicht wahr ist. Der arme Mann scheint im Augenblick genug Probleme zu haben, ohne dass dieser Haufen über ihn herfällt."

„Wie haben Sie erfahren, dass er Papier ohne einen Zauber falten kann?"

Sie zögerte, und ich musste sie drängen, ehe sie antwortete. „Ich lausche nicht, das müssen Sie wissen. Es ist nichts, das ich mir zur Angewohnheit gemacht habe, aber ich war einfach da, zum rechten Zeitpunkt, als sie über Hendry sprachen."

„Wer?"

„Lord Coyle und Sir Charles Whittaker. Es war auf einem Treffen der Sammler, vor ein paar Abenden, und ich hatte mich ins Wohnzimmer zurückgezogen, weil ich Kopfschmerzen hatte. Sie kamen herein und schlossen die Tür. Sir Charles erzählte Coyle, was er über Hendry erfahren hat. Sie sahen mich nicht."

„Wie hat Sir Charles etwas über Hendry herausgefunden?"

Sie zuckte mit den Schultern. „Ich weiß es nicht. Das ist unser Geheimnis, India. Nun, ich habe es natürlich Mr. Delancey erzählt. Ich bin nicht stolz auf meine Taten. Ich hätte mich an diesem Abend sofort bemerkbar machen sollen, doch ..." Sie zuckte wieder die Schultern und schaute weg.

„Keiner der Männer hat Hendrys Fähigkeiten vor dem Rest der Sammler erwähnt?"

Sie schüttelte den Kopf.

„Ist das nicht seltsam?", fragte ich.

„Doch, sehr. Mr. Delancey war nicht glücklich darüber, ausgeschlossen zu werden, aber er wird ihnen nicht erzählen, was ich mitgehört habe. Die Sache ist die, India, mein Mann glaubt, dass das nicht das erste Mal ist, dass die beiden magische Angelegenheiten unter sich besprochen und die Informationen nicht mit uns übrigen geteilt haben."

„Weshalb sollten Sie das tun?"

„Ich weiß es nicht, aber ich möchte, dass es Ihnen bewusst ist. Keinem dieser Männer kann man vertrauen." Sie tätschelte meinen Arm. „Nun kommen Sie und trinken Sie noch etwas Champagner."

* * *

MATT WARTETE AUF MICH, als ich ein paar Minuten vor Mitternacht zurückkehrte. Er öffnete persönlich die Eingangstür und bat mich, mich zu ihm in die Bibliothek zu gesellen. Ich ließ mich auf einen der tiefen, gemütlichen Ledersessel fallen, und warf meinen Pompadour auf einen Beistelltisch.

„Du wirkst glücklich", sagte er mit einem schwachen Lächeln.

„Weshalb sollte ich das nicht sein? Ich laufe mit dem Mann weg, den ich liebe. Außerdem habe ich etwas zu viel Champagner getrunken. Er ist allerdings ziemlich köstlich. Hast du schon welchen gekostet?"

„Habe ich. Kognak?"

Ich bekam genau in diesem Augenblick Schluckauf. „Ich glaube, ich enthalte mich lieber."

Er stellte die Karaffe und das Glas ab und ging vor mir in die Hocke. „Wenn ich ein Gentleman wäre, würde ich dich ins Bett schicken und dich nicht ausnutzen." Sein Blick verhüllte sich und wurde rauchig. „Aber meine Pläne mit dir sind nicht überhaupt nicht die eines Gentlemans."

Ich bekam noch einmal Schluckauf und schlug mir eine Hand vor den Mund.

Er lachte leise und zog meine Hände weg. Er küsste mich leicht auf die Lippen, dann ließ er sich auf dem Sessel mir gegenüber nieder. „Wie ist der Abend gelaufen?"

Ich schüttelte den Kopf. „Du zuerst. Wart ihr im Theater?"

„Waren wir. Meine Tante und ich sind vor fünfzehn Minuten zu Hause angekommen. Ich habe sie und die Diener zu Bett geschickt. Die anderen haben beschlossen, mit ihrem Abend weiterzumachen." Er warf einen Blick auf die Uhr auf dem Kaminsims. „Hoffentlich geraten sie nicht in allzu große Schwierigkeiten."

„Hast du deiner Tante von unseren Plänen erzählt?"

„Nur, dass wir am Samstag aufbrechen. Ich habe beschlossen, ihr nicht zu sagen, dass wir wollen, dass sie uns begleitet. Noch nicht. Ich mache es am Freitag, im letztmöglichen Augenblick. Sie wird ihre Freundinnen besuchen und es ihnen sagen wollen, und das können wir nicht riskieren. Sie kann Briefe schreiben, und ich werde Bristow bitten, sie aufzugeben, nachdem wir weg sind."

„Falls sie sich entscheidet, mit uns zu kommen."

Sein Blick glitt zur Seite. „Ich glaube, das wird sie."

„Matt?", drängte ich. „Was ist los?"

Er trommelte einen Augenblick lang mit den Fingern auf der

Armlehne des Sessels, und ich dachte, er würde mir sagen, dass nichts im Argen lag. Dann erklärte er: „Sie regt sich auf, weil wir gehen."

„Dann sollten wir ihr vielleicht trotzdem sagen, dass sie mitkommen kann."

Er beugte sich vor und stützte die Ellbogen auf die Knie. Er seufzte und fuhr sich mit der Hand durch die Haare. „So sehr sie sich auch aufregt, ich will unsere Pläne nicht aufs Spiel setzen. Wenn sie es irgendjemandem verrät …" Er schüttelte den Kopf. „Es ist grausam, aber am besten so, und es sind nur noch ein paar Tage. Es wird ihr schon wieder gut gehen, sobald wir es ihr sagen."

„Am Freitag", erwiderte ich tonlos. Arme Miss Glass. Sie hatte bestimmt das Gefühl, wir würden sie ihm Stich lassen. „Ich werde in den nächsten Tagen etwas Zeit mit ihr verbringen, wenn wir nicht ermitteln."

„Wo wir schon dabei sind, wie ist es heute Abend gelaufen? Was wollte Mrs. Delancey von dir?"

„Ich habe an den Uhren gearbeitet, die ihre Freundinnen mitgebracht haben. Ich habe keine Zauber gesprochen", versicherte ich ihm. „Sie wollte mich einfach vorführen, glaube ich. Es war ein wenig merkwürdig, aber ziemlich harmlos. Außerdem habe ich erfahren, dass Mr. Hendry Mr. Delancey wegen eines Kredits aufgesucht hat. Isaac Barratt hat das vermutlich auch getan."

Ich erzählte ihm, was Mrs. Delancey über Hendrys geschäftliche Probleme verraten hatte, außerdem von dem Gespräch, das sie zwischen Lord Coyle und Sir Charles Whittaker belauscht hatte. Das schien Matt größere Sorgen zu bereiten, wenn man nach seinem Stirnrunzeln ging, doch er kommentierte es nicht.

„Ich will nur wissen", sagte ich, „wer hat Hendrys Gläubigern und seiner Bank verraten, dass er ein Magier ist?"

Matt nickte langsam. „Irgendjemand hat das wohl getan. Vielleicht Sweeney, oder ein anderer Gildemeister."

„Abercrombie", fügte ich an. „Das ist genau die Art verdeckter und feiger Taktik, die er einsetzen würde. Kein Blutvergießen, doch auf diese Art kann ein schrecklicher Haufen Ärger Hendrys Geschäft belasten."

„Und das anderer Magier."

„Zum Glück hat Oscar keine weiteren Namen bis auf sich selbst und meinen Großvater genannt. Weder schulde ich jemandem Geld, noch brauche ich einen Kredit, darum bin ich ziemlich sicher. Isaac Barratt kann das nicht von sich behaupten. Mrs. Delancey vermutet, dass auch hinter seinem Besuch bei Mr. Delancey finanzielle Probleme stecken."

„Es ist noch ein Grund, wütend auf seinen Bruder zu sein", sagte Matt.

„Solange es sich nur auf Isaac Barratt und Mr. Hendry beschränkt, ist es kein Grund zur Sorge."

„Du hast mehr Vertrauen in Abercrombie und seine Spießgesellen als ich. Was sollte sie daran hindern, mit den Banken über Männer zu sprechen, von denen sie einfach nur argwöhnen, dass sie Magier sind?"

„Machen wir uns Sorgen darum, wenn es so weit ist. Außerdem werden wir am Samstag weit weg von London und all diesen Problemen sein. Nichts davon wird uns noch betreffen."

Dieses jungenhafte Lächeln trat auf sein Gesicht. „Du wirst weit weg sein, India. In Sicherheit."

„In Sicherheit", wiederholte ich. Doch fühlte ich mich, als würde ich meine Mitmagier zu einem Zeitpunkt im Stich lassen, zu dem sie mich am allermeisten brauchten.

* * *

„INDIA! India, wach auf!" Matts Ruf war dazu angetan, den ganzen Haushalt aufzuwecken, nicht nur mich.

Ich warf mir einen Schal um die Schultern und öffnete die Tür. Er stand da, nur in eine Hose und ein Hemd gekleidet, dass er noch nicht in den Hosenbund gesteckt hatte. Dunkle Stoppel waren auf seinem Kinn zu sehen, und seine Haare waren völlig durcheinander.

„Was ist los?", fragte ich, mein Herz schlug mir bis zum Hals.

„Tante Letitia ist weg."

„Was meinst du mit weg? Sie kann doch nicht verschwunden sein."

„Sie ist nicht im Haus, und Polly hat die Umgebung abgesucht, ehe sie mich geweckt hat." Er rieb sich mit der Hand übers Gesicht. „Das ist alles meine Schuld. Ich hätte es ihr sagen sollen. Ich hätte …"

„Matt." Ich nahm seine Hände und zog sie weg. Er blinzelte mich aus müden, besorgten Augen an. „Wir werden sie finden. Weck die anderen, während ich mich ankleide. Sie kann nicht weit sein. Sie geht vermutlich im Hyde Park spazieren."

„Hätte sie spazieren gehen wollen, hätte sie nicht ihren Koffer mitgenommen. Polly sagte, einige der Kleider meiner Tante fehlen auch." Ein Muskel zuckte an seinem Kinn. „Und Peter sah vorhin einen Einspänner vom Bürgersteig vor dem Haus abfahren. Sie ist weg, India. Sie ist weggelaufen."

KAPITEL 13

Der Versuch, eine ältere Dame in einer Stadt von der Größe Londons zu finden, war schwieriger, als die sprichwörtliche Nadel im Heuhaufen aufzuspüren. Nach einer weiteren Suche in den umgebenden Straßen und dem Hyde Park schickte Matt Nachricht an Lord und Lady Rycroft, aber sie schickten eine Nachricht zurück, in der stand, dass Miss Glass nicht dorthin gegangen war. Matts Cousinen, die drei Misses Glass, überbrachten die Nachricht. Sie drängten in die Eingangshalle, als ich gerade gehen wollte. Obwohl Matt mich gebeten hatte, nicht auszugehen, für den Fall, dass Miss Glass zurückkehrte, konnte ich nicht ertragen, tatenlos zu sein, während Willie, Cyclops, Duke und er die Suche durchführten. Leider erwischten mich seine Cousinen, ehe ich ging.

„Sie wird früher oder später auftauchen", sagte Hope, die jüngste, hübscheste und dreisteste der drei.

„Sie wird eine Freundin besuchen", sagte Charity, die einen Blick zum Treppenhaus warf.

„Wir haben Nachricht an alle ihre Freundinnen geschickt", erklärte ich. „Sie ist bei keiner von ihnen."

Ich versuchte zu vermeiden, Patience anzuschauen, doch ich konnte nicht anders. Sie hielt den Blick jedoch auf den Fliesenboden gesenkt.

Hope räusperte sich. „Das ist ziemlich unangenehm." Ihr

Lächeln legte etwas anderes nahe. Tatsächlich schien sie unser Unbehagen zu genießen. „In Wahrheit dachten wir, du wärst inzwischen aus Matts Haus ausgezogen, India. Es ist immerhin gegenüber meiner lieben Schwester nur gerecht, wenn du weiterziehst. Es wäre besser für alle."

„Hope", wimmerte Patience. „Mach keinen Ärger."

„Ich passe nur auf dich auf. Du weißt, was Matt gegenüber India empfindet, und dass sie hier ist und ihn ständig daran erinnert, was er aufgibt, ist zu grausam für alle Beteiligten, darunter dich. Findest du nicht?"

Patiences Schultern sanken weiter herab. Ihre Schwester war hier die Grausame, und ich war geneigt, ihr das zu sagen, doch ich biss mir auf die Zunge. Patience würde nur ins Kreuzfeuer geraten, und sie hatte schon genug mitgemacht – und würde bald noch mehr mitmachen.

„Bristow", sagte ich zum Butler, der sich in den Schatten in der Nähe der Treppe herumdrückte, „Bitte bringen Sie die Misses Glass nach draußen. Ihre Angelegenheiten hier sind abgeschlossen."

Er öffnete die Eingangstür, doch nur Patience machte Anstalten, zu gehen. Charity zog sich die Handschuhe aus und warf wieder einen Blick die Stufen hinauf. „Ist Cyclops da?"

„Er ist draußen und sucht nach Ihrer Tante", erklärte ich.

Sie schürzte die Lippen. „Ich sehe da keinen Grund. Es ist ja nicht so, als wäre er ihr wichtig. Sie gibt sich nur wegen Matt mit ihm ab."

„Er ist ihr wichtig", schoss ich zurück.

Sie nahm einen Stift aus ihrem Pompadour und schrieb etwas auf die Rückseite einer Karte, die sie dann Bristow reichte. „Geben Sie das Mr. Cyclops. Nicht hinschauen." Sie warf mir einen beredten Blick zu. „Es ist privat."

Ich hielt mich davon ab, die Augen zu verdrehen. Gerade noch.

„Patience, du könntest auch gleich hier warten, bis dein Verlobter zurückkehrt", sagte Hope zu ihrer Schwester. „Ich bin mir sicher, er würde dich gern sehen."

„Lieber nicht", murmelte Patience.

„Unsinn." Hope hob die Nase hoch. „Das wird auch bald

dein Zuhause sein. Du solltest dich daran gewöhnen, hier zu sein. Dich vielleicht beim Personal vorstellen und sie über deine Wünsche in Kenntnis setzen. Sie werden nur allzu bald deine Befehle annehmen."

„Hope", flüsterte Patience. „Bitte hör auf. Ich kann nicht dableiben, während …"

Sowohl Hope als auch Charity warfen mir einen scharfen Blick zu. Patience konzentrierte sich weiter auf die Fliesen zu ihren Füßen.

„Bleib, wenn du möchtest", erklärte ich ihr, während ich zu den Stufen ging. „Ich gehe aus und suche nach deiner Tante."

Charity schnaubte wieder. „Diese irre alte Schachtel könnte doch inzwischen überall sein."

Ich wirbelte herum. „Ganz genau. Sie könnte verwirrt oder verletzt oder verstört sein. Je eher wir sie finden, umso besser."

„Ich werde auch nach ihr suchen", sagte Patience rasch. „Ihr beiden geht ohne mich nach Hause."

Hope rauschte an ihr vorbei aus der Tür. „Mach, was du willst, mir ist es gleich. Aber du weißt doch, dass Tante Letitia dich nicht mag, Patience. Sie würde niemals nach dir suchen, wenn du vermisst würdest."

Patience machte ein langes Gesicht. Sie neigte den Kopf wieder, doch nicht bevor ich die Tränen sah, die in ihre Augen traten. Ein befriedigter Blick ging zwischen ihren Schwestern hin und her.

„Sie mag dich sehr wohl", erklärte ich Patience. „Sie kannte dich einfach bis vor Kurzem noch nicht gut. Du standest immer im Schatten deiner Schwestern, darum hatte dein eigenes Licht niemals die Gelegenheit, zu leuchten. Sie mag dich inzwischen, sogar sehr." Ich wartete nicht, um ihre Reaktion zu sehen. Ich raffte meine Röcke und begab mich zu meinem Zimmer, um mir Handschuhe und Hut zu holen.

* * *

ICH NAHM eine Mietkutsche zu allen großen Bahnhöfen und fragte an den Verkaufsständen für Fahrkarten, doch niemand konnte sich daran erinnern, einer älteren, gut situierten Dame früh am Morgen eine Karte verkauft zu haben. Ich fuhr zwischen den Läden herum, von denen ich glaubte, Miss Glass könne sie aufsuchen, aber niemand hatte sie gesehen. Am späten Nachmittag kehrte ich nach Hause zurück, niedergeschlagen und überwältigt.

Es war eine unfassbare Erleichterung, als ich feststellte, dass sie auf dem Sofa saß, eine Tasse Tee in der Hand. Matt saß neben ihr, hielt einen Teller mit Windbeuteln.

„Iss noch einen", drängte er sie.

„Willst du mich dick machen?" Sie sah mich und nahm verlegen noch einen weiteren Windbeutel vom Teller.

„Wo waren Sie?", fragte ich und umarmte sie. „Wir haben uns solche Sorgen gemacht."

„Das war unnötig." Sie knabberte an dem Windbeutel.

„Nun?", drängte ich. „Wohin sind sie gegangen?"

„Hierhin und dorthin."

„Sie weigert sich, es zu sagen", erklärte Matt. „Sie war hier, als ich zurückkam."

„Tee, India?", fragte Miss Glass.

„Ich brauche etwas Stärkeres." Ich schenkte mir ein Glas aus der Sherry-Karaffe auf dem Teewagen ein. Bristow war der perfekte Butler und wusste schon im Voraus, was wir wohl brauchen würden.

„Ich bin nach Hause gekommen, um nachzusehen, ob sonst jemand Glück hatte", sagte Matt. „Und sie war hier drin, umtüddelt von Mrs. Bristow und Polly. Ich habe versucht, herauszufinden, wo sie den ganzen Tag gesteckt hat, aber ich hatte kein Glück." Er funkelte seine Tante an. „Es scheint, sie wünscht sich, es geheim zu halten."

„Es ist kein Geheimnis", erklärte sie ihm. „Ich kann mich einfach nicht erinnern. Da hast du es. Bist du jetzt zufrieden?"

„Nein. Das ist sogar noch schlimmer." Er nahm ihre Hände zwischen seine beiden. „Tante, du kannst nicht gehen, ohne irgendjemandem zu sagen, wohin du unterwegs bist. Wir haben uns Sorgen gemacht. Ich habe sogar Nachricht an meinen Onkel geschickt."

Sie rümpfte die Nase. „Du hättest ihn nicht belästigen sollen."

„Du hast mir keine Wahl gelassen."

Sie schniefte. „Ihn hätte es nicht gekümmert."

„Er hat seine Töchter hergeschickt", sagte ich. „So besorgt war er."

„Verwechsle Pflichterfüllung nicht mit Sorge, India", sagte Miss Glass. „Er hat sich nur Sorgen gemacht, dass seine Freunde es herausfinden."

„Patience hat sich Sorgen gemacht", sagte ich. „Sie wollte helfen, nach Ihnen zu suchen."

„*Sie* zumindest ist ein gutes Mädchen."

„Wollen Sie damit sagen, dass ich das nicht bin?" Vielleicht war das ein wenig zu unverblümt, aber es war ein anstrengender Tag gewesen. Auf dem Heimweg nach dieser fruchtlosen Suche war ich am Ende der Fahnenstange angelangt, nur um festzustellen, dass sie bereits hier war, Windbeutel verspeiste und nicht sagen wollte, wo sie gewesen war.

Sie wandte das Gesicht ab.

„Etwas bereitet dir Sorgen, Tante", sagte Matt. „Was ist es?"

„Ihr geht weg. Ihr alle beide. Es war schrecklich genug, festzustellen, dass India nicht mehr meine Gesellschafterin sein will, aber dass du auch gehst, Matthew ... das ist zu viel." Sie warf den halb gegessen Windbeutel auf den Teller. Sahnespritzer verunzierten den ganzen Tisch.

Matt schaute mich an. Ich nickte. Es war der Zeit, es ihr zu sagen. „Tante ..."

Sie entzog ihm ihre Hand. „Ich weiß, dass ich alt und nutzlos bin, aber ich bin kein Möbelstück, das man zurücklassen und vergessen kann." Sie hob ihr bebendes Kinn und wandte das Gesicht ab.

„Wir hätten gern, dass du mit uns kommst", schloss er.

Sie sah ihn mit aufgerissenen Augen an.

„Wir wollten es dir am Freitag sagen, aber da das Thema jetzt zur Sprache gekommen ist, dachte ich, wir sollten dich nicht weiterhin im Unklaren lassen. Du kannst mit uns kommen, wenn du möchtest, aber du musst versprechen, dass du es vor niemandem erwähnst. Das heißt, keine Verabschiedungen persönlicher Art, nur Briefe, die Bristow zustellen kann, nachdem wir lange weg sind."

„Weggehen?" Ihre zitternde Stimme war kaum mehr als ein Flüstern. „Mit euch?"

„Wenn es das ist, was du möchtest. Es wird bedeuten, deine Freundinnen und all das hinter dir zu lassen."

„All das?"

„Das Haus, London, die Orte, die du gewöhnt bist, jeden Tag zu sehen. Das Wetter." Er lächelte.

Sie starrte ihn an, dann wandte sie sich zu mir. Nicht das winzigste Flackern eines Gefühls war zu sehen. Vielleicht waren ihre Gedanken abgeschweift.

„Wir brechen am Samstag auf", rief ich ihr in Erinnerung. „Wenn Sie sich entschließen mitzukommen, müssen Sie entscheiden, was Sie mitnehmen und was Sie hier lassen."

„Samstag", wiederholte sie dumpf.

„Ich weiß, dass das nicht sehr lange ist, aber es sollte genug Zeit bleiben. Aber bitte erzählen Sie es niemandem sonst. Verstehen Sie?"

Ich senkte den Kopf, um sie besser ansehen zu können, konnte ihre Gedanken aber immer noch nicht einschätzen.

„Versprechen Sie, dass Sie uns nicht verraten, Miss Glass." Ich glaubte nicht, dass sie das tun würde, aber es würde nicht schaden, ihr ein Versprechen abzunehmen. „Erzählen Sie nicht Lord oder Lady Rycroft von unserem Aufbruch. Erzählen Sie es nicht Ihren Nichten und Ihren Freundinnen. Erzählen Sie es nicht einmal dem Personal. Miss Glass? Versprechen Sie das?"

Sie nahm die Hände zur Brust und schaute Matt an. „Dieses Mal lässt du mich nicht zurück, Harry?"

Mein Herz machte einen Satz. Ich tätschelte ihren Arm. „Ich bin es, Miss Glass."

„Veronica, ja, ich weiß."

Matt seufzte. „Vielleicht solltest du dich hinlegen, Tante."

Sie starrte seine Hände an, während er ihre nahm und ihr aufhalf. „Ich fühle mich matt."

Er legte einen Arm um sie und lotste sie zur Tür. Sie hielt jedoch inne und schaute zurück zu mir. „Ich muss dir etwas sagen, Veronica. Harry hat mich gebeten, mit ihm fortzugehen. Letztes Mal wollte ich nicht mit. Ich konnte nicht weg von … du weißt schon, wem. Aber nun, da diese Sache geklärt ist, bin ich endlich frei. Du kommst mit, oder? Du wirst mir Gesellschaft leisten?"

„Natürlich", sagte ich, spielte die Rolle ihres Dienstmädchens von vor so vielen Jahren. „Natürlich."

Ich machte mich auf die Suche nach Polly und fragte mich die ganze Zeit, ob es eine Rolle spielte, dass Miss Glass eigentlich niemals versprochen hatte, unser Geheimnis zu wahren.

Matt kehrte zehn Minuten später zurück. Er setzte sich auf dieselbe Stelle auf dem Sofa und presste sich die Finger an die Stirn. „Es ist einige Zeit her seit ihrer letzten Episode. Ich dachte, es würde ihr besser gehen."

„Ich glaube nicht, dass es ihr jemals besser gehen wird." Ich setzte mich auf die Lehne des Sofas und küsste ihn auf den Kopf. „Sie kann nicht mit Konfrontationen oder schwierigen Angelegenheiten umgehen. Das sorgt dafür, dass ihr die Konzentration entgleitet und sie in die Vergangenheit abschweift."

Er lehnte sich an mich und griff um meine Taille, hielt mich dort fest. Ich strich ihm über die Haare, und er seufzte schwer. „Wir haben das Richtige getan", sagte er. „Wir konnten es nicht weiter hinauszögern."

„Nicht, wenn sie einfach so wegläuft."

„Glaubst du, sie wollte uns damit bestrafen, weil sie dachte, wir würden sie zurücklassen?"

„Ich weiß es nicht", war alles, was ich sagte, obwohl ich annahm, dass er recht hatte.

„Ich würde es ihr schon zutrauen", fuhr er fort. „Sie kann genauso manipulativ wie ihr Bruder sein, wenn sie möchte."

Ich fiel auf seinen Schoß und schlang die Arme um ihn. „Zumindest scheint sie erpicht darauf zu sein, mit uns zu kommen. Jetzt fühle ich mich besser mit unserer Abreise." Obwohl ich mir noch immer Sorgen darum machte, Patience wehzutun.

„Ich glaube, du hattest recht, und sie sieht das als eine zweite Gelegenheit zur Flucht." Er stieß mit seiner Nase an meine, dann neckte er mich mit leichten, raschen Küssen.

Ich wollte sein Gesicht in beide Hände nehmen, um ihn dazu zu zwingen, mich richtig zu küssen, aber die Erinnerung an meine Begegnung mit Patience vorhin trat plötzlich in den

Vordergrund. Sie hatte elend ausgesehen, und ich konnte das nicht allein der Gesellschaft ihrer Schwestern zuschreiben. Sie litt, weil sie wusste, dass ihre Ehe mir wehtun würde, und weil sie wusste, dass sie einen Mann heiraten würde, der sie nicht lieben konnte.

Das Elend, das sie jetzt spürte, würde im Vergleich mit dem verblassen, was sie mitmachen würde, wenn Matt ihre Verlobung auflöste.

Daran konnte ich nicht denken. Ich konnte nicht an sie denken, an das, was wir tun würden, sonst würde ich unsere Pläne vielleicht aufgeben.

Ich zog mich von Matt zurück, als gerade Cyclops eintrat, der die Karte hielt, die Charity Glass für ihn da gelassen hatte.

„Sie ist beharrlich", sagte ich.

„Blutdürstend, wie ihr Engländer sagt", entgegnete Cyclops, der Matt auf seine Bitte hin die Karte reichte.

Matt las sie und reichte sie zurück. „Gehst du hin?"

„Nicht einmal, wenn mein Leben davon abhinge. Sie macht mir Angst."

Matt kicherte. „Wenn das doch nur Catherine Mason geschrieben hätte."

Cyclops warf die Karte auf den Teewagen. „Das würde keine Rolle spielen. Wir reisen am Samstag ab."

„Was, wenn das nicht so wäre?", fragte ich. „Würdest du dich mit Catherine treffen, wenn sie dich bäte?"

Matt legte den Kopf schief und schaute mich finster an.

„Gibt es irgendetwas, was ich wegen unseres Aufbruchs wissen sollte?", fragte Cyclops, der zwischen uns hin und her schaute.

„Nein", sagte ich rasch. „Ich habe nur spekuliert. Nimm mich nicht ernst."

„India", setzte Matt an, nur um von der geräuschvollen Ankunft von Willie unterbrochen zu werden. Duke folgte ihr im Schlepptau.

„Wo ist sie?", fragte sie, die Hände auf den Hüften. „Wo ist die Frau, die uns durch die ganze Stadt laufen ließ, nur um hierher zurückzukehren?"

„Also habt ihr von ihrer Rückkehr gehört", sagte ich.

„Bristow hat es uns erzählt. Wo ist sie? Ich würde ihr gern sagen, wie sehr mir die Füße wehtun." Sie warf sich mit einem Stöhnen auf das Sofa. „Vielleicht zeige ich ihr einfach meine Blasen." Sie griff nach unten, um ihre Stiefel auszuziehen, wurde aber von dem einprasselnden Protest von uns vieren aufgehalten.

„Nicht im Wohnzimmer", bettelte ich sie an. „Weshalb lässt du dir keine Badewanne ein?"

„Ich bin keine verhätschelte Lady, India."

„Niemand wird dich verhätscheln."

„Oder dich für eine Lady halten", fügte Duke an.

„Nachdem ich was getrunken habe. Ist das Sherry?", fragte sie und deutete auf die Karaffe auf dem Wagen. „Schenk ein Glas ein, Duke. Ein großes."

Er hob die Karaffe mit einer Hand und Charitys Karte mit der anderen. Er las sie und grinste. „Ich muss mir eine Augenklappe besorgen."

„Warum?", fragte Willie.

„Damen mögen Piraten." Er reichte ihr die Karte.

Willie schlug sich aufs Knie und johlte vor Lachen. „Du musst hingehen, Cyclops."

„Nein", knurrte Cyclops.

„Ach, komm schon. Triff dich mit ihr. In ein paar Tagen sind wir weg, was spielt es also für eine Rolle? Hab in den letzten Tagen in England noch ein wenig Spaß, und dann brich auf, ohne etwas zu bedauern."

Cyclops riss ihr die Karte weg und zerriss sie in zwei Hälften. „Nichts bedauern? Du lebst in einer Fantasiewelt, wenn du glaubst, ich würde es nicht bedauern, Charity in diesem Hotel zu treffen."

„Hotel?", fragte ich. „Meinst du damit das Restaurant eines Hotels?"

„Er meint in einem Zimmer", sagte Duke, der grinste. „In einem Hotel in der Nähe des Bahnhofs Kings Cross."

„Und Patience ist diejenige in der Familie, die einen gewissen Ruf hat", murmelte Willie mit einem Kopfschütteln.

„Patiences Fehler war, dass sie sich erwischen ließ", erklärte ich ihr.

„Und dass der Gentleman in dieser Sache nicht diskret war", fügte Matt an.

Duke reichte Willie ein Glas Sherry. „Dann war er kein Gentleman."

Willie nahm das Glas in eine Hand und Dukes Westenaufschläge in die andere und zog ihn herab, bis er auf Augenhöhe mit ihr war. Sie gab ihm einen raschen Kuss auf die Wange und tätschelte sie, während er sie anstarrte, ohne zu blinzeln. „Manchmal sagst du einfach genau das Richtige, und ich weiß wieder, warum wir Freunde sind", sagte sie.

Er wurde rot und trat zur Seite, legte sich eine Hand flach auf die Weste. „Und da dachte ich noch, das läge daran, dass ich so hübsch bin."

„Mit einer Augenklappe wärst du hübscher." Cyclops stieß Duke leicht in den Arm, als er vorüberging. „Wenn du es jemals versuchen willst, ich habe eine übrig."

Duke kicherte und kehrte zum Teewagen zurück, um sich ein weiteres Glas Sherry einzuschenken.

„Du könntest dich anstelle von Cyclops im Hotel mit Charity treffen", sagte Willie zu Duke. „Mal ausprobieren, ob die Klappe funktioniert. Geh nur nicht in die Nähe von Catherine Mason, sonst wird Cyclops eifersüchtig."

Cyclops sah sie aus einem zusammengekniffenen Auge an. „Du bist nicht witzig, Willie."

„Warum lacht Duke dann?"

Cyclops warf einen Blick auf Duke und erwischte ihm beim Grinsen. Unter Cyclops' vernichtendem Blick wurde er rasch nüchtern und reichte ihm ein Glas Sherry. „Trink das und vergiss deine Frauenprobleme. Wir werden bald weg sein, also spielt es keine Rolle." Er setzte sich mit einem Seufzen hin und streckte die Beine aus.

„Du klingst nicht sonderlich glücklich damit, dass wir gehen", sagte ich.

Duke zuckte mit den Schultern. „Ich habe mich hier eingewöhnt. Außer, was das Wetter angeht, ist London nicht so schlecht. Es gibt viel zu tun und zu sehen, verschiedene Orte, an die man gehen kann, und Biere, die man probieren kann."

„Und du magst es, dass dir das Personal deine Wünsche erfüllt", fügte Willie an.

„Du doch auch."

Sie hob ihr Glas zum Gruß. „Stimmt, aber ich kann es zugeben."

„Hier versucht keiner, uns umzubringen", fügte Duke an.

„Naja, nicht mehr. Zurück daheim will deine Familie Rache für deinen Großvater, Matt."

„Und Cyclops hat seine eigenen Probleme", fügte Willie an.

„Will irgendeiner von euch gehen?", fragte ich.

„Ich schon", sagte Cyclops.

„Nein, willst du nicht", schoss Willie zurück. „Du sagst nur, dass du es willst, aber eigentlich willst in der Nähe von Catherine sein." Sie steckte sich die Finger in die Ohren, als er widersprach. „Ich höre dich nicht."

Cyclops verdrehte sein Auge. „Ich will schon weg. Das will ich." Er konzentrierte sich auf den Inhalt seines Glases und trank es in einem Zug leer.

Matt lehnte sich vor und beäugte einen jeden seiner Freunde nacheinander. „Also will niemand gehen?", fragte er nach.

Willie hob eine Schulter. „Ich würde gern länger bleiben, wenn es möglich wäre, aber das ist es nicht, also hat diese Unterhaltung keinen Sinn." Sie trank aus und stellte das Glas auf dem Wagen ab. „Ich werde jetzt ein Fußbad nehmen, gleich, nachdem ich Mrs. Potter aufgetragen habe, mir zwei Portionen von dem zu machen, was sie zu Abend auftischt. Ich bin halb verhungert."

„Und ich werde nach Miss Glass sehen", sagte ich, während ich aufstand.

Matt folgte mir nach draußen. „Du hast Zweifel an unserer Abreise, oder nicht?", murmelte mir er mir ins Ohr, als wir zusammen die Stufen emporgingen.

„Nein."

„India", knurrte er. „Ich weiß, dass du unsere Entscheidung zu gehen infrage stellst."

Ich hielt auf dem Treppenabsatz inne und drehte mich um, um ihm gegenüber zu stehen. Ich nahm seine Hände in meine und sorgte dafür, dass er mich ansah, ehe wir sprachen. „Du hast recht, ich will London nicht verlassen. Das ist mein Zuhause, und ich habe ein wenig Angst, dass ich hier niemals wieder einen Fuß hersetzen werde. Aber ich will bei dir sein, Matt. Ich würde alles aufgeben – alles –, damit wir zusammen sein können."

Er drückte seine Stirn an meine. „Eines Tages kommen wir zurück. Das verspreche ich dir."

Ich drückte meine Sorgen um Patience nicht aus. Es hatte keinen Sinn. Es änderte gar nichts. Natürlich sorgte ich mich darum, ihr wehzutun, und ich verabscheute es, dass unser Glück ihr Erniedrigung und Gram bescheren würde, aber ich konnte mich nicht für sie opfern. Ich konnte es einfach nicht. So selbstlos war ich nicht.

Doch noch während ich mir das sagte, wusste ich, dass es mich einige Zeit lang verfolgen und unsere Beziehung beflecken würde. Je mehr ich mich bemühte, die Gedanken an sie zu ignorieren, desto weniger konnte ich verhindern, dass ich an sie dachte. Während ich wach lag, fiel mir immer wieder die Art ein, wie sie den Boden musterte, wie sie mich nicht anschauen wollte, wie ihre Schwestern sie erniedrigten. Diese Erniedrigungen würden nach Samstag nur noch schlimmer werden.

* * *

MATT GING AUS, um sich an diesem Vormittag mit seinem Anwalt zu treffen, was mir die perfekte Gelegenheit verschaffte, insgeheim selbst einen Besuch vorzunehmen. Ich hatte eine schlaflose Nacht damit verbracht, darüber nachzudenken, was zu tun war, und fand immer nur eine Lösung. Ich musste mit Lord Coyle reden, und ich musste es tun, ohne dass Matt davon erfuhr. So sehr ich es auch verabscheute, ihn anzulügen, ich würde es mir niemals verzeihen, wenn ich nicht alles in meiner Macht Stehende tat, um Lord Cox davon zu überzeugen, Patience zu heiraten. Das ließ sich nur bewerkstelligen, indem man die Information nutzte, die Lord Coyle gegen ihn hatte. Matt würde das niemals gutheißen.

Ich sagte Bristow, er solle den anderen mitteilen, dass ich zum Einkaufen gegangen war, und ging zu Fuß zu Lord Coyles

Haus am Belgrave Square. Ich blieb ein Dutzend Mal stehen und machte beinahe kehrt, doch etwas überzeugte mich, weiterzugehen. Vielleicht war es der Ausdruck auf Patiences Gesicht, wenn ihre Schwestern sie ärgerten, oder vielleicht war es mein eigener Wunsch, in London zu bleiben. Bis ich bei Lord Coyles Haus ankam, hatte ich mich davon überzeugt, dass ich das Richtige tat. Wenn sich mir nur nicht der Magen umgedreht hätte.

„Das ist ein unerwartetes Vergnügen", sagte Lord Coyle, der mich in seinem Schreibzimmer empfing. Er roch nach Zigarre und war in den Rauch des Stummels gehüllt, den er sich zwischen die Finger geklemmt hatte. Er bedeutete mir, mich hinzusetzen. „Tee?"

„Nein, vielen Dank. Ich kann nicht lange bleiben." Ich wartete, bis der Butler weg war, ehe ich mich setzte.

Lord Coyles schwerfällige Züge wurden etwas weicher, während er mich neugierig betrachtete. „Obwohl ich mich immer freue, Sie zu sehen, Miss Steele, bezweifle ich, dass Sie über mich dasselbe sagen würden."

Ich schaute auf meine Hände hinab, hielt meinen Pompadour fest. Im Inneren lag still meine Taschenuhr. Dieser Mann war keine körperliche Bedrohung für mich. Zumindest glaubte ich das nicht. Allerdings hätte ich gerne gewusst, ob diese neue Uhr fähig war, mich zu retten, falls nötig, wie es meine alte gewesen war.

„Sie haben uns einmal erzählt, dass Sie Informationen hätten, die man nutzen könnte, um Lord Cox davon zu überzeugen, Matts Cousine zu heiraten."

Er zog an der Zigarre, dann stieß er den Rauch langsam aus, während er mich die ganze Zeit über beobachtete, als würde er versuchen, meine Gedanken zu erschließen. Es raubte mir alle Nerven, aber ich schaffte es, seinem Blick standzuhalten.

„Die Information wird Cox davon überzeugen, alles zu tun", sagte er schließlich. „Wenn Sie sie dazu nutzen wollen, ihn zu zwingen, sich mit einer von Glass' Cousinen zu verloben, dann bin ich mir sicher, es wird funktionieren."

„Wie sicher?"

„Hundertprozentig." Er steckte sich die Zigarre wieder in den Mund und fasste mit den Händen um die Tischplatte. Er beugte sich vor. „Sie sind sich bewusst, dass diese Information einen Preis hat, Miss Steele."

„Welchen Preis?"

Er biss auf die Zigarre, und seine Lippen krümmten sich zu einem schiefen Lächeln um sie herum. „Einen Preis, den ich zu einem späteren Zeitpunkt festlegen möchte."

„Das ist nicht fair."

Er nahm die Zigarre heraus und deutete damit zur Tür. „Wenn Sie nicht einverstanden sind, können Sie gerne gehen."

Ich packte meinen Pompadour fester. „Ich werde einen Zauber in eine Ihrer Uhren sprechen."

Er gab ein kehliges, schleimiges Kichern von sich, das in einem Hustanfall endete. „Nein, Miss Steele. Das wird nicht reichen. Nicht für diese Information."

„Also ein Verlängerungszauber", stieß ich hervor, ehe ich es mir anders überlegte.

Er dachte darüber nach. „Vielleicht. Ich werde es Sie wissen lassen, wenn die Zeit gekommen ist, dass Sie es mir zurückzahlen."

„Das ist nicht fair", wiederholte ich.

„Das sind meine Bedingungen, Miss Steele. Sie können sich entscheiden, sie anzunehmen, und ich werde Ihnen sagen, was Sie über Lord Cox wissen wollen, oder Sie können gehen." Er steckte sich die Zigarre wieder in den Mund, verschränkte die Arme und wartete.

Ich holte tief Luft und hustete, als sich Rauch in meiner Kehle fing. Wenn ich jetzt ging, gäbe es kein Zurück mehr. Wir würden am Samstag England verlassen, meinen Großvater, und das Leben, dass ich kannte, um ein neues mit Matt anzufangen. Wir würden Oscar Barratt allein lassen, um einen Krieg der Worte mit Abercrombie und den anderen Gildemeistern zu führen. Wir würden vermutlich Abercrombie genau das geben, was er wollte – ein London, in dem ich nicht war.

Wir würden auch Patiences Geist brechen. Das konnte ich nicht mit meinem Gewissen vereinbaren. Ich konnte nicht völlig glücklich sein, wenn ich wusste, dass wir der Grund dafür waren, dass sie noch mehr litt.

„Ich werde nichts Illegales für Sie tun", sagte ich. „Und ich werde niemanden verletzen."

Er nickte.

„Dann stimme ich Ihren Bedingungen zu", sagte ich. „Sagen Sie mir, was Sie über Lord Cox wissen."

KAPITEL 14

„Was hast du gekauft?", fragte Willie, während ich mich in Miss Glass' Zimmer zu ihr gesellte. Sie saßen zusammen auf dem Bett, beide an Kissen gelehnt, die Beine ausgestreckt. Miss Glass trug eine Robe über einem Nachthemd und war von der Taille abwärts mit Decken zugedeckt, während Willie ihre üblichen maskulinen Kleider trug und oben auf den Decken saß. Sie hatte zumindest die Stiefel ausgezogen.

„Warst du einkaufen, India?", fragte Miss Glass. „Ohne mich?"

„Das tut sie doch sonst nicht, oder, Letty?", sagte Willie, die Augen zusammengekniffen. Sie kannte mich zu gut. Ich ging nur selten einkaufen, und schon gar nicht ohne Gesellschaft.

Zum Glück war ich über Piccadilly nach Hause gegangen und hatte beim Family Confectioner vorbeigeschaut. Der längere Weg hatte mir die Zeit verschafft, um über die Information nachzudenken, die Lord Coyle mir mitgegeben hatte. Immer noch konnte ich die schockierenden Neuigkeiten kaum begreifen, doch seine Lordschaft hatte mir versichert, dass das kein Witz war, und seine Information der Wahrheit entsprach. Es war tatsächlich so schockierend, dass ich meine Fähigkeit anzweifelte, es gegen Lord Cox einzusetzen. Wie konnte ich, ein Niemand, drohen, der Welt zu verraten, was ich wusste, falls er nicht Patience heiratete? Was würde er tun?

Nachdem ich es im Kopf hin und her gewendet hatte, kannte ich die Antwort auf diese Frage. Er würde genau das tun, worum ich ihn bat, denn er würde nicht wollen, dass diese Information an die Öffentlichkeit geriet. Sie würde ihn ruinieren und den Lauf seines Lebens verändern – und des Lebens seiner Kinder. Ich würde mit dieser Drohung nicht leichtfertig umgehen, und ich brauchte Zeit, um darüber nachzudenken, ob das wirklich das war, was ich tun wollte. Ich konnte ihn nicht heute aufsuchen. Außerdem würden Matt und die anderen argwöhnisch werden, wenn ich erneut allein ausging.

Ich fischte die Tüte mit Bonbons aus meinem Pompadour und reichte sie Willie. „Ich habe die und ein paar Marshmallows gekauft."

Sie schaute in die Tüte und rümpfte die Nase. „Das ist kein Schmuck."

„Weshalb hast du erwartet, dass ich Schmuck kaufe?"

„Aus keinem Grund." Sie stieß Miss Glass mit dem Ellbogen an.

„Eine Lady kauft sich nicht ihren eigenen Verlobungsring", sagte Miss Glass steif.

„Doch, tut sie, wenn der Gentleman ihr keinen gekauft hat."

„Matt ist immer noch mit Patience verlobt", rief ich ihnen in Erinnerung. „Es wäre unangemessen von mir, derzeit einen zu tragen."

„So ist es", sagte Miss Glass. „Du hast ganz recht, India." Sie klopfte auf das Bett neben sich. „Runter mit dir, Willemina. India und ich müssen reden."

Willie rutschte zur Seite und steckte sich ein Bonbon in den Mund, dann lehnte sie sich wieder an die Kissen.

Miss Glass schnalzte mit der Zunge und warf einen Blick zur Tür. Willie seufzte und stand auf. „Ich gehe", sagte sie. „Aber die nehme ich mit." Sie nahm die Tüte mit den Süßigkeiten, schnappte sich ihre Stiefel vom Boden und ging.

„Setz dich, India", sagte Miss Glass, die wieder auf das Bett klopfte.

„Geht es darum, dass wir abreisen?", fragte ich. „Brauchen Sie einen Rat, was Sie einpacken sollen?"

„Es geht um dich und Matthew." Sie nahm meine Hand

zwischen ihre beiden. „Ich will, dass du weißt, dass ich euch mein Einverständnis gebe."

Ich starrte sie einen Augenblick lang an, dann nahm ich sie in die Arme. „Vielen Dank", flüsterte ich. „Es bedeutet uns eine Menge."

„Nicht, dass ihr meine Zustimmung benötigt hättet."

„Nein, aber es ist schön, sie zu haben." Ich zog mich zurück und lächelte. Sie erwiderte das Lächeln, und ich war erleichtert zu sehen, dass es ehrlich war. Sie gab ihr Einverständnis nicht, weil sie in eine Ecke gedrängt war, sondern weil sie es geben wollte. „Weshalb das plötzliche Umdenken?"

„Doch wohl kaum plötzlich, meine Liebe. Du hast mich schon seit einiger Zeit bearbeitet."

„Sie halten mich nicht für eine, die nur auf Geld aus ist?"

„Dafür habe ich dich niemals gehalten, India."

„Ihr Bruder und Ihre Schwägerin schon."

„Beachte sie gar nicht. Richard ist ein Tyrann, und Beatrices Herz ist kalt. Sie würde Liebe nicht einmal erkennen, wenn sie ihr auf einem Bett von Rosenblüten präsentiert wird. Es ist kein Wunder, dass ihre Töchter ganz durch den Wind sind. Sie haben ihr ganzes Leben lang keinen Augenblick der Liebe erfahren."

„Ich mache mir Sorgen, wie sie mich behandeln werden", sagte ich. „Um Matts willen möchte ich nicht, dass sie mich erniedrigen oder über mich schwätzen."

Sie tätschelte mir die Hand und lächelte. „Es spielt doch keine Rolle, oder? Ihr werdet nicht hier sein. Keiner von uns wird das. Wir werden durch die Welt reisen, wunderbare Dinge sehen, während sie in diesem feuchten Steinhaufen, den sie Rycroft Hall nennen, vermodern."

Ich seufzte. Sie würde von allen die größte Enttäuschung erleben, wenn wir uns entschieden, nicht abzureisen. „Wann haben Sie es sich mit uns anders überlegt?", fragte ich.

„Mir wurde schließlich klar, dass ihr beide füreinander bestimmt seid, als Matt mir gesagt hat, dass ihr geht, damit ihr zusammen sein könnt. Eure Opfer beweisen das."

„Opfer?"

„Du gibst für ihn die einzige Heimat auf, die du je gekannt

hast, und er zieht von dem Arzt weg, der ihm das Leben retten kann.“

Plötzlich wurde mir kalt. Daran hatte ich nicht gedacht. Weshalb hatte ich nicht daran gedacht? Matt musste in der Nähe von Gabriel Seaford bleiben, falls die Taschenuhr wieder langsamer wurde. Meine Magie reichte nicht aus. *Weshalb hatte ich nicht daran gedacht?*

„India?“ Miss Glass’ Gesicht füllte mein Blickfeld. „India, ihr habt doch darüber nachgedacht, oder? Du und Matt habt das besprochen.“

Ein Klopfen erklang an der Tür, und sie öffnete sich einen Spalt weit. Matt sah uns und trat ein. „Da bist du ja, India.“ Er küsste mich auf die Wange, dann Miss Glass. „Wie geht es dir, Tante?“

„Gut genug, um aufzustehen, danke schön. Ich weiß nicht, weshalb du Polly gesagt hast, sie soll mich nicht aus dem Bett lassen. Wenn nicht Willemina gewesen wäre, wäre ich ziemlich gelangweilt gewesen.“

Matt schaute mich an. „Du warst den ganzen Vormittag nicht da, India?“

„Ich bin ausgegangen“, sagte ich. „Zum Einkaufen. Ich habe Süßigkeiten mitgebracht, doch Willie hat sie gestohlen.“ Ich schwang die Beine vom Bett und stand auf. „Ich werde Polly schicken, um Ihnen beim Ankleiden zu helfen, Miss Glass. Und vielen Dank. Für alles.“

Matt hob eine Augenbraue. „Was habe ich verpasst?“

„Deine Tante hat uns ihren Segen gegeben“, sagte ich.

Sein Lächeln setzte langsam ein, dann wurde es rasch breiter. „Danke dir, Tante. Ich wusste, dass du noch vernünftig werden würdest. Ich bin nur froh, dass es schon jetzt ist, nicht später.“ Er küsste sie auf die Stirn und wollte mit mir gehen, doch sie rief ihn zurück.

„Ich muss mit dir reden“, sagte sie und klopfte auf den Platz auf dem Bett, den ich gerade freigemacht hatte.

Ich ließ sie allein, doch ich ging nicht gleich auf die Suche nach Polly. Ich stand mit dem Rücken an Miss Glass’ Tür, den Griff noch in der Hand. Sie hatte recht. Alle Zweifel, die ich hatte, weil ich Lord Cox nicht dazu erpressen wollte, Patience zu heiraten, waren in dem Augenblick verflogen, in dem sie mich an Gabe erinnert hatte.

Solange er hier wohnte, konnte Matt London nicht verlassen.

* * *

MATT, Duke, Cyclops, Willie und ich waren gerade dabei, unseren nächsten Schritt in der Ermittlung zu überdenken, als Oscar Barratt mit Neuigkeiten ankam.

„Ein neuer Herausgeber wurde ernannt", sagte er, während er durch das Bibliotheksfenster hinausspähte. „Ein Kerl namens Pelham." Er warf einen Blick die Straße entlang in die eine, dann in die andere Richtung, ehe er schließlich das Zimmer betrat. Statt sich hinzusetzen, ging er jedoch von einer Seite der Bibliothek zur anderen. Als ob das nicht schon alles verräterisch genug gewesen wäre, rang er auch noch die Hände. Der arme Oscar war am Ende seiner Kräfte angelangt.

„Was wissen Sie über ihn?", fragte Matt.

„Das ist der interessante Teil", sagte Oscar, der nur lange genug stehenblieb, um die Hände in die Hüfte zu stemmen. „Er war der Herausgeber des *Morning Chroncile*. Delancey ist ein Anteilseigner."

„Delancey!", rief ich.

„Das ist es", sagte Willie und schlug mit der Hand auf die Armlehne des Sessels. „Er ist der Mörder. Er muss es sein."

Oscar schüttelte den Kopf. „Nicht unbedingt. Ich habe die Drohbriefe erhalten, nicht Baggley. Ich hätte an diesem Abend sterben sollen." Er tigerte erneut auf und ab. „Die Stelle des Herausgebers hätte nicht frei werden sollen, aber als es unerwarteterweise dazu kam, hat Delancey die Lage ausgenutzt und einen eigenen Mann eingesetzt. Das ist jedenfalls meine Theorie. Pelham hat mir bereits gesagt, dass ich keine weiteren Artikel schreiben kann. Ich bin mir sicher, das ist der Einfluss von Delancey."

„Gut", sagte Matt.

Oscar warf ihm einen finsteren Blick zu, ohne langsamer zu werden. „Ich werde sie irgendwo anders veröffentlichen. Das Interesse an Magie ist extrem hoch. Eine andere Zeitung wird sie kaufen. Ich bin gerade auf dem Weg, um mich mit einem Herausgeber zu treffen." Er blieb am Kaminsims stehen und tippte auf das Ziffernblatt der Uhr.

„Sie geht ganz genau", erklärte ich ihm. „Weshalb setzt du dich nicht, Oscar? Du läufst noch eine Bahn in den Teppich."

„Und mein Hals macht das auch nicht mehr lange mit", sagte Duke, der sich den Nacken rieb.

Oscar ließ sich auf der Kante eines Sessels nieder und sah aus, als würde er jeden Augenblick aufspringen. „Also was nun, Glass? Wo steht Ihre Ermittlung?"

„Es lohnt sich, im Lichte dessen, was Sie uns gerade erzählt haben, mit Delancey zu sprechen", sagte Matt.

Oscar wartete ab, doch als Matt nicht mehr sagte, warf er die Hände in die Luft. „Also haben Sie etwas." Er schob sich hoch und ging abermals im Zimmer auf und ab. „Sie kümmert das nicht, oder? Sie sind froh, dass mein Herausgeber meine Artikel aufhält."

„Sie glauben, dass ich mich freue, dass Baggley gestorben ist", knurrte Matt. „Wenn ich Gewalt einsetzen wollen würde, um Sie daran zu hindern, Artikel zu schreiben, hätte ich das längst getan. Meine Fäuste gehen nicht vorbei und treffen nicht den falschen."

Oscar hörte endlich auf, auf und ab zu gehen. Er stellte sich an den Kamin und verschränkte die Arme. „Reden Sie mit Delancey, wenn Sie mögen, aber es wird nicht helfen. Baggley hätte niemals sterben sollen. Ich hätte es sein sollen. Delancey hat die freie Stelle einfach ausgenutzt, um seine Marionette hinzusetzen."

„Es gibt noch etwas, was wir über Delancey wissen, wie es der Zufall so will", sagte ich. „Er hat Mr. Hendry einen Kredit gewährt, nachdem die Banken sich geweigert haben, ihm noch Geld zu leihen, weil er ein Magier ist. Seine Schulden wurden ebenfalls eingetrieben, sodass er ziemlich verzweifelt war."

Oscar zuckte mit den Schultern. „Wie wird damit denn Delancey des Mordes an mir schuldig?"

„Sie wurden nicht ermordet", sagte Cyclops.

„Noch nicht", sagte Willie mit kühlem Unterton.

Oscars Augen wurden größer, und er wich einen Schritt vor ihr zurück.

„Hendrys Bankiers und Kreditgeber haben irgendwie erfahren, dass er ein Magier ist", sagte Matt.

„Wie?"

„Wir wissen es nicht, doch wenn die Banken ihm kein Geld mehr leihen, weil er ein Magier ist, steht zu vermuten, dass jeder andere bekannte Magier ein ähnliches Problem haben wird. Und bis auf Indias Großvater sind Sie der Einzige, den Sie in Ihren Artikeln genannt haben – und Ihren Bruder, weil man sich das erschließen kann. Im Lichte dessen ist es interessant, festzustellen, dass Isaac auch wegen eines Privatkredits zu Delancey gegangen ist."

Oscar wurde ganz starr. „Ist er das?"

„Vielleicht ist das der Grund, weshalb er nach London gekommen ist", sagte ich. „Um mit seiner Bank zu reden, nachdem sie keine Geschäfte mehr mit ihm gemacht hat."

„Als Sie sich geweigert haben, ihm noch Geld zu leihen, ging er zu Delancey", schloss Matt.

„Er hätte auch kommen können, um den Verfasser dieser Artikel zu töten", sagte Willie mit einem entschuldigenden Schulterzucken.

Oscar ging zu ihr, die Fäuste an den Seiten geballt. „Mein Bruder ist kein Mörder! Um Himmelswillen, er schlägt mich vielleicht, aber er würde mich nicht erschießen."

Matt schoss hoch und zog Oscar weg. Willie hatte nicht besorgt um ihre Sicherheit gewirkt, doch sie hatte auch die Fäuste geballt. Oscar riss sich aus Matts Griff los und krümmte die Schultern.

Matt trat nicht zurück. „Finden Sie heraus, ob die übliche Bank Ihres Bruders sich geweigert hat, ihm noch Geld zu leihen. Ich will das bis morgen wissen."

„Warum morgen?", fragte Oscar.

„Das zieht sich schon zu lange. Willie, ich will, dass du Delancey beobachtest. Duke und Cyclops, folgt dem neuen Herausgeber, Pelham. Ich will wissen, wo er wohnt, mit wem er sich gemeinmacht, und ob er womöglich mehr Geld hat, als es bei einem Zeitungsherausgeber der Fall sein sollte. Alles, was verdächtig wirkt."

Während die drei hinausgingen, deutete Oscar auch an, dass er gehen musste.

„Ich habe in dreißig Minuten ein Treffen", sagte er.

„Ich glaube, du solltest nochmal darüber nachdenken, ob du versuchen willst, deine Artikel an andere Zeitungen zu verkaufen", erklärte ich ihm sanft. „Es ist klüger, sich eine Weile bedeckt zu halten. Zumindest, bis wir den Mörder erwischt haben."

„Oder es könnte ihn erneut ans Licht treiben."

„Bist du wahnsinnig?"

„Weshalb malen Sie sich nicht gleich eine Zielscheibe auf den Rücken?", fragte Matt mit einem Kopfschütteln.

Oscar deutete mit dem Finger auf Matts Gesicht. „Wenn Sie Ihre Aufgabe erfüllen würden, müsste ich mich vielleicht nicht auf verzweifelte Maßnahmen stürzen. Finden Sie den Mörder, Glass, ehe es zu spät ist."

„Hör auf, Oscar", fuhr ich ihn an. „Wir tun unser Bestes."

„Darf ich Sie daran erinnern, dass wir das kostenlos machen?", fragte Matt.

Oscar knurrte.

„Denken Sie über Indias Vorschlag nach, sich bedeckt zu halten", fuhr Matt fort. „Es ist das vernünftigste."

Oscar baute sich vor ihm auf, warf sich in die Brust. „Das würde Ihnen gefallen, oder nicht? Sie wollten niemals, dass ich die Wahrheit über Magie schreibe. Das ist alles für sie ganz perfekt gelaufen. Typisch. Männer wie Sie und mein Bruder bekommen immer, was sie wollen, auf Kosten von uns übrigen."

„Sie gehen jetzt besser", sagte Matt, das Kinn angespannt. „Bevor ich mich versucht fühle, Sie hinaus zu geleiten."

Oscar hob ergeben die Hände und rückte ab. „Ich glaube, ich mochte Sie lieber, als Sie noch krank waren."

Matt öffnete die Tür zu Bibliothek, und Bristow geleitete Oscar aus dem Haus. Oscar zögerte auf der obersten Eingangsstufe, musterte die Umgebung, ehe er entschlossen zu seiner wartenden Kutsche ging.

„Er ist nervös", sagte Matt, während Bristow die Eingangstür schloss.

„Das ist keine Entschuldigung dafür, wie er gerade mit dir geredet hat", sagte ich. „Oder wie er Willie bedroht hat."

„Stimmt." Er rieb mir über die Arme. „Ist alles in Ordnung, India?"

„Schon gut. Was machen wir jetzt?"

„Wir warten darauf, dass Willie, Cyclops oder Duke uns Bericht erstatten."

„Dann lass uns mit deiner Tante ein frühes Mittagessen einnehmen."

* * *

WIR MUSSTEN NICHT LANGE auf unseren ersten Bericht warten. Willie kehrte zurück, als wir gerade unser Mittagessen beendeten, und brachte Einzelheiten zu Delanceys Bewegungen. „Er hat sich am Laden mit Hendry getroffen", sagte sie und nahm sich ein Sandwich vom Teller. „Ich sah sie durch das Fenster streiten, und dann ging Delancey. Hendry wirkte verstört." Sie schob sich zu Miss Glass' großem Missfallen das ganze Sandwich in den Mund.

„Dann werden wir Delancey einen Besuch abstatten." Matt erhob sich und hielt mir eine Hand hin. „Ist er nach Hause oder zur Bank?"

Willie schaffte es, eine Antwort hervorzubringen: „Nach Hause", obwohl sie den Mund voller Sandwich hatte.

Es dauerte nicht lange, bis wir ein weiteres Mal das Haus der Delanceys aufsuchten. Obwohl wir darum baten, Mr. Delancey zu sprechen, war es Mrs. Delancey, die uns im Salon begrüßte.

„India, meine Liebe, wie schön, Sie wiederzusehen." Sie küsste mich auf die Wange und begrüßte Matt höflich, wenn auch nicht übermäßig begeistert. „Setzen Sie sich, setzen Sie sich. Mein Gatte wird sich uns bald anschließen. Sie haben ihn gerade noch erwischt. Er ist zu einem Mittagessen nach Hause gekommen, muss aber zurück zur Bank. Ah, da ist er. Liebling, ich wollte India gerade fragen, ob sie heute Abend mit uns zu Abend essen kann. Das werden Sie doch, oder nicht, India?"

„Ich fürchte, das kann ich nicht", sagte ich. „Wir haben andere Pläne." Die Lüge ging mir mühelos über die Zunge, und ich fühlte mich nicht im Mindesten schuldig. Ich hatte für eine Weile einfach genug von Mrs. Delancey und ihresgleichen.

„Vielleicht nächste Woche", sagte sie. „Das gibt mir mehr Zeit, einige Freunde einzuladen. Sagen wir, Dienstagabend?"

Ich nickte, weil ich nicht sicher war, wie ich ein zweites Mal herauskommen sollte. Vielleicht konnte ich mich an diesem Tag krank stellen, wenn man davon ausging, dass ich noch in London war. Ich erwischte Matt dabei, wie er mich genau beobachtete, und wandte meine Aufmerksamkeit Mr. Delancey zu.

„Man hat Sie heute gesehen, wie Sie mit Mr. Hendry stritten, dem Papiermagier", sagte ich. „Worüber denn?"

Er wirkte erschüttert von meiner unverblümten Frage. „Das ist eine Privatangelegenheit."

„Bitte antworten Sie Miss Steele", sagte Matt.

Mr. Delancey sträubte sich. „Weshalb sollte ich?"

„Vielleicht sind Sie des Mordes an Mr. Baggley verdächtig, und wenn Sie nicht kooperieren, lässt Sie das schuldig wirken."

Mrs. Delancey keuchte. „Verdächtig? India, wie können Sie nur? Nach allem, was ich für Sie getan habe?"

„Ich denke doch, ich habe eher etwas für Sie getan, als Sie für mich", schoss ich zurück. Ihr verblüfftes Schweigen war eine kleine Befriedigung. „Mr. Delancey, ich bin mir sicher, Sie würden Ihren Namen gern reinwaschen, darum antworten Sie bitte ehrlich. Wir wissen, dass Sie Mr. Hendry Geld geliehen haben."

Delancey warf seiner Frau einen frostigen Blick zu. Sie schluckte und hatte plötzlich ein großes Interesse an ihren Händen, die sie im Schoß ineinander verschränkt hielt.

„Haben Sie den Kredit zurückgezogen?", fuhr ich fort. „Haben Sie sich deswegen gestritten?"

„Ja", sagte er.

Mrs. Delancey schüttelte vor ihrem Gatten den Kopf. „Oh, das hast du doch nicht getan, oder? Ehrlich, Ferdinand."

„Weshalb haben Sie es sich anders überlegt?", fragte ich.

Mr. Delancey überkreuzte die Arme und die Beine. „Das geht Sie nichts an."

„Dieser arme Mann", sagte seine Frau. „Gerade, wenn er uns am allermeisten braucht, lassen wir ihn im Stich."

„Ich mache keine privaten Geschäfte mit solchen Männern", zischte ihr Mann ihr zu. „Es tut mir leid, meine Liebe, aber du kennst meine Gedanken dazu."

„Bisher tat ich das nicht", sagte sie schniefend, „aber jetzt schon. Wenn ich gewusst hätte, dass du dich so furchtbar deswegen anstellst, hätte ich es dir nicht erzählt."

„Ihm was erzählt?", fragte Matt.

Mrs. Delancey sah ihren Mann mit hochgezogenen Augenbrauen an.

Er stellte die Beine gerade hin, dann überkreuzte er sie wieder. „Mit solchen Leuten mache ich keine Geschäfte", wiederholte er.

„Magiern?", fragte ich recht dümmlich.

„Mördern?", schlug Matt vor.

Als er nicht antwortete, meldete sich stattdessen Mrs. Delancey zu Wort. „Männern, die andere Männer mögen."

Ah. Ich hatte mich gefragt, ob Mr. Hendry Männer den Frauen vorzog, aber es schien für die Ermittlung irrelevant zu sein, darum hatte ich es vor Matt nicht erwähnt. Er wirkte ebenfalls nicht schockiert, darum nahm ich an, dass er es auch vermutet hatte.

„Und?", sagte Matt.

„Es ist nicht natürlich", murmelte Mr. Delancey. „Solche Männer ekeln mich an. Ich möchte keinen Anteil an seinem Geschäft haben. Ich möchte lieber gar nichts mit ihm zu tun haben. Ich glaube, wir sollten auch unsere Schreibwaren woanders herstellen lassen."

„Nein!", rief Mrs. Delancey. „Ganz gewiss nicht. Er ist der Beste, und ich will nur das beste Papier. Außerdem ist er ein Magier. Es ist mir gleich, was er sonst noch ist."

„Na, *mir* nicht."

„Ehrlich", murmelte sie. „Wo sind deine Prioritäten? Es ist ja nicht so, als würde er *dich* attraktiv finden."

Das Gesicht ihres Mannes wurde tiefrot.

Ich schaute zu Matt, erwischte ihn dabei, wie er sich sehr

darum bemühte, nicht zu lächeln. „Wie haben Sie von seiner, äh, Vorliebe für Männer erfahren?", fragte ich.

„Meine Frau hat mich erst heute Morgen darüber in Kenntnis gesetzt", grollte Mr. Delancey. „Auch wenn sie es schon vor einiger Zeit erfahren hat."

„Ich bin losgegangen, um vor einer Weile unsere Kartenvorräte aufzufüllen, und ich sah Mr. Hendry mit einem anderen Mann durch das Ladenfenster", sagte Mrs. Delancey. „Sie taten nichts Offensichtliches, wenn Sie verstehen, was ich meine. Es war einfach die Art, wie sie beieinanderstanden, wie ihre Körper zueinander ausgerichtet waren, ihre Hände dicht beieinander, ohne sich zu berühren. Auch ihr Lächeln war verschwörerisch, und ziemlich lieblich. Gewöhnliche Männer lächeln einander nicht so an. Ich konnte erkennen, dass sie Liebende waren."

Ihr Gatte gab ein kehliges, angeekeltes Geräusch von sich.

„Können Sie den anderen Mann beschreiben?", fragte Matt.

„Schmal gebaut, gut angezogen, gut aussehend. Ich kam an ihm vorbei, als ich den Laden betrat, und konnte nicht verhindern, dass mir auffiel, wie wunderbar blau seine Augen waren, und dass er hier nervöse Zuckungen hatte." Sie berührte ihre Oberlippe.

Sweeney.

„Danke Ihnen", sagte Matt, der sich erhob und seine Jacke zuknöpfte.

Mrs. Delancey läutete den Diener herbei, damit er uns hinausbrachte. „Sie kommen dann nächste Woche zum Abendessen, liebe India", sagte sie, während wir warteten.

Ich nickte und wünschte, ich hätte den Nerv, ihr von Angesicht zu Angesicht abzusagen.

Der Diener kam und bedeutete uns, dass wir vor ihm gehen sollen.

„Ich wünschte, du hättest mir vor heute von diesem Kerl berichtet", murmelte Mr. Delancey zu seiner Frau, als wir gerade gingen. „Du hättest mir den Ärger ersparen können, heute meinen Kredit zurückzuziehen. Es war eine höchst unangenehme Angelegenheit. Ich hoffe, keiner der Nachbarn dachte, wir würden über etwas Persönlicheres streiten."

„Niemand wird das denken", stieß seine Frau bissig hervor. „Ihm gefallen gut aussehende junge Männer."

Matt wies den Fahrer an, uns zu Hendrys Laden zu bringen. „Weshalb besuchen wir nicht Sweeney?", fragte ich, während wir uns in der Kutsche niederließen.

„Ich glaube, wir sollten zuerst bei Hendry vorbeischauen", sagte Matt. „Als wir ihn zum letzten Mal sahen, war er nervös und etwas unvernünftig. Dieser Rückschlag ist bestimmt heftig für ihn."

Ich rückte näher an ihn und nahm seine Hand. „Es ist gut von dir, dass du dich um ihn sorgst."

„Stell mich nicht als Heiligen dar, India. Ich hoffe auch, dass wir einige Antworten erhalten."

„Auf welche Fragen?"

„Auf die Frage nach Sweeneys Schuld am Mord an Baggley."

„Du glaubst, Sweeney hat es getan?"

Er zuckte mit den Schultern. „Ich weiß es nicht. Irgendwas stimmt da nicht ganz." Er drehte meine Hand um und malte auf meiner Handfläche Kreise mit dem Daumen. „Zum Beispiel, wenn Hendry und Sweeney Liebende waren, die sich stritten, weil Hendry ein Magier ist, was hat Sweeney dann dazu gebracht, Oscar Barratt ermorden zu wollen? Würde er nicht Hendry ermorden wollen?"

„Vielleicht haben sie sich nicht gestritten, weil Hendry ein Magier ist, sondern um etwas Persönlicheres. Eifersucht vielleicht."

Matt lachte. „Vielleicht ist Oscar Barratt der dritte Mann in dieser Gleichung."

„Ist er nicht."

Matts Lachen erstarb plötzlich. Er drehte sich, um mich besser sehen zu können. „Wie kannst du da sicher sein?"

„Weil Oscar mich auf eine gewisse Weise ansieht."

Seine Augen verdüsterten sich. „Auf welche Weise?"

„Auf eine Weise, auf die mich weder Mr. Hendry noch Mr. Sweeney angesehen haben."

Er knurrte. „Gut. Also ist Barratt nicht der Grund, weshalb sie sich gestritten haben. Weshalb sollte man dann versuchen, ihn zu töten?"

„Um die Artikel aufzuhalten?", wagte ich mit einem Seufzen. „Aber du hast recht. Ich glaube nicht, dass die Entdeckung Sweeneys, dass Hendry ein Magier ist, ihm ausreichend Grund gibt, plötzlich jemanden töten zu wollen. Ich glaube auch nicht, dass Eifersucht dahinter steht. Mr. Sweeney wirkt recht einsam, und ich kenne mich ja nicht sonderlich mit Beziehungen azs, aber ich glaube schon, dass Mr. Hendry ihn noch mag."

Matt dachte mit einem langsamen Nicken darüber nach. „Du hast vielleicht recht. Wir werden ihn fragen."

„Glaubst du, es ist klug, ihn diese Dinge einfach unverblümt zu fragen? Ihre Beziehung ist sehr persönlich, ganz zu schweigen von unrechtmäßig."

„Dann musst du deine Reize bei ihm einsetzen, India."

„Ich glaube nicht, dass das funktioniert." Ich tätschelte ihm die Wange. „Versuch du es."

Er lächelte mich schief an. „Ich schätze, ich bin eher sein Typ."

„Matt, du bist jedermanns Typ."

* * *

MR. HENDRY WIRKTE, als wolle er weinen, als er uns sein Geschäft betreten sah. „Weshalb können Sie mich nicht zufriedenlassen", jammerte er.

„Weil Sie unser Hauptverdächtiger im Mord an Mr. Baggley sind", sagte ich zu ihm.

„Ich?" Er schüttelte den Kopf in schnellen, ruckartigen Bewegungen. „Ich habe niemanden ermordet. D…die Waffe." Er deutete mit einer bebenden Hand auf das Regal hinter dem Tresen. „Sie wurde dort von jemand anderem hingelegt. Ich habe Ihnen seine Beschreibung gegeben. Nach ihm sollten Sie suchen."

„Wir haben die Waffe der Polizei übergeben", sagte ich.

Seine Schultern sanken herab, während er um den Tresen ging. „Dann schätze ich, dass ich bald einen Besuch von ihnen zu erwarten habe."

Matt legte Mr. Hendry eine Hand auf die Schulter. „Wir sind

wegen einer anderen Angelegenheit gekommen", sagte er sanft. „Einer heiklen Angelegenheit."

Mr. Hendry runzelte die Stirn und zog Matts Hand weg. Ich verbiss mir ein Lächeln. „Welche Angelegenheit?", fragte Mr. Hendry.

„Ihr Privatleben. Mit Patrick Sweeney."

Mr. Hendry ging rückwärts, stieß an den Tresen. „M...mir gefällt nicht, was Sie da nahelegen."

Matt folgte ihm und stand etwas dichter als nötig. „Werden Sie nicht nervös. Mit uns können Sie reden. Uns ist es gleich, mit wem sie eine Beziehung haben, uns ist nur wichtig, dieses Verbrechen aufzuklären."

Mr. Hendry schluckte laut. „Gehen Sie."

Matt legte eine Hand auf den Tresen.

Mr. Hendry glitt am Tresen entlang in die gegenüberliegende Richtung. „Ich sagte, gehen Sie. Ich habe Ihnen nichts mehr zu sagen. Gehen Sie und finden Sie den echten Mörder und lassen Sie mich in Ruhe." Er hob die Klappe am Tresen und trat hindurch, dann knallte er die Klappe wieder zurück.

„Wir wissen, dass Sie ihn noch mögen", fuhr Matt fort.

Tränen traten in Mr. Hendrys Augen. „Lassen Sie mich in Ruhe! Ich habe Ihnen nichts zu sagen."

Matt und ich taten, worum er gebeten hatte, und gingen. „Das nennst du flirten?", fragte ich, während er mir wieder in die Kutsche half.

„Ich bin aus der Übung. Außerdem will ich nur mit dir flirten. Es fühlt sich nicht richtig an, mit jemand anderem zu flirten."

„Du musst lernen, deine Prinzipien beiseitezuschieben, wenn du in diesem Ermittlungsgeschäft weiterkommen willst", neckte ich ihn.

Er befahl dem Kutscher, weiter zu Sweeneys Fabrik zu fahren, und setzte sich in der Kabine neben mich. Er küsste mich auf die Haut unter dem Ohr. „Ich glaube, ich brauche eine ausführlichere Lektion in Ermittlungstechniken", murmelte er. „Wirst du mir etwas beibringen?"

Seine Lippen kitzelten, und ich kicherte und wand mich. Als

Nächstes wusste ich nur noch, dass ich gründlich und ausführlich geküsst wurde.

* * *

MR. SWEENEYS GEHILFE ERKLÄRTE UNS, dass wir ihn im Gildensaal der Buchhändler finden würden. Leider kannte der Türsteher uns dort nicht nur, sondern war auch gewarnt worden, uns nicht einzulassen. Er sah uns nach, wie wir uns in die Kutsche zurückzogen, und warf die Tür zu. Statt zu fahren, warteten wir.

Wir vertrieben uns die Zeit damit, über unsere Pläne zu sprechen, London zu verlassen. Oder vielmehr sprach Matt darüber, und ich hörte zu. Er erzählte mir von all den Orten auf dem Kontinent, an die er mich bringen wollte, und er listete die Gründe für und gegen das Leben in jeder Stadt auf, die er bereits besucht hatte. Ich war froh, dass er nicht erwartete, dass ich mehr zu der Unterhaltung beitrug als hier und da ein Nicken, denn ich war mir nicht sicher, ob ich ihn gut anlügen konnte. Ich war nicht mit dem Herzen bei der Unterhaltung, weil ich wusste, dass wir nicht gehen würden. Wir konnten nicht gehen.

Eine Stunde und acht Minuten vergingen, ehe Mr. Sweeney schließlich aus dem Saal kam. Er setzte sich seinen Hut auf, sprach mit dem Türsteher und ging die Straße entlang weg. Sobald der Türsteher die Tür geschlossen hatte, folgten wir Sweeney zu Fuß. Wir warteten, bis er außer Sicht der Fenster des Saals war, bis wir ihn grüßten.

Er hielt an, und als er uns sah, stöhnte er. „Was wollen Sie?“, fuhr er uns an.

„Ihnen ein paar Fragen stellen“, sagte Matt.

„Das ist Belästigung.“

„Das ist nichts verglichen damit, wie die Polizei Sie behandeln wird, falls wir dort erzählen, was wir wissen.“

Mr. Sweeneys Kehle bewegte sich, aber es kamen keine Worte heraus.

Matt füllte die Stille. „Wir wissen von Ihrer Beziehung zu Hendry.“

Mr. Sweeney plusterte sich auf. „Sie irren sich, Sir, und was Sie nahelegen, ekelt mich an.“

„Man hat Sie zusammen gesehen", sagte ich.

Mr. Sweeneys Augen wurden groß. Dann drehte er sich um und marschierte weg. „Das ist empörend. Ruftötend. Ich werde mit meinem Anwalt reden."

„Ist Ihre Beziehung der Grund, weshalb Sie so wütend waren, als Mr. Hendry Ihnen verraten hat, dass er ein Magier ist?", drängte Matt, der mühelos mithielt. Ich musste meine Röcke raffen und ein paar Schritte hinter ihnen her trotten.

„Ich weiß nicht, wovon Sie reden."

„Haben Sie Mr. Hendry geliebt und sich verraten gefühlt, weil er es Ihnen vorenthalten hat, bis diese Artikel abgedruckt wurden?"

Er blieb wieder stehen und fuhr zu Matt herum. „Was hat Ihr Vorwurf denn mit dem Mord zu tun? Weshalb sollte ich jemanden von der Zeitung töten? Was hat denn mein Streit mit Hendry damit zu tun? Mir gefallen die Artikel nicht, aber ich bin kein Mörder. Und was Ihre Andeutung von Liebe angeht, das ist lächerlich. So etwas wie Liebe gibt es nicht, besonders nicht *diese* Art." Er marschierte wieder weg, seine Schritte hurtig, der Rücken hoch aufgerichtet.

Matt wollte ihm folgen, aber ich erwischte ihn an der Hand. „Lass ihn gehen."

Wir kehrten zur Kutsche zurück und baten den Kutscher, uns nach Hause zu bringen. „Interessante Reaktion", sagte Matt, während wir vom Bürgersteig abfuhren. „Sehr interessant."

„Inwiefern?", fragte ich.

„Ich glaube ihm, wenn er sagt, dass er nicht an die Liebe glaubt. Ich weiß nicht, weshalb, ich glaube ihm einfach. Und ich glaube nicht, dass ihm Handy wirklich wichtig ist."

Was das für Sweeneys Schuld oder Unschuld in dem Mordfall bedeuten könnte, konnte keiner von uns ergründen.

* * *

MATT und ich wollten uns gerade zum Abendessen hinsetzen, als Kriminalinspektor Brockwell eintraf. Er begrüßte uns mit seiner üblichen Knappheit, dann holte er tief Luft, warf sich in die Brust.

„Etwas riecht hier gut", sagte er.

„Wir wollten gerade zu Abend essen", erklärte ihm Matt.

„Es tut mir leid. Ich kehre später zurück."

„Bitte bleiben Sie." Ich bedeutete Bristow, Brockwells Hut und Mantel zu nehmen. „Schließen Sie sich uns heute beim Essen an. Es sind nur Matt und ich heute Abend. Seine Tante speist in ihrem Zimmer, und unsere Freunde sind ausgegangen."

„Nun, das wäre mir ein Vergnügen." Seine Wangen wurden rot. „Vielen Dank, Miss Steele. Sie sind sehr freundlich. Ich bekomme nicht häufig die Gelegenheit, in so edlen Häusern zu speisen."

„Dann können Sie sich auf etwas freuen. Mrs. Potter ist eine hervorragende Köchin."

„Wenn die köstlichen Gerüche, die aus der Küche kommen, einen Hinweis geben, dann stimme ich bereits zu."

Ich hakte mich bei Brockwell unter und geleitete ihn zum Speisezimmer. „Kommst du, Matt?", fragte ich über die Schulter.

„Oh, ich bin eingeladen, was?", sagte er mit einem schiefen Lächeln.

Bristow antwortete auf ein Klopfen an der Tür, und Matt blieb, um zu sehen, wer es war. Bristow nahm eine Nachricht von einem Boten entgegen und reichte sie Matt. Matts finsteres Gesicht wurde noch düsterer, während er las. Ich widerstand dem Drang, nachzufragen, und lotste Brockwell stattdessen zu einem Platz am langen Tisch. Ich schickte Peter los, um weiteres Besteck zu holen und noch einen Platz zu decken, und setzte mich gegenüber von Brockwell hin. Ich musste mich zur Seite beugen, um an der Vase mit wunderschönen Rosen vorbei zu sehen. Er erhob sich und schob die Vase beiseite, dann setzte er sich wieder.

„Besser." Er lächelte mich an.

Matt nahm am Kopfende des Tisches Platz. Die Nachricht war nirgends zu sehen, doch das Stirnrunzeln war noch da, obwohl es sich auf die Rosen gerichtet hatte. „Was verschafft uns denn das Vergnügen dieses Besuches?", fragte er Brockwell.

„Alles zu seiner Zeit", sagte ich. „Lass den Inspektor doch erst ein Glas Wein genießen, bevor du Antworten verlangst."

Matt kniff die Augen zusammen.

Bristow schenkte den Wein ein und verschmolz mit dem Hintergrund, während Peter zurückkehrte und ein weiteres Gedeck hinlegte. Brockwell wirkte unbehaglich; ohne Zweifel fühlte es sich seltsam für ihn an, bedient zu werden. Ich verstand das vollkommen.

„Arbeiten Sie heute Abend lang?", fragte ich ihn.

„Das tue ich an den meisten Abenden", sagte er. „Wenn nicht im Bureau, dann zu Hause. Es hält mich beschäftigt. Das Junggesellenleben kann ziemlich öde sein."

„Dann müssen Sie öfter bei uns speisen. Findest du nicht auch, Matt?"

Matt stellte das Glas auf den Tisch. „Auf jeden Fall. India und ich haben großes Glück, heute Abend Ihre Gesellschaft zu genießen, Inspektor. Sonst wären wir ganz allein gewesen." Er hob das Glas zum Gruß und trank.

Nun war es an mir, ihn finster anzuschauen, aber leider erwiderte er den Blick nicht.

„Wie geht es der Gesundheit?", fragte Brockwell Matt.

„Gut."

Brockwell beäugte den Diener und den Butler und hob die Augenbrauen. Matt schüttelte leicht den Kopf. Es würde keine Unterhaltung über Magie geben, bis die Diener weg waren. Leider blieb uns damit nur wenig, was wir gemeinsam hatten, um darüber zu sprechen. Ich versuchte, den Inspektor in andere Themen einzubinden, doch er gab zu, nur wenige Romane zu lesen und eher selten ins Theater zu gehen. Da blieben uns nur noch aktuelle Ereignisse, die keine Magie betrafen.

Ich war ziemlich froh, als wir uns in den Salon zurückzogen, und Matt schließlich die Diener entließ.

„Ich fürchte, wir können hier drin nicht rauchen", sagte Matt. „Meiner Tante ist es lieber, wenn das auf das Raucherzimmer beschränkt bleibt."

„Schon gut, ich bin sowieso kein großer Raucher." Brockwell ließ sich in einen der Sessel hinab und wirkte recht zufrieden, während er sich auf den Bauch klopfte. „Das Abendessen war großartig. Ihre Köchin ist tatsächlich ein Wunder. Danke, dass Sie mich eingeladen haben."

Ich wartete darauf, dass Matt etwas sagte. Als er das nicht tat, antwortete ich: „Es war uns ein Vergnügen."

„Was haben Sie also zu berichten?", fragte Matt, während er Kognak einschenkte. „Irgendwelche Neuigkeiten über die Waffe?"

„Es war der Typ, der auch beim Mord benutzt wurde", sagte Brockwell.

Matt hörte auf, einzuschenken. „Interessant."

„Ich habe heute Nachmittag mit Mr. Hendry gesprochen. Sie beide waren gerade da gewesen, wie es der Zufall so wollte. Er war darüber ziemlich aufgebracht und hat gefordert, dass ich dafür sorge, dass Sie aufhören, ihn zu belästigen, wie er es formuliert hat."

„Wir werden nicht aufhören", sagte Matt. „Unsere Ermittlung ist eine Privatangelegenheit."

„Und ich habe nicht die Befugnis, Sie zum Aufhören zu zwingen. Zumindest ist es das, was ich Hendry gesagt habe."

Matt nickte ihm dankbar zu.

„Wollen Sie wissen, was wir herausgefunden haben?", fragte ich Brockwell.

„Deswegen bin ich hier, Miss Steele, obwohl ich zugeben will, dass die Aussicht auf Ihre angenehme Gesellschaft mich auch hergelockt hat." Er lächelte freundlich. „Wenn natürlich Glass nicht mit seiner Cousine verlobt wäre, würde ich mir nicht im Traume anmaßen, in ein privates Abendessen einzudringen. Zu meinem Glück ist er das aber."

Matt trat zwischen uns und reichte Brockwell sein Glas mit Kognak. „Wir haben erfahren, dass Hendry sehr … sehr gut mit Sweeney befreundet war, dem Meister der Buchhändlergilde. Jetzt sind sie keine Freunde mehr."

Brockwell zeigte keine Überraschung. „Ich weiß."

„Was haben Sie bei Ihrer Unterhaltung mit Hendry herausgefunden, Inspektor?", fragte ich, während Matt mir ein Glas reichte.

„Sehr wenig. Wie ich sagte, er war ziemlich aufgeregt darüber, dass Sie ihn ständig aufsuchen."

„Wohl kaum ständig", entgegnete Matt.

„Er hat das Datum und die Zeit eines jeden Ihrer Besuche

aufgelistet. Es gab davon eine ganze Reihe." Brockwell hob die Hand, um Matts Widerworte abzuwehren. „Ich stimme zu, es war vielleicht nötig, wenn man bedenkt, dass die Briefe an Mr. Barratt auf seinem Papier verfasst waren, und die Waffe in seinem Laden gefunden wurde. Wo wir schon dabei sind, ich habe ihn an diesem Nachmittag dazu befragt, und ich glaube, dass er Sie darüber angelogen hat, wie die Waffe in seinen Besitz gelangte. Ich glaube, er wusste, wer sie dort hingelegt hat, und es war nicht Abercrombie."

„Wie kommen Sie darauf?", fragte ich.

„Er hat sich verdächtig benommen, als ich ihn zur Rede gestellt habe. Er wollte mir nicht in die Augen schauen, und er konnte nicht stillstehen. Beides sind klassische Anzeichen eines schlechten Lügners. Als ich ihm sagte, dass eine falsche Beschreibung einen Unschuldigen ins Gefängnis bringen könnte, brach er ein. Er gab es natürlich nicht zu, doch er änderte seine Geschichte und behauptete, er könne sich nicht erinnern, wie der Mann ausgesehen habe."

„Verflixt", murmelte ich. „Ich dachte, wir hätten Beweise, dass Abercrombie involviert war, auch wenn ich bezweifle, dass er selbst abgedrückt hat. Er ist viel zu feige dafür."

Matt zog ein Blatt Papier aus seiner inneren Jackentasche und reichte es mir. „Das kam vor dem Abendessen. Es beweist Brockwells Theorie zu Abercrombies Unschuld."

Die Nachricht kam von dem Uhrmacher in Abercrombies Werkstatt, der uns erzählt hatte, dass sein Meister Mr. Sweeney am Freitag empfangen hatte, dem Tag, an dem die Waffe in Hendrys Shop platziert worden war. Laut dem Uhrmacher hatte er sich falsch erinnert, und der Tag war eigentlich Donnerstag gewesen, nicht Freitag. Er erklärte weiterhin, weshalb ihm dieser Fehler unterlaufen war.

„Glaubst du, das ist die Wahrheit, oder hat Abercrombie erfahren, dass wir mit ihm gesprochen haben?", fragte ich Matt, während ich die Nachricht an Brockwell weiterreichte.

„Das lässt sich unmöglich sicher sagen, aber wenn der Inspektor glaubt, dass Hendry gelogen und uns eine falsche Beschreibung geliefert hat, bin ich geneigt, dieser Nachricht Glauben zu schenken."

Brockwell reichte Matt die Nachricht zurück. „Wenn es also nicht Abercrombie war, der die Waffe in Hendrys Geschäft hinterlegt hat, wer dann?"

„Sweeney?", schlug ich vor. „Vielleicht wurde Hendry klar, dass er es war, und er wollte ihn vor unseren Ermittlungen schützen. Wenn er immer noch Gefühle für Sweeney hat, würde er ihn bestimmt nicht in Schwierigkeiten bringen wollen."

„Oder es könnte Hendry selbst gewesen sein", sagte Matt.

„Wie es auch ist", sagte Brockwell, „ich schulde Ihnen eine Entschuldigung, Glass. Und Miss Steele auch. Ich glaube inzwischen, dass dieses Verbrechen mit Magie in Verbindung steht. Hendry steckt bis über beide Ohren drin, und er ist ein Magier, und Barratt ist der Autor dieser Artikel. Das macht es zu einem heiklen Fall." Er seufzte. „Meinen Vorgesetzten wird das nicht gefallen."

„Dann sagen sie Commissioner Munro, er soll mit mir sprechen", empfahl Matt. „Wir werden eine Möglichkeit finden, es so zu formulieren, dass die Presse den Mord nicht mit Magie in Verbindung bringt."

„Das kann ich selbst erledigen." Brockwell trank aus und erhob sich. „Ich muss los. Vielen Dank noch einmal für das köstliche Abendessen. Miss Steele." Er beugte sich über meine Hand, streifte leicht mit den Lippen meine Handknöchel. „Es war ein Vergnügen, wie immer. Wenn ich so dreist sein darf, kann ich darum bitten, dass ich Sie bald einmal besuchen darf? In rein persönlicher Manier. Und ohne, dass Ihr Arbeitgeber dabei ist."

Ich versuchte, mir die beste Antwort einfallen zu lassen, um höflich zu sein, doch nicht ermutigend, und stellte fest, dass meine Zunge nicht funktionierte.

Matt kam mir zur Rettung. „Kommen Sie nach Samstag einfach vorbei, wann Sie wollen."

Ich presste die Lippen zusammen, um ein Lächeln zu unterdrücken.

Bristow geleitete Brockwell hinaus, und Matt kehrte zu mir zurück. Er nahm mir das Glas aus den Fingern und zog mich aus dem Sessel. Er drängte sich dicht an mich, nahm eine Tanzhaltung ein und wiegte sich mit mir. Ich beugte mich vor und atmete tief ein, entspannte mich in seinem Rhythmus, genoss das Gefühl, ihm so nahe zu sein.

„Das war eine Tortur", murmelte er mir in die Haare.

„So schlimm war es nicht", sagte ich. „Und wir haben etwas erfahren."

„Selbst wenn er uns verraten hätte, wer der Mörder war, hätte ich ihn lieber nicht zum Essen bleiben lassen." Er ließ meine Hand los und legte beide Arme um meine Taille. Ich neigte den Kopf nach oben, damit ich ihn besser sehen konnte. „Heute Abend hätten es nur du und ich sein sollen."

„Oh. Ist deswegen etwa deine Tante in ihrem Zimmer geblieben?"

„Ich habe sie darum gebeten."

„Und die Blumen auf dem Tisch. Oh, Matt, sie waren herrlich. Es tut mir leid, das war mir nicht klar. Du hättest es mir sagen sollen, und ich hätte Brockwell nicht gebeten, zu bleiben."

„Es spielt keine Rolle."

Seinem bedrückten Tonfall entnahm ich, dass es sehr wohl eine große Rolle spielte.

Wir tanzten langsam in der Stille zusammen, bis Duke und Cyclops uns unterbrachen. Sie hatten nichts Interessantes zu berichten und stopften sich fröhlich mit den Überbleibseln des Essens voll. Willie kam zwanzig Minuten später und genehmigte sich den kalten Braten und Salate von dem Tablett, das Bristow für sie hereinbrachte.

„Wie war euer Abend?", fragte Willie fröhlich. „Haben wir was verpasst?"

Matt saß schweigend da und starrte in den Kamin. Er schaffte es, mir ein schwaches Lächeln zuzuwerfen, als ich ihm den Arm drückte, doch er antwortete ihr nicht.

„Brockwell hat mit uns zu Abend gegessen", sagte ich.

Sie verzog das Gesicht. „Also war euer Abend genauso spannend wie meiner."

„Was wollte er?", fragte Duke.

„Uns sagen, dass die Waffe, die wir in Hendrys Geschäft gefunden haben, vom gleichen Typ war, wie diejenige, die beim Mord benutzt wurde."

„Also ist Hendry der Mörder?", fragte Cyclops.

„Vielleicht", erwiderte ich. „Oder jemand hat sie wirklich in seinem Geschäft versteckt, vielleicht sogar, um ihn zu belasten."

„Abercrombie", sagte Duke, der sich Salat in den Mund schaufelte.

Ich schüttelte den Kopf. „Er war es nicht."

„Was also nun?", fragte Willie. „Hendry zur Rede stellen und ihn anschuldigen?"

„Oder ihn fragen, wen er schützt", sagte Matt. „Ich wette auf Sweeney."

„Er wird es nicht zugeben, falls das so ist", sagte ich. „Nicht, wenn ihm Sweeney noch wichtig ist."

Eine Seite von Matts Mund hob sich. „Er wird es zugeben. Überlass das Fragen einfach mir."

Mr. Hendrys Geschäft war geschlossen, und trotz unseres Klopfens meldete er sich nicht.

„Ich frage mich, weshalb er heute nicht geöffnet hat", sagte ich, während wir abfuhren. „Es ist mitten in der Woche."

„Augenblick!" Matt klopfte auf das Dach der Kabine, und der Kutscher ließ uns anhalten. „Ich habe die Vorhänge oben flattern sehen. Er ist zu Hause."

„Er wird uns die Tür nicht öffnen", sagte ich und folgte ihm zurück zum Geschäft.

„Dann nehmen wir nicht die Tür. Nicht die Vordertür zumindest."

„Wir können nicht in seinen Laden einbrechen!"

„Wir können, wenn wir uns Sorgen um sein Wohlergehen machen. Tatsächlich sollten wir das. Es ist unsere Pflicht als seine Bekannten." Er nahm meine Hand, und wir liefen durch die Gasse.

„Kein Wunder, dass du in Amerika so viele Schwierigkeiten hattest", sagte ich und drückte mir die Hand auf den Hut, damit er nicht herunterfiel.

„Bis auf Payne lieben mich die Gesetzeshüter in Amerika."

„Genau, wie dich die Polizei hier liebt?"

„Brockwell mag mich nur nicht, weil ich im Weg stehe, um zu dir zu gelangen." Er schob ein Tor an der Gasse auf der Rückseite auf, um einen Hof voller Kartoffelsäcke und Kisten zu enthüllen.

Ich trat gegen einen der Säcke. Er war nicht voller Kartoffeln. Schon eher enthielt er die Lumpen, die Hendry benutzte, um sein Papier herzustellen.

Matt machte sich mit dem Schloss an die Arbeit, und er hatte die Tür geöffnet, noch ehe ich zu ihm trat. Er ging hinein, aber ich wagte es nicht.

„Hendry!", rief er laut. „Hendry, wir sind es, Miss Steele und Matthew Glass. Wir sind gekommen, um nach Ihnen zu sehen."

Nun, da er sich angekündigt hatte, schätzte ich, war es schon in Ordnung, einzutreten. Ich folgte ihm in die Werkstatt. „Wir machen uns Sorgen um Sie und dachten, Sie brauchen vielleicht Gesellschaft", rief ich. Ich wünschte, ich hätte eine Pastete oder einen von Mrs. Potters Kuchen dabei. Etwas zu essen würde unseren Besuch aufrichtiger wirken lassen.

Mr. Hendry war kein bisschen leise, und wir hörten seine Schritte die Stufen herabkommen, lange bevor er in der Werkstatt erschien. „Wie können Sie es wagen!", rief er. „Ich hole einen Schutzmann."

„Tun Sie das nicht", drängte Matt. „Wir wollen nur reden."

„Ich bin nicht an einem Gespräch mit Ihnen interessiert. Dieser Inspektor war gestern da, und er hat mir versichert, dass er Sie ermahnen würde, sich von mir fernzuhalten."

„Das haben wir gehört. Kriminalinspektor Brockwell hat gestern Abend mit uns gespeist."

Mr. Hendrys Züge entglitten ihm. Ich verstand, wie hoffnungslos er sich vorkommen musste, wie machtlos und allein. Wenn Brockwell auf unserer Seite stand, hatte er wirklich keine Möglichkeit, uns loszuwerden.

Ich schob mich an Matt vorbei und näherte mich Mr. Hendry. Es war düster in der Werkstatt, ohne dass Lampen angezündet waren, doch ich konnte eindeutig seine roten, geschwollenen Augen erkennen. „Sie haben nicht gut geschlafen, oder?"

Er wandte das Gesicht ab. „Bitte gehen Sie."

„Ich halte das nicht für klug. Trinken wir eine Tasse Tee und reden. Wir müssen Ihnen etwas sagen."

Sein Blick huschte zu mir zurück. „Was ist es? Was ist passiert?"

„Wir wissen, dass Sie wegen des Mannes gelogen haben, der die Waffe hier hinterlegt hat", sagte Matt.

Mr. Hendry machte ein langes Gesicht. Er starrte geradeaus, seine Miene ausdruckslos. Dann brach er in Tränen aus.

Ich funkelte Matt an. Er blinzelte zurück, wirkte irgendwie verloren.

Ich lotste Mr. Hendry zu einem Stuhl an der Werkbank und drängte ihn dazu, sich hinzusetzen. Er folgte meinen Anweisungen, als wäre er ein Automat, der zum Stillstand kam. Sein Weinen ließ nach und hörte ganz auf, als Matt ihm ein Taschentuch hinhielt. Mr. Hendry hielt inne, ehe er es nahm und sich die Augen tupfte.

„War Mr. Abercrombie an diesem Tag überhaupt da?", fragte ich sanft.

Mr. Hendry musterte das Taschentuch, den Kopf gesenkt. „Nein."

„Warum wollen Sie ihn denn beschuldigen?"

„Ich mag ihn nicht. Er hat Patrick gegen mich gewandt."

„Patrick Sweeney?"

Er nickte. „Wenn er nicht gewesen wäre ..." Er hob eine Schulter und schloss den Satz nicht ab.

„Auch wenn ich gewiss verstehe, weshalb Sie Mr. Abercrombie so wenig mögen, dass Sie ihm einem Mord anlasten wollen, hat das unseren Ermittlungen nicht gerade geholfen."

„Tut mir leid." Er wischte sich noch einmal über die Augen, dann wollte er das Taschentuch Matt reichen.

„Behalten Sie es", sagte Matt.

Mr. Hendry lächelte ihn aufgelöst an. „Vielen Dank."

Matt schob einen hölzernen Kastenrahmen zur Seite und setzte sich neben Hendry auf die Werkbank. „Wer hat die Waffe auf Ihr Regal gelegt?"

„Ich weiß es nicht."

„Aber Sie haben einen Verdacht."

Mr. Hendry schüttelte den Kopf.

„Es war Sweeney, oder nicht?"

Mr. Hendry schluckte. „Ich weiß es nicht."

„Aber Sie verdächtigen ihn", sagte ich. „Genau wie wir."

Er schaute weg. „Ich habe Ihnen alles gesagt, was ich weiß."

„Das mag ja der Fall sein", sagte Matt, „doch Sie haben uns nicht alles erzählt. Also lassen Sie sich von mir dazu ermutigen."

Mr. Hendry brummte. „Unmöglich."

Matt streckte die Beine aus und überkreuzte sie an den Knöcheln. Er beugte sich vor, dicht an Mr. Hendry, und sagte: „Sweeney hat den Banken von Ihren magischen Fähigkeiten erzählt."

Mr. Hendry schaute weg.

„Er hat auch Ihre Gläubiger informiert", fuhr Matt fort. „Er ist der Grund, weshalb Ihre Schulden eingetrieben werden. Er ist der Grund, weshalb die Banken Ihnen kein Geld mehr leihen."

Mr. Hendry knabberte an seiner Unterlippe, wirkte aber durch die Neuigkeiten nicht schockiert.

„Jetzt haben Sie die Macht, ihm das Leben schwer zu machen", fuhr Matt fort. „Wir wissen, dass Sie ihn des Mordes verdächtigen. Wir wissen, dass Sie ihn schützen. Wir wollen einfach nur wissen, weshalb Sie glauben, dass er versucht hat, Oscar Barratt zu töten. Wir können kein Motiv finden."

Mr. Hendry schluckte. „Haben Sie Beweise dafür, dass er es meinen Gläubigern gesagt hat?"

„Indirekt."

Mir gefiel nicht, dass Matt es aussehen ließ, als hätten wir tatsächlich einen Beweis, obwohl wir eigentlich nur einen Verdacht hatten. Ich überlegte es mir jedoch anders, als Mr. Hendry schwach nickte. In diesem Fall rechtfertigte das Ergebnis die Mittel. Wir würden mit unseren Ermittlungen nicht weiterkommen, wenn Hendry weiterhin Sweeney schützen wollte.

„Sie haben recht", sagte er, während neue Tränen seine Augen traten. „Ich halte ihn für schuldig, und ich habe ihn geschützt." Er stieß ein humorloses Lachen aus. „Oder ich habe es versucht. Ich habe mich schrecklich dabei angestellt. Sie wussten, dass ich log; der Kriminalinspektor wusste, dass ich log."

„Haben Sie die Waffe vor dem Tag, an dem wir sie gefunden haben, gesehen?", fragte ich.

Er schüttelte den Kopf. „Das war das erste Mal, aber ich erinnere mich, dass Patrick kurz nach dem Mord hergekommen ist.

Ich habe ihn in der Nähe dieser Regale erwischt. Er hatte nichts in der Hand. Ich nahm einfach an, dass er reden wollte, aber er ließ sich eine Ausrede einfallen und ging."

„Er hat es so eingerichtet, dass Sie beschuldigt werden."

Er nickte, und sein Gesicht verzog sich. Ich rieb ihm die Schulter und wartete, dass seine Tränen nachließen.

„Ich habe ihm von den Briefen erzählt, die ich an Barratt geschrieben habe", fuhr er fort, sein Kinn bebte. „Ich habe es ihm leicht gemacht."

„Also haben Sie die Briefe geschickt."

Er nickte. „Aber ich habe nicht versucht, ihn zu töten – oder sonst jemanden."

„Davon sind wir niemals ausgegangen", versicherte ich ihm.

Er schniefte. „Vielen Dank, Miss Steele."

„Aber Sie glauben, Sweeney ist der Mörder", sagte Matt. „Weshalb schützen Sie ihn?"

„Weshalb glauben Sie denn?"

„Liebe", sagte ich mit einem Seufzen. „Sie sorgt dafür, dass wir verrückte Dinge tun."

Matt wandte sich mit einem Stirnrunzeln an mich.

„Ich dachte, Patrick liebt mich", sagte Mr. Hendry. „Aber jetzt ... wie konnte er mich verraten? Er versucht, mich finanziell zu ruinieren."

„Und Sie für Mord festnehmen zu lassen", fügte Matt an.

Mr. Hendry schluchzte in das Taschentuch. „Er hat widerstrebende Gefühle, was mich angeht. Ich weiß, dass er Schwierigkeiten hatte, unsere Beziehung zu akzeptieren. Er hat sich selbst verabscheut, weil er Gefühle für mich hegte. Vielleicht bringt dieser Selbsthass ihn dazu, mir wehtun zu wollen. Er will mich bestrafen, mir etwas anlasten. Ich bin nicht wütend auf ihn, wie könnte ich das, wenn ...?" Er brach zusammen und weinte weitere Tränen in Matts Taschentuch.

Matt schaute mich an und bedeutete mir, dass ich etwas unternehmen sollte. Ich sagte lautlos: „Was?", und er zuckte nur mit den Schultern.

Ich ging neben Mr. Hendry in die Hocke und tätschelte ihm den Arm. Als seine Tränen schließlich wieder nachließen, fragte ich: „Weshalb will Mr. Sweeney Mr. Barratt umbringen? Um zu verhindern, dass er die Artikel schreibt?"

Mr. Hendry nickte.

„Das ist doch etwas", sagte ich hoffnungsvoll. „Er macht sich Sorgen darum, wie die Öffentlichkeit Magier behandelt. Er macht sich Sorgen um Sie."

„Das würde ich gerne glauben, doch ..." Sein Gesicht verzog sich. „Ich denke, es hat mehr mit seinen Investitionen zu tun."

„Investitionen?", wiederholte Matt, der sich vorbeugte. „Welche Investitionen?"

„Patrick hat in einen Papierhersteller investiert, nachdem er erfahren hat, dass ich ein Magier bin. Das Unternehmen ist mein ärgster Mitbewerber, es produziert hochwertiges Papier und Karton, aber ohne Magie. Er hat Wert darauf gelegt, hierher zu kommen und es mir zu erzählen, und er sagte, er würde dafür sorgen, dass dieses Geschäft aufblüht, während ich scheitere."

Das war gewiss nicht das Handeln eines Mannes, der verliebt war, nicht mal eines Mannes, der nicht mit seinen Gefühlen zurechtkam. Das war ein Akt reiner Gehässigkeit.

„Er war so wütend, als ich ihm erzählt habe, dass ich ein Magier bin", fuhr Mr. Hendry fort. „Wenn er mich geliebt hätte, hätte er mich als das akzeptiert, was ich bin." Er hob den aufgelösten Blick zu Matt. „Oder nicht, Mr. Glass?"

„Ja", sagte Matt. „Das hätte er."

Wir geleiteten Mr. Hendry hinauf in seine Räumlichkeiten über dem Geschäft, und ich machte ihm eine Tasse Tee. Er umklammerte die Tasse mit beiden Händen und wirkte etwas ruhiger, obwohl ihm das Elend in jede Linie seines Gesichts geschrieben stand.

„Was passiert als nächstes?", fragte er mit leiser Stimme.

„Wir warnen Oscar Barratt, dass er sich vor jedem in acht nehmen soll, auf den Sweeneys Beschreibung passt", sagte ich.

„Und informieren die Polizei", fügte Matt an.

Mr. Hendry drückte sich die Tasse an die Brust und starrte in den Tee. „Ich habe Patrick in den Tod geschickt."

„So dürfen Sie nicht denken", sagte ich. „Er wäre sowieso erwischt worden. Es war nur eine Frage der Zeit."

„Wir werden dafür sorgen, dass er niemals herausfindet, dass

Sie mit uns geredet haben", sagte Matt. „Wir werden nach anderen Beweisen suchen, die wir Kriminalinspektor Brockwell geben können, bei denen es nicht dazu kommt, dass wir ihn über Ihre Beziehung in Kenntnis setzen."

„Vielen Dank", murmelte Mr. Hendry. „Aber es liegt jetzt auf meinem Gewissen, und ich muss lernen, damit zu leben."

Wir überließen ihn seinen aufgewühlten Gedanken und kehrten zur Kutsche zurück. Matt gab dem Kutscher Anweisung, uns zum Bureau der *Weekly Gazette* zu fahren.

„Sweeney hat uns erzählt, er hätte an dieser Angelegenheit kein Interesse", sagte Matt, während wir in zügigem Tempo losfuhren. „Er machte uns glauben, dass es ihm gleich war, was über Magie geschrieben wurde, da es im Verlagswesen keine Magier gibt."

„Er hat seine Investitionen nicht erwähnt", überlegte ich. „Er hat wohl Hendry bis aufs Mark gehasst, wenn er will, dass seine Investitionen ihn ruinieren."

Matts Finger trommelten auf dem Fensterbrett. „Was ich noch immer nicht verstehe, ist, wie Sweeney darauf kam, dass der Tod von Barratt die Artikel aufhalten und seine Investitionen retten würde. Baggley hätte einfach einen anderen Zeitungsschreiber mit der Sache beauftragen können."

„Was, wenn Baggley doch das beabsichtigte Opfer war?"

Er sah mir fest in die Augen, und seine Finger wurden reglos. Einen Augenblick lang dachte er über meine Frage nach, dann trommelten seine Finger weiter. „Er konnte gar nicht wissen, dass der neu eingesetzte Herausgeber gegen die Artikel sein würde."

„Willst du andeuten, dass Sweeney es nicht getan hat? Dass ein Ende der Artikel gar nicht das Motiv des Mörders ist?"

„Nein, ich glaube, er hat es getan, aber uns entgeht etwas. Wenn wir nicht aufdecken können, was das ist, werden wir unser Versprechen an Hendry brechen müssen und Brockwell erzählen, dass er uns von Sweeneys Schuld überzeugt hat."

Das würde Mr. Hendry ruinieren. Er war bereits mit dem Verstand am Ende, und ich wollte nicht der Grund dafür sein, dass er noch mehr litt. „Sweeney ist grauenvoll. Er ist voller Hass. Ich kann nicht glauben, dass er den armen Mr. Hendry so sehr hassen konnte, dass er versucht hat, ihm einen Mord anzuhängen, nachdem er noch dazu versucht hat, ihn finanziell zu ruinieren."

„Ich neige dazu, Mr. Hendry beizupflichten. Sweeney verabscheut sich selbst wegen seiner Beziehung zu Hendry. Er glaubt, wenn er Hendry loswird, wird ihn das heilen oder ihn irgendwie freisprechen. Selbsthass kann Menschen dazu bringen, anderen schreckliche Dinge anzutun. Das habe ich schon erlebt."

Wir verbrachten den Rest unserer Fahrt schweigend, doch kurz bevor wir ankamen, sagte Matt: „Ich glaube, du hast recht, India."

„Mit allem, oder mit etwas bestimmtem?"

„Ich wäre doch ein Narr, wenn ich so früh in unserer Beziehung *alles* sage."

„Aber ein glücklicher Narr."

Seine Lippen zuckten, doch es trat kein Lächeln darauf. „Ich habe mich darauf bezogen, dass Barratt nicht das beabsichtigte Opfer war. Wenn man bedenkt, dass es keine weiteren Anschläge mehr auf sein Leben gab, halte ich die Aussage, dass Baggley in dieser Nacht sterben sollte, für gesichert."

„Vielleicht sollte Pelham ihn auch ersetzen. Das deutet allerdings auf Delancey als Mörder hin, nicht Sweeney." Ich rieb mir über die Stirn. „Vielleicht irren wir uns in ihm, Matt. Wir können Sweeney nicht ohne weiteren Beweis anschuldigen."

Die Kutsche hielt vor dem Bureau der *Gazette* an, und er öffnete die Tür. „Also finden wir einen."

Wir fanden Oscar an seinem Schreibtisch, den Kopf gesenkt, die Finger in den Haaren vergraben. Er hatte seine Möbel umgestellt, um dafür zu sorgen, dass er nicht mit dem Rücken zum Fenster saß. Von seinem Platz an der gegenüberliegenden Wand konnte er beide Fenster und die Tür im Auge behalten, wenn er aufschaute.

Matts Klopfen an der offenen Tür ließ Oscar zusammenfahren.

„Oh, Sie sind es. Kommen Sie herein." Er wirkte, als hätte er keinen Augenblick geschlafen.

„Ist alles in Ordnung?", fragte ich, während ich mich setzte.

„Gut. Alles ist gut. Mein Bruder will mich jedes Mal schlagen, wenn er mich sieht, jemand will mich umbringen, und keine Zeitung will meine Artikel über Magie veröffentlichen. Also ja, alles ist perfekt, India, vielen Dank, dass du fragst."

„Sprechen Sie nicht so mit ihr", knurrte Matt.

Oscar sank mit einem tiefen Seufzen in seinen Stuhl zurück. „Es tut mir leid. Ich bin im Augenblick nicht in bester Verfassung."

„Dann gestatte uns, dir eine deiner Sorgen zu nehmen", sagte ich. „Wir glauben nicht, dass du überhaupt das beabsichtigte Opfer warst."

Seine Augenbrauen gingen nach oben. „Wirklich?"

Ich nickte. „Es gab keine weiteren Anschläge mehr auf dein Leben."

Er seufzte wieder. „Der Mörder könnte sich einige Zeit lang bedeckt halten."

„Oder Baggley musste entfernt werden, damit dieser andere Herausgeber ihn ersetzen konnte, jemand, der keine Artikel über Magie veröffentlichen will. Jemand, den du nicht überreden kannst."

„Dann … ist Delancey der Mörder? Pelham hat für eine seiner anderen Zeitungen gearbeitet." Oscar sprang auf. „Er muss es sein!"

„Setzen Sie sich", sagte Matt. „Es ist vielleicht nicht Delancey. Er hat mit uns zu Abend gegessen, als der Mord stattfand."

„Er hätte jemanden bezahlen können."

„Oder er ist nicht der Mörder."

Oscar setzte sich wieder hin und zog das Tintenfass näher. Er tauchte die Feder in die Tinte und schrieb Delanceys Namen auf einen Block. „Mit Tinte zu schreiben, hilft mir beim Denken", sagte er und machte sich Notizen neben dem Namen. „Wissen Sie, dass alle anderen Zeitungen, an die ich mich gewandt habe, sich weigern, auch nur mit mir zu sprechen? Mein Treffen gestern wurde abgesagt. Meine Briefe werden ungeöffnet zurückgeschickt. Es ist eine konzertierte Bemühung, mich und meine Artikel zu verhindern." Er sprach nicht mehr mit gehetztem, wütendem Unterton und klang ruhiger. Die Arbeit mit seinem magischen Element beruhigte ihn wohl, so wie die Arbeit an Uhren mich beruhigte.

„Was glauben Sie, wer hat diese Kampagne gegen Sie in die Wege geleitet?", fragte Matt.

„Delancey, im Lichte dessen, was Sie mir gerade erzählt haben."

Ich öffnete den Mund, um ihm unsere Gedanken über Sweeney mitzuteilen, doch Matt meldete sich zuerst zu Wort. „Darf ich Sie daran erinnern, dass Ihr Bruder gesehen wurde, wie er Delancey aufsucht."

Oscars Kopf zuckte hoch. „Ich habe Ihnen doch gesagt, mein Bruder würde nicht versuchen, mich umzubringen."

„Aber wir haben Ihnen gerade erzählt, dass wir nicht denken, dass Sie das beabsichtigte Opfer waren."

Oscars Feder bildete einen Tropfen auf dem Papier. „Er ist kein Mörder."

„Hast du ihn gefragt, ob er sich von Delancey Geld geliehen hat?", fragte ich.

Oscar nickte. „Delancey hat ihm aus einer heiklen Lage geholfen."

„Dann hat er sich vielleicht auch Delanceys Hilfe für …"

„Er ist kein Mörder!"

„Ich wollte sagen, dass er sich vielleicht Delanceys Unterstützung gesichert hat, um die anderen Zeitungen gegen Sie zu wenden. Keiner der Männer will, dass die Magie ein Thema der öffentlichen Debatte wird. Sie wollen beide, dass sie im Verborgenen bleibt, wenn auch aus unterschiedlichen Gründen. Ist es unvernünftig, zu glauben, dass Delancey die anderen Zeitungen kontaktiert hat, um sie zu bitten, Ihre Artikel nicht zu veröffentlichen, falls Sie an sie herantreten? Er hat Einfluss bei einigen Eignern."

„Delancey hat einen derartigen Einfluss; mein Bruder nicht. Genauso wenig ist er ein Mörder."

„Wir neigen auch zu dieser Ansicht", sagte Matt. „Wir glauben, es ist Sweeney."

„Der Gildemeister der Buchhändler? Weshalb?"

„Wir sammeln noch Beweise, doch wir wollten Sie warnen, vorsichtig zu sein."

„Aber Sie haben doch gerade gesagt, dass ich nicht das beabsichtigte Opfer war. Das war Baggley."

„Wir können nicht sicher sein", sagte Matt. „Nicht, bis wir das letzte Puzzleteil haben. In der Zwischenzeit ist es das Beste, vorsichtig zu sein."

Oscar schaute auf das Papier hinab und sah den Schlamassel, den er mit der Tinte angerichtet hatte. Er steckte die Feder wieder zum Tintenfass. „Und was werden Sie tun, um dieses Puzzleteil zu finden?"

„Mit deinem neuen Herausgeber sprechen", sagte ich.

„Er ist nicht da."

„Dann warten wir."

Wir warteten fünfzehn Minuten in Oscars Bureau, bis Mr. Pelham endlich eintraf. Oscar bedeutete ihm, er solle sich uns anschließen, doch Mr. Pelham weigerte sich, einzutreten.

„Ich bin beschäftigt, Barratt", sagte er. „Etwas, das Sie auch sein sollten. Wir müssen eine neue Ausgabe herausbringen." Er hängte seinen Hut und seine Jacke auf den Kleiderständer vor Oscars Bureau und rollte dann seine Hemdsärmel auf. Er war zwar schon etwas über das mittlere Alter hinaus, doch er war robust gebaut, mit muskulösen Unterarmen und einem kräftigen Nacken. Er sah aus wie ein Schlägertyp, kein Zeitungsherausgeber.

„Bevor Sie gehen", sagte Matt, „ich bräuchte kurz ein paar Minuten, Mr. Pelham."

Mr. Pelham beäugte Matt von oben bis unten. „Wer sind Sie?"

„Matthew Glass, und das ist Miss Steele. Mr. Barratt hat uns engagiert, um den Verfasser der Drohbriefe zu finden."

Mr. Pelham knurrte. „Hat nichts mit mir zu tun. War vor meiner Zeit hier. Einen schönen Tag."

„Es dauert nur einen Augenblick."

Mr. Pelham ging weg, ohne einen Blick zurückzuwerfen.

„Lass es mich versuchen", sagte ich.

Noch ehe ich das tun konnte, näherte sich mir ein Mitarbeiter und richtete sich an Matt. „Ein Mann namens Duke ist für Sie hier, Sir. Er wartet draußen."

Wir fanden Duke, wie er Matts Pferde streichelte und mit unserem Kutscher sprach. Cyclops war nirgends zu sehen. Duke bedeutete uns, dass wir mit ihm mitgehen sollten, weg von der

Kutsche und dem Bureau der *Gazette*, in eine schmale Seitengasse, wo es ruhiger war. Eine starke Böe riss an meinen Röcken und erfasste eine weggeworfene Zeitung. Sie drehte sich immer wieder, bis sie auf die anderen Zeitungen traf, die sich an einem Stapel Kisten am Ende der Gasse türmen.

„Hast du etwas herausgebracht?", fragte Matt Duke.

Duke nickte. „Cyclops und ich sind Pelham gefolgt, als er vor einer Stunde hier weggegangen ist." Er schaute auf seine Taschenuhr, dann ließ er sie wieder in die Tasche seiner Weste gleiten. „Wir folgten ihm zum Haus eines der Verdächtigen. Cyclops ging zurück zur Park Street, um dir Bericht zu erstatten, und ich bin Pelham zurück hierher gefolgt. Ich habe euren Zweispänner gesehen." Er grinste. „Cyclops wird mich verfluchen, wenn er herausfindet, dass er eine Fahrt verschwendet hat."

„Halt uns doch nicht hin", sagte ich. „Wohin ist Pelham gegangen?"

„Zu Sweeney."

Ich schaute zu Matt. Er lächelte zu mir zurück. „Das ist es", sagte er. „Das ist die Verbindung, die uns gefehlt hat. Sie kennen einander."

„Du sagst, Pelham ist zu Sweeney nach Hause gegangen, nicht in sein Bureau?", fragte ich.

Duke nickte. „Ich sah, wie Sweeney zur Tür ging und ihn hineinließ."

„Es ist ein Arbeitstag, und er ist nicht an seinem Arbeitsplatz oder im Gildensaal. Interessant."

Matt nickte langsam und dachte nach. „Pelhams Ernennung bei der *Gazette* hat vielleicht gar nichts mit Delancey zu tun. Er könnte sich aus eigenem Antrieb auf die Stelle beworben haben, auf das Drängen von Sweeney hin."

„Fragen wir ihn." Ich drehte mich um und ging rasch die Gasse entlang.

„Danke, Duke", sagte Matt. „Du kannst auch gleich nach Hause gehen. Du wirst hier nicht mehr gebraucht."

Matt holte an der Tür zur *Gazette* auf mich auf. Wir begrüßten den Mann am Empfangstresen und baten darum, Mr. Pelham zu sehen.

„Er empfängt keine Besucher, außer, sie haben einen Termin", sagte er.

„Dann sagen Sie Oscar Barratt, dass wir ihn gern noch einmal sehen möchten", erklärte Matt.

Der Mann wirkte argwöhnisch, ging aber trotzdem, um Oscar zu holen. Er kehrte einen Augenblick später sowohl mit Oscar als auch mit Mr. Pelham zurück.

„Was wollen Sie mit meinem Schreiber?", fuhr uns Mr. Pelham an. „Er ist beschäftigt."

„Wir wollten eigentlich Sie sehen", sagte Matt. „Wir wissen, dass Sie gerade von zu Hause bei Patrick Sweeney kamen. Können Sie uns verraten, weshalb Sie ihn dort aufgesucht haben?"

Mr. Pelham schaute aus dem Fenster. Zum Glück war Duke weg. „Das geht Sie nichts an, Glass."

„Tut es schon, wenn Sweeney ein Mörder ist."

Mr. Pelham blinzelte fest. „Sie glauben, er hat meinen Vorgänger getötet? Um Himmels willen, seien Sie nicht lächerlich."

„Nicht nur glauben wir, dass er ihn getötet hat, die Polizei tut das auch. Sie ist gerade unterwegs, um ihn festzunehmen. Wenn wir Kriminalinspektor Brockwell erzählen, dass Sweeney Ihnen bekannt ist, wird er zum selben Schluss kommen wie wir – dass Sie und Sweeney sich verschworen haben, um Baggley zu töten, sodass Sie seinen Platz einnehmen können."

„Was?" Mr. Pelham ging in die Luft. „Nein! Ich habe mit dem Mord nichts tun! Patrick kam zu mir und schlug vor, dass ich mich auf die Stelle bewerbe, das ist alles."

„War das vor oder nach dem Mord?", fragte ich.

„Nun, er, äh …" Mr. Pelham schluckte. „Zum ersten Mal hat er es schon vor dem Mord erwähnt, aber das heißt ja nicht, dass ich etwas damit zu tun habe." Für einen großen Mann war seine Stimme erstaunlich hoch geworden. „Sie müssen mir glauben. Ich hatte mit dem Mord an Baggley nichts zu tun. Ich bin unschuldig. Fragen Sie Sweeney, er wird es Ihnen sagen."

Ich lächelte. „Vielen Dank, Mr. Pelham. Das machen wir."

Matt hielt mich auf, ehe ich ging. „Du fährst nach Hause",

flüsterte er mir ins Ohr. „Ich nehme mir eine Kutsche zur Polizei."

„Weshalb kann ich nicht mit zur Polizei kommen und dann nach Hause fahren?"

„Weil ..." Er verdrehte die Augen. „Also gut. Gehen wir beide. Aber keiner von uns geht mit Brockwell, um Sweeney festzunehmen. Seine Männer ..."

Die Tür flog auf, und Sweeney marschierte herein, eine Pistole auf uns gerichtet. „Keine Bewegung!"

Matt trat vor mich, bevor ich reagieren konnte. „Nicht schießen. Sie wollen doch keine weiteren Tode mehr auf dem Gewissen haben."

„Ein Tod, zwei, drei ... was spielt es für eine Rolle?" Sweeneys Stimme bebte. „Ich werde doch sowieso für den Mord gehängt. Oder nicht?"

In meiner Vorstellung knöpfte ich Matts Weste auf und fischte seine Uhr heraus. Ich hatte sein Leben schon einmal gerettet, als er zu verbluten gedroht hatte. Falls Sweeneys Schuss ihn nicht sofort umbrachte, konnte ich es erneut tun.

Falls ...

„O Gott", flüsterte ich.

Matt drehte sich halb um, dann erstarrte er, weil Sweeney einen Befehl hervorstieß. „Keine Regung, oder ich schieße."

„Was wollen Sie?", fragte Oscar. „Werden Sie alle erschießen? Was bringt das denn?"

„Eine kleine Befriedigung." Sweeneys Stimme bebte noch stärker.

Ich schaute an Matt vorbei und sah, dass Sweeney weinte. Tränen liefen seine Wangen hinab und tropften ihm vom Kinn. Er erinnerte mich an Mr. Hendry. Eine einsame, elende Gestalt, die zu einem Leben im Verborgenen gezwungen war, weil er Männer liebte. Anders als Sweeney hatte Hendry jedoch die Gelegenheit, sein Elend abzuschütteln, wenn all das vorüber war, und Glück zu finden, denn er hatte akzeptiert, wer er war.

Mr. Sweeney konnte sich nicht akzeptieren. Selbst wenn er niemals einen Mord begangen hätte, hätte er niemals glücklich sein können, denn er wollte diesen Teil seiner selbst vergraben.

Mr. Hendry hatte recht – Patrick Sweeney verabscheute sich selbst.

„Wir haben Mr. Hendry heute ein Versprechen gegeben", erklärte ich ihm.

„Hören Sie auf zu reden", fuhr er mich an. „Erwähnen Sie diesen Namen nicht vor mir."

„Sie möchten gewiss hören, was ich zu sagen habe", sagte ich.

„India", warnte mich Matt.

„Mr. Sweeney", sagte ich, „wenn Sie mich nicht sagen lassen, was wir versprochen haben, wird Ihr guter Name in den Schmutz gezogen." Sein Ruf war alles, was ihm jetzt noch blieb. Er mochte ja keine Zukunft haben, aber ihm war immer noch wichtig, wie man sich an ihn erinnern würde. In seinen Augen war ein Mörder nicht das Schlimmste, was er sein konnte.

Er verstand mich. Sein Blick huschte zu Oscar und Pelham. „Sie beide, gehen Sie", sagte er. „Niemand soll uns stören, oder ich erschieße Mr. Glass."

Pelham öffnete die Tür zum Bureau und eilte nach draußen. Oscar zögerte, ehe er ihm folgte.

„Ich höre, Miss Steele", sagte Mr. Sweeney. „Erzählen Sie mir von dem Versprechen, das Sie dieser … Kreatur gegeben haben."

„Zunächst einmal müssen Sie uns sagen, woher Sie wussten, dass wir hier sind."

„Weil er es mir gesagt hat. Diese gemeine kleine Schlange hat mir eine Nachricht geschickt, in der stand, dass er mich nicht länger schützen würde und dass er weiß, was ich getan habe. Er hat mir gesagt, dass Sie es auch wissen."

„Sie haben versucht, ihm einen Mord anzuhängen", sagte ich. „Nach allem, was Sie beide …"

„Aufhören!" Er richtete die Waffe auf mich.

Matt schob mich wieder hinter sich. „Sie hassen ihn wirklich, nicht wahr?", fragte Matt.

„Mehr, als Sie sich jemals vorstellen können. Er hat mein Leben ruiniert! Er hat mich ruiniert! Ihn zu töten, wäre nicht genug! Ich musste ihn auch noch ruinieren." Ich konnte sein Gesicht nicht mehr sehen, doch ich konnte den Hohn in seiner Stimme hören. „Zwei Fliegen, eine Klappe, Mr. Glass. Ich entferne Baggley, ersetze ihn durch meinen Freund Pelham, der sich Barratts Unsinn nicht bieten lässt, und laste das ganze Hendry an. Ich wusste, dass er diese Briefe an Barratt geschickt hat, und ich wusste, dass es nur eine Frage der Zeit war, bis jemand das Papier zu ihm zurückverfolgt. Ich wusste auch, dass er hier war, sich an jenem Tag nach Barratt erkundigt hat. Wenn alle annahmen, dass Barratt das beabsichtigte Opfer war, würde mein Plan aufgehen."

„Sie haben die Waffe in Mr. Hendrys Laden hinterlegt, nur um sicherzugehen", sagte ich, während ich aus Matts Schatten trat.

„Genau, Miss Steele."

„Und für den Fall, dass Ihr Plan nicht aufgehen sollte, haben Sie sich daran gemacht, Hendry finanziell zu zerstören. Sie sprachen mit seiner Bank und seinen Gläubigern. Sie haben einen Anteil am Geschäft seines Rivalen gekauft."

Sein Grinsen war makaber. „Er wird vielleicht nicht für den Mord gehängt, aber davon wird er sich niemals erholen."

„Sie haben seine Lebensfreude zerstört, Mr. Sweeney. Ihre Abweisung und Verrat sind das, was ihn unter sich begräbt, nicht seine finanziellen Probleme."

Seine Lippen dehnten sich zu einem dünnen Grinsen. „Ich hoffe, er bleibt begraben. Jetzt, wenn es Ihnen nichts ausmacht, habe ich noch etwas abzuschließen." Er richtete die Waffe auf Matts Brust.

„Nein!", schrie ich und versuchte Matt aus dem Weg zu schieben, schaffte es aber nicht. „Ich habe Ihnen doch gesagt, wenn Sie heute jemanden töten, wird Ihr Ruf zerstört. Alle werden von Ihrer Beziehung zu Mr. Hendry erfahren."

Er warf rasch einen Blick auf die Tür, durch die Oscar und Pelham hinausgegangen waren. „Halten Sie die Stimme gesenkt."

„Bleiben Sie ruhig", sagte Matt, der die Waffe im Auge behielt und mich fest packte, bereit, mich aus dem Weg zu schieben. „Hören Sie sich an, was India zu sagen hat."

Er würde nicht schnell genug sein, wenn die Waffe losging. Wir waren nicht beide zu retten.

Mir war übel, doch ich drängte weiter. „Wir haben Mr.

Hendry versprochen, dass wir seinen Namen aus der Ermittlung heraushalten", sagte ich mit bebender Stimme. „Es gibt ausreichend Beweise von Mr. Pelham, um Sie zu beschuldigen, ohne Mr. Hendry darin zu verwickeln. Aber die Polizei weiß das noch nicht. Brockwells einziger Beweis ist, was Mr. Hendry ihm über die Waffe erzählt hat, und ... und Ihre Beziehung."

Mr. Sweeneys Nasenflügel blähten sich. Er packte den Griff der Pistole fester, ließ mich aber fortfahren.

„Brockwell weiß, dass Sie Mr. Hendry die Schuld an dem Mord in die Schuhe schieben wollten, weil Sie wegen der ... Privatangelegenheiten, die Sie beide durchführten, verstört waren. Falls Sie heute jemanden töten, werden diese Angelegenheiten bei Ihrer Verhandlung ans Licht kommen. Alle werden es erfahren. Ist es das, was Sie wollen?"

„Was glauben Sie denn?"

„Wenn Sie uns gehen lassen", sagte ich mit so viel Gleichmut, wie ich aufbringen konnte, „werden wir unser Versprechen gegenüber Mr. Hendry halten – und Ihnen gegenüber. Niemand wird es jemals erfahren."

„Der Inspektor ist ein Bekannter", sagte Matt. „Er wird mitmachen. Sie haben mein Wort als Gentleman, dass Ihre Beziehung zu Hendry ein Geheimnis bleibt." Er rückte ein kleines Stück vor. „Reichen Sie mir die Waffe. Es ist vorbei."

Mr. Sweeney packte wieder fester zu und schluckte schwer. Seine Hände begannen zu zittern. Ich beäugte die Pistole. Wie empfindlich war denn dieser Abzug?

Matt machte einen weiteren kleinen Schritt. Ich packte ihn am Ärmel und wollte ihn aufhalten. „Nein", flüsterte ich.

Er streckte die Hand aus, die Handflächen nach oben gewandt. „Die Waffe bitte, Mr. Sweeney."

Die Tür, durch die Pelham und Oscar hinausgegangen waren, öffnete sich einen Spalt breit. Mit einem leisen Schrei schwang Sweeney herum.

Die Pistole ging los.

KAPITEL 16

Mr. Pelham, der durch den offenen Eingang spähte, fluchte laut. Mr. Sweeney starrte ihn an, sein Gesicht weiß, seine Hände zitterten heftig.

Matt sprang vor und entriss ihm die Waffe. „Geht es allen gut?", fragte er, ohne den Blick von Mr. Sweeney zu wenden.

„In Ordnung", sagte Mr. Pelham. „Die Kugel ging vorbei."

Ich schloss die Augen und presste mir eine Hand auf den Magen. Finger packten meine Schulter und drückten zu. Als ich die Augen öffnete, sah ich, dass es Oscar war. Matt gab Befehle, wies Mr. Pelham an, etwas zu finden, mit dem man Mr. Sweeney fesseln konnte.

„Alles in Ordnung bei dir, India?", fragte Oscar.

Ich nickte. „Ein bisschen erschüttert. Du?"

„Unbeschadet und dankbar." Er schaute zu Mr. Sweeney. „Hat er zugegeben, dass ich das beabsichtigte Opfer war?"

„Baggley war es. Sweeney wollte, dass Baggley verschwand, damit er ihn durch Pelham ersetzen und die Artikel aufhalten konnte. Dich zu töten, hätte nicht ausgereicht. Baggley hätte einen anderen Reporter gefunden, der sie an deiner Stelle schreibt."

„Schön zu wissen, dass ich ersetzbar bin", murmelte er.

„Zumindest konnte die *Gazette* auf diese Weise nicht mehr dein Sprachrohr sein. Es würde mich nicht überraschen, wenn andere Herausgeber in der Stadt Belohnungen von Sweeney erhalten hätten, und vielleicht auch Mr. Delancey, um dich zu ignorieren, wenn du an sie herantrittst."

„Das erklärt eine Menge. Aber warum?"

„Geld und Rache. Nach dem Streit mit Hendry, dem Papiermagier, hatte Sweeney in das Geschäft eines Rivalen investiert. Er hoffte, das Verhindern weiterer Artikel würde ein Ende des Aufstiegs von Magiern wie Hendry herbeiführen, während er es auch so aussehen ließ, als wäre Hendry der Mord vorzuwerfen. Er hat auch seinen Einfluss genutzt, um Hendry in finanzielle Probleme zu stürzen."

„Sie müssen sich über etwas wirklich Ernstes gestritten haben, dass zwischen ihnen so viel Hass besteht. Nicht einmal mein Bruder und ich würden einander in einem solchen Ausmaß verletzen."

Beinahe sagte ich ihm, dass er seinen Bruder sehr verletzt hatte, doch ich biss mir auf die Zunge. Ich wollte mich nicht in seinen Familienstreit einmischen.

Pelham kehrte mit einem Stück Seil zurück und band Sweeneys Hände hinter dem Rücken zusammen.

Matt nahm die verbliebenen Kugeln aus der Pistole und steckte sie ein. „Ich bringe ihn zu Scotland Yard und spreche mit Brockwell. India, nimm dir eine Kutsche nach Hause."

„Du kannst nicht allein gehen", sagte ich.

„Ich gehe mit ihm", sagte Oscar.

Matt berührte mit dem Daumen meine Wange und schaute mir in die Augen. „Ist es für dich in Ordnung, wenn du allein nach Hause zurückkehrst?"

Ich lächelte ihn ernüchtert an. „Natürlich. Ich bin keine zarte Blume, Matt. Das war gar nichts verglichen mit dem letzten Mal, als jemand in meiner Anwesenheit mit einer Waffe herumgefuchtelt hat."

„Du bist die gefassteste Frau, die ich kenne, wenn es um Gefahren geht." Er küsste mich auf die Stirn. „Wir sehen uns bald."

* * *

ICH VERBRACHTE einen Großteil des Abends damit, meine Uhr auseinanderzunehmen und sie wieder zusammenzusetzen. Sie hatte nicht geläutet, als Sweeney die Waffe auf mich gerichtet hatte. Meine alte Taschenuhr hätte das getan. Vielleicht musste ich an der neuen einfach mehr arbeiten. Ich ignorierte Matt und die anderen, während sie Pläne für unsere Zukunft besprachen, bis sich einer nach dem anderen für den Abend zurückzog, sodass nur noch Matt und ich allein im Wohnzimmer zurückblieben.

Er saß schweigend da, während ich die letzten Teile wieder einsetzte und das Gehäuse der Taschenuhr schloss. Ich schaute auf, um festzustellen, dass er mich ansah.

„Tut mir leid", sagte ich. „Ich habe dich den ganzen Abend lang nicht beachtet."

Er ging vor mir in die Hocke und legte eine Hand auf meine. „Du bist verstört wegen der heutigen Ereignisse."

„Sie hat nicht geläutet." Ich deutete auf die Taschenuhr.

„Vermutlich tut sie das nach dem heutigen Abend. Du hast stundenlang daran gearbeitet."

„So lange? Es tut mir leid, ich habe nicht gemerkt, wie die Zeit vergeht."

Seine Mundwinkel hoben sich auf einer Seite. „Das ist das erste Mal." Er legte beide Arme auf die Sesselarmlehnen, sodass ich festsaß, und stand auf, um mich zu küssen. „Machst du dir Sorgen, weil wir fortgehen?"

Ich konnte ihm nicht ins Gesicht lügen, darum schaute ich weg und nickte. Nicht, dass das ganz gelogen gewesen wäre. Ich machte mir Sorgen, allerdings nicht über unsere Abreise. Ich machte mir Sorgen, dass ich keinen Augenblick finden würde, um loszukommen und mit Lord Cox zu sprechen. Ich machte mir Sorgen, dass er mir nicht zuhören würde. Ich machte mir Sorgen, dass meine Information nicht ausreichen würde, um ihn zu überzeugen. So viel konnte schief gehen.

Wir brachen in zwei Tagen auf, außer ich konnte Lord Cox überreden, Patience zu heiraten.

„Tante Beatrice hat Nachricht geschickt, dass sie morgen Vormittag kommt, um mit mir über die Vorbereitungen zur Hochzeit zu sprechen", sagte Matt schwermütig. „Patience kommt auch. Ich muss mitspielen, aber das wird das letzte Mal. Es tut mir leid, dass du das durchstehen musst. Es tut mir auch leid, dass sie es durchstehen muss, wo ich doch weiß, dass die Hochzeit nicht stattfinden wird."

Ich nahm sein Gesicht in beide Hände und strich ihm über die Wangen, hoffte, die Qual wegstreicheln zu können. „Ich werde spazieren gehen, wenn sie kommen. Matt, bist du sicher, dass du Lord Coyle nicht fragen willst, was er über Cox weiß?"

„Auf keinen Fall. Coyle etwas zu schulden, ist ein zu großer Preis, den ich nicht bezahlen will. Ich vertraue ihm nicht." Er nahm eine meiner Hände und küsste mich aufs Handgelenk. „Wenn du morgen von deinem Spaziergang zurückkommst, fängst du besser an, zu packen. Die Zeit läuft uns davon."

Ich gestattete ihm, mich zu meinem Zimmer zu geleiten und mir einen Gutenachtkuss zu geben. Erst als ich im Bett lag und alles durchdacht hatte, wurde mir klar, dass ich das Richtige getan hatte, indem ich Matt nicht von meinen wahren Plänen für den nächsten Vormittag erzählt hatte. Er würde mich Coyles Information nicht gegen Cox einsetzen lassen.

Aber ich konnte Matt nicht die Last tragen lassen, seiner Cousine wehzutun. Das würde ewig an ihm nagen, und diese Schuldgefühle hatte er nicht verdient. Keiner von uns hatte das. Und natürlich konnten wir nicht weit von Gabe und seiner medizinischen Magie wegziehen.

* * *

LORD COYLE HATTE mir die Adresse von Lord Cox in London gegeben. Zum Glück war das Stadthaus nur einen zehnminütigen Marsch von der Park Street entfernt, denn der Tag hatte nass begonnen, und der endlose graue Himmel ließ es aussehen, als würde es nicht so bald trocken werden.

Es war auch ein Segen, Lord Cox zu Hause anzutreffen. Er empfing mich im Salon, wo der Diener mich bat, mich hinzusetzen und zu warten.

„Mein Name ist India Steele", sagte ich. „Ich bin die Assistentin von Matthew Glass."

„Sie sind die Frau, die er heiraten möchte." Lord Cox hatte

sich nicht hingesetzt, und mit hinter dem Rücken verschränkten Händen hielt er sich ganz wie ein Mann, der mit Reichtum und Privilegien geboren war.

„Das hat er Ihnen erzählt?", fragte ich.

„Das hat er, als er mir erklärt hat, weshalb er nicht seine Cousine heiraten möchte. Der Ankündigung entnehme ich, dass die Hochzeit trotzdem stattfinden wird. Das tut mir leid für Sie, Miss Steele, aber ich verstehe nicht, was das noch mit mir zu tun haben sollte."

„Patience ist eine wunderbare Person", setzte ich an. „Sie ist freundlich, bescheiden und würde eine hervorragende Mutter und Frau abgeben. Jeder Mann sollte sich freuen, sie heiraten zu können."

„Sie sind sich der Lage nicht ganz bewusst, Miss Steele, darum sehen Sie bitte freundlicherweise davon ab, mich um das zu bitten, was ich glaube, dass Sie sich erbeten wollen."

„Ich bin mir der Lage sehr wohl bewusst. Ich weiß alles. Bitte verstehen Sie, Sir, dass Patience bedauert, was in ihrer Vergangenheit geschehen ist. Sie war jung und hat etwas Törichtes getan, und sie wurde von ihrer Familie auf grausamste Weise dafür bestraft."

Kurz traten Falten auf seine Stirn, dann glätteten sie sich wieder. „Es spielt keine Rolle, dass sie es bedauert. Es ist geschehen. Ein Mann in meiner Lage kann nicht riskieren, dass die Einzelheiten an die Öffentlichkeit dringen. Mein Ruf ist für mich alles."

In diesem Fall hatte ich ihn am Haken. Nun musste ich ihn nur noch einholen. Ich setzte ein bedächtiges, ungezwungenes Lächeln auf. „Er ist für Sie von überragender Wichtigkeit, oder? Ihr Ruf, meine ich. Es wäre eine schreckliche Schande, wenn ein noch größeres Geheimnis ans Licht kommen sollte und diesen Ruf befleckt, den Sie so sorgsam kultiviert haben."

Er wurde ganz starr. Kurz dachte ich, er würde vor Zorn in die Luft gehen. Aber er war kein Mann, der so niedere Emotionen zur Schau stellte. Er hatte sein Leben damit verbracht, starke Gefühle zu unterdrücken, und er würde sie jetzt nicht an die Oberfläche steigen lassen. „Worum geht es hier? Weshalb sind Sie hier?"

Ich war erleichtert, so schnell zur Sache zu kommen. Es würde nur eine Qual werden, wenn man dieses Treffen verlängerte. „Sie möchten vielleicht die Tür schließen und sicherstellen, dass keine Diener zuhören."

Er legte den Kopf schief und betrachtete mich mit einem tiefen Stirnrunzeln, ehe er die Tür schloss. „Fahren Sie fort", bellte er mich an.

„Bevor Ihr Vater Ihre Mutter geheiratet hat, hatte er eine andere Frau."

„Ich muss doch wohl bitten! Das ist empörend!"

„Ist es, da stimme ich zu. Aber es ist keine Lüge. Bitte, hören Sie sich den Rest dessen an, was ich zu sagen habe. Es liegt in Ihrem besten Interesse, dass Sie genau erfahren, wie viel ich weiß."

„Was Sie zu wissen *glauben*."

„Alles, was ich Ihnen sage, ist die Wahrheit." Guter Gott, ich hoffte, dem war so. „Sie haben insgeheim geheiratet, und niemand außer Gott und die benötigten Zeugen – Fremde – wussten davon. Die erste Frau Ihres Vaters war noch am Leben, als er Ihre Mutter heiratete." Er protestierte erneut, aber ich sprach einfach weiter. „Sie war eine Gouvernante und bettelarm, während Ihre Mutter eine Frau war, die des Titels Lady Cox schon eher würdig war. Die Gouvernante gebar einen Sohn, bevor Sie zur Welt kamen. Er ist der rechtmäßige Erbe des Cox-Titels und Anwesens, denn die Ehe seiner Eltern war rechtmäßig. Sie sind es nicht. Die Ehe Ihrer Eltern ist nicht rechtmäßig. Sie hätten nichts erben sollen."

„Sie haben keinen Beweis."

Mir blieb vor Erleichterung die Luft weg. Damit hatte er so gut wie zugegeben, dass Lord Coyles Information stimmte und dass Cox von seinem Halbbruder wusste. „Die Gemeindebucheinträge dort, wo die erste Ehe geschlossen wurde, stehen jederzeit zur Verfügung, wenn man weiß, wo man nachsehen muss, genau wie die Geburts- und Todesurkunden." Es war ein logischer Schluss und eine sichere Bank.

Lord Cox setzte sich plötzlich hin. Er rieb sich mit der Hand übers Kinn, während er den Kopf immer wieder schüttelte. „Sie erpressen mich."

„Derzeit ist Ihr Halbbruder sich seines noblen Erbes nicht bewusst. Seine Eltern sind inzwischen tot, und ich habe erfahren, dass man ihm nie von einem Vater erzählt hat. Aber ich werde es ihm bewusst machen. Wenn Sie Patience Glass nicht überzeugen, Sie zu heiraten, und zwar bis heute Nachmittag um vier Uhr, werde ich Ihrem Halbbruder alles erzählen. Tatsächlich habe ich einen Brief bei einem Anwalt hinterlegt, der ihm zugestellt wird, falls mir heute hier etwas zustößt."

Seine Augen wurden noch etwas größer. „Für was für einen Menschen halten Sie mich denn, Miss Steele?"

„Sie sind ein guter Mann, mein Lord. Patience hat mir das oft genug erzählt. Sie war am Boden zerstört, als Sie die Verlobung auflösten, denn sie wollte ihr Leben mit Ihnen verbringen. Sie wollte Ihren Kindern eine Mutter sein und sie lieben – und Sie. Sie ist freundlich und liebenswert und wird Sie sehr glücklich machen. Ihre Hochzeit ist meine einzige Forderung im Austausch gegen mein Schweigen."

Er strich sich mit der Hand über die Augen, über das Gesicht hinunter. Mein Magen verzog sich immer wieder, während ich auf seine Antwort wartete, doch er starrte einfach nur auf den Teppich. Er erinnerte mich daran, wie Mr. Sweeney ausgesehen hatte, nachdem er die Kugel abgeschossen hatte, die beinahe Mr. Pelham erwischt hätte. Seine Hände bebten, sein Gesicht war totenbleich, und er wirkte, als wolle er in den Boden versinken und verschwinden. Matt hatte diesen Augenblick genutzt, um Sweeney zu entwaffnen; ich musste diese Flaute nutzen, um Cox zu entwaffnen.

„Die Sache ist die", sagte ich, „der Mann, der gedroht hat, Patiences Vergangenheit zu enthüllen, sitzt nun im Gefängnis und wartet auf die Verhandlung. Er wird bald hingerichtet werden. Selbst wenn es ihm durch den Kopf geht, Patiences Fehltritt jetzt offenzulegen, wem wird er es erzählen? Seinen Wärtern?" Ich zuckte mit den Schultern. „Sie haben eine Wahl, Mein Lord. Sie können sich Sorgen um Sheriff Payne machen, einen Lügner und Mörder, oder Sie können sich um mich sorgen. Ich *werde* mein Wort halten. Wenn Sie Patience heiraten, werde ich niemandem erzählen, was ich über Ihren Bruder weiß." Ich erhob mich. „Ich möchte bis um vier Uhr heute von Ihrer glücklichen Vereinigung hören, oder der Brief an Ihren Halbbruder wird abgeschickt." Ich ging, obwohl ich mir gar nicht sicher war, ob ich ohne seine Zustimmung aufbrechen sollte.

Ich ging eine weitere Stunde spazieren, weil ich meine Nerven beruhigen wollte, ehe ich zur Park Street Nr. 16 zurückkehrte. Sobald ich drinnen war, ging ich direkt in mein Zimmer, schloss die Tür und nahm meine Uhr aus meinem Pompadour. Ich strich mit dem Daumen über das Gehäuse und öffnete die Rückseite. Ein Gefühl der Beruhigung strömte langsam über mich hinweg, versetzte mich in eine so tiefe Ruhe, dass ich nicht einmal zusammenfuhr, als jemand an meiner Tür klopfte. Ich öffnete sie für Matt, der ein wenig gehetzt wirkte.

„Ich würde fragen, wie dein Treffen gelaufen ist, aber ich sehe schon, dass das eine ziemlich dumme Frage ist", sagte ich.

Er setzte sich auf das Bett und senkte den Kopf. „Patience hat kaum ein Wort gesagt. Tante Beatrice hat das gesamte Gespräch geführt und mich von den Plänen in Kenntnis gesetzt. Ich habe jeden Augenblick davon verabscheut."

Ich schloss die Tür und lehnte mich dagegen. Ich wollte ihn halten, ihm über die Haare streichen und ihm sagen, was ich getan hatte, aber ich wagte es nicht. Obwohl ich wusste, dass er mir mit der Zeit vergeben würde, ihn hintergangen zu haben, würde er sich nur Sorgen machen, was Lord Coyle im Gegenzug für die Information von mir wollte. Wenn ich ihm diese Sorgen ersparen konnte, würde ich das tun.

„Du arbeitest immer noch an deiner Taschenuhr", sagte er und deutete auf die Uhr, die auf dem Ankleidetisch lag. „Bist du immer noch verstört, weil sie gestern nicht geläutet hat, oder ist etwas anderes los?"

„Alles ist gut, Matt. Es ist eine Angewohnheit, etwas, um die Zeit zu vertreiben."

„Du hast noch nicht mit dem Packen angefangen."

„Ich fange nach dem Mittagessen an."

„Ich kann dir helfen. Ich bin fast fertig."

Ich lächelte. „Es wäre höchst unangemessen, dass du meine Unterwäsche siehst."

Er lachte leise. „Ich sehne mich nach dem Tag, an dem du mich sie sehen und ganz unangemessene Dinge mit dir anstellen lässt." Sein Lächeln verflog, und sein düsterer Blick richtete sich auf mich. „Ich weiß, dass du dir Sorgen machst. Ich weiß, dass du deine Heimat eigentlich nicht verlassen willst, deinen Großvater und deine Freunde. Aber wir werden eines Tages zurückkehren. Das verspreche ich dir."

Ich nahm ihn in die Arme und legte mein Kinn oben auf seinen Kopf. Ich fühlte mich schrecklich, weil ich ihm nicht sagte, was ich getan hatte. Ich wünschte, ich könnte ihm versichern, dass ich keine Angst hatte, fortzugehen, aber ich konnte ihm nicht sagen, dass ich eigentlich befürchtete, Lord Cox würde nicht tun, worum ich ihn gebeten hatte.

* * *

Es WAR der längste Nachmittag meines Lebens. Meine Nerven waren über alle Maßen strapaziert, und ich konnte nicht still sitzen, nicht einmal, um an meiner Uhr zu arbeiten. Was, wenn Lord Cox nicht glaubte, dass ich seinen Halbbruder in Kenntnis setzen würde? Hatte ich überzeugend geklungen? Vielleicht hätte ich bedrohlicher sein sollen.

Was, wenn er es Matt erzählte?

„India!", fuhr mich Miss Glass von ihrem Platz auf dem Sofa aus an. „Hör auf herumzutigern. Davon bekomme ich Kopfschmerzen."

„Tut mir leid, Miss Glass", murmelte ich. „Ich setze mich jetzt hin." Ich warf einen Blick auf die Uhr auf dem Kaminsims. Es war drei Uhr fünfundvierzig. Ich stand wieder auf und schaute aus dem Fenster die Straße entlang. Dann holte ich Bristow.

„Ist die nachmittägliche Post gekommen?", fragte ich ihn.

„Noch nicht, Miss Steele."

„Vielen Dank, Bristow. Bitte setzen Sie mich in Kenntnis, wenn sie gebracht wird."

Er ging, und ich nahm meinen Marsch durch das Zimmer wieder auf, was mir von Miss Glass einen Blick aus zusammengekniffenen Augen einbrachte.

„Worauf wartest du denn?", fragte sie.

„Nichts", sagte ich.

„Unsinn. Als Lügnerin bist du hoffnungslos, India. Erzähl mir, worauf wartest du?"

„Nur einen freundschaftlichen Brief."

„Von Catherine Mason?"

„Nein. Eigentlich gar nicht von einer Freundin, sondern von Chronos."

Sie seufzte. „India …"

„Haben Sie schon gepackt, Miss Glass?"

„Das habe ich heute Vormittag erledigt."

„Vielleicht sollte ich es für Sie überprüfen. Kommen Sie, sehen wir mal nach."

Sie erhob sich mit einem Stirnrunzeln. „India, du benimmst dich sehr seltsam. Was ist denn los?"

„Nichts."

„Du bist nervös, weil wir aufbrechen, nicht?" Sie tätschelte mir den Arm. „Es ist schon in Ordnung, meine Liebe. Es ist verständlich, dass es dich nervös macht, London zu verlassen. Mich macht es auch nervös."

„Ich dachte, Sie wollten fort."

„Durchaus, aber man muss sich bewusst sein, dass ich in meinem Alter vielleicht nicht zurückkehre." Sie hakte sich bei mir unter und führte mich zur Tür.

Matt trat ein, schnitt uns den Weg nach draußen ab, gefolgt von Duke, Cyclops und Willie. Er hatte sich mit seinem Anwalt getroffen, und die anderen hatten ihren letzten Tag in London genossen, indem sie all die Sehenswürdigkeiten aufsuchten, die sie noch nicht gesehen hatten.

„Was habt ihr beiden denn vor?", fragte er, ein argwöhnisches Lächeln spielte um seine Lippen.

„India will sich ansehen, wie ich gepackt habe", sagte Miss Glass. „Sie glaubt, ich habe vielleicht etwas vergessen."

„Hast du gepackt, India?", fragte Matt.

Ich nickte. Ich hatte ein paar Dinge in eine Truhe geworfen, aber falls in den nächsten zehn Minuten keine Nachricht eintraf, würde ich es ordentlich machen müssen. Ich warf einen Blick auf die Uhr.

„Was ist mit euch dreien?", fragte Matt seine Freunde.

„Alles erledigt", sagte Duke. „Hat nicht lange gedauert."

„Das liegt daran, dass du nicht viele Kleidungsstücke hast",
sagte Willie, die ein wenig wankte.

„Und du schon?"

„Mehr als du."

„Schon, aber auch du trägst keine Kleider und Petticoats."

„Oder Korsetts", fügte sie mit einem Kichern an, auf das
prompt ein Schluckauf folgte.

Miss Glass zog die Nase kraus. „Hört auf, von vulgären
Dingen zu reden. Cyclops, mein Lieber, weshalb das lange
Gesicht?"

Willie stieß ihn mit dem Ellbogen an. „Du weißt doch,
warum, Lettie. Er hat Herzschmerz."

„Hör auf, Willie", knurrte Cyclops.

Willie legte den Kopf zurück, holte tief Luft und rief: „Er ist
verliebt in Catherine M..."

Cyclops legte ihr eine Hand über den Mund. „Sie ist betrunken", erklärte er. „Hört nicht auf sie."

„Habt ihr euch betrunken?", fragte Matt. „Ist das klug, am
Tag vor einer langen Bootsfahrt?"

„Wir waren klug", sagte Duke, der auf sich und Cyclops
zeigte. „Sie hat getrunken, als wäre es ihre letzte Gelegenheit."

„Ich dachte, ihr würdet euch Sehenswürdigkeiten ansehen",
sagte ich, während Willie sich Cyclops' Hand vom Mund
pflückte.

„Haben wir auch", erwiderte sie. „Wir haben viele Sehenswürdigkeiten und viele Saloons in der ganzen Stadt gesehen."
Sie bekam wieder Schluckauf und wankte erneut.

„Komm mit uns", sagte ich zu ihr. „Ich helfe dir in dein
Zimmer." Ich warf einen weiteren Blick auf die Uhr auf dem
Kaminsims. Zwei Minuten vor vier.

Ich lächelte Matt grimmig an. Er schaute finster zurück.
„India?"

Ein Klopfen an der Eingangstür ließ mein Herz einen Satz
machen. Ich schob mich an ihnen vorbei, um zu sehen, ob die
Post endlich eingetroffen war, nur um mitzubekommen, wie
Bristow Lord Cox und Patience begrüßte. Sie lächelten, auch
wenn es bei ihm verhalten und argwöhnisch war. Sein Blick
begegnete meinem.

Ich drückte mir eine Hand auf mein rasch schlagendes Herz.

Plötzlich fühlte sich alles sehr seltsam an, als würde ich die Szene aus weiter Entfernung betrachten. Matt begrüßte seine Gäste und lud sie nach drinnen ein, doch sie lehnten höflich ab, weiter zu gehen als bis in die Eingangshalle.

„Wir haben etliche andere Leute, die wir noch besuchen möchten", setzte Lord Cox an. „Wegen Ihrer … einzigartigen Beziehung zu Patience dachten wir, Sie sollten der erste sein, der erfährt, dass wir heiraten."

Schweigen.

„Wer heiratet?", fragte Willie, die Nase gerümpft.

„Wir", sagte Patience, die sich an Lord Cox' Arm klammerte.

„Einander?"

Duke schlug sie auf die Schulter. „Natürlich, du Strohkopf. Schau sie dir doch an."

Cyclops war der erste, dem seine guten Manieren wieder einfielen. Er schüttelte Lord Cox die Hand und dann Patience. Duke tat es ihm nach.

„Patience?", flüsterte Miss Glass. „Ist das wahr?"

„Ja!", rief Patience, die auf den Zehenspitzen wippte. „Ist das nicht wunderbar? Er hat mich erst vor einer Stunde gefragt und darauf beharrt, dass wir sofort herkommen, um es euch zu erzählen."

„Weiß es dein Vater?"

„Natürlich. Er war schockiert, doch er hat uns seinen Segen gegeben, nachdem ich ihn angefleht habe. So sehr ich auch damit zufrieden gewesen wäre, deine Frau zu werden, Matt, ziehe ich doch meinen lieben Byron vor. Wir passen besser zueinander als du und ich."

Matt nickte leicht mechanisch.

„Sie wirken schockiert, Glass", sagte Lord Cox vorsichtig.

Es war, als würden seine Worte Matt zur Tat schreiten lassen. Er trat vor, um Cox die Hand zu schütteln und Patience auf die Wange zu küssen. „Das bin ich, doch ich hätte gedacht …" Er zuckte zusammen, als Willie ihn in den Handrücken zwickte. „Es spielt keine Rolle."

„Byron hat mir erzählt, dass er es nicht ertragen konnte, daran zu denken, dass ich dich heirate", sagte Patience mit einer kindlichen Glückseligkeit, die sie jung und unschuldig wirken ließ. „Es tut mir leid, dass ich meine Verlobung mit dir nicht erst aufgelöst habe, doch Byron hat darauf bestanden, dass ich hier und jetzt zustimme, und nun ja, ich wusste ja, dass es dir gefallen würde, Matt." Ihre Stimme wurde weicher. „Dir und India."

Matt grinste und küsste sie erneut auf die Wange. „Es gefällt mir sehr, Patience", sagte er sanft. „Es gefällt mir mehr, als ich ausdrücken kann. Ich gratuliere. Ihr werdet beide sehr glücklich zusammen sein."

Obwohl er darauf bestand, dass sie sich zu einem Getränk zu uns gesellten, lehnten sie ab und gingen. Die Tür war kaum geschlossen, als Willie ein lautes Johlen ausstieß. Sie hakte sich bei mir unter und tanzte mit mir durch die Eingangshalle.

Duke holte Matt in eine Umarmung, und Cyclops klopfte ihm auf den Rücken. „Du bist frei", sagte Duke.

Matt löste sich aus ihrer Umarmung und lief die Treppen hinauf, nahm zwei Stufen auf einmal. „Wartet hier!", rief er herab.

Ich hörte auf zu tanzen und sah ihm nach. Das war alles? Das war seine Reaktion auf die Neuigkeiten?

„India?", fragte Miss Glass. „Heißt das, dass wir London nicht verlassen?"

„Wir bleiben", sagte ich. „Es gibt jetzt keinen Grund mehr zu gehen."

„Oh." Sie spielte mit der Spitze an ihrem Kragen. „Schade."

„Vielleicht machen wir Urlaub am Meer", sagte ich und nahm ihre Hände.

„Ihr könntet in die Flitterwochen nach Frankreich fahren", sagte Duke. „Dahin ist es nicht weit. Wir könnten mit euch kommen und uns um eure Tante kümmern, während ihr beiden, äh …"

Willie schlug ihm auf den Arm. „Sie wollen uns nicht auf ihren Flitterwochen."

„Euren Flitterwochen", murmelte Miss Glass. „Ja. Ich verstehe. Natürlich."

Ich nahm sie an den Händen, doch Matt kehrte zurück, und seine reine Anwesenheit zog die Aufmerksamkeit von allen auf sich. Er hatte ein seltsam ernstes Gesicht auf, das mir Sorgen bereitete. Sollte er sich nicht freuen? Machte er sich Gedanken, was sein Onkel wohl von der Sache hielt, dass Patience es sich anders überlegt hatte? Dachte er, Lord Rycroft würde seine Drohung wahr machen, mich bloßzustellen, nun, da Matt Patience nicht heiratete?

„Matt", setzte ich an, wurde aber unterbrochen, als er mich hochhob und herumwirbelte.

Er begann zu grinsen. Es war ein großartiger Anblick, und Erleichterung strömte durch mich hindurch.

Er setzte mich auf der untersten Stufe ab, sodass wir gleich groß waren. Dann fiel er auf ein Knie. Mein Herz schlug mir bis zum Hals. Hier wollte er es machen, vor allen anderen?

Aber die anderen verschmolzen für mich mit dem Hintergrund. Es waren nur noch Matt und ich. Die Zeit spielte keine Rolle mehr. Es gab nur noch das Jetzt. Nur noch uns.

Er nahm ein Kästchen aus seiner Tasche und öffnete es, um einen Diamantring zu enthüllen. „India Steele", sagte er mit dieser sonoren, samtenen Stimme, „wirst du mir die Ehre zuteilwerden lassen, meine Frau zu sein?"

„Ja!"

Er schob mir den Ring auf den Finger und hob mich hoch. Er küsste mich zum Applaus seiner Freunde und Familie, sogar von Miss Glass.

Sie umarmten und gratulierten uns. Bristow erschien mit Champagner, als hätte er immer welchen vorrätig, falls überraschend gefeiert wurde. Er drängte uns in den Salon und fragte mich, ob ich Mrs. Potter Anweisung geben wollte, etwas Besonderes zum Abendessen zuzubereiten.

„Nichts Besonderes", sagte ich, „aber ich würde gern zwei weitere Gäste einladen." Ich warf einen Blick auf Matt, und er lächelte nur.

„Das ist dein Haus, India", sagte er. „Du bist die Gastgeberin. Lad ein, wen immer du willst."

„Schicken Sie Einladungen an Miss Catherine Mason und meinen Großvater", sagte ich zu Bristow. Ich warf einen Blick auf Cyclops, doch er lächelte mich zur Antwort ausdruckslos an. „Ist es in Ordnung, wenn sie kommt?", fragte ich ihn.

„Mach dir keine Gedanken um mich", sagte er und umarmte mich. „Das ist dein Abend. Deiner und der von Matt."

Willie schnaubte. „Und er wird dafür sorgen, dass er am anderen Ende des Tisches sitzt, weit von ihr weg."

Wir stießen auf unsere Verlobung mit Champagner an, und alle begannen auf einmal zu reden, besprachen das Datum und den Speiseplan und die Gästeliste. Weder ich noch Matt trugen etwas bei. Wir hörten uns ihre Gedanken an und würden tun, was wir wollten, aber die Zeit für das Planen würde später kommen. Heute Abend wollte ich es genießen, mit ihm verlobt zu sein.

Er schien den gleichen Gedanken zu haben. Er zog mich zur Seite und küsste mich leicht auf die Lippen. „Glücklich?", fragte er.

„Sehr. Ich fühle mich so glücklich."

„Ich weiß nicht, ob Glück etwas damit zu tun hatte."

Mein Herz kam donnernd zum Stillstand. „Oh?"

„Etwas hat dafür gesorgt, dass Lord Cox es sich anders überlegt. Ich weiß nicht, was, aber ich bin dankbar, dass er sich umentschieden hat."

Ich stieß erleichtert die Luft aus. „Ich auch."

„Ich bin auch froh, dass du mich ohne Zögern angenommen hast. Ich hätte heute wie ein Narr dagestanden, falls du das nicht getan hättest." Er warf mir jenes seltene schüchterne Lächeln zu, das ich gerne festgehalten hätte. Ich legte ihm die Hände ans Kinn und strich ihm mit dem Daumen über die Unterlippe.

„Matt, natürlich will ich dich heiraten. Weshalb sollte ich denn nicht?"

„Es spielt keine Rolle."

Ich nahm seine Hand fest, hielt ihn an meiner Seite. „Matt?"

Er warf einen Blick auf seine Freunde oder vielleicht seine Tante. Ihr fiel es nicht auf. Sie war zu beschäftigt damit, mit Willie darüber zu streiten, was Willie zur Hochzeit tragen wollte.

„Vor nicht allzu langer Zeit hast du gesagt, eine Ehe würde dich ersticken", erwiderte Matt leise. „Dass du gerade erst herausgefunden hättest, wie es ist, unabhängig zu sein, doch eine Heirat mit mir oder einem anderen würde dir das wieder wegnehmen."

Ich erinnerte mich, das gesagt zu haben. Erinnerte mich, wie er ausgesehen hatte, als ich es gesagt hatte, und ich erinnerte mich, wie sehr ich meine Worte anschließend bedauert hatte. „So denke ich nicht mehr, Matt. Nicht bei dir. Ich weiß, dass du kein solcher Ehemann wirst, und ich werde immer eine eigenständige Person sein. Es tut mir leid, dass ich das damals nicht klargestellt habe."

Seine Brust weitete sich, und sein Lächeln kehrte zurück, etwas sicherer. „Solange dir klar ist, dass ich dich nicht ersticken werde. Du bist eine starke, sprühende und unabhängige Denkerin geworden, und das ist die Frau, mit der ich mein Leben verbringen möchte."

„Also bleiben wir in London?"

„Solange du willst." Er schaute wieder zu seiner Tante. „Sie scheint nicht allzu enttäuscht zu sein."

„Das liegt daran, dass sie glaubt, dass sie mit uns auf die Flitterwochen kommt. Offensichtlich fahren wir nach Frankreich."

Er lachte leise. „Ich weiß, dass das alles noch neu ist, aber ich will bald einen Termin festlegen. Ich will nicht, dass es sich mein Onkel anders überlegt und beschließt, mich mit Charity oder Hope zu verheiraten."

Ich verzog mein Gesicht. „Das wäre eine Tragödie, die eines Shakespeares würdig wäre. Ich stimme zu, wir sollten bald heiraten." Ich legte ihm die Unterarme auf die Schultern und bewunderte meinen Diamantring. „Wann hast du den gekauft?"

„Vor ein paar Wochen. Ich wollte ihn bei mir haben, falls sich eine Gelegenheit ergibt."

„Ich erinnere mich an diesen Tag. Du hast dich geweigert, uns zu sagen, wo du gewesen bist."

Er grinste. „Ich muss in unserer Beziehung einige Rätsel aufrechterhalten, oder ich werde dir noch zu langweilig."

„Nicht zu viele Rätsel, bitte. Mein armes Herz wird damit nicht fertig."

Er trat näher, bis sich mein Rock an den Beinen zusammenbauschte. Ich roch die herbe Seife, die er benutzte, und spürte sein Herz, sah den Puls an seiner Kehle pochen.

„Überlasse es fortan mir, mich um dein Herz zu kümmern", murmelte er mir ins Ohr. „Ich werde gut dafür sorgen."

„Ich weiß, dass du das wirst, Matt. Ich weiß es."

ENDE

Um Matts und Indias Geschichte weiterzulesen, suchen Sie nach:
DAS SPIEL DES BETRÜGERS
Buch 7 der Reihe Glass & Steele von C.J. Archer

Abonnieren Sie den Newsletter von C.J., um über neue ins Deutsche übersetzte Bücher informiert zu werden. Abonnenten erhalten außerdem einen exklusiven Zugang zu einer **KOSTENLOSEN** GLASS UND STEELE-Kurzgeschichte.
Abonnieren: WWW.CJARCHER.COM

EINE NACHRICHT DER AUTORIN

Ich hoffe, Ihnen hat **Das Schweigen des Tintenmeisters** genauso viel Spaß gemacht wie mir beim Schreiben. Als Indie-Autorin ist es für den Erfolg des Buches entscheidend, es bekannt zu machen. Wenn Ihnen dieses Buch gefallen hat, sagen Sie es doch bitte weiter und schreiben Sie eine Rezension in dem Shop, in dem Sie es gekauft haben.

AUSSERDEM VON C. J. ARCHER

REIHEN MIT 2 ODER MEHR BÄNDEN

Cleopatra Fox Mysteries

After The Rift

Glass and Steele

The Ministry of Curiosities Series

The Emily Chambers Spirit Medium Trilogy

The 1st Freak House Trilogy

The 2nd Freak House Trilogy

The 3rd Freak House Trilogy

The Assassins Guild Series

Lord Hawkesbury's Players Series

Witch Born

EINZELTITEL

Courting His Countess

Surrender

Redemption

The Mercenary's Price

ÜBER DIE AUTORIN

C.J. Archer begeistert sich für Geschichte und Bücher, seit sie denken kann, und wähnt sich glücklich, dass sie beides vereinen konnte. Sie verbrachte ihre frühe Kindheit in der dramatischen Schönheit des Outbacks von Queensland, Australien, lebt inzwischen aber mit ihrem Mann, zwei Kindern und einer frechen schwarzweißen Katze namens Coco in Melbourne.

Abonnieren Sie C.J.s Newsletter auf ihrer Webseite, um informiert zu werden, wenn sie ein neues Buch herausbringt: http://cjarcher.com/deutsch/

facebook.com/CJArcherAuthorPage
twitter.com/cj_archer
instagram.com/authorcjarcher